JOHN GRISHAM

LOS GUARDIANES

John Grisham se dedicó a la abogacía antes de convertirse en un escritor de éxito internacional. Desde que publicó su primera novela, *Tiempo de matar*, ha escrito casi una por año, consagrándose como el rey del género con la publicación de su segundo libro, *La firma*. Todas sus novelas, sin excepción, han sido bestsellers internacionales y nueve de ellas han sido llevadas al cine, con gran éxito de taquilla. Traducido a veintinueve idiomas, Grisham es uno de los escritores más vendidos de Estados Unidos y del mundo. Actualmente vive con su esposa Renee y sus dos hijos, Ty y Shea, entre su casa victoriana en una granja en Mississippi y una plantación cerca de Charlottesville, Virginia.

TAMBIÉN DE JOHN GRISHAM

El soborno

Un abogado rebelde

El secreto de Gray Mountain

La herencia

El estafador

La firma

La apelación

El asociado

La gran estafa

LOS GUARDIANES

JOHN GRISHAM

LOS GUARDIANES

Traducción de
Nieves Calvino Gutiérrez

VINTAGE ESPAÑOL
Una división de Penguin Random House LLC
Nueva York

Para James McCloskey
«El Exonerador»

1

Duke Russell no es culpable de los crímenes atroces por los que se lo condenó; sin embargo, está previsto que sea ejecutado por ellos dentro de una hora y cuarenta y cuatro minutos. Como siempre durante estas terribles noches, el reloj parece ir más deprisa a medida que se aproxima la hora final. He sufrido dos de estas cuentas atrás en otros estados. Una de ellas se completó y mi defendido pronunció sus últimas palabras. La otra se anuló con un desenlace milagroso.

El tiempo sigue corriendo..., pero no va a suceder, al menos esta noche. Quizá los tipos que gobiernan Alabama un día consigan servirle a Duke su última comida antes de clavarle la aguja en el brazo, pero esta noche no. Solo lleva nueve años en el corredor de la muerte. La media en este estado es de quince. Veinte tampoco es algo inusual. Hay una apelación pululando por el circuito número once de Atlanta, y cuando acabe en el escritorio del secretario judicial adecuado, la ejecución se suspenderá. Duke volverá a los horrores de la reclusión en solitario y vivirá para morir otro día.

Ha sido mi cliente durante los últimos cuatro años. Su equipo incluye un gigantesco bufete de Chicago, que ha invertido miles de horas pro bono, y una organización de Birmingham sin demasiados recursos en contra de la pena de muerte. Hace cuatro años, cuando me convencí de que era inocente, firmé como hombre clave. En la actualidad me ocupo de cinco casos, todos de condenas injustas, al menos en mi opinión.

He visto morir a uno de mis clientes. Sigo creyendo que era inocente. Pero no pude demostrarlo a tiempo. Uno es suficiente.

Por tercera vez hoy, entro en el corredor de la muerte de Alabama y me paro en el detector de metales que bloquea la puerta principal, donde dos guardias ceñudos protegen su territorio. Uno de ellos sostiene un portapapeles y me mira como si hubiera olvidado mi nombre desde mi última visita hace dos horas.

—Post, Cullen Post —le digo al zopenco—. Para ver a Duke Russell.

Examina su portapapeles como si contuviera información vital, encuentra lo que busca y señala con la cabeza una corta cinta transportadora. Coloco en ella mi maletín y mi teléfono móvil, tal como había hecho antes.

—¿Reloj y cinturón? —pregunto en plan listillo.

—No —gruñe con cierto esfuerzo.

Cruzo el detector, me autorizan la entrada y una vez más un abogado defensor consigue acceder como es debido, sin armas, al corredor de la muerte. Agarro el maletín y el móvil y sigo al otro guardia por un aséptico pasillo hacia una pared de barrotes. Él asiente, se oye clic y clang, la puerta de barrotes se abre y enfilamos otro pasillo, seguimos internándonos en este deprimente edificio. Al doblar una esquina, algunos hombres están esperando ante una puerta de acero sin ventana. Cuatro visten uniforme; dos, traje. Uno de estos últimos es el alcaide.

Me mira con expresión seria y se acerca.

—¿Tiene un minuto?

—No demasiados —respondo.

Nos apartamos del grupo para charlar en privado. No es

mal tipo, solo hace su trabajo; es nuevo, o sea que nunca ha llevado a cabo una ejecución. También es el enemigo, da igual lo que quiera porque no va a conseguirlo de mí.

Nos arrimamos como si fuéramos colegas y me susurra:

—¿Cómo pinta?

Miro a mi alrededor, como si evaluara la situación.

—Uf, no lo sé —respondo—. Para mí que pinta a ejecución.

—Vamos, Post. Nuestros abogados dicen que está todo listo.

—Sus abogados son imbéciles. Ya hemos tenido esta conversación.

—Vamos, Post. ¿Qué probabilidades hay ahora mismo?

—Cincuenta, cincuenta —miento.

Esto lo desconcierta y no sabe muy bien cómo responderme.

—Me gustaría ver a mi cliente —digo.

—Claro —eleva la voz, parece decepcionado.

No pueden verlo cooperando conmigo, así que se aleja con paso airado. Los guardias retroceden cuando uno de ellos abre la puerta.

Duke está tumbado, con los ojos cerrados, en un catre dentro de la celda de la muerte. En esta ocasión especial, las reglas le permiten tener un pequeño televisor a color para que vea lo que se le antoje. Lo tiene sin sonido, con las noticias por cable sobre los incendios forestales en la zona oeste. Su cuenta atrás no es una gran historia a nivel nacional.

Cada uno de los estados en los que existe la pena de muerte tiene sus estúpidos rituales en el momento de la ejecución, todos ideados para crear el mayor dramatismo posible. Aquí se permiten visitas con contacto con familiares cercanos en una amplia sala. A las diez de la noche trasladan al reo a la celda de la muerte, que está junto a la cámara de la muerte, donde será ejecutado. Se permite que un capellán y un abogado se sienten con él, pero nadie más. La última comida se le sirve en torno a las diez y media, y puede pedir lo que desee salvo bebidas alcohólicas.

—¿Cómo estás? —pregunto cuando se incorpora y sonríe.

—Mejor que nunca. ¿Alguna noticia?

—Aún no, pero sigo siendo optimista. Deberíamos saber algo en breve.

Duke tiene treinta y ocho años y es blanco, y antes de que lo arrestaran por violación y asesinato sus antecedentes penales consistían en dos detenciones por conducir bajo los efectos del alcohol y un puñado de multas por exceso de velocidad. Nada violento. En su juventud fue un chico fiestero y camorrista, pero después de nueve años de soledad se ha tranquilizado considerablemente. Mi trabajo es conseguirle la libertad, algo que en este momento parece un sueño descabellado.

Cojo el mando a distancia y cambio a un canal de Birmingham, pero lo dejo en silencio.

—Pareces muy seguro —dice.

—Me lo puedo permitir. A mí no me van a clavar la aguja.

—Eres un tío gracioso, Post.

—Relájate, Duke.

—¿Que me relaje? —Baja los pies al suelo y sonríe de nuevo. Sí que parece relajado, teniendo en cuenta las circunstancias. Se ríe y dice—: ¿Te acuerdas de Lucky Skelton?

—No.

—Al final lo ejecutaron, hace unos cinco años, pero no antes de servirle tres últimas comidas. Recorrió tres veces la pasarela antes de que le dieran el empujón. Pizza de salchichas y Coca-Cola Cherry.

—¿Y qué has pedido tú?

—Filete con patatas fritas y un pack de cervezas.

—Yo no contaría con la cerveza.

—¿Vas a sacarme de aquí, Post?

—Esta noche no, pero estoy en ello.

—Si salgo, me iré derecho a un bar a beber cerveza fría hasta caerme al suelo.

—Te acompañaré. Ahí está el gobernador. —Aparece en la pantalla y subo el volumen.

Está delante de una batería de micrófonos con los flashes de las cámaras deslumbrándolo. Traje oscuro, corbata con estampado de cachemira, camisa blanca y su pelo teñido engominado con precisión. Un anuncio de campaña andante.

—He revisado concienzudamente el caso del señor Russell y lo he discutido largo y tendido con mis investigadores —dice con la aflicción suficiente—. También me he visto con la familia de Emily Broone, la víctima de los delitos del señor Russell, y se opone con firmeza a la idea de que reciba clemencia. Tras considerar todos los aspectos del caso, he decidido permitir que su condena prosiga. La orden judicial se mantendrá y la ejecución seguirá adelante. El pueblo ha hablado. La clemencia para el señor Russell queda por tanto denegada —anuncia de forma tan melodramática como le es posible, y acto seguido baja la cabeza y se aparta despacio de las cámaras, una vez terminada su magnífica actuación.

Elvis ha salido del edificio. Hace tres días encontró tiempo para concederme una audiencia de quince minutos, después de la cual comentó nuestra reunión «privada» con sus periodistas favoritos.

Si su revisión hubiera sido tan concienzuda, sabría que Duke Russell no tuvo nada que ver con la violación y el asesinato de Emily Broone hace once años. Vuelvo a quitar el volumen de la tele.

—Ninguna sorpresa por ese lado —digo.

—¿Alguna vez ha concedido clemencia? —pregunta Duke.

—Por supuesto que no.

Llaman con fuerza a la puerta y se abre. Entran dos guardias y uno empuja un carrito con la última comida. Lo dejan y desaparecen. Duke contempla el filete y las patatas fritas y una ración bastante delgada de tarta de chocolate.

—No hay cerveza —dice.

—Disfruta de tu té helado.

Se sienta en el catre y empieza a comer. Huele de maravilla y me recuerda que no he comido en, como mínimo, veinticuatro horas.

—¿Quieres patatas? —pregunta.

—No, gracias.

—No puedo con todo esto. Por alguna razón no tengo demasiado apetito.

—¿Cómo estaba tu madre?

Se lleva un buen trozo de filete a la boca y lo mastica despacio.

—No demasiado bien, imagínate. Muchas lágrimas. Fue bastante horrible.

El móvil vibra en mi bolsillo y lo cojo. Miró el identificador de llamada.

—Aquí está —digo.

Sonrío a Duke y respondo. Es el secretario judicial del circuito once, un tipo al que conozco muy bien, y me informa de que su jefe acaba de firmar una orden de suspensión de la ejecución alegando que se necesita más tiempo para determinar si Duke Russell tuvo un juicio justo. Le pregunto cuándo se anunciará el aplazamiento y me dice que de inmediato.

Miro a mi cliente.

—Tienes un aplazamiento —digo—. Esta noche no habrá aguja. ¿Cuánto tardarás en terminarte ese filete?

—Cinco minutos —dice con una amplia sonrisa mientras corta más carne.

—¿Puedes darme diez minutos? —le pregunto al secretario—. A mi cliente le gustaría terminarse su última comida. —Tras un poco de tira y afloja quedamos en siete minutos. Le doy las gracias, cuelgo y llamo a otro número—. Traga deprisa —digo. De repente le ha venido el apetito y está tan contento como un cerdo en el comedero.

El artífice de la condena injusta de Duke es un fiscal de una pequeña localidad llamado Chad Falwright. Ahora mismo está esperando en el edificio administrativo de la prisión a ochocientos metros de distancia, preparado para el momento de mayor orgullo de su carrera. Cree que a las once y media lo escoltarán a un coche celular, junto con la familia Broone y el sheriff local, y los traerán aquí, al corredor de la muerte, donde los llevarán a una pequeña habitación con una gran ventana de cristal cubierta con una cortina. Una vez situados allí, cree Chad, esperarán a que Duke esté atado a la camilla con agujas en los brazos, y entonces la cortina se abrirá en plan dramático.

Para un fiscal no hay mayor satisfacción que presenciar una ejecución de la que es responsable.

Pero a Chad se le negará esa emoción. Tecleo su número y él responde rápido.

—Soy Post —digo—. Estoy aquí, en el corredor de la muerte, y tengo malas noticias. El circuito número once acaba de dictar un aplazamiento. Parece que volverás arrastrándote a Verona con el rabo entre las piernas.

—¿Qué coño dices? —suelta balbuceando.

—Ya me has oído, Chad. Tu fraudulenta condena se está desmoronando y esto es lo más cerca que estarás del pellejo de Duke, que, he de decir, es demasiado cerca. El circuito número once tiene dudas sobre ese trivial concepto conocido como un juicio justo, así que van a aplazarlo. Se acabó, Chad. Lamento haberte estropeado tu gran momento.

—¿Es una broma, Post?

—Oh, claro. Aquí, en el corredor de la muerte, todo es

puro cachondeo. Te has divertido hablando con los periodistas durante todo el día, ahora diviértete un poco con esto.

—Decir que detesto a este tipo es quedarme muy corto.

Pongo fin a la llamada y miro a Duke, que se está dando un festín.

—¿Puedo llamar a mi madre? —me pregunta con la boca llena.

—No. Aquí solo los abogados pueden usar los teléfonos móviles, pero no tardará en enterarse. Date prisa.

Duke se ayuda a tragar con un poco de té y ataca la tarta de chocolate. Yo cojo el mando a distancia y subo el volumen. Mientras rebaña el plato, un reportero sin aliento aparece de la nada en los terrenos de la penitenciaría y, entre resuellos, nos dice que se ha concedido un aplazamiento. Parece perplejo y confuso, y a su alrededor reina el desconcierto.

En cuestión de segundos llaman a la puerta y entra el alcaide.

—Imagino que ya te has enterado —comenta al ver la tele.

—Claro, alcaide, lamento aguar la fiesta. Dígales a sus chicos que se retiren y haga el favor de pedirme un coche celular.

Duke se limpia la boca con la manga y se echa a reír.

—No ponga esa cara de decepción, alcaide.

—No, en realidad me siento aliviado —dice, aunque la verdad es evidente. Él también se ha pasado el día hablando con periodistas y disfrutando de los focos. Pero su emocionante carrera por el campo ha terminado de repente con un traspié en la línea de gol.

—Me voy —anuncio, y estrecho la mano a Duke.

—Gracias, Post —dice.

—Estaremos en contacto. —Me dirijo a la puerta y le comento al alcaide—: Por favor, salude de mi parte al gobernador.

Me escoltan fuera del edificio, donde el aire fresco sopla con fuerza y resulta estimulante. Un guardia me conduce hasta un coche celular sin distintivos que está a escasos metros. Me monto en él y cierro la puerta.

—A la entrada principal —le digo al conductor.

La fatiga y el hambre me asaltan mientras atravieso la extensión del centro penitenciario Holman. Cierro los ojos, inspiro hondo y asimilo el milagro que entraña que Duke viva para ver otro día. Le he salvado la vida por ahora. Obtener su libertad requerirá de otro milagro.

Por razones que solo conocen las personas que dirigen este lugar, ha estado en cierre de emergencia durante las últimas cinco horas, como si los presos furiosos pudieran organizar una revuelta semejante a la de la Bastilla y asaltar el corredor de la muerte para rescatar a Duke. Ahora el cierre se está relajando; se acabó la emoción. El personal extra para mantener el orden se retira, y yo lo único que quiero es largarme de aquí. Tengo el coche en un pequeño aparcamiento cerca de la puerta principal, donde la gente de la televisión está recogiendo y yéndose a casa. Le doy las gracias al conductor, me monto en mi pequeño SUV de Ford y me marcho deprisa. Tras recorrer algo más de tres kilómetros por la autopista, paro en un supermercado cerrado para hacer una llamada

Mark Carter. Varón blanco, treinta y tres años, vive en una pequeña casa de alquiler en la localidad de Bayliss, a dieciséis kilómetros de Verona. En mis archivos tengo fotografías de su casa, de su camioneta y de su novia actual, con la que vive. Hace once años, Carter violó y asesinó a Emily Broone, y ahora lo único que tengo que hacer es demostrarlo.

Utilizo un móvil desechable para marcar su número de teléfono, un número que se supone que no debo tener.

—Hola —responde después de cinco tonos.

—¿Mark Carter?

—¿Quién lo pregunta?

—Usted no me conoce, Carter, pero le llamo desde la cárcel. A Duke Russell acaban de concederle un aplazamiento, por lo que lamento informarle de que el caso continúa abierto. ¿Está viendo la tele?

—¿Quién es?

—Seguro que está viendo la tele, Carter, ahí sentado con su culo gordo y con la gorda de su novia rezando para que el estado liquide por fin a Duke por el crimen que usted cometió. Es escoria, Carter, dispuesto a verlo morir por algo que hizo usted. Menudo cobarde.

—Dígamelo a la cara.

—Oh, algún día lo haré ante un tribunal. Encontraré las pruebas y Duke no tardará en salir. Usted ocupará su lugar. Voy a por usted, Carter.

Cuelgo antes de que pueda decir nada.

2

Dado que la gasolina es todavía algo más barata que los moteles baratos, paso mucho tiempo conduciendo de noche por carreteras desiertas. Como de costumbre, me digo que ya dormiré más tarde, como si al doblar la esquina estuviera esperándome una larga hibernación. Lo cierto es que suelo echar bastantes cabezadas pero raras veces duermo, y es poco probable que eso cambie. Me he cargado con la culpa de que haya gente inocente pudriéndose en prisión mientras violadores y asesinos deambulan en libertad.

A Duke Russell lo condenaron en un pueblucho de palurdos en el que la mitad de los miembros del jurado tienen dificultades para leer y todos ellos fueron engañados fácilmente por dos pomposos y falsos peritos que Chad Falwright subió al estrado. El primero era un dentista rural jubilado de Wyoming, y cómo consiguió abrirse paso hasta Verona, Alabama, daría para otra historia. Con circunspecta autoridad, un bonito traje y un vocabulario impresionante, testificó que tres de las marcas de los brazos de Emily Broone fueron infligidas por los dientes de Duke. Ese payaso se gana la vida testificando por todo el país, siempre para la fiscalía y siempre por cuantiosos honorarios, y en su mente retorcida una violación no es lo bastante violenta a menos que el violador consiga morder a la víctima con la fuerza suficiente para dejar marcas.

Tan infundada y ridícula teoría debería haber salido a la luz en un interrogatorio, pero el abogado de Duke estaba o borracho o durmiendo la siesta.

El segundo perito era del laboratorio criminalista del estado. Su especialidad era, y sigue siendo, el análisis capilar. Se hallaron siete vellos púbicos en el cadáver de Emily, y este tipo convenció al jurado de que eran de Duke. No lo eran. Seguramente fueran de Mark Carter, pero no lo sabemos. Todavía. Los paletos locales a cargo de la investigación mostraron solo un interés pasajero en Carter como sospechoso, aunque fue la última persona a la que vieron con Emily la noche en que desapareció.

La mayoría de las jurisdicciones más avanzadas han desacreditado las marcas de mordiscos y el análisis capilar. Ambas pertenecen a ese patético campo de conocimiento en constante cambio que, con sorna, se conoce entre los abogados defensores como «pseudociencia». Sabe Dios cuántas personas inocentes están cumpliendo una condena larga por culpa de peritos no cualificados y sus teorías sin fundamento.

Cualquier abogado defensor que se precie se lo habría pasado en grande en un interrogatorio con esos dos peritos, pero el abogado de Duke no valía los tres mil dólares que el estado le pagó. De hecho, no valía nada. Tenía poca experiencia criminal, apestaba a alcohol durante el juicio, estaba lamentablemente preparado, creía que su cliente era culpable, lo detuvieron tres veces por conducir bajo los efectos del alcohol después del juicio, fue expulsado y acabó muriendo de cirrosis.

Y se supone que yo debo recoger los pedazos y hacer justicia.

Pero nadie me reclutó para este caso. Como siempre, soy un voluntario.

Estoy en la interestatal rumbo a Montgomery, a dos horas y media, y dispongo de tiempo para planear y tramar. Si parara en un motel no podría dormir. Estoy pletórico por el milagro que he conseguido de la nada en el último minuto. Envío un mensaje de texto al secretario judicial en Atlanta y le doy las gracias. Envío otro mensaje a mi jefa, que, con algo de suerte, ya estará dormida.

Se llama Vicki Gourley y trabaja en el despacho de nuestra pequeña fundación en la zona antigua de Savannah. Fundó el Ministerio de los Guardianes hace doce años, con su propio dinero. Vicki es una cristiana devota que considera que su trabajo deriva directamente de los Evangelios. Jesús dijo que había que recordar a los prisioneros. No pasa demasiado tiempo pululando por las cárceles, pero trabaja quince horas al día para intentar liberar a los inocentes. Hace años formó parte de un jurado que condenó a un hombre joven por asesinato y lo sentenció a muerte. Dos años después salió a la luz que se había tratado de una condena injusta. El fiscal había ocultado pruebas exculpatorias y solicitado el testimonio falso de un soplón de la cárcel. La policía había colocado pruebas y mentido al jurado. Cuando identificaron al verdadero asesino por el ADN, Vicki vendió su negocio de pavimentación a sus sobrinos, cogió el dinero y montó el Ministerio de los Guardianes.

Yo fui su primer empleado. Ahora tenemos uno más.

También contamos con un autónomo llamado François Tatum. Es un tipo negro de cuarenta y cinco años que, cuando era adolescente, comprendió que la vida en la Georgia rural sería más fácil si se llamaba Frankie en vez de François. Parece ser que su madre tenía algo de sangre haitiana y puso a sus hijos nombres en francés, ninguno de los cuales era habitual en aquel remoto rincón del mundo anglosajón.

Frankie fue mi primer exonerado. Cuando lo conocí estaba cumpliendo cadena perpetua en Georgia por un asesinato que había cometido otra persona. Por entonces yo trabajaba como sacerdote episcopaliano en una pequeña parroquia de Savannah. Dirigíamos un ministerio carcelario y fue así como conocí a Frankie. Estaba obsesionado con su inocencia y no hablaba de otra cosa. Era inteligente y muy culto y se había formado en leyes dentro y fuera. Después de dos visitas me convenció.

Durante la primera fase de mi carrera legal defendí a gente que no podía permitirse un abogado. Tuve cientos de clientes y no pasó mucho tiempo hasta que asumí que todos eran culpables. Nunca me había parado un momento a considerar la difícil situación de los condenados injustamente. Frankie cambió todo eso. Me sumergí en su caso y no tardé en darme cuenta de que podría conseguir demostrar su inocencia. Luego conocí a Vicki, y ella me ofreció un empleo peor pagado incluso que mi trabajo pastoral. Aún lo está.

Así que François Tatum se convirtió en el primer cliente representado por el Ministerio de los Guardianes. Tras catorce años en la cárcel, su familia lo había abandonado por completo. Todos sus amigos habían desaparecido. La ya mencionada madre había dejado a sus hermanos y a él en la puerta de la casa de una tía y nunca más se supo de ella. No conoció a su padre. Cuando lo vi en prisión, era su primera visita en doce años. Todo este abandono parece terrible, pero tenía un lado positivo. Una vez liberado y totalmente exonerado, Frankie recibió un montón de dinero del estado de Georgia y de los lugareños que lo habían encerrado. Y sin familia ni amigos acosándolo en busca de pasta, pudo abrirse paso en libertad como un fantasma sin rastro. Tiene un pequeño apartamento en Atlanta, un apartado de correos en Chattanooga y se pasa casi todo el tiempo en la carretera, disfrutando de los espacios abiertos. Guarda todo su dinero en varios bancos del sur, para que nadie pueda encontrarlo. Evita las relaciones porque de todas ellas ha salido escaldado. Eso, y que siempre teme que alguien intente sacarle dinero.

Frankie confía en mí y en nadie más. Cuando sus litigios quedaron zanjados, me ofreció una generosa comisión. Le dije que no. Se había ganado hasta el último céntimo al sobrevivir en prisión. Cuando firmé con los Guardianes hice un juramento de pobreza. Si mis clientes pueden sobrevivir con dos pavos al día para comida, lo menos que puedo hacer es recortar el presupuesto todo lo posible.

Al este de Montgomery entro en un área de servicio cerca de Tuskegee. Todavía está oscuro, aún no son ni las seis de la mañana, y el amplio aparcamiento de gravilla está repleto de grandes tráileres que ronronean mientras sus conductores echan una cabezada o desayunan. La cafetería es un hervidero de actividad, y el denso aroma a beicon y a salchichas me asalta al entrar. Alguien me hace señas desde el fondo. Frankie ha conseguido un reservado.

Dado que estamos en la zona rural de Alabama, nos saludamos con un correcto apretón de manos, a diferencia del masculino abrazo que podríamos considerar en otras circunstancias. Dos hombres, uno negro y el otro blanco, abrazándose en un área de servicio abarrotada de camioneros atraerían una o dos miradas, aunque tampoco nos importa mucho. Frankie tiene más dinero que todos estos tipos juntos y se conserva delgado y ágil de sus días en prisión. No provoca peleas. Simplemente tiene una presencia y una confianza que las desaconsejan.

—Enhorabuena —dice—. Ha estado muy cerca.

—Duke acababa de empezar la última comida cuando llamaron. Ha tenido que comer a todo correr.

—Pero tú parecías confiado.

—Fingía; gajes del oficio de un abogado curtido. Tenía el estómago encogido.

—Y hablando de eso. Seguro que estás muerto de hambre.

—Pues sí. He llamado a Carter al salir de la cárcel. No he podido evitarlo.

Frankie frunce un poco el ceño.

—Vale. No me cabe duda de que había una razón —dice.

—No de las buenas. Estaba demasiado cabreado para no hacerlo. Ese hombre estaba ahí sentado contando los minutos que faltaban para que a Duke le pusieran la inyección. ¿Te imaginas ser el verdadero asesino y alegrarte en silencio desde la barrera mientras ejecutan a otro? Tenemos que pillarlo, Frankie.

—Lo pillaremos.

Llega una camarera y pido huevos y café. Frankie quiere tortitas y salchichas.

Sabe tanto como yo de mis casos. Lee hasta el último expediente, nota, informe y acta judicial. Para Frankie, la diversión consiste en ir a un lugar como Verona, Alabama, donde nadie lo ha visto nunca, y recabar información. No tiene miedo, pero nunca corre riesgos, no quiere que lo cojan. Su nueva vida es demasiado agradable, su libertad es especialmente valiosa porque ha sufrido mucho tiempo sin ella.

—Tenemos que conseguir el ADN de Carter —digo—. Como sea.

—Lo sé, lo sé. Estoy en ello. Necesitas descansar un poco, jefe.

—¿Cuándo no? Y, como bien sabemos, al ser abogado no puedo obtener el ADN por medios ilegales.

—Pero yo sí, ¿verdad? —Sonríe y bebe un trago de café.

La camarera coloca mi taza y la llena.

—Quizá. Hablaremos de ello más tarde. Las próximas semanas estará acojonado por mi llamada. Bien por él. En algún momento cometerá un error y ahí estaremos nosotros.

—¿Adónde vas ahora?

—A Savannah. Estaré allí un par de días y luego me iré a Florida.

—Florida. ¿Seabrook?

—Sí, Seabrook. He decidido aceptar el caso.

El rostro de Frankie nunca revela demasiado. Sus ojos raras veces parpadean, su voz es estable, sin inflexiones, como si sopesara cada palabra. Sobrevivir en prisión requería una cara inescrutable. Los largos períodos de soledad eran algo corriente.

—¿Estás seguro? —pregunta. Es evidente que alberga dudas respecto a Seabrook.

—Ese tipo es inocente, Frankie. Y no tiene abogado.

Llegan nuestros platos y nos ponemos manos a la obra con la mantequilla, el sirope y la salsa picante. El caso Seabrook se ha pasado casi tres años en nuestra oficina mientras nosotros, el personal, debatíamos si involucrarnos o no. Eso no es poco habitual en nuestro negocio. No es como para sorprenderse, los Guardianes estamos inundados de correspondencia de presos de los cincuenta estados que afirman ser inocentes. La gran mayoría no lo son, así que hacemos una criba tras otra, seleccionamos, elegimos con cuidado y aceptamos solo aquellos con alegatos de inocencia firmes. Y aun así cometemos errores.

—La situación allí podría ser muy peligrosa —dice Frankie.

—Lo sé. Llevamos mucho tiempo ignorando esto. Entretanto, él cuenta los días, cumple la condena de otra persona.

Frankie mastica las tortitas y apenas asiente, no está convencido.

—¿Cuándo hemos rehuido una pelea, Frankie?

—Puede que sea el momento. Rechazas casos todos los días, ¿no? Este podría ser más peligroso que todos los demás. Bien sabe Dios que tienes clientes potenciales de sobra.

—¿Te estás ablandando?

—No. Es que no quiero que te hagan daño. A mí nadie

me ve, Cullen. Vivo y trabajo en la sombra. Pero tu nombre figura en los alegatos. Si empiezas a indagar en un lugar tan horrible como Seabrook, podrías disgustar a algunos personajes nada agradables.

Sonrío.

—Razón de más para hacerlo —digo.

El sol ha salido cuando nos marchamos de la cafetería. En el aparcamiento nos damos un abrazo masculino como es debido y nos despedimos. No tengo ni idea de hacia dónde se dirige, y eso es lo bueno de Frankie. Se despierta cada mañana en libertad, da las gracias a Dios por su buena fortuna, se monta en su ranchera último modelo, con asientos delanteros y traseros, y sigue al sol.

Su libertad me da ánimos y me mantiene en la lucha. De no ser por el Ministerio de los Guardianes, seguiría pudriéndose en la cárcel.

3

No hay una ruta directa entre Opelika, Alabama, y Savannah. Salgo de la interestatal y comienzo a atravesar el centro de Georgia por carreteras de dos carriles que por la mañana se llenan de tráfico. He estado aquí con anterioridad. En los últimos diez años he recorrido prácticamente todas las autopistas del Cinturón de la Muerte, desde Carolina del Norte hasta Texas. En una ocasión estuve a punto de aceptar un caso en California, pero Vicki lo rechazó. No me gustan los aeropuertos, y los Guardianes no pueden permitirse llevarme de aquí para allá en avión. Así que paso mucho rato conduciendo, con litros de café y audiolibros. Y alterno períodos de profunda y sosegada contemplación con frenéticos momentos al teléfono.

En una localidad pequeña paso por el juzgado del condado y veo a tres jóvenes abogados con sus mejores trajes entrando en el edificio, sin duda para ocuparse de algún asunto importante. Yo podría haber sido uno de esos no hace tanto.

Tenía treinta años cuando dejé la abogacía por primera vez, y por una buena razón.

Esa mañana comenzó con la repulsiva noticia de que habían hallado a una pareja de jóvenes blancos de dieciséis años muertos con un tajo en el cuello. A ambos los habían mutilado sexualmente. Era evidente que habían aparcado en una zona remota del municipio cuando un grupo de adolescentes negros los asaltó y les quitó el coche. El vehículo se encontró horas más tarde. Alguien de la banda había hablado. Se realizaron detenciones. Se informó de los detalles.

Esa era la temática habitual de las noticias de primera hora de la mañana en Memphis. Se informaba de la violencia de la noche pasada a una audiencia hastiada que vivía con la gran pregunta: «¿Cuánto más podemos soportar?». Sin embargo, esa noticia resultó impactante incluso en Memphis.

Brooke y yo lo vimos en la cama, con la primera taza de café, como de costumbre.

—Esto podría ser espantoso —farfullé después del primer informe.

—Es espantoso —me corrigió.

—Ya sabes a qué me refiero.

—¿Te asignarán a uno de ellos?

—Empieza a rezar ya —dije.

Cuando me metí en la ducha me sentía asqueado y empecé a idear formas de evitar la oficina. No tenía apetito y me salté el desayuno. Cuando me disponía a salir, sonó el teléfono. Mi supervisor me pidió que me diera prisa. Me despedí de Brooke con un beso.

—Deséame suerte —le dije—. Va a ser un día largo.

La oficina del defensor público está en el centro, en el edificio de Justicia Penal. Cuando llegué a las ocho en punto, el lugar era como un depósito de cadáveres. Todo el mundo parecía estar escondido en su despacho, intentando evitar todo contacto visual. Minutos más tarde, nuestro supervisor nos convocó a una sala de reuniones. Éramos seis en Grandes Crímenes y, dado que trabajábamos en Memphis, teníamos clientes en abundancia. Con treinta años, yo era el más joven, y al echar un vistazo a la sala supe que estaba a punto de tocarme la papeleta.

—Parece ser que son cinco, y ya están todos encerrados —dijo el jefe—. Edades comprendidas entre los quince y los diecisiete. Dos han accedido a hablar. Por lo visto encontraron a la pareja en el asiento trasero del coche del chico, enrollándose. Cuatro de los cinco acusados son aspirantes a miembros de una banda, los Raven, y para ser admitidos tienen que violar a una chica blanca. Una chica rubia. Crissy Spangler era rubia. El líder, un tal Lamar Robinson, daba las órdenes. Al chico, Will Foster, lo ataron a un árbol y lo obligaron a mirar mientras se turnaban con Crissy. Como no se callaba, lo mutilaron y le rebanaron la garganta. Las fotos de la policía de Memphis están en camino.

Los seis nos quedamos mudos de espanto cuando la realidad caló. Miré hacia la ventana con pestillo. Tirarme de cabeza al aparcamiento parecía una opción razonable.

—Se llevaron el coche de Will, y los muy espabilados se saltaron un semáforo en rojo en South Third —prosiguió el jefe—. La policía los paró, vio sangre y los detuvo. Dos empezaron a hablar y dieron detalles. Afirmaron que lo habían hecho los otros, pero sus confesiones implican a los cinco. Esta mañana se están realizando las autopsias. Ni que decir tiene que estamos metidos hasta el cuello. Las comparecencias iniciales están previstas para las dos de esta tarde, y va a ser un circo. Hay periodistas por todas partes y se están filtrando detalles.

Me acerco poco a poco a la ventana.

—Post, te toca uno de quince llamado Terrence Lattimore —le oí decir—. Por lo que sabemos, este no ha hablado.

Cuando hubo asignado al resto, el supervisor dijo:

—Id a la cárcel ahora mismo a conocer a vuestros nuevos clientes. Informad a la policía de que no se los puede interrogar si no es en vuestra presencia. Son miembros de una banda y lo más seguro es que no colaboren, al menos no tan pronto. —Cuando terminó, miró uno por uno a cada uno de nosotros, los desdichados, y añadió—: Lo siento.

Una hora más tarde, cruzaba la entrada de la cárcel de la ciudad cuando alguien, seguramente una reportera, gritó:

—¿Representa a uno de esos asesinos?

Fingí ignorarla y continué caminando.

Cuando entré en la pequeña sala de interrogatorio, Terrence Lattimore tenía las muñecas y los tobillos esposados y estaba encadenado a una silla metálica. En cuanto nos quedamos solos le expliqué que me habían asignado su caso y que tenía que hacerle unas preguntas, solo las cosas básicas para empezar. No obtuve nada más que una sonrisita de satisfacción y una mirada asesina. Aunque solo tuviera quince años, era un chico duro que ya había visto de todo. Endurecido por el mundo de las bandas, las drogas y la violencia. Me odiaba a mí y a todos los blancos. Dijo que no tenía una dirección y que no me acercara a su familia. Sus antecedentes penales incluían dos expulsiones escolares y cuatro acusaciones en el tribunal de menores, todas con violencia de por medio.

Al mediodía estaba dispuesto a dimitir y a buscar otro empleo. Cuando hacía tres años me uní a la oficina del defensor público, lo hice solo porque no lograba entrar en ningún bufete. Y después de tres años trabajando en las cloacas del sistema de justicia penal, me cuestionaba muy seriamente por qué había elegido estudiar derecho. En realidad, no conseguía recordarlo. Mi carrera me ponía en contacto a diario con gente a la que no me acercaría fuera de un tribunal.

Comer era del todo impensable, habría sido imposible tragar nada. Los cinco elegidos nos reunimos con el supervisor y estudiamos con detenimiento las fotos de la escena del crimen y los informes de las autopsias. Cualquier alimento que hubiera tenido en el estómago habría acabado en el suelo.

¿Qué coño estaba haciendo con mi vida? Como abogado penalista, ya estaba harto de la pregunta: «¿Cómo puedes representar a una persona que sabes que es culpable?». Siempre contestaba con la respuesta estándar que nos daban en la facultad: «Bueno, todo el mundo tiene derecho a una defensa digna. Lo dice la Constitución».

Pero yo ya no creía en eso. Lo cierto es que algunos delitos son tan atroces y crueles que el asesino debería: a) ser ejecutado, si crees en la pena de muerte, o b) ser encerrado de por vida, si no crees en la pena de muerte. Cuando salí de esa horrible reunión, ya no estaba seguro de en qué creía.

Fui al cuchitril que tenía por despacho, que al menos contaba con una puerta que podía cerrar con pestillo. Desde la ventana miré el pavimento y me imaginé saltando y alejándome flotando hasta una playa exótica, donde la vida sería magnífica y donde solo me tendría que preocupar por qué bebida fría tomaría a continuación. Era extraño, pero Brooke no estaba conmigo en el sueño. El teléfono de mi escritorio me hizo volver a la realidad.

Había estado alucinando, no soñando. De repente todo iba a cámara lenta y me costó decir: «Hola». La voz se identificó como periodista y dijo que solo tenía algunas preguntas acerca de los asesinatos. Como si yo fuera a comentar el caso con ella. Colgué. Pasó una hora en la que no recuerdo que hiciera nada. Estaba atontado, asqueado y solo deseaba salir corriendo. Me acordé de llamar a Brooke y darle la terrible noticia de que representaba a uno de los cinco.

La primera comparecencia a las dos de la tarde se trasladó de una sala pequeña a una más grande, y aun así no fue suficiente. Debido a su tasa de delincuencia, Memphis tenía un montón de policías, y la mayoría de ellos estaban en el edificio esa tarde. Bloquearon las puertas y registraron a todos y cada uno de los periodistas y espectadores. En la sala había dos policías plantados al fondo del pasillo central y a lo largo de las tres paredes.

El primo de Will Foster era bombero de la ciudad de Memphis. Llegó con un grupo de colegas y parecían listos para atacar en cualquier momento. Algunos hombres negros se encaminaron a un rincón del fondo del otro extremo, lo más lejos posible de la familia de las víctimas. Había periodistas por todas partes, pero sin cámaras. Abogados que nada tenían que hacer allí pululaban por doquier, curiosos.

Accedí a la sala del jurado por una entrada de servicio y me colé por una puerta para echar un breve vistazo al gentío. El lugar estaba abarrotado. La tensión se palpaba en el ambiente.

El juez ocupó el estrado y pidió orden. Hicieron entrar a los cinco acusados, todos con monos color naranja iguales y encadenados entre sí. La audiencia se quedó boquiabierta al verlos por primera vez. Los dibujantes de la sala empezaron a garabatear. Más policías formaron una hilera detrás de los cinco a modo de escudo. Los acusados se colocaron frente al estrado, los cinco mirándose los pies.

—¡Soltadlos, joder! ¡Soltadlos! —gritó una voz profunda desde el fondo.

Los policías se apresuraron a acallar al hombre.

Una mujer chilló entre lágrimas.

Fui a situarme detrás de Terrence Lattimore, junto con mis cuatro colegas. Mientras avanzaba, eché un vistazo a la gente sentada en las dos filas delanteras. No cabía duda de que eran allegados de las víctimas, y me miraron con absoluto odio.

Odiado por mi cliente. Odiado por sus víctimas. ¿Qué coño estaba haciendo yo en ese tribunal?

El juez dio un golpe con el mazo y dijo:

—Voy a mantener el orden en esta sala. Esta es una primera comparecencia, cuyo propósito es determinar la identidad de los acusados y garantizar que los representa un abogado. Nada más. Bien, ¿quién es el señor Lamar Robinson?

Robinson levantó la vista y farfulló algo.

—¿Cuántos años tiene, señor Robinson?

—Diecisiete.

—Se le ha asignado a la señora Julie Showalter, de la oficina del defensor público, para que lo represente. ¿Se ha reunido con ella?

Mi colega Julie dio un paso al frente y se situó entre Robinson y el siguiente acusado. Como los acusados estaban encadenados entre sí, los abogados no podíamos acercarnos más. Siempre retiraban las esposas y las cadenas en el tribunal, y el hecho de que en ese caso no lo hubieran hecho decía mucho del ánimo del juez.

Robinson miró a Julie, situada a su derecha, y se encogió de hombros.

—¿Desea que lo represente, señor Robinson?

—¿Puedo tener un abogado negro? —preguntó.

—Usted puede contratar a quien quiera. ¿Tiene dinero para un abogado privado?

—Puede.

—Muy bien, hablaremos de ello más tarde. A continuación, el señor Terrence Lattimore.

Terrence miró al juez como si quisiera degollarle también a él.

—¿Qué edad tiene, señor Lattimore?

—Quince.

—¿Tiene dinero para un abogado privado?

Él negó con la cabeza.

—¿Desea que el señor Cullen Post, de la oficina del defensor público, lo represente?

Él se encogió de hombros, como si le diera igual.

El juez me miró.

—Señor Post, ¿se ha reunido con su cliente? —preguntó.

El señor Post no podía responder. Abrí la boca, pero no salió nada. Retrocedí un paso sin dejar de mirar hacia el estrado, desde donde Su Señoría me observaba impasible.

—¿Señor Post?

En la sala reinaba el silencio, pero yo oía un pitido agudo, penetrante y sin sentido. Se me doblaban las rodillas, me costaba respirar. Retrocedí otro paso y acto seguido di media vuelta y me abrí camino entre el muro de policías. Llegué al banquillo de los acusados, abrí la puerta batiente a la altura de mis rodillas y recorrí el pasillo central. Avancé rozando a un policía tras otro y ninguno intentó detenerme. Su Señoría dijo algo como: «Señor Post, ¿adónde va?». El señor Post no tenía ni idea.

Conseguí atravesar la puerta principal, dejé atrás la sala del tribunal y fui derecho al baño de caballeros, donde me encerré en un urinario y vomité. Tuve náuseas y arcadas, hasta que no quedó nada, y después fui hasta un lavabo y me eché agua en la cara. Era vagamente consciente de que me encontraba en una escalera mecánica, pero no tenía noción del tiempo, el espacio, el sonido ni el movimiento. No me acuerdo de haber salido del edificio.

Estaba en mi coche rumbo al este por Poplar Avenue, alejándome del centro. Me salté un semáforo en rojo sin querer y evité por los pelos lo que habría sido una desagradable colisión. Oí bocinazos furiosos a mi espalda. En un momento dado me percaté de que me había dejado el maletín en la sala y eso me hizo sonreír. Jamás volvería a verlo.

Mis abuelos maternos vivían en una pequeña granja a poco más de dieciséis kilómetros al oeste de Dyersburg, Tennessee, mi ciudad natal. Llegué allí en algún momento de esa tarde. Había perdido por completo la noción del tiempo y no recuerdo haber tomado la decisión de ir a casa. Mis abuelos se llevaron una sorpresa al verme, me lo dijeron más tarde, pero enseguida se dieron cuenta de que necesitaba ayuda. Me interrogaron, pero todas las preguntas topaban con una mirada perdida, vacía. Me metieron en la cama y llamaron a Brooke.

Más tarde esa noche, los médicos me subieron a una ambulancia. Con Brooke a mi lado, hicimos un trayecto de tres horas hasta un hospital psiquiátrico cerca de Nashville. No había camas libres en Memphis, y de todas formas yo no quería volver allí. Durante los siguientes días empecé terapia, medicación y largas sesiones con los psiquiatras, y poco a poco comencé a aceptar mi crisis nerviosa. Transcurrido un mes nos notificaron que la aseguradora cerraba el grifo. Era hora de marcharme y estaba listo para salir de allí.

Me negué a volver a nuestro apartamento en Memphis, así que me quedé con mis abuelos. En esa época, Brooke y yo decidimos dejarlo. Más o menos a la mitad de nuestros tres años de matrimonio nos dimos cuenta de que no podíamos pasar juntos el resto de nuestra vida, y que intentarlo nos haría muy desgraciados. No habíamos hablado de esto en su momento, y raras veces discutíamos o nos peleábamos. De algún modo, durante esos sombríos días en la granja encontramos el valor para sincerarnos. Aún nos queríamos, pero nos estábamos distanciando. Al principio acordamos una separación de prueba de un año, pero hasta eso abandonamos. Nunca la he culpado por dejarme a causa de mi crisis nerviosa. Yo quería acabar, y ella también. Nos separamos con el corazón roto, pero juramos seguir siendo amigos, o al menos intentarlo. Eso tampoco funcionó.

Mientras Brooke salía de mi vida, Dios llamaba a mi puerta. Apareció en la persona del padre Bennie Drake, el sacerdote episcopaliano de mi iglesia en Dyersburg. Bennie tenía unos cuarenta años, era guay, moderno y divertido. Vestía vaqueros desgastados casi todo el tiempo, siempre con alzacuello y chaqueta negra, y no tardó en convertirse en el aspecto estimulante de mi recuperación. Sus visitas semanales pronto pasaron a ser casi diarias, y yo vivía por y para nuestras largas conversaciones en el porche delantero. Confié en él de inmediato y le confesé que no quería retomar la abogacía. Tenía solo treinta años y deseaba una nueva carrera en la que ayudara a los demás. No quería pasar el resto de mi vida demandando a gente, defendiendo a los culpables ni trabajando bajo una gran presión para un bufete de abogados. Cuanto más cerca me sentía de Bennie, más ganas tenía de ser como él. Bennie vio algo en mí y me sugirió que me planteara al menos la posibilidad del sacerdocio. Compartíamos largas oraciones y conversaciones aún más largas, y poco a poco comencé a sentir la llamada del Señor.

Ocho meses después de mi última comparecencia en el tribunal, me mudé a Alexandria, Virginia, y entré en el seminario, donde pasé los tres años siguientes estudiando con afán. Para mantenerme, trabajaba veinte horas a la semana como ayudante de investigación en un bufete de abogados enorme de Washington D. C. Odiaba el trabajo, pero conseguí disimular mi desprecio. Todas las semanas recordaba por qué había dejado la profesión.

Me ordenaron a la edad de treinta y cinco años y conseguí un puesto de sacerdote asociado en la iglesia episcopaliana de la Paz de Drayton Street, en el distrito histórico de Savannah. El vicario era un hombre maravilloso llamado Luther Hodges, y durante años tuvo un ministerio carcelario. Su tío había muerto entre rejas y estaba decidido a ayudar a los olvidados. Tres meses después de trasladarme a Savannah conocí al señor François Tatum, una verdadera alma olvidada.

Sacar de la cárcel a Frankie dos años después fue la emoción más grande de mi vida. Encontré mi vocación. Por intervención divina conocí a Vicki Gourley, una mujer con una misión propia.

4

El Ministerio de los Guardianes tiene su sede en un pequeño rincón de un viejo almacén de Broad Street, en Savannah. El resto del enorme edificio lo utiliza la empresa de pavimentación que Vicki vendió hace años. Sigue siendo la propietaria del almacén, y se lo alquila a sus sobrinos, que dirigen el negocio. La mayor parte del alquiler se lo llevan los Guardianes.

Es casi mediodía cuando aparco y entro en nuestra oficina. No espero una bienvenida triunfal, y desde luego no la recibo. No tenemos recepcionista ni zona de recepción, ningún espacio agradable donde dar la bienvenida a nuestros clientes. Todos están en la cárcel. No contamos con asistentes porque no podemos permitírnoslos. Nosotros mismos escribimos, archivamos, programamos, respondemos al teléfono, preparamos el café y sacamos la basura.

A la hora del almuerzo, la mayoría de los días Vicki va a comer con su madre en una residencia de ancianos calle abajo. Su impoluto despacho está vacío. Echo un vistazo a su escritorio; no hay ni un solo papel fuera de lugar. Detrás, en un aparador, hay una fotografía a color de Vicki y Boyd, su difunto marido. Él montó el negocio, murió joven, y ella tomó las riendas y lo dirigió con puño de hierro hasta que el sistema judicial la cabreó y fundó los Guardianes.

Al otro lado del pasillo se encuentra el despacho de Mazy

Ruffin, nuestra directora de litigios y la cerebrito del grupo. Ella tampoco está a su mesa, seguramente anda llevando niños de acá para allá. Tiene cuatro, y por las tardes es habitual tropezarse con ellos en los Guardianes. En cuanto empieza el horario de guardería, Vicki cierra su puerta en silencio. Lo mismo hago yo si estoy en el despacho, lo cual no suele ser frecuente. Cuando hace cuatro años contratamos a Mazy, puso dos condiciones innegociables. La primera era que accediéramos a que trajera a sus hijos a la oficina cuando fuera necesario. No podía permitirse canguros demasiado a menudo. La segunda fue su sueldo. Necesitaba sesenta y cinco mil dólares al año para sobrevivir, ni un centavo menos. Vicki y yo no llegamos a eso entre los dos, pero, claro, ni tenemos hijos que sacar adelante ni nos preocupa nuestro sueldo. Aceptamos ambas condiciones y Mazy sigue siendo el miembro mejor remunerado del equipo.

Y es una ganga. Creció en el barrio de viviendas protegidas del sur de Atlanta. Era indigente, aunque no habla mucho de esos días. Gracias a su cerebro, una profesora del instituto se fijó en ella y le mostró algo de afecto. Pasó de forma arrolladora por la Universidad Morehouse y por la facultad de derecho Emory con becas completas y unas notas casi perfectas. Rechazó a los grandes bufetes y eligió trabajar para su gente en el Fondo de Defensa Legal de la NAACP, la Asociación Nacional para el Progreso de la Gente de Color. Esa carrera se apagó cuando su matrimonio se desmoronó. Un amigo mío la mencionó cuando estábamos buscando otro abogado.

La planta baja son los dominios de estas dos mujeres alfa. Cuando estoy aquí, paso el tiempo en el primer piso, donde me refugio en una atestada habitación a la que llamo «despacho». Al otro lado del pasillo está la sala de reuniones, aunque en los Guardianes no acogemos demasiadas conferencias. De vez en cuando la usamos para declaraciones o para reuniones con un exonerado y su familia.

Entro en la sala de reuniones y enciendo la luz. El centro está ocupado por una larga mesa de comedor ovalada que compré por cien dólares en un mercadillo. Alrededor hay diez sillas disparejas que hemos ido añadiendo a lo largo de los años. El carácter de la sala compensa de sobra la falta de estilo y buen gusto. En una pared —nuestro muro de la fama—, hay una hilera de ocho retratos a color, ampliados y enmarcados, de nuestros exonerados, empezando por Frankie. Esos rostros sonrientes son el corazón y el alma de nuestra operación. Nos motivan para seguir adelante, para luchar contra el sistema, para luchar por la libertad y la justicia.

Solo ocho. Y miles más a la espera. Nuestro trabajo jamás tendrá fin, y si bien esta realidad podría parecer desalentadora, también es enormemente motivadora.

En otra pared hay cinco fotografías más pequeñas de nuestros clientes actuales, todos ellos con ropa de presidiarios. Duke Russell, en Alabama. Shasta Briley, en Carolina del Norte. Billy Rayburn, en Tennessee. Curtis Wallace, en Mississippi. El pequeño Jimmy Flagler, en Georgia. Tres negros, dos blancos, una mujer. El color de piel y el sexo no significan nada en nuestro trabajo. Alrededor de la sala hay una caótica colección de fotografías de periódico enmarcadas que recogen esos gloriosos momentos en que sacamos a nuestros clientes inocentes de la cárcel. Yo aparezco en la mayoría, junto con otros abogados que ayudaron. Mazy y Vicki salen en algunas. Las sonrisas son muy contagiosas.

Subo las escaleras de nuevo hasta mi ático. Vivo en un apartamento de tres habitaciones, exento de alquiler, en la planta de arriba. No pienso describir el mobiliario. Solo hace falta decir que las dos mujeres de mi vida, Vicki y Mazy, no se acercarían por aquí. Suelo pasar una media de diez noches al mes aquí, y la dejadez es evidente. La verdad es que mi apartamento estaría aún más desordenado si fuera un residente a tiempo completo.

Me ducho en mi estrecho cuarto de baño y después me dejo caer encima de la cama atravesado.

Después de dos horas en coma, me despierta el ruido de abajo. Me visto y avanzo a trompicones. Mazy me saluda con una sonrisa enorme y un fuerte abrazo.

—Enhorabuena —dice una y otra vez.

—Ha faltado poco, chica, muy poco. Duke estaba comiendo su filete cuando recibimos la llamada.

—¿Se lo terminó?

—Por supuesto.

Daniel, su hijo de cuatro años, viene corriendo a por un abrazo. No tiene ni idea de dónde estaba yo anoche ni de qué estaba haciendo, pero siempre está listo para un abrazo. Vicki oye voces y se acerca con paso firme. Más abrazos, más felicitaciones.

Cuando perdimos a Albert Hoover en Carolina del Norte nos sentamos en el despacho de Vicki y nos dimos una buena panzada de llorar. Esto es mucho mejor.

—Prepararé café —dice Vicki.

Su despacho es un poco más grande, y no está repleto de juguetes y mesas plegables llenas de juegos y libros para colorear, así que nos retiramos allí para la reunión informativa. Dado que estuve en contacto con ellas por teléfono durante la cuenta atrás de anoche, conocen la mayoría de los detalles. Les cuento mi encuentro con Frankie y hablamos del siguiente paso en el caso de Duke. De repente no hay plazos, no hay fecha de ejecución, no hay la temida cuenta atrás en el horizonte, y la presión ha desaparecido. Las penas de muerte se alargan años a un ritmo lentísimo hasta que se fija una cita con la aguja. Entonces las cosas se vuelven frenéticas, trabajamos a contrarreloj, y cuando se concede un aplazamiento sabemos que pasarán meses y años antes del próximo susto. Sin embargo, nunca nos relajamos, porque nuestros clientes son inocentes y luchan por sobrevivir a la pesadilla de la cárcel.

Comentamos los otros cuatro casos, ninguno de los cuales se enfrenta a una fecha límite apremiante.

Abordo nuestro problema más desagradable.

—¿Qué pasa con el presupuesto? —pregunto a Vicki.

Ella sonríe como siempre.

—Ah, estamos en la ruina —responde.

—Tengo que hacer una llamada —dice Mazy, y se levanta y me da un beso en la frente—. Buen trabajo, Post.

El presupuesto es un tema que prefiere evitar, y Vicki y yo no la agobiamos con ello. Sale y regresa a su despacho.

—Tenemos el cheque de la Fundación Cayhill, cincuenta mil, así que durante unos meses podemos pagar las facturas.

Se requiere más o menos medio millón de dólares al año para financiar nuestras operaciones, y lo obtenemos pidiendo y mendigando a pequeñas organizaciones sin ánimo de lucro y a algunas personas. Si tuviera estómago para recaudar fondos, me pasaría la mitad del día al teléfono, y escribiendo cartas y dando discursos. Existe una correlación directa entre la cantidad de dinero que podemos gastar y el número de personas inocentes que podemos exonerar, pero sencillamente no tengo tiempo ni ganas de mendigar. Vicki y yo decidimos hace mucho tiempo que no podríamos soportar los quebraderos de cabeza que supondría contar con numeroso personal ni la presión constante de recaudar dinero. Preferimos una actividad más pequeña y austera, y austeros sí que somos.

Una exoneración exitosa puede llevar muchos años y requerir como mínimo unos doscientos mil dólares en efectivo. Cuando necesitamos dinero extra, siempre lo encontramos.

—Estamos bien —dice, como de costumbre—. Estoy tratando de conseguir subvenciones y persiguiendo a algunos donantes. Sobreviviremos. Como siempre.

—Mañana haré algunas llamadas —digo.

Pese a lo desagradable que es, me obligo a pasar unas cuantas horas cada semana llamando a abogados simpatizantes para pedirles dinero. También tengo una pequeña red de iglesias a las que les doy sablazos. En realidad, no somos un ministerio como tal, pero denominarnos así no perjudica nuestros esfuerzos.

—Supongo que vas a Seabrook —dice Vicki.

—Sí. He tomado una decisión. Lo hemos ignorado durante tres años y estoy harto de darle vueltas. Estamos convencidos de que es inocente. Lleva veintidós años en prisión y no tiene abogado. Nadie trabaja en su caso y yo digo que nos apuntemos.

—Mazy y yo estamos de acuerdo.

—Gracias.

Lo cierto es que yo tomo la decisión definitiva en cuanto a si cogemos un caso o pasamos. Evaluamos un caso durante mucho tiempo y conocemos los hechos tan a fondo como es posible, y si uno de los tres se opone de manera categórica, nos retiramos. Seabrook nos atormenta desde hace mucho tiempo, sobre todo porque estamos seguros de que a nuestro próximo cliente le tendieron una trampa.

—Esta noche voy a hacer codornices asadas.

—Bendita seas. Estaba esperando a que me invitaras.

Vicki vive sola y le encanta cocinar, y cuando estoy en la ciudad solemos reunirnos en su pequeño y acogedor adosado, a cuatro manzanas de distancia, y compartimos una larga comida. Le preocupa mi salud y mis hábitos alimentarios. A Mazy le preocupa mi vida amorosa, que es inexistente y, por tanto, me tiene sin cuidado.

5

La ciudad de Seabrook se encuentra en la pantanosa zona rural del norte de Florida, lejos de las urbanizaciones y los complejos para jubilados. Tampa está a dos horas en dirección sur; Gainesville, a una hora hacia el este. Aunque el Golfo queda a tan solo cuarenta y cinco minutos, por una carretera de dos carriles, la costa nunca ha llamado la atención de los maníacos promotores inmobiliarios. Con una población de once mil habitantes, Seabrook es la sede del condado de Ruiz y el centro de la mayor parte de la actividad comercial en un área olvidada. El declive de la población se ha visto frenado en cierta medida por algunos jubilados atraídos por la vida barata en los parques de casas móviles. La calle principal aguanta, con algunos edificios vacíos, y en las afueras incluso hay algunas grandes tiendas de saldos. El bonito juzgado de estilo español se conserva bien y está muy concurrido, y unas dos docenas de abogados atienden los mundanos asuntos legales del condado.

Hace veintidós años hallaron a uno de ellos asesinado en su despacho, y durante unos cuantos meses Seabrook fue objeto de los únicos titulares de su historia. Se llamaba Keith Russo y tenía treinta y siete años cuando murió. Su cadáver fue hallado en el suelo detrás de su escritorio, con sangre por todas partes. Le habían disparado dos veces en la cabeza con una escopeta de calibre 12, y no quedaba mucho de su rostro. Las fotografías de la escena del crimen eran horripilantes, nauseabundas incluso, al menos para algunos miembros del jurado. Aquella fatídica noche de diciembre se quedó trabajando solo en su despacho hasta tarde. Poco antes de que muriese, cortaron la luz de su despacho.

Keith había ejercido la abogacía en Seabrook durante once años con su compañera y esposa, Diana Russo. No tenían hijos. En los primeros años de su bufete, habían trabajado duro como abogados generalistas, pero ambos querían ir más lejos, escapar de la rutina de redactar testamentos y escrituras y de presentar demandas de divorcio amistoso. Aspiraban a ser abogados litigantes y acceder al lucrativo sistema de agravios del estado. Pero a ese nivel los rivales eran feroces y luchaban por hacerse con los casos importantes.

Diana estaba en la peluquería cuando su marido fue asesinado. Encontró su cuerpo tres horas más tarde; no había vuelto a casa ni respondía al teléfono. Después de su funeral, se recluyó y guardó luto durante meses. Cerró el despacho, vendió el edificio y acabó vendiendo su casa y regresando a Sarasota, de donde era oriunda. Recibió dos millones de dólares de un seguro de vida y heredó la parte de Keith de sus bienes comunes. Los investigadores analizaron la póliza del seguro de vida, pero no fueron más allá. La pareja había creído firmemente en la protección de contar con un seguro de vida desde el inicio de su matrimonio. Ella tenía una póliza de vida idéntica.

Al principio no hubo sospechosos, hasta que Diana sugirió el nombre de un tal Quincy Miller, un excliente del bufete, y bastante insatisfecho además. Cuatro años antes de su asesinato, Keith había llevado el divorcio de Quincy, y el cliente no había quedado para nada contento con el resultado. El juez le impuso una pensión alimenticia y una manutención mayor de lo que podía permitirse, y eso le arruinó la vida. Cuando el hombre no pudo seguir pagando los honorarios de un abogado para una apelación, Keith dejó el asunto, dio por terminada su representación y el plazo para presentar la apelación expiró. Quincy ganaba un buen sueldo como camionero para una empresa regional, pero perdió su trabajo cuando su exmujer hizo que le embargaran la nómina por retrasarse en el pago de la pensión. Incapaz de pagar, Quincy se declaró en bancarrota y al final huyó de la zona. Lo pillaron, regresó a Seabrook, lo encarcelaron por impago y pasó tres meses en la cárcel antes de que el juez lo soltara. Huyó de nuevo y lo arrestaron por vender drogas en Tampa. Cumplió un año de condena antes de que le concedieran la libertad condicional.

No era de extrañar que culpara a Keith Russo de todos sus problemas. La mayoría de los abogados de la ciudad coincidían discretamente en que Keith podría haber representado a su cliente con mayor firmeza. Keith odiaba llevar divorcios, lo consideraba un trabajo degradante para un aspirante a abogado litigante. Según Diana, Quincy se pasó por el despacho en al menos dos ocasiones, amenazó al personal y exigió ver a su exabogado. No había constancia de que nadie llamara a la policía. Diana también afirmó que Quincy llamó al teléfono de su casa con amenazas, pero no les preocupó tanto como para cambiar de número.

Nunca se encontró el arma del crimen. Quincy juró que jamás había tenido una escopeta, pero su exmujer dijo a la policía que creía que sí tenía una. La pista para ese caso llegó dos semanas después del asesinato, cuando la policía confiscó su coche con una orden de registro. En el maletero encontraron una linterna con minúsculas motas de cierta sustancia salpicadas por toda la lente. Dieron por hecho que se trataba de sangre. Quincy afirmó que no había visto jamás esa linterna, pero su exmujer dijo que creía que era de él.

Enseguida se aprobó una teoría y el asesinato quedó resuelto. La policía creía que Quincy planeó el ataque de forma cuidadosa y que aguardó hasta que Quincy se quedara trabajando a solas hasta tarde. Cortó la luz del cajetín eléctrico situado detrás de la oficina, entró por la puerta trasera, que no estaba cerrada con llave, y, dado que había estado varias veces en el despacho, sabía exactamente dónde encontrar a Keith. Se abrió paso en la oscuridad con una linterna, irrumpió en el despacho de Keith, disparó dos veces la escopeta y huyó de la escena del crimen. Dada la cantidad de sangre en el lugar de los hechos, parecía razonable que muchos objetos del despacho recibieran salpicaduras.

A dos manzanas de allí, en una calle aledaña, una drogadicta llamada Carrie Holland vio a un hombre negro que huía corriendo de la zona. Le pareció que llevaba un palo o algo, no estaba segura. Quincy es negro. La población de Seabrook es un ochenta por ciento blanca, un diez por ciento negra y un diez por ciento hispana. Carrie no pudo identificar a Quincy, pero juró que tenía la misma estatura y constitución que el hombre al que vio.

El abogado de oficio de Quincy logró un cambio de juzgado y el juicio se celebró en el condado de al lado. Era un ochenta y tres por ciento blanco. Había una persona negra en el jurado.

El caso giró en torno a la linterna hallada en el maletero de Quincy. Un experto en análisis de sangre de Denver testificó que, dada la ubicación del cuerpo, la probable línea de fuego de la escopeta, la altura del fallecido y del agresor, y la cantidad de sangre hallada en las paredes, el suelo, las estanterías y el aparador, tenía la certeza de que la linterna se encontraba presente en el tiroteo. Las misteriosas motas en la lente se describieron como «salpicadura de retorno». Eran demasiado pequeñas para analizarlas, así que no pudieron compararlas con la sangre de Keith. Sin que este hecho lo amedrentara, el experto declaró ante el jurado que las motas eran sin duda de sangre. Sorprendentemente, el experto reconoció que no había visto la linterna en ningún momento pero que la había examinado «a conciencia» estudiando una serie de fotografías a color tomadas por los investigadores. La linterna desapareció meses antes del juicio.

Diana testificó que su marido conocía bien a su excliente y que lo aterrorizaba. Muchas veces le confió que tenía miedo de Quincy, a veces hasta llevaba una pistola.

Carrie Holland declaró e hizo de todo menos señalar con el dedo a Quincy. Negó que la fiscalía la hubiera coaccionado para que testificara y negó que le hubieran ofrecido rebajarle un cargo de drogas pendiente.

Mientras Quincy esperaba el juicio, lo trasladaron a una cárcel regional en Gainesville. No hubo explicaciones para el traslado. Pasó una semana allí y lo devolvieron a Seabrook. Sin embargo, mientras estuvo ausente, lo metieron en una celda con un soplón de la cárcel llamado Zeke Huffey que declaró que Quincy se había jactado del asesinato y estaba muy orgulloso de sí mismo. Huffey conocía los detalles del asesinato, incluidos el número de disparos y el calibre de la escopeta. Para dar vidilla a su testimonio, dijo al jurado que Quincy se jactó de que al día siguiente condujo hasta la costa y tiró la escopeta en el Golfo. En el interrogatorio de la defensa, Huffey negó haber llegado a un acuerdo con el fiscal a cambio de un trato más indulgente.

El investigador de la policía del estado declaró que no se hallaron huellas de Quincy en la escena ni en la caja del contador, y se le permitió conjeturar que «el agresor seguramente llevaba guantes».

Un patólogo presentó en su declaración grandes fotografías a color de la escena del crimen. El abogado defensor protestó de manera enérgica, afirmó que las fotos eran muy perjudiciales, incluso incendiarias, pero el juez las permitió de todas formas. Varios miembros del jurado parecieron conmocionados por las vívidas imágenes en las que se veía a Keith cubierto de sangre y sin gran parte del rostro. La causa de la muerte era evidente.

Debido a sus antecedentes penales y a otros problemas legales, Quincy no subió al estrado. Su abogado era un novato, designado por el tribunal y que aún no había cumplido los treinta, llamado Tyler Townsend. El hecho de que jamás hubiera defendido a un cliente de la pena capital normalmente habría planteado un conflicto en una apelación, pero no en el caso de Quincy. Su defensa fue tenaz. Townsend argumentó contra cada testigo de la fiscalía y cada prueba. Cuestionó a los expertos y sus conclusiones, señaló los fallos de sus teorías y se burló del departamento del sheriff por perder la linterna, la prueba más importante. Agitó las fotos a color delante del jurado y puso en duda que las motas de la lente fueran de sangre. Despreció a Carrie Holland y a Zeke Huffey y los llamó mentirosos. Insinuó que Diana no era una viuda inocente y la hizo llorar en el interrogatorio, lo que no requirió demasiado esfuerzo. El juez lo llamó al orden muchas veces, pero Townsend no se doblegó. Tan ferviente fue su defensa que los miembros del jurado a menudo eran incapaces de disimular el desprecio que les inspiraba. El juicio se convirtió en una trifulca en la que el joven Tyler reprendía a los fiscales, faltaba el respeto al juez y arengaba a los testigos del estado.

La defensa ofreció una coartada. Según una mujer llamada Valerie Cooper, Quincy estaba con ella en el momento del asesinato. Era una madre soltera que vivía en Hernando, a una hora al sur de Seabrook. Había conocido a Quincy en un bar y su relación había sido intermitente. Afirmó que Quincy estaba con ella, pero en el estrado la intimidaron y no resultó creíble. Cuando el fiscal sacó a colación una condena por drogas, se desmoronó.

En un apasionado alegato final, Tyler Townsend sacó dos accesorios —una escopeta de calibre 12 y una linterna— y argumentó que habría sido casi imposible realizar dos disparos y dar en el blanco sujetando ambas cosas. Los miembros del jurado, procedentes en su mayoría de zonas rurales, parecieron entender aquello, pero de poco sirvió. Tyler lloraba mientras suplicaba un veredicto absolutorio.

No lo consiguió. El jurado necesitó poco tiempo para condenar a Quincy por el asesinato. Pero su castigo resultó más complicado, pues el jurado estaba en desacuerdo. Al final, tras dos días de intenso y acalorado debate, el único miembro negro insistió en la cadena perpetua sin libertad condicional. A los once miembros blancos los dejó insatisfechos no poder pronunciar una condena a muerte.

Las apelaciones de Quincy siguieron su curso y su condena fue ratificada de forma unánime en todos los aspectos. Durante veintidós años ha mantenido su inocencia, pero nadie lo escucha.

Perder dejó al joven Tyler Townsend destrozado, y nunca se recuperó. La ciudad de Seabrook se volvió contra él, y su incipiente bufete se marchitó. No mucho después de que terminaran las apelaciones, tiró por fin la toalla y se mudó a Jacksonville, donde trabajó como abogado de oficio a tiempo parcial hasta que cambió de trayectoria profesional.

Frankie lo encontró en Fort Lauderdale, donde parece que lleva una vida agradable, tiene familia y un buen negocio de construcción de centros comerciales con su suegro. Abordarlo requerirá tacto y planificación, algo que se nos da bien.

Diana Russo nunca volvió a Seabrook y, por lo que sabemos, no se ha vuelto a casar. Pero no estamos seguros. A través de una empresa de seguridad privada que contratamos de vez en cuando, Vicki descubrió hace un año que vivía en la isla de Martinica. Por otro montón de pasta, nuestros espías escarbarían más y nos darían más información. Pero por el momento no podemos justificar el dinero. Intentar tener una charla con ella sería una pérdida de tiempo.

Nuestro objetivo es exonerar a Quincy Miller. Encontrar al verdadero asesino no es una prioridad. Para tener éxito debemos desmontar el caso. Resolver el asesinato corresponde a otras personas, y después de veintidós años puedes estar bien seguro de que nadie trabaja en eso. Este no es un caso sin resolver. El estado de Florida obtuvo una condena. La verdad es irrelevante.

6

Quincy se ha pasado los últimos dieciocho años encerrado en el centro penitenciario Garvin, cerca de la localidad rural de Peckham, a una hora al norte de Orlando. Mi primera visita a este lugar fue hace cuatro meses, cuando vine en calidad de sacerdote para trabajar en el ministerio de la prisión. Entonces vestía mi vieja camisa negra y el alzacuello. Es sorprendente hasta qué punto me muestran más respeto como sacerdote que como abogado, por lo menos en la cárcel.

Hoy llevo de nuevo alzacuello, solo para fastidiarlos. Vicki se ha ocupado del papeleo y en el registro figuro de forma oficial como el abogado de Quincy. El guardia de recepción examina los papeles, estudia mi alzacuello, tiene preguntas, pero está demasiado desconcertado para hacerlas. Entrego mi teléfono móvil, cruzo los escáneres y a continuación espero una hora en una lóbrega sala de espera, donde hojeo las revistas sensacionalistas y me pregunto una vez más en qué se está convirtiendo el mundo. Por fin vienen a buscarme y sigo a un guardia fuera del primer edificio, a lo largo de una acera flanqueada por una verja y alambre de espino. He visto el interior de tantas cárceles que ya no me impacta su dureza. En muchos y horribles aspectos todas son iguales: edificios de hormigón de poca altura, sin ventanas, patios llenos de hombres con el mismo uniforme matando el tiempo, guardias ceñudos que apestan a desprecio porque allí soy un intruso que va para ayudar a los maleantes. Entramos en otro edificio y paso a una larga sala con una hilera de cubículos. El guardia abre una puerta de uno y me metro dentro.

Quincy ya está ahí, al otro lado de una gruesa ventana de plástico. La puerta se cierra y nos quedamos a solas. Para dificultar al máximo las visitas, la ventana divisoria no tiene aberturas y nos vemos obligados a hablar a través de voluminosos teléfonos de hace como mínimo tres décadas. Si quiero pasarle un documento a mi cliente, tengo que llamar a un guardia para que primero lo examine y luego lo lleve al otro lado.

Quincy sonríe y golpea la ventana con el puño. Le devuelvo el saludo, nos hemos estrechado la mano de forma oficial. Ahora tiene cincuenta y un años y, salvo por el cabello canoso, aparenta unos cuarenta. Levanta pesas todos los días, hace kárate, intenta evitar la bazofia que le sirven, se mantiene delgado y medita. Coge su teléfono.

—En primer lugar, señor Post, quiero darle las gracias por aceptar mi caso. —Se le empañan los ojos de inmediato y la emoción lo desborda.

Durante al menos los últimos quince años, Quincy no ha tenido abogado ni ningún tipo de representante legal, no hay un alma en el mundo libre que esté trabajando para demostrar su inocencia. Sé por mi vasta experiencia que esa es una carga casi insoportable. Un sistema corrupto lo encerró, y nadie está luchando contra el sistema. Sus cargas son ya bastante pesadas para ser un hombre inocente, pero sin voz se siente verdaderamente impotente.

—No hay de qué —digo—. Para mí es un honor estar aquí. La mayoría de mis clientes me llaman Post a secas, así que vamos a omitir eso de «señor».

Otra sonrisa.

—Hecho. Y yo soy Quincy a secas.

—El papeleo está hecho, así que estoy oficialmente a bordo. ¿Alguna pregunta al respecto?

—Sí, pareces más un predicador o algo así. ¿Por qué llevas alzacuello?

—Porque soy sacerdote episcopaliano, y el alzacuello tiene el don de granjearme más respeto, a veces.

—Una vez tuvimos un predicador que llevaba uno de esos. Nunca entendí por qué.

Lo criaron en la Iglesia Episcopaliana Metodista Africana, y sus ministros y obispos sí llevan alzacuello. La abandonó de adolescente. Se casó a los dieciocho con su novia porque estaba embarazada y el matrimonio nunca fue estable. Siguieron otros dos hijos. Sé sus nombres, sus direcciones y sus lugares de trabajo, y sé que no han hablado con él desde el juicio. Su exmujer testificó en su contra. Su único hermano se llama Marvis, un santo que lo visita todos los meses y le envía un pequeño cheque de vez en cuando.

Quincy tiene suerte de estar vivo. El miembro negro del jurado le salvó la vida. De lo contrario habría ido al corredor de la muerte en una época en que Florida mataba a gente con gran entusiasmo.

Como siempre, el expediente que los Guardianes tienen de él es grueso y sabemos todo lo posible.

—Bueno, ¿qué quieres saber, Post? —pregunta con una sonrisa.

—Oh, tenemos mucho trabajo por hacer. Empezamos con la escena del crimen e investigamos todo.

—Ha pasado mucho tiempo.

—Cierto, pero Keith Russo sigue muerto, y la gente que declaró en tu contra sigue viva. Los encontraremos, intentaremos ganarnos su confianza y veremos qué dicen ahora.

—¿Qué hay del soplón?

—Bueno, por raro que parezca, las drogas no lo han matado. Huffey está de nuevo en la cárcel, está vez en Arkansas. Ha pasado diecinueve de sus cuarenta años entre rejas, todo a causa de las drogas. Iré a verlo.

—No esperarás que diga que mintió, ¿verdad?

—Es posible. Con los soplones nunca se sabe. Los mentirosos profesionales suelen reírse de sus mentiras. A lo largo de su lamentable carrera ha declarado como soplón por lo menos en otros cinco casos, todos a cambio de tratos ventajosos con la policía. No tiene nada que ganar aferrándose a las mentiras que contó a tu jurado.

—Nunca olvidaré cuando hicieron entrar a ese chico, todo maqueado, con camisa blanca y corbata. Al principio no lo reconocí. Habían pasado meses desde que compartimos celda. Y cuando empezó a hablar sobre mi confesión tuve ganas de gritarle. Era evidente que la policía le había dado los detalles del crimen..., el corte de la electricidad, el uso de la linterna..., todo eso. En ese momento supe que estaba bien jodido. Miré al jurado y no había duda de que se lo estaban tragando. Todo. Hasta la última mentira que contó. ¿Y sabes qué, Post? Me quedé ahí sentado, escuchando a Huffey y pensé para mis adentros «Tío, ese pavo ha jurado decir la verdad. Y se supone que el juez tiene que asegurarse de que todos los testigos dicen la verdad. Y el fiscal sabe que su testigo está mintiendo. Sabe que el tío ha hecho un trato con la policía para salvar su culo». Todo el mundo lo sabía, todo el mundo menos esos imbéciles del jurado.

—Me avergüenza decir que sucede muy a menudo, Quincy. En este país los soplones de la cárcel testifican todos los días. En otros países civilizados están prohibidos, pero aquí no.

Quincy cierra los ojos y menea la cabeza.

—Cuando veas a esa escoria dile que sigo pensando en él.

—Pensar en la venganza no ayuda, Quincy. Es malgastar energía.

—Es posible, pero tengo un montón de tiempo para pensar en todo. ¿Hablarás con June?

—Si ella quiere.

—Seguro que no querrá.

Su exmujer se casó de nuevo tres años después del juicio, se divorció y volvió a casarse. Frankie la encontró viviendo en Tallahassee con el nombre de June Walker. Es evidente que al final halló cierta estabilidad, es la segunda esposa de Otis Walker, un electricista que trabaja en el campus de la Universidad Estatal de Florida. Viven en un barrio de clase media, de población predominantemente negra, y tienen un hijo en común. June tiene cinco nietos de su primer matrimonio, nietos que Quincy jamás ha visto ni en foto. Tampoco ha visto a sus tres hijos desde el juicio. Para él solo existen como niños, congelados en el tiempo.

—¿Por qué no iba a hablar conmigo? —pregunto.

—Porque ella también mintió. Vamos, Post, todos mintieron, ¿vale? Hasta los expertos.

—No estoy seguro de que los expertos creyeran que estaban mintiendo. Simplemente no entendían la ciencia y aportaron malas opiniones.

—Lo que sea. Eso descúbrelo tú. Yo sé muy bien que June mintió. Mintió sobre la escopeta y la linterna, y mintió cuando dijo al jurado que yo estaba cerca de la ciudad la noche del asesinato.

—¿Y por qué mintió, Quincy?

Él menea la cabeza como si mi pregunta fuera estúpida. Deja el teléfono, se frota los ojos y coge de nuevo el aparato.

—Estábamos en guerra, Post. Nunca debí casarme, y necesitaba el divorcio con desesperación. Russo me jodió vivo con el divorcio, y de pronto me era imposible pagar la manutención de los niños y la pensión alimenticia. Ella estaba sin trabajo y en muy mala situación. Cuando me retrasé en el pago, me demandó una y otra vez. Llegamos a odiarnos con toda el alma. Cuando me detuvieron por asesinato, le debía unos cuarenta mil pavos en atrasos. Imagino que aún se los debo. Joder, que me demande otra vez.

—¿Así que fue por venganza?

—Más bien por odio. Yo nunca he tenido una escopeta, Post. Revisa los registros.

—Lo hemos hecho. Nada.

—¿Lo ves?

—Pero los registros no significan mucho, sobre todo en este estado. Hay cientos de formas de conseguir un arma.

—Post, ¿a quién crees tú? ¿A mí o a esa embustera?

—Si no te creyera no estaría aquí, Quincy.

—Lo sé, lo sé. Casi puedo entender lo de la escopeta, pero ¿por qué mentir sobre esa linterna? Nunca la había visto. Joder, ni siquiera pudieron enseñarla en el juicio.

—Bueno, si asumimos que tu detención, tu acusación y tu condena fueron planeadas con cuidado para incriminar a un hombre inocente, debemos asumir que la policía presionó a June para que dijera que la linterna te pertenecía. Y su motivación fue el odio.

—Pero ¿cómo se suponía que iba a pagar toda esa pasta desde el corredor de la muerte?

—Una pregunta magnífica, me estás pidiendo que me meta en su cabeza.

—Uf, no te metas ahí. Está como un puto cencerro.

Ambos nos echamos a reír. Él se pone de pie y se estira.

—¿Cuánto tiempo te quedas hoy, Post?

—Tres horas.

—¡Aleluya! ¿Sabes una cosa, Post? Mi celda mide un metro con ochenta y dos centímetros por tres, prácticamente el mismo tamaño que este agujero de mierda en el que estamos ahora. Mi compañero es un chico blanco del sur del estado. Drogas. No es mal chaval, no es mal compañero, pero ¿te imaginas pasar diez horas al día viviendo con otro ser humano en una jaula?

—No.

—Por supuesto, no nos hemos dirigido la palabra en más de un año.

—¿Por qué no?

—No nos soportamos. No tengo nada contra los blancos, Post, pero existen muchas diferencias, ¿sabes? Yo escucho música Motown, a él le gusta esa mierda country. Mi litera está limpia como una patena. La suya es un estercolero. Yo no pruebo las drogas. Él va puesto la mitad del tiempo. Bueno, ya vale, Post. Siento haber sacado el tema. Odio a los quejicas. Me alegra tanto que estés aquí, Post. No te haces ni idea.

—Es un honor ser tu abogado, Quincy.

—Pero ¿por qué? No sacas mucho dinero, ¿no? O sea, no puedes ganar demasiado representando a gente como yo.

—En realidad no hemos hablado de los honorarios, ¿verdad?

—Mándame una factura. Y luego me demandas.

Nos reímos y él se sienta; sostiene el teléfono contra el cuello.

—En serio, ¿quién te paga?

—Trabajo para una organización sin ánimo de lucro, y no, no gano mucho. Pero no hago esto por dinero.

—Que Dios te bendiga, Post.

—Diana Russo declaró que fuiste a su despacho y amenazaste a Keith al menos en dos ocasiones. ¿Es cierto?

—No. Estuve en su despacho varias veces durante mi divorcio, pero dejé de ir cuando el caso terminó. Cuando dejó de cogerme el teléfono, fui al despacho una vez y, joder, sí, pensé en coger un bate de béisbol y molerle la sesera. Pero la recepcionista me dijo que no estaba, que había ido al juzgado. Era mentira, claro, porque su coche, un flamante Jaguar negro, estaba aparcado detrás del bufete. Sabía que me mentía y poco me faltó para montar una escena, pero no lo hice. Me mordí la lengua y me largué, y nunca regresé. Juro que es la verdad, Post. Lo juro. Diana mintió, igual que todos los demás.

—Declaró que llamaste a su casa varias veces y lo amenazaste.

—Más mentiras. Las llamadas telefónicas dejan un rastro, Post. No soy tan idiota. Mi abogado, Tyler Townsend, intentó conseguir los registros de la compañía telefónica, pero Diana se lo impidió. Intentó conseguir una citación, pero se nos acabó el tiempo durante el juicio. Después de que me condenaran, el juez no aprobó la citación. No conseguimos los registros. Por cierto, ¿has hablado con Tyler?

—No, pero lo tengo en la lista. Sabemos dónde está.

—Era un buen tipo, Post, un muy buen tipo. Ese joven creyó en mí y peleó como un jabato, como un auténtico bulldog. Sé que los abogados no tenéis buena reputación, pero él era un buen abogado.

—¿Mantienes algún contacto con él?

—Ya no, ha pasado mucho tiempo. Mantuvimos correspondencia durante años, incluso después de que dejara la abogacía. En una de las cartas me dijo que mi caso lo destrozó. Sabía que era inocente, y cuando perdió mi caso, perdió la fe en el sistema. Me dijo que no podía formar parte de él. Vino a visitarme hace unos diez años y fue maravilloso verlo, pero también me trajo a la memoria muy malos recuerdos. Lloró al verme, Post.

—¿Tenía alguna teoría acerca del verdadero asesino?

Quincy baja el teléfono y levanta la vista al techo, como si la pregunta fuera demasiado enrevesada. Se acerca de nuevo el aparato.

—¿Confías en estos teléfonos, Post? —pregunta.

Va en contra de la ley que la prisión escuche las conversaciones confidenciales entre abogado y cliente, pero es algo que se da. Niego con la cabeza. No.

—Yo tampoco —dice—. Pero mi correspondencia contigo es segura, ¿verdad?

—Verdad. —Una prisión no puede abrir el correo relativo a asuntos legales y, según mi experiencia, no lo intentan. Es muy fácil darse cuenta de si han abierto una carta.

Quincy utiliza el lenguaje de signos para indicar que me lo pondrá por escrito. Yo asiento.

El hecho de que haya pasado veintidós años dentro de una cárcel donde supuestamente está a salvo del exterior y que todavía le preocupe resulta revelador. Keith Russo fue asesinado por una razón. Alguien que no fue Quincy Miller planeó el asesinato, lo ejecutó con precisión y salió impune. Lo que sucedió después fue una minuciosa trampa en la que participaron varios conspiradores. Tipos listos, fueran quienes fuesen, y quienes sean. Tal vez sea imposible encontrarlos, pero si no creyera que podemos demostrar la inocencia de Quincy no estaría aquí sentado.

Ellos siguen ahí fuera, y Quincy sigue pensando en ellos.

Las tres horas pasan rápido mientras abordamos numerosos temas: libros (lee dos o tres a la semana); mis exonerados (le fascinan las personas a las que hemos liberado); política (se mantiene al día con periódicos y revistas); música (le encanta la de los sesenta de Detroit); correccionales (se opone a un sistema que apenas hace nada por rehabilitar); deportes (tiene un pequeño televisor en color y vive para ver partidos, incluso de hockey). Cuando el guardia llama a la puerta, me despido y le prometo que volveré. Chocamos el puño a través de la ventana y me da las gracias de nuevo.

7

El Chevrolet Impala propiedad de Otis Walker está en un aparcamiento para empleados detrás de las instalaciones de mantenimiento que hay al final del campus. Frankie ha aparcado cerca; aguarda. Es un modelo de 2006 que Otis compró de segunda mano y que financió a través de una cooperativa de crédito. Vicki tiene los registros. Su segunda esposa, June, conduce un turismo Toyota libre de cargas. Su hijo de dieciséis años aún no tiene carnet de conducir.

Cinco minutos después de las cinco de la tarde, Otis sale del edificio con dos compañeros de trabajo y se dirige al aparcamiento. Frankie se apea y examina un neumático. Los compañeros de trabajo se separan y se dicen adiós. Cuando Otis se dispone a abrir la puerta del conductor, Frankie sale de la nada.

—Señor Walker, ¿tiene un momento?

Otis recela de inmediato, pero Frankie es un hombre negro con una sonrisa agradable, y Otis no es el primer desconocido al que aborda.

—Puede —dice.

Frankie le tiende la mano.

—Me llamo Frankie Tatum y soy investigador para un bufete de Savannah.

Otis se muestra aún más desconfiado. Abre la puerta, arroja dentro la fiambrera y cierra la puerta.

—Muy bien.

Frankie levanta ambas manos en un gesto de falsa rendición.

—Vengo en son de paz —dice—. Solo busco información sobre un antiguo caso.

Llegados a este punto, un hombre blanco lo habría dejado plantado, pero Frankie parece inofensivo.

—Le escucho —responde Otis.

—Seguro que su esposa le ha hablado de su primer marido, Quincy Miller.

El nombre provoca en Otis una ligera caída de hombros, pero siente curiosidad suficiente como para seguir adelante un poco más.

—No demasiado —dice—. Fue hace mucho tiempo. ¿Por qué está usted relacionado con Quincy?

—El abogado para el que trabajo lo representa. Estamos convencidos de que Quincy fue falsamente incriminado en ese asesinato y estamos intentando demostrarlo.

—Buena suerte con eso. Quincy recibió lo que se merecía.

—En realidad no, señor Walker. Quincy es un hombre inocente que lleva veintidós años en la cárcel por un delito que cometió otra persona.

—¿De verdad cree eso?

—Así es. Lo mismo que el abogado para el que trabajo.

Otis reflexiona. Él no tiene antecedentes penales, jamás ha estado en la cárcel, pero su primo está cumpliendo condena por agredir a un agente de policía. En la América blanca, las cárceles son un buen lugar donde los hombres malos pagan por sus delitos. En la América negra, también se utilizan muy a menudo como almacenes para mantener a las minorías fuera de las calles.

—Entonces ¿quién mató a ese abogado?

—No lo sabemos, y puede que nunca lo sepamos. Pero

estamos intentando descubrir la verdad y sacar a Quincy.

—No estoy seguro de que pueda ayudarlos.

—Pero su esposa sí puede. Declaró contra él. Estoy seguro de que se lo ha contado todo.

Otis se encoge de hombros y mira alrededor.

—Puede, pero fue hace mucho tiempo. Hace años que no nombra a Quincy.

—¿Puedo hablar con ella?

—¿De qué?

—De su testimonio. No contó la verdad, señor Walker. Le dijo al jurado que Quincy tenía una escopeta de calibre 12. Esa fue el arma del crimen, y pertenecía a otra persona.

—Mire, conocí a June años después del asesinato. De hecho, tuvo otro marido antes de conocerme a mí. Yo soy el número tres, ¿entiende? Sé que pasó momentos difíciles cuando era joven, pero nuestra vida ahora es bastante buena. Lo último que desea es tener problemas relacionados con Quincy Miller.

—Le estoy pidiendo ayuda, Otis. Eso es todo. Hay un hermano pudriéndose en la cárcel a menos de dos horas de aquí. Los policías blancos, el fiscal blanco y el jurado blanco dijeron que él mató a un abogado blanco. No fue así.

Otis escupe, se apoya contra la puerta y cruza los brazos. Frankie insiste con mucho tacto.

—Mire, pasé catorce años encarcelado en Georgia por un delito que cometió otro. Sé lo que es, ¿vale? Yo tuve suerte y salí, pero dejé a algunos inocentes atrás. Hombres como usted y como yo. Hay muchos como nosotros en la cárcel. El sistema está contra nosotros, Otis. Solo intentamos ayudar a Quincy.

—¿Y qué tiene que ver June con eso?

—¿Le ha hablado alguna vez de la linterna?

Otis piensa un momento y menea la cabeza. Frankie no quiere ningún cabo suelto en la conversación.

—Había una linterna con sangre. La policía afirmó que procedía de la escena del crimen. Quincy jamás la vio, jamás la tocó. June dijo al jurado que él tenía una muy parecida. No es cierto, Otis. No es cierto. También dijo al jurado que Quincy estaba cerca de Seabrook la noche del asesinato. No es cierto. Estaba con una novia a una hora de distancia.

Otis lleva siete años casado con June. Frankie da por hecho que Otis es consciente de que a ella le cuesta decir la verdad, así que ¿para qué andarse con rodeos?

—¿La está llamando mentirosa? —pregunta Otis.

—No, ya no. Pero usted mismo ha dicho que en esa época era una mujer diferente. Quincy y ella estaban en pie de guerra. Él le debía mucho dinero que no podía pagar. La policía la presionó para que declarara y lo señalara con el dedo.

—Hace mucho tiempo, tío.

—Caray, sí. Dígaselo a Quincy. Lleva veintidós años en prisión.

—Bueno, digamos que entonces no contó la verdad. ¿Espera que lo reconozca ahora? Venga ya.

—Solo quiero hablar con ella. Sé dónde trabaja. Podría haber ido allí, pero nosotros no actuamos así. Esto no es una emboscada, Otis. Respeto su intimidad y le pido que lo comente con June. Nada más.

—Parece una emboscada.

—¿Qué otra cosa puedo hacer? ¿Enviar un e-mail? Mire, me marcho de la ciudad. Hable con ella y a ver qué dice.

—Sé lo que dirá. Que no tiene nada que ver con Quincy Miller.

—Me temo que sí que tiene. —Frankie le entrega una tarjeta de visita del Ministerio de los Guardianes—. Aquí tiene mi número. Solo le estoy pidiendo un favor, Otis.

Otis la coge y lee la parte de delante y la de detrás.

—¿Está con una especie de iglesia?

—No. El hombre que lo dirige es el abogado que me sacó

de prisión. También es sacerdote. Es un buen hombre. Esto es lo único que hace, libera a hombres inocentes.

—¿Es blanco?

—Sí.

—Debe de ser un mal tipo.

—Le caería bien. Y también a June. Denos una oportunidad, Otis.

—No cuente con ello.

—Gracias por su tiempo.

—No hay de qué.

8

En los Guardianes contamos con una serie de folletos que usamos para diversos fines. Si nuestro objetivo es un hombre blanco, utilizo el que tiene, delante y en el centro, mi rostro sonriente. Con el alzacuello. Si tenemos que abordar a una mujer blanca, utilizamos el de Vicki. Para los negros, el de Mazy cogida del brazo de un exonerado negro. Nos gusta decir que el color de la piel no importa, pero eso no siempre es verdad. A menudo nos valemos de ello para abrir puertas.

Dado que Zeke Huffey es blanco, le envié mi folleto con una afectuosa carta informándole de que nuestra pequeña fundación se había enterado de su situación y por eso contactábamos con él. Dos semanas después recibí una carta manuscrita en una hoja de papel rayado en la que me daba las gracias por mi interés. Le respondí de la forma habitual y le pregunté si necesitaba algo. Como era de esperar, en su siguiente carta pedía dinero. Le envié doscientos dólares por MoneyGram, con una carta en la que le preguntaba si le parecía bien que fuera a visitarle. Por supuesto que le parece bien.

Zeke es un delincuente profesional que ha cumplido condena en tres estados. Es oriundo de la zona de Tampa, pero no hemos encontrado ni rastro de su familia. A los veinticinco años se casó con una mujer que no tardó en divorciarse de él cuando lo condenaron por tráfico de drogas. Por lo que sabemos, no tiene hijos, y damos por sentado que recibe escasas visitas. Hace tres años lo atraparon en Little Rock, Arkansas, y en la actualidad está cumpliendo una condena de cinco en la tierra de las oportunidades.

Su carrera como soplón comenzó en el juicio de Quincy Miller. Tenía dieciocho años cuando testificó, y un mes después del juicio redujeron sus cargos por drogas y salió libre. El trato funcionó tan bien que lo hizo una y otra vez. Cada cárcel tiene un drogadicto que se enfrenta a una condena mayor y que está ansioso por evitarla. Con la instrucción adecuada por parte de la policía y de los fiscales, un soplón puede resultar muy útil con su perjurio. Los miembros del jurado son incapaces de creer que un testigo, cualquier testigo, jure decir la verdad y después les cuente una estrafalaria historia que no es más que pura ficción.

En la actualidad, Zeke cumple condena en una prisión federal en medio de los campos de algodón del nordeste de Arkansas. No sé por qué se refieren a ella como «prisión satélite». Es una prisión con la deprimente arquitectura y el vallado habituales. Por desgracia, las instalaciones las dirige con fines lucrativos una corporación no estatal, lo que significa que los guardias cobran aún menos y su número es menor, que la mala comida es peor si cabe, que el economato cobra de más por todo, desde la mantequilla de cacahuete hasta el papel higiénico, y que la atención médica prácticamente brilla por su ausencia. Supongo que en Estados Unidos todo, incluidas la educación y las prisiones, es presa fácil para los especuladores.

Me conducen a un cuarto con una hilera de cabinas cerradas para VISITAS DE ABOGADOS. Un guardia me encierra dentro. Tomo asiento y contemplo una gruesa mampara divisoria de plástico. Pasan los minutos, después media hora, pero no tengo prisa. La puerta del otro lado se abre y entra Zeke Huffey. Me brinda una sonrisa mientras el guardia le quita las esposas.

—¿Por qué estamos en una sala de visita para abogados? —pregunta cuando nos quedamos a solas. No deja de mirar mi alzacuello.

—Encantado de conocerle, Zeke. Gracias por concederme parte de su tiempo.

—Oh, tengo mucho tiempo. No sabía que fuera abogado.

—Soy abogado y sacerdote. ¿Qué tal lo tratan aquí?

Él se ríe y enciende un cigarrillo. Por supuesto, la habitación carece de ventilación.

—He visto unas cuantas cárceles, y esta debe de ser la peor —responde—. Propiedad del estado, pero arrendada a un grupo llamado Corporación de Penitenciarías del Atlántico. ¿Ha oído hablar de ellos?

—Sí. He visitado varias de sus instalaciones. Sitios terribles, ¿verdad?

—Cuatro pavos por un rollo de papel higiénico. Debería costar un dólar. Nos dan un rollo a la semana, papel de lija que te hace cojear al andar. Supongo que tengo suerte de que me mandara ese dinero. Gracias, señor Post. Algunos de mis colegas jamás han visto un céntimo de fuera.

Unos horrorosos tatuajes carcelarios adornan su cuello. Tiene los ojos y las mejillas hundidos, la cara de un adicto callejero que se ha metido droga barata durante casi toda su vida.

—Le enviaré más dinero cuando pueda, pero disponemos de un presupuesto muy austero.

—¿Quiénes son y por qué está aquí? Ningún abogado va a ayudarme.

—Trabajo para una fundación sin ánimo de lucro comprometida a salvar a hombres inocentes. Uno de nuestros clientes es Quincy Miller. ¿Se acuerda de él?

Zeke ríe entre dientes y suelta una nube de humo.

—Así que ha venido aquí con engaños, ¿eh?

—¿Quiere que me marche?

—Depende de lo que quiera usted.

Como buen delincuente profesional, Zeke sabe que el juego ha cambiado de repente. Quiero algo que él tiene y ya está pensando en cómo sacarle provecho a eso. No es la primera vez que juega a esto.

—Empecemos por la verdad —digo.

Él se echa a reír.

—Verdad, justicia y el estilo de vida americano —dice—. Hay que ser imbécil para buscar la verdad en un lugar como este, señor Post.

—Es mi trabajo, Zeke. Es la única forma que tengo de sacar a Quincy de la cárcel. Ambos sabemos que es usted un experimentado soplón que mintió al jurado en el juicio de Quincy. Él jamás le confesó nada. Los detalles del crimen se los dio la policía y el fiscal, que ensayó la historia con usted. El jurado se lo tragó y Quincy lleva veintidós años encerrado. Es hora de sacarlo.

Zeke sonríe como si solo estuviera siguiéndome la corriente.

—Tengo hambre. ¿Puede traerme una Coca-Cola y unos cacahuetes?

—Claro.

Es bastante común, incluso en un lugar como este, que las visitas compren aperitivos. Llamo a la puerta y al cabo de un rato un guardia la abre. Voy con él hasta una pared de máquinas expendedoras, donde empiezo a echar monedas de cuarto de dólar. Dos dólares por un refresco, un dólar por cada uno de los dos paquetes pequeños de cacahuetes. El guardia me lleva de nuevo a nuestro cuarto y unos minutos después reaparece en el lado de Zeke y le entrega las chucherías.

—Gracias —dice, y bebe un trago.

Es importante que la conversación siga fluyendo, así que pregunto:

—¿Cómo lo convenció la policía para que testificara contra Quincy?

—Ya sabe cómo actúan, señor Post. Siempre buscan testigos, sobre todo cuando no tienen pruebas. No recuerdo todos los detalles. Ha pasado mucho tiempo.

—Sí. Para Quincy sin duda, sí. ¿Piensa alguna vez en él, Zeke? Usted sabe lo mala que es la cárcel. ¿Alguna vez se para y piensa que ayudó a meter a un hombre inocente entre rejas para el resto de su vida?

—La verdad es que no. He estado demasiado ocupado haciendo otras cosas, ¿sabe?

—No, no lo sé. Quincy tiene una oportunidad de salir de prisión. Es una posibilidad remota, pero todas lo son. Este es mi trabajo y sé lo que hago, Zeke. Necesitamos su ayuda.

—¿Ayuda? ¿Qué se supone que tengo que hacer?

—Decir la verdad. Firmar una declaración jurada diciendo que mintió en el juicio y que lo hizo porque la policía y los fiscales le ofrecieron un buen trato.

Mastica un puñado de cacahuetes y contempla el suelo.

—Sé lo que está pensando, Zeke. Está pensando que Florida está lejos y que no tiene ganas de involucrarse en un caso tan antiguo. Está pensando que, si ahora confiesa la verdad, la policía y la fiscalía lo acusarán de perjurio y lo encerrarán de nuevo. Pero eso no va a pasar. La prescripción del perjurio se cumplió hace ya tiempo. Además, ya no queda nadie. El sheriff se jubiló. El fiscal también. El juez está muerto. Allí el sistema no tiene ningún interés en usted. No tiene nada que perder ni que ganar ayudando a liberar a Quincy. En realidad es muy simple, Zeke. Hace lo correcto, dice la verdad y su vida sigue adelante.

—Mire, señor Post, salgo dentro de diecisiete meses y no pienso hacer nada para joderlo.

—A Arkansas le da lo mismo lo que usted hiciera en un juzgado de Florida hace veintidós años. Aquí no cometió perjurio. A estos tipos no podría importarles menos. Una vez que usted tenga la libertad condicional, lo único que les preocupará será llenar su celda con el siguiente preso. Ya sabe cómo funciona todo, Zeke. Usted es un profesional en este juego.

Es lo bastante tonto como para sonreír por el cumplido. Le gusta la idea de tener el control. Bebe un poco de Coca-Cola, se enciende otro cigarrillo y dice por fin:

—No sé, señor Post, a mí me parece muy arriesgado. ¿Por qué debería involucrarme?

—¿Por qué no? No debe lealtad a la policía ni a los fiscales. A ellos no les importa lo que le pase, Zeke. Usted está en el otro lado. Haga algo bueno por uno de los suyos.

Hay una larga pausa en la conversación. El tiempo no significa nada. Se termina un paquete de cacahuetes y abre el segundo.

—Jamás he conocido a ningún abogado que haga lo que usted hace —dice—. ¿A cuánta gente ha sacado?

—A ocho en los últimos diez años. Todos inocentes. Tenemos seis clientes ahora, incluido Quincy.

—¿Puede sacarme a mí? —pregunta, y a ambos nos resulta divertido.

—Bueno, Zeke, si creyera que es inocente podría intentarlo.

—Seguramente perdería el tiempo.

—Seguramente sí. ¿Puede ayudarnos, Zeke?

—¿Cuándo va a ocurrir todo esto?

—Bueno, ya estamos trabajando de firme. Investigamos todo y construimos un caso de inocencia. Es una tarea que lleva su tiempo, como puede imaginar. No hay demasiada prisa en lo que le concierne, pero me gustaría mantener el contacto.

—Hágalo, señor Post, y si dispone de unos pavos extra, envíemelos. Los cacahuetes y la Coca-Cola suponen una buena cena en este estercolero.

—Le enviaré algo de dinero, Zeke. Y si usted dispone de un tiempo extra, piense en Quincy. Le debe una.

—Lo sé.

9

Carrie Holland tenía diecinueve años cuando le dijo al jurado de Quincy que vio a un hombre negro corriendo por una calle oscura en el momento del asesinato. El hombre tenía la misma estatura y constitución que Quincy y llevaba un palo o algo parecido. Carrie dijo que acababa de aparcar el coche frente al edificio de apartamentos, oyó dos ruidos fuertes en la dirección del bufete de Russo, tres edificios más allá, y vio a un hombre corriendo. En el interrogatorio, Tyler Townsend atacó. Ella no vivía en el edificio de apartamentos, pero afirmó que había ido allí a visitar a una amiga. ¿Cómo se llamaba la amiga? Al ver que Carrie dudaba, Tyler reaccionó con incredulidad y se burló de ella. Cuando dijo: «Deme el nombre de su amiga y la llamaré como testigo», el fiscal protestó y el juez aceptó la protesta. Por la transcripción, daba la impresión de que Carrie no conseguía recordar un nombre.

Tyler se concentró en la oscura calle, sin alumbrado. Utilizó un mapa para señalar los edificios y la distancia entre el coche de ella y el bufete de Russo y planteó preguntas que ponían en duda que hubiera podido ver lo que afirmaba que había visto. Discutió con ella hasta que el juez intervino y lo obligó a parar.

Carrie tenía un cargo por drogas del año anterior, y Tyler

arremetió con eso. Le preguntó si se hallaba bajo la influencia de las drogas en el estrado e insinuó que seguía lidiando con la adicción. Exigió saber si era cierto que había salido con un ayudante de la policía del condado de Ruiz. Ella lo negó. Cuando su interrogatorio se prolongó, el juez le pidió que agilizara las cosas. Tyler protestó alegando que el fiscal se tomaba su tiempo, y el juez lo amenazó con el desacato, y no por primera vez. Después de que Tyler terminara con Carrie Holland, existían dudas acerca de su credibilidad, pero la había acosado verbalmente y el jurado se compadeció de ella.

Carrie abandonó la zona no mucho después del juicio. Vivió una temporada cerca de Columbus, Georgia, se casó con un hombre de allí, tuvo dos hijos, se divorció y la perdieron de vista. Vicki tardó un año en encontrar, en una de sus muchas investigaciones con el ordenador, a la testigo que vivía con el nombre de Carrie Pruitt en una remota zona del oeste de Tennessee. Trabaja en una fábrica de muebles cerca de Kingsport y vive cerca de una carretera comarcal en una casa móvil que comparte con un hombre llamado Buck.

Hay que decir en su favor que ha conseguido no meterse en líos. En sus antecedentes penales solo figura la condena por drogas en Seabrook, que nunca se eliminó. Damos por hecho que Carrie está limpia y ha sentado cabeza, y en nuestro oficio eso es siempre algo bueno.

Frankie pasó por la zona hace cosa de un mes y realizó su reconocimiento habitual. Tiene fotografías de su casa móvil y del terreno que la rodea, y también de la fábrica donde trabaja. Con la colaboración de un investigador de Kingsport, se enteró de que tiene un hijo en el ejército y otro que vive en Knoxville. Buck es camionero y no tiene antecedentes penales. Curiosamente, su padre fue en otro tiempo pastor de una pequeña iglesia rural a poco más de treinta y dos kilómetros de donde viven. Podría haber un elemento de estabilidad en la familia.

También hay muchas posibilidades de que ni Buck ni nadie en ochocientos kilómetros a la redonda conozca su pasado. Eso complica las cosas. ¿Por qué habría de rememorar su breve encuentro con Quincy Miller hace dos décadas y alterar su vida actual?

Me reúno con Frankie en una cafetería de Kingsport especializada en waffles y comentamos las fotos mientras comemos. La casa móvil queda lejos; detrás cuenta con una zona vallada para perros donde Buck tiene algunos sabuesos. Él conduce la ranchera de rigor. Ella tiene un Honda. Vicki ha investigado las matrículas y ha verificado la titularidad. Ninguno de los dos está registrado para votar. Junto a la caravana hay un bonito bote de pesca bajo techado. No cabe duda de que Buck se toma muy en serio la caza y la pesca.

—No me gusta el aspecto de este lugar —dice Frankie mezclando las fotos.

—He visto sitios peores —replico, y desde luego que es así. He llamado a un montón de puertas en las que esperaba que me recibiera un dóberman o un rifle—. Pero supongamos que Buck ignora el pasado de Carrie, que jamás ha oído hablar de Quincy. Si suponemos eso, también podemos suponer que ella querrá mantenerlo en secreto.

—Estoy de acuerdo. Así que no te acerques a la casa.

—¿A qué hora se va ella a trabajar?

—No lo sé, pero ficha a las ocho, acaba a las cinco y no sale a comer. Gana unos nueve pavos a la hora. Está en una cadena de montaje, no en una oficina, así que no puedes llamarla al trabajo.

—Y no hablará en presencia de sus compañeros de trabajo. ¿Cuál es el pronóstico del tiempo para el sábado?

—Despejado y soleado. Un día perfecto para ir de pesca.

—Esperemos que sea así.

El sábado, al despuntar el día, Frankie está repostando gasolina en un supermercado a un kilómetro y seiscientos metros de la caravana. Es nuestro día de suerte, o eso pensamos. Buck y un amigo pasan cargados con el equipo de pesca en dirección a un lago o un río. Frankie me llama y yo llamo inmediatamente al número fijo de mi lista.

Una mujer somnolienta responde al teléfono.

—Señora Pruitt —digo con voz amable—, me llamo Cullen Post y soy un abogado de Savannah, Georgia. ¿Tiene un minuto?

—¿Quién? ¿Qué quiere? —La somnolencia se esfuma.

—Mi nombre es Cullen Post. Me gustaría hablar con usted sobre un juicio en el que participó hace mucho tiempo.

—Se ha equivocado de número.

—Entonces era Carrie Holland y vivía en Seabrook, Florida. Tengo todos los informes judiciales, Carrie, y no la llamo para causarle problemas.

—Se ha equivocado de número, señor.

—Represento a Quincy Miller. Lleva veintidós años en prisión por usted, Carrie. Lo menos que puede hacer es concederme treinta minutos.

Fin de la llamada. Diez minutos más tarde aparco delante de la caravana. Frankie no está lejos, por si acaso me disparan.

Carrie se acerca por fin a la puerta, la abre despacio y sale al angosto porche de madera. Es delgada y viste unos vaqueros ceñidos. Es rubia, lleva el pelo recogido. Aun sin maquillaje, no está mal, pero los años de nicotina han generado arrugas en el contorno de los ojos y la boca. Sujeta un cigarrillo y me fulmina con la mirada.

Llevo puesto el alzacuello, pero no le impresiona. Sonrío.

—Siento presentarme de esta forma, pero resulta que estaba por la zona —digo.

—¿Qué quiere? —pregunta, y da una calada.

—Quiero a mi cliente fuera de prisión, Carrie, y es ahí donde entra usted. Mire, no vengo para avergonzarla ni para hostigarla. Seguro que Buck jamás ha oído hablar de Quincy Miller, ¿no es así? No puedo culparla por eso. Yo tampoco hablaría de ello. Pero Quincy sigue cumpliendo condena por un asesinato que cometió otra persona. Él no mató a nadie. Usted no vio a ningún hombre negro huyendo de la escena. Testificó porque la policía la presionó, ¿verdad? Había estado saliendo con uno de ellos y por eso la conocían. Necesitaban un testigo y usted tenía un problemilla con las drogas, ¿me equivoco, Carrie?

—¿Cómo me ha encontrado?

—Tampoco es que se esté escondiendo.

—Lárguese de aquí antes de que llame a la policía.

Levanto las manos a modo de simulada rendición.

—No hay problema. Es su propiedad. Me marcho.
—Arrojo una tarjeta de visita a la hierba y añado—: Ahí tiene mi número. Mi trabajo no me permitirá que me olvide de usted, así que volveré. Y le prometo que no arruinaré su tapadera. Solo quiero hablar, nada más, Carrie. Hizo algo terrible hace veintidós años y es hora de enmendarlo.

Ella no se mueve y me ve alejarme.

La carta de Quincy está escrita a mano en prolijas letras mayúsculas. Debe de haberle llevado horas. Dice así:

QUERIDO POST:

TE AGRADEZCO UNA VEZ MÁS QUE TE HAYAS HE-CHO CARGO DE MI CASO. NO IMAGINAS LO QUE SIG-

NIFICA PARA MÍ ESTAR ENCERRADO DE ESTA FORMA, SIN NADIE FUERA QUE CREA EN MÍ. HOY SOY UNA PERSONA DIFERENTE, POST, Y TODO GRACIAS A TI. AHORA PONTE A TRABAJAR Y SÁCAME DE AQUÍ.

ME PREGUNTASTE SI MI MARAVILLOSO Y JOVEN ABOGADO TYLER TOWNSEND TENÍA UNA TEORÍA SOBRE EL VERDADERO ASESINO. LA TENÍA. ME DIJO EN MUCHAS OCASIONES QUE EN AQUELLA PARTE DE FLORIDA ERA BIEN SABIDO QUE KEITH RUSSO Y SU MUJER SE RELACIONABAN CON LA GENTE EQUIVOCADA. ERAN ABOGADOS DE ALGUNOS NARCOTRAFICANTES. EMPEZARON A GANAR MUCHO DINERO, Y ESO LLAMÓ LA ATENCIÓN. NO SE MUEVE MUCHO DINERO EN SEABROOK, NI SIQUIERA LOS ABOGADOS LO HACEN, Y LA GENTE COMENZÓ A SOSPECHAR. EL PROPIO SHERIFF PFITZNER ERA UN DELINCUENTE Y TYLER ME DIJO QUE ESTABA METIDO EN EL TEMA DE LAS DROGAS. SEGURAMENTE TAMBIÉN EN EL ASESINATO.

LO SÉ CON CERTEZA, POST. ALGUIEN COLOCÓ ESA MALDITA LINTERNA EN EL MALETERO DE MI COCHE, Y SÉ QUE FUE PFITZNER. TODO EL ASUNTO FUE UNA CONSPIRACIÓN. SABÍAN QUE EN SEABROOK SERÍA MÁS FÁCIL CONDENAR A UN NEGRO QUE A UN BLANCO, Y DESDE LUEGO NO SE EQUIVOCABAN.

UN AMIGO ME DIJO QUE DEBERÍA CONTRATAR A RUSSO PARA QUE LLEVARA MI DIVORCIO. UN CONSEJO PÉSIMO. ME COBRÓ UN PASTÓN E HIZO UN TRABAJO ESPANTOSO. EN MITAD DEL PROCESO ME DI CUENTA DE QUE RUSSO NO QUERÍA SER ABOGADO MATRIMONIALISTA. CUANDO EL JUEZ DICTAMINÓ UNA PENSIÓN ALIMENTICIA Y UNA MANUTENCIÓN TAN ELEVADA, LE DIJE A RUSSO: «TÍO, TIENES QUE ESTAR DE COÑA. ES IMPOSIBLE QUE PUEDA PAGAR ESO». ¿SABES QUÉ ME DIJO? «TIENES SUERTE DE QUE NO HAYA SIDO MÁS.» EL JUEZ ERA MUY CRE-

YENTE, ABORRECÍA A LOS HOMBRES QUE VAN DETRÁS DE LAS FALDAS. MI EX DIJO QUE ME DEDICABA A PONERLE LOS CUERNOS. RUSSO ACTUÓ COMO SI HUBIERA TENIDO LO QUE ME MERECÍA.

EL PROPIO RUSSO ERA UN MUJERIEGO. EN FIN, ES SUFICIENTE. ESTÁ MUERTO.

TYLER NO SABÍA POR QUÉ MATARON A RUSSO, PERO CUANDO LIDIAS CON UNA BANDA DE NARCOTRAFICANTES HAY QUE SUPONER QUE LOS TRAICIONÓ DE ALGUNA FORMA. A LO MEJOR SE QUEDÓ CON DEMASIADO DINERO. A LO MEJOR SE HABÍA IDO DE LA LENGUA. A LO MEJOR SU MUJER NO QUERÍA PERDER TODO LO QUE TENÍAN. LA VI UNAS CUANTAS VECES CUANDO ESTUVE EN EL BUFETE Y NO ME GUSTÓ. UNA TÍA DURA.

DESPUÉS DEL JUICIO, TYLER RECIBIÓ AMENAZAS Y ESTABA MUY ASUSTADO. AL FINAL LO ECHARON DE LA CIUDAD. DIJO QUE ALLÍ HABÍA ALGUNAS PERSONAS REALMENTE MALAS Y QUE SE MARCHABA. AÑOS MÁS TARDE, DESPUÉS DE QUE SE TERMINARAN MIS APELACIONES Y DEJARA DE SER MI ABOGADO, ME CONTÓ QUE UN AYUDANTE DEL SHERIFF FUE ASESINADO EN SEABROOK. ME DIJO QUE CREÍA QUE ESTABA RELACIONADO CON EL ASESINATO DE RUSSO Y LA BANDA DE NARCOTRAFICANTES. PERO ENTONCES SOLO ESTABA ESPECULANDO.

ASÍ QUE AHÍ LO TIENES, POST. LA TEORÍA DE TYLER SOBRE QUIÉN MATÓ A RUSSO. Y CREÍA, ADEMÁS, QUE PROBABLEMENTE LA MUJER DE RUSSO TAMBIÉN ESTUVIERA IMPLICADA. PERO YA ES DEMASIADO TARDE PARA DEMOSTRAR NADA DE ESO.

GRACIAS OTRA VEZ, POST. ESPERO QUE ESTO SEA DE UTILIDAD Y ESPERO VERTE PRONTO. PONTE LAS PILAS.

TU CLIENTE Y AMIGO,

QUINCY MILLER

10

El experto en análisis de sangre que testificó contra Quincy era un exdetective de homicidios de Denver llamado Paul Norwood. Después de investigar escenas del crimen durante unos cuantos años, decidió entregar su placa, comprarse un par de trajes buenos y convertirse en testigo pericial. Había abandonado la universidad y no tenía tiempo para licenciarse en criminología ni en ninguna otra materia relacionada con la auténtica ciencia, así que asistió a seminarios y talleres forenses y leyó libros y artículos escritos por otros expertos. Tenía labia y un vocabulario rico, y le resultaba fácil convencer a los jueces de que sabía de lo que hablaba. Una vez cualificado como perito forense, descubrió que todavía era más fácil convencer a los sencillos miembros de los jurados de que sus opiniones se basaban en sólidos criterios científicos.

Norwood no estaba ni mucho menos solo. En las décadas de los ochenta y los noventa proliferaron los testimonios de peritos en los tribunales penales, pues deambulaban por el país todo tipo de autoproclamadas autoridades que impresionaban a los miembros del jurado con sus irresponsables opiniones. Para empeorar las cosas, los populares programas de televisión sobre crímenes mostraban a los investigadores forenses como brillantes sabuesos capaces de resolver complejos delitos con la infalible ayuda de la ciencia. Los más famosos prácticamente eran capaces de mirar un cadáver ensangrentado y nombrar al asesino al cabo de una o dos horas. En la vida real, miles de acusados fueron condenados y encarcelados por cuestionables teorías sobre manchas o salpicaduras de sangre, incendios provocados, marcas de mordedura, tejidos, roturas de cristales, cuero cabelludo y vello púbico, huellas de calzado, balística e incluso huellas dactilares.

Los buenos abogados defensores cuestionaban la credibilidad de estos expertos, pero rara vez tenían éxito. Los jueces estaban a menudo sobrepasados por la ciencia y tenían poco tiempo, o ninguno, para formarse en la materia. Si se proponía a un testigo que tenía algo de formación y parecía saber de qué hablaba, se le permitía testificar. Con el paso del tiempo, los jueces asumieron el argumento de que si un testigo había sido cualificado como experto en juicios celebrados en otros estados, ciertamente debía ser una verdadera autoridad. Los tribunales de apelación también hicieron lo suyo ratificando condenas sin cuestionar con seriedad la ciencia que había detrás de las pruebas forenses, lo que reforzó la reputación de dichos expertos. A medida que iban engrosando los currículos, aumentaban las opiniones para abarcar aún más teorías de culpabilidad.

Cuantas más veces testificaba Paul Norwood, más listo se volvía. Un año antes del juicio de Quincy en 1988, Norwood siguió un seminario de veinticuatro horas sobre análisis de manchas de sangre impartido por una empresa privada de Kentucky. Aprobó, le dieron un certificado para demostrar sus conocimientos e incorporó un campo de experiencia más a su creciente repertorio. No tardó en impresionar a los miembros del jurado con sus conocimientos científicos sobre las numerosas y complejas formas como se dispersa la sangre en un macabro crimen. Se especializó en sangre, reconstrucción de la escena del crimen, balística y análisis del cabello. Anunció sus servicios, estableció contactos con las fuerzas de la ley y la fiscalía e incluso escribió un libro sobre ciencia forense. Su reputación creció y era muy solicitado.

Durante sus veinticinco años de carrera, Norwood testificó en cientos de juicios penales, siempre para la fiscalía y siempre implicando al acusado. Y siempre por una cuantiosa tarifa.

Entonces llegó el análisis del ADN e hizo buena mella en su negocio. El análisis del ADN no solo cambió el futuro de la investigación criminal, además sometió a un nuevo y devastador escrutinio a la pseudociencia que Norwood y los de su calaña habían estado vendiendo. En al menos la mitad de las exoneraciones de hombres y mujeres inocentes gracias al ADN, las malas pruebas forenses han sido la piedra angular de las evidencias de la fiscalía.

En un año, 2005, tres condenas de Norwood fueron invalidadas cuando las pruebas de ADN revelaron que sus métodos y su testimonio eran erróneos. Sus tres víctimas habían pasado un total de cincuenta y nueve años en prisión, una de ellas en el corredor de la muerte. Norwood se jubiló bajo presión tras un único juicio en 2006. En el interrogatorio, después de aportar su habitual análisis de sangre, fue desacreditado de un modo sin precedentes. El abogado defensor pasó revista, de forma lenta y dolorosa, a cada una de las tres exoneraciones del año anterior. El interrogatorio fue brillante, brutal y revelador. El acusado fue declarado no culpable. El verdadero asesino fue identificado más tarde. Y Norwood lo dejó.

Sin embargo, el daño ya estaba hecho. Hacía mucho que habían condenado a Quincy Miller por culpa del dictamen de Norwood a propósito de la sangre de la linterna, que, por supuesto, nunca vio. Su agudo análisis consistió en examinar grandes fotografías a color de la escena del crimen y de la linterna. Nunca tocó la prueba decisiva, sino que se basó en fotografías del objeto. Sin miedo, testificó con total certeza que las motas de sangre en la lente eran salpicaduras de retorno de los disparos de la escopeta que mataron a Keith Russo.

La linterna desapareció antes del juicio.

Norwood se niega a comentar el caso conmigo. Le he escrito dos veces. Me respondió una vez y me dijo que no hablaría de ello, ni siquiera por teléfono. Afirma que está mal de salud; hace mucho tiempo de ese caso; la memoria le falla; etcétera, etcétera. No parece que una conversación fuera a ser muy productiva. Hasta ahora, al menos siete de sus condenas han sido expuestas como fraudes, y a menudo se le saca a colación como vivo ejemplo de la pseudociencia que salió mal. Los abogados especializados en casos de pena capital lo atacan con regularidad. Incluso lo han demandado. Los blogueros lo vilipendian por el sufrimiento que ha causado. Los jueces de apelación informan de su miserable carrera. Un grupo pro inocencia está intentando recaudar una fortuna para revisar todos sus casos, pero cuesta reunir ese tipo de dinero. Si me concediera audiencia, le pediría que renegara de su trabajo e intentara ayudar a Quincy, pero por ahora no ha dado muestras de arrepentimiento.

Con o sin Norwood, no tenemos otra alternativa que contratar a nuestros propios científicos forenses, y los mejores son caros.

Estaré en Savannah un par de días, apagando incendios. Vicki, Mazy y yo estamos en la sala de reuniones hablando de forenses. Ante nosotros, encima de la mesa, tenemos cuatro currículums, nuestros cuatro definitivos. Todos son importantes criminólogos con credenciales impecables. Empezaremos con dos y les enviaremos el caso. El más barato pide quince mil dólares por una revisión y una consulta. El más caro cobra treinta mil y es innegociable. Dado que el trabajo para demostrar la inocencia se ha intensificado en la última década, esta gente está muy buscada por los grupos que abogan por los condenados injustamente.

El mejor hombre que tenemos es el doctor Kyle Benderschmidt, de la Universidad de la Mancomunidad de Virginia, en Richmond. Se ha dedicado a la enseñanza durante décadas y ha creado uno de los principales departamentos de ciencia forense del país. He hablado con otros abogados y lo ponen por las nubes.

Intentamos tener un fondo de reserva de setenta y cinco mil dólares para pagar a peritos, investigadores privados y abogados cuando sea necesario. No nos gusta pagar a abogados, y con los años nos hemos vuelto bastante convincentes rogando a los fiscales solidarios que colaboren de forma gratuita. Tenemos una red variable de ellos por todo el país. Y algunos científicos reducen sus honorarios para ayudar a una persona inocente, aunque es poco habitual.

Pero la tarifa estándar de Benderschmidt es de treinta mil dólares.

—¿Los tenemos? —le pregunto a Vicki.

—Por supuesto —dice con una sonrisa, siempre optimista. Si no los tenemos, cogerá el teléfono y animará a algunos donantes.

—Pues contratémosle a él —propongo.

Mazy está de acuerdo. Pasamos al segundo experto.

—Parece que en este caso también te cuesta arrancar, Post —dice Mazy—. Me refiero a que estás atascado con June Walker, Zeke Huffey y Carrie Holland. De momento nadie quiere hablar contigo.

Como en cualquier oficina, hay bastante cachondeo en tono amistoso dentro de los Guardianes. Vicki y Mazy se llevan muy bien, aunque se dan espacio mutuamente. Cuando estoy en la ciudad me convierto en un blanco fácil. Si no nos quisiéramos, nos tiraríamos piedras.

Me río.

—No me tomes el pelo —digo—. Y recuérdame por favor el último caso en el que todo empezó rodado.

—Somos la tortuga, no la liebre —aduce Vicki, aludiendo a una de sus fábulas favoritas.

—Sí. Hemos tardado tres años en comprometernos —digo—. ¿Quieres una exoneración en un mes?

—Solo muéstranos algún avance —pide Mazy.

—Aún no he echado mano de mi encanto —replico.

Mazy esboza una sonrisa.

—¿Cuándo vas a Seabrook?

—No lo sé. Lo estoy posponiendo todo lo posible. Allí nadie sabe que estamos con esto, y me gustaría permanecer en la sombra.

—¿Cuál es el nivel de miedo? —pregunta Vicki.

—Es difícil decirlo, pero sin duda es un factor. Si a Russo lo eliminó una banda de narcotraficantes, esos tipos siguen por ahí. El asesino está entre ellos. Cuando yo aparezca por allí, seguramente se enterarán.

—Parece muy arriesgado, Post —dice Mazy.

—Lo es, pero la mayoría de nuestros casos entrañan riesgos, ¿no es así? Nuestros clientes están en la cárcel porque otra persona apretó el gatillo. Y esa persona sigue ahí fuera, riéndose porque la policía pilló al tipo equivocado. Lo último que quieren es que un abogado defensor escarbe en un viejo caso.

—Ten cuidado —dice Vicki.

Es evidente que las dos se preocupan mucho por mí.

—Siempre tengo cuidado. ¿Esta noche cocinas?

—Lo siento. Tengo partida de bridge.

—Nosotros tenemos pizza congelada —interviene Mazy.

Detesta cocinar, y con cuatro hijos en casa depende bastante de la sección de congelados.

—¿Está James por aquí? —pregunto.

Mazy y su marido se separaron hace unos años e intentaron divorciarse. No funcionó, pero vivir juntos tampoco funciona. Sabe que me preocupo de corazón por ella y que no pregunto por cotillear.

—Va y viene, pasa tiempo con los niños.

—Rezo por vosotras, chicas.

—Sé que lo haces, Post. Y nosotras rezamos por ti.

En mi ático no tengo nada para comer porque siempre se me estropea todo a causa de mi negligencia. Dado que no he conseguido sacar ninguna comida a mis colegas, trabajo hasta que oscurece y después salgo a dar un largo paseo por la parte antigua de la ciudad. Dentro de dos semanas será Navidad y hace frío. Llevo doce años en Savannah, pero en realidad no conozco la ciudad. Paso fuera demasiado tiempo para disfrutar de su encanto y su historia, y resulta difícil trabar amistades con un estilo de vida tan nómada. Pero mi primer amigo está en su casa y quiere compañía.

Luther Hodges me contrató al salir del seminario y me persuadió para que viniera a Savannah. Ahora está jubilado y su mujer falleció hace unos años. Vive en una pequeña casa propiedad de la diócesis, a dos manzanas de Chippewa Square. Está esperando en el porche, ansioso por salir de casa.

—Hola, padre —digo mientras nos damos un abrazo.

—Hola, hijo mío —responde fervoroso. Nuestro saludo habitual—. Pareces más delgado —añade. Le preocupa mi estilo de vida; la mala dieta, la falta de sueño, el estrés.

—Bueno, usted desde luego no —replico.

Él se palmea el estómago.

—No puedo mantenerme lejos del helado.

—Me muero de hambre. Vamos.

Caminamos del brazo por la acera, a lo largo de Whitaker Street. Luther tiene ya casi ochenta años, y en cada visita me fijo en que se mueve un poco más despacio. Tiene una ligera cojera y necesita una rodilla nueva, pero dice que las piezas de repuesto son para los vejestorios. «No dejes entrar al viejo», es uno de sus dichos favoritos.

—¿Dónde has estado? —pregunta.

—Lo de costumbre. Aquí y allá.

—Háblame del caso —pide. Le fascina mi trabajo y quiere que lo tenga al día. Sabe los nombres de los clientes de los Guardianes y sigue cualquier avance por internet.

Le hablo de Quincy Miller y del lento comienzo habitual. Él escucha con atención y, como siempre, habla poco. ¿Cuántos podemos decir que tenemos un amigo de verdad al que le encanta lo que hacemos y está dispuesto a escucharnos durante horas? Soy afortunado de tener a Luther Hodges.

Abordo los puntos importantes sin revelar nada confidencial y le pregunto por su trabajo. Dedica varias horas al día a escribir cartas a hombres y mujeres que están entre rejas. Es su ocupación y está comprometido con ella. Lleva un registro meticuloso y guarda copias de toda la correspondencia. Si estás en la lista de Luther, recibes cartas, felicitaciones de cumpleaños y tarjetas navideñas. Si tuviera dinero, se lo enviaría a los prisioneros.

Hay sesenta en su lista en estos momentos. Uno falleció la semana pasada. Un hombre joven de Missouri que se colgó; a Luther se le quiebra la voz al hablar de ello. El tipo había mencionado el suicidio en un par de cartas y Luther estaba preocupado. Llamó muchas veces a la prisión buscando ayuda, pero no consiguió nada.

Bajamos hasta el río Savannah y paseamos por la calle

adoquinada cerca del agua. Nuestro restaurante favorito es una marisquería que tiene décadas. Luther me llevó a comer allí en mi primera visita.

—Yo invito —dice en la puerta.

Conoce mi situación financiera.

—Si insistes... —respondo.

11

La Universidad de la Mancomunidad de Virginia es un campus urbano que parece ocupar la mayor parte del centro de Richmond. Una desapacible tarde de enero me dirijo al Departamento de Ciencia Forense en West Main Street. Kyle Benderschmidt ha presidido el departamento durante dos décadas y dirige el lugar. Su despacho ocupa todo un rincón de la planta. Una secretaria me ofrece café y yo jamás lo rechazo. Los estudiantes van y vienen. A las tres de la tarde en punto, el renombrado criminólogo aparece y me da la bienvenida con una sonrisa.

El doctor Benderschmidt tiene setenta y pocos años, es delgado, rebosa energía y aún se viste como el joven universitario que fue en su juventud. Pantalones chinos almidonados, mocasines, camisa de botones. Aunque está muy solicitado como experto, le sigue encantando el aula e imparte dos cursos cada semestre. No le gustan los tribunales y procura evitar testificar. Él y yo sabemos que si llegamos tan lejos como para conseguir un nuevo juicio en el caso de Quincy, será en unos cuantos años. Por lo general revisa un caso, prepara sus conclusiones, ofrece sus opiniones y pasa al siguiente mientras los abogados se ocupan de sus asuntos.

Le sigo hasta una pequeña sala de reuniones. Encima de la mesa está el material que le envié hace tres semanas; fotografías y diagramas de la escena del crimen, fotos de la linterna, el informe de la autopsia y la transcripción completa del juicio, de casi mil doscientas páginas.

Agito la mano en dirección a los documentos.

—Bien, ¿qué opina?

Él sonríe y menea la cabeza.

—Lo he leído todo y no sé muy bien cómo condenaron al señor Miller. Pero, claro, no es algo inusual. ¿Qué ocurrió en realidad con la linterna?

—Hubo un incendio en el almacén donde la policía guardaba las pruebas. Jamás la hallaron.

—Lo sé, también he leído esa parte. Pero ¿qué ocurrió de verdad?

—Aún no lo sé. No hemos investigado el incendio, y lo más seguro es que no podamos hacerlo.

—Entonces doy por hecho que el incendio fue provocado y que alguien quería que la linterna desapareciera. Sin ella no hay ninguna conexión con Miller. ¿Qué gana la policía destruyéndola e impidiendo que el jurado la vea?

Me siento como un testigo al que acribillan en un interrogatorio.

—Buena pregunta —digo, y tomo un trago de café—. Dado que estamos trabajando con hipótesis, cabe suponer que la policía no quería que un perito la examinara de cerca.

—Pero no había ningún perito por parte de la defensa —dice.

—Desde luego que no. Era un caso de defensa a un demandado sin recursos con un abogado de oficio. El juez rechazó proporcionar fondos para un experto del otro lado. La policía seguramente contaba con ello, pero decidió no correr riesgos. Pensaron que podían encontrar a un tipo como Norwood que estuviera encantado de analizar y especular utilizando solo las fotografías.

—Supongo que tiene lógica.

—Solo estamos haciendo conjeturas, doctor Benderschmidt. Es cuanto podemos hacer de momento. Quizá esas pequeñas motas de sangre pertenezcan a otra persona.

—Exacto —dice con una sonrisa, como si ya hubiera descubierto algo. Coge una foto a color ampliada de la lente de cinco centímetros de la linterna—. Hemos examinado esto con todo tipo de optimizadores de imagen. Algunos de mis colegas y yo. Ni siquiera estoy seguro de que esas motas sean de sangre humana, o de sangre, para el caso.

—Si no son de sangre, ¿de qué son?

—Imposible decirlo. Lo que resulta más inquietante aquí es que la linterna no se recuperara de la escena del crimen. No sabemos de dónde vino ni cómo la sangre, si es que es sangre, llegó a la superficie de la lente. La muestra con la que trabajar es tan pequeña que resulta imposible determinar nada.

—Si se tratara de una salpicadura de retorno, ¿no habrían acabado también la escopeta e incluso el asesino cubiertos de sangre?

—Es más que probable, pero jamás lo sabremos. Tampoco se recuperó la escopeta ni la ropa del asesino. Pero sabemos que era una escopeta por la posta. Dos disparos en un espacio tan reducido producen una cantidad enorme de sangre. Imagino que las fotos prueban eso. Lo sorprendente es que no hubiera pisadas ensangrentadas dejadas por el asesino al marcharse.

—No hay constancia de ninguna.

—Entonces yo diría que el asesino se tomó muchas molestias para evitar que lo detectaran. No hay huellas dactilares, así que probablemente llevaba guantes. No hay huellas de zapatos o botas, así que probablemente llevaba algún tipo de funda en los pies. Parece un asesino muy sofisticado.

—Podría ser el asesinato de una banda, realizado por un profesional.

—Bueno, eso le corresponde a usted. Yo ahí no llego.

—¿Es posible disparar una escopeta con una mano mientras sujetas una linterna con la otra? —pregunto, aunque la respuesta es más que evidente.

—Es muy improbable. Pero es una linterna pequeña con una lente de cinco centímetros. Sería posible sujetar la linterna con una mano y utilizar la misma mano para estabilizar la corredera de la escopeta. Eso suponiendo que se traga la teoría de la fiscalía. Pero yo dudo mucho que la linterna estuviera en la escena del crimen.

—Norwood declaró que esto de la linterna es sangre y que es una salpicadura de retorno.

—Norwood se equivocaba otra vez. Él sí que tendría que estar en la cárcel.

—O sea que ya se han cruzado...

—Oh, sí. Dos veces. He desacreditado dos de sus condenas, aunque los dos hombres siguen aún en prisión. Norwood era bien conocido cuando el oficio estaba en su apogeo, solo uno de muchos. Gracias a Dios que lo dejó, pero aún quedan bastantes tipos como él por ahí dedicándose a esto. Me pone enfermo.

Benderschmidt ha criticado con vehemencia los seminarios de una semana en los que agentes de policía, investigadores, en realidad cualquiera con suficiente dinero para la matrícula, se pueden formar rápidamente, obtener un diploma y declararse expertos.

—Fue sumamente irresponsable por su parte decirle al jurado que estas motas son de sangre que procedía del cadáver de Russo —prosigue; menea la cabeza con incredulidad e indignación—. No hay forma científica de demostrarlo.

Norwood dijo al jurado que la salpicadura de retorno no puede desplazarse más de un metro y veintidós centímetros por el aire. Por tanto, el cañón estaba cerca de la víctima. No es cierto, asegura Benderschmidt. La distancia que recorre la sangre varía mucho con cada disparo, y Norwood se equivocó de pleno al ser tan preciso.

—Hay demasiadas variables aquí para emitir dictámenes.

—Entonces ¿cuál es su opinión?

—Que no hay base científica para lo que Norwood dijo al jurado. Que no hay forma de saber si la linterna estuvo siquiera en la escena. Que cabe la posibilidad de que estas motas de sangre ni siquiera fueran de sangre. Muchas opiniones, señor Post. Las envolveré con un bonito lenguaje que no deje lugar a dudas.

Mira el reloj y dice que tiene que hacer una llamada. Me pregunta si me importa. Desde luego que no. En su ausencia, tomo algunas notas, algunas preguntas para las que no tengo respuesta. Él tampoco, pero valoro sus razonamientos. Desde luego los estoy pagando. Regresa al cabo de quince minutos con una taza de café.

—Y bien, ¿qué le molesta? —pregunto—. Olvídese de la ciencia y especulemos un poco.

—Eso es casi tan divertido como la ciencia —dice con una sonrisa—. Cuestión número uno: si la policía colocó la linterna en el maletero del coche de Miller, ¿por qué no siguieron adelante y colocaron también la escopeta?

Yo mismo me he hecho esa pregunta un centenar de veces.

—Puede que les preocupara demostrar que era el dueño. Estoy seguro de que no estaba registrada. O puede que fuera difícil colarla en el maletero. La linterna es mucho más pequeña y más sencilla de colocar ahí. Pfitzner, el sheriff, declaró que la encontró cuando registraba el maletero. Había otros policías en la escena.

Él escucha con atención y asiente.

—Es plausible.

—Sacar la linterna del bolsillo y dejarla caer en el maletero podría ser fácil. Una escopeta no.

Él continúa asintiendo.

—Esto puedo aceptarlo. Siguiente cuestión: de acuerdo con el soplón, Miller dijo que al día siguiente condujo hasta el Golfo y arrojó la escopeta al océano. ¿Por qué no arrojó también la linterna? Ambas cosas estuvieron en la escena del crimen. Ambas tenían sangre. No tiene sentido no deshacerse de ellas.

—No tengo respuesta para eso —respondo—, y es una enorme laguna en el cuento que la policía le pasó al soplón.

—Y ¿por qué al océano, donde el agua es poco profunda y las mareas suben y bajan?

—No tiene sentido —digo.

—No lo tiene. Siguiente cuestión: ¿por qué utilizar una escopeta? Hacen mucho ruido. El asesino tuvo suerte de que nadie oyera los disparos.

—Bueno, Carrie Holland dijo que oyó algo, pero no es creíble. Utilizaron una escopeta porque es lo que habría usado un tipo como Miller, tal vez. Un profesional habría utilizado una pistola con silenciador, pero no querían incriminar a un profesional. Querían a Miller.

—Estoy de acuerdo. ¿Miller tenía una trayectoria como cazador?

—En absoluto. Dice que jamás en toda su vida ha ido de caza.

—¿Tenía armas de fuego?

—Dice que en casa tenía dos pistolas por protección. Su mujer declaró que tenía una escopeta, pero ella tampoco es creíble.

—Es usted muy bueno, Post.

—Gracias. He tenido cierta experiencia en las calles. Usted también, doctor Benderschmidt. Ahora que conoce el caso, me gustaría escuchar su hipótesis profesional. Deje la ciencia a un lado y dígame cómo tuvo lugar este asesinato.

Se pone en pie, va hasta una ventana y se queda mirando fuera un rato.

—Detrás de esto hay un cerebro, señor Post, y por eso es poco probable que resuelva este crimen, a menos que ocurra un milagro. Diana Russo contó una historia convincente sobre el conflicto entre Miller y su marido. Sospecho que exageró, pero el jurado la creyó. Señaló a un hombre negro en una ciudad de blancos. Y con un móvil, además. Ellos, los conspiradores, conocían lo suficiente la escena del crimen como para utilizar la linterna a modo de vínculo con Miller. El verdadero asesino dejó tras de sí pistas cuyo rastro era imposible de seguir, lo cual es digno de mención y dice mucho sobre su alto grado de planificación. Si cometió algún error, a la policía se le pasó o tal vez lo tapó. Después de veintidós años, el caso desde luego se ha enfriado y parece imposible de resolver. No descubrirá al asesino, señor Post, pero tal vez consiga demostrar la inocencia de su cliente.

—¿Hay alguna posibilidad de que sea culpable?

—Entonces ¿tiene dudas?

—Siempre. Las dudas me mantienen en vela por la noche.

Benderschmidt volvió a su silla y tomó un trago de café.

—No lo creo. El móvil es endeble. Claro que podía odiar a su exabogado, pero volarle la cabeza es una entrada segura en el corredor de la muerte. Miller tenía una coartada. No hay nada que lo relacione con la escena del crimen. Mi hipótesis fundamentada es que él no lo hizo.

—Me alegra oír eso —replico con una sonrisa.

No es ningún sensiblero y ha testificado más para la fiscalía que para la defensa. Va al grano y no teme criticar a otro perito, incluso a un colega, cuando disiente. Dedicamos unos minutos a hablar sobre otros casos basados en los patrones de sangre y enseguida llega la hora de marcharme.

—Gracias, doctor —digo recogiendo mis cosas—. Sé que su tiempo es valioso.

—Usted está pagando por él —responde con una sonrisa. Sí, treinta mil dólares.

Cuando abro la puerta me dice:

—Una última cosa, señor Post, y esta queda aún más lejos de mi experiencia, pero la situación allí podría volverse delicada. No es asunto mío, lo sabe, pero más vale que tenga cuidado.

—Gracias.

12

Mis viajes me llevan a la siguiente cárcel de mi pequeña lista. Se llama Tully Run y está oculta a los pies de las montañas Blue Ridge, en la parte occidental de Virginia. Esta es mi segunda visita. A causa de internet, ahora hay cientos de miles de delincuentes sexuales condenados. Por muchas razones, no les va bien entre los reclusos. La mayoría de los estados intentan segregarlos en instalaciones separadas. Virginia envía a casi todos los suyos a Tully Run.

El hombre se llama Gerald Cook. Varón blanco, cuarenta y tres años de edad, cumple veinte por abusar sexualmente de sus dos hijastras. Dado que tengo muchos clientes entre los que elegir, siempre he intentado evitar a los delincuentes sexuales. Sin embargo, en mi oficio he aprendido que algunos son en realidad inocentes.

En su juventud, Cook era un hombre violento, un pueblerino bebedor, dado a las peleas y a perseguir mujeres. Hace nueve años pilló a la mujer equivocada y se casó con ella. Pasaron juntos unos años difíciles, hacían turnos para irse de casa. A ambos les costaba conservar un empleo, y el dinero era siempre un problema. Una semana después de que su mujer solicitara el divorcio, Gerald ganó cien mil dólares en la lotería del estado de Virginia e intentó mantenerlo en secreto. Ella se enteró casi de inmediato y sus abogados se frotaron las manos. Gerald huyó de la zona con su botín y el divorcio se prolongó. Para llamar su atención, y conseguir al menos una parte del dinero, ella conspiró con sus hijas, que entonces tenían once y catorce años, a fin de acusarlo de abuso sexual, delito que nunca antes se había mencionado. Las chicas firmaron declaraciones juradas por escrito detallando una pauta de violación y abusos. Arrestaron a Gerald, lo metieron en la cárcel con una fianza exorbitante y nunca ha dejado de afirmar que es inocente.

En Virginia es difícil defender estas acusaciones. En el juicio, las dos chicas subieron al estrado y en sendos testimonios desgarradores describieron las cosas horribles que su padrastro presuntamente les había hecho. Gerald replicó con su propio testimonio, pero, impulsivo como era, fue un testigo pésimo. Lo condenaron a veinte años. Cuando salga de prisión, hará ya mucho que las ganancias de la lotería se habrán esfumado.

Ninguna de las hijastras terminó el instituto. La mayor ha tenido una vida de asombrosa promiscuidad y, con veintiún años, ya va por su segundo matrimonio. La menor tiene un hijo y trabaja en un restaurante de comida rápida ganando el salario mínimo. La madre posee un salón de belleza a las afueras de Lynchburg y es una bocazas. Nuestro investigador tiene declaraciones juradas de dos antiguas clientas que describen a la mujer contando a todas horas hilarantes historias sobre cómo incriminó a Gerald con falsas acusaciones. También tenemos una declaración jurada de un exnovio con historias similares. Lo asustó tanto que el hombre se mudó.

Cook llamó nuestra atención hace dos años con una carta desde la cárcel. Recibimos unas veinte a la semana, y el trabajo que se acumula es frustrante. Vicki, Mazy y yo dedicamos todo el tiempo que podemos a leerlas y tratamos de eliminar las de aquellos a los que no podemos ayudar. La gran mayoría son de reclusos culpables que tienen mucho tiempo para afirmar su inocencia y escribir largas cartas. Viajo con un fajo que leo cuando debería estar durmiendo. En los Guardianes tenemos la política de responder todas las cartas.

La historia de Cook parecía plausible y le respondí. Intercambiamos unas cuantas cartas y me envió la transcripción de su juicio y el expediente. Realizamos una investigación preliminar y nos convencimos de que decía la verdad. Fui a visitarlo hace un año y me desagradó de inmediato. Confirmó lo que había averiguado a través de nuestra correspondencia: está obsesionado con la venganza. Su objetivo es salir y hacer daño físico a su exmujer y a sus hijas o, más probablemente, inculparlas por cargos por drogas y verlas entre rejas. Sueña con visitarlas en prisión algún día. He intentado atenuar esto explicándole que tenemos expectativas respecto a nuestros clientes una vez que queden libres y que no nos relacionaremos con nadie que planee tomar represalias.

La mayoría de los presos a los que visito en la cárcel están hundidos y agradecen el cara a cara. Pero, de nuevo, Cook es beligerante. Me mira con desprecio a través del plexiglás, agarra el teléfono y dice:

—¿Por qué tardas tanto, Post? Sabes que soy inocente, sácame ya de aquí.

—Encantado de verte, Gerald —digo con una sonrisa—. ¿Qué tal estás?

—No me vengas con gilipolleces, Post. Quiero saber qué estás haciendo ahí fuera mientras yo estoy aquí atrapado con un montón de pervertidos. Llevo siete años luchando contra estos maricas y estoy muy cansado.

—Gerald, a lo mejor deberíamos empezar de nuevo esta sesión —digo con calma—. Me estás gritando, y no me gusta. Tú no me pagas. Soy voluntario. Si no puedes mostrarte amable, me iré.

Él agacha la cabeza y empieza a llorar. Espero pacientemente mientras intenta recobrar la compostura. Se limpia ambas mejillas con las mangas y no establece contacto visual.

—Soy inocente, Post —dice con voz entrecortada.

—Eso es lo que creo, si no, no estaría aquí.

—Esa puta incitó a las chicas para que mintieran y las tres siguen riéndose de eso.

—Eso es lo que creo, Gerald. De veras que sí, pero sacarte llevará mucho tiempo. No hay manera de acelerar las cosas. Como te he dicho otras veces, es muy fácil condenar a un hombre inocente y virtualmente imposible exonerarlo.

—Esto está muy mal, Post.

—Lo sé, lo sé. Ahora mismo mi problema es este, Gerald. Si salieras mañana, me temo que harías algo muy estúpido. Te he advertido muchas veces sobre albergar pensamientos de venganza, y si sigues teniendo eso en mente, no me voy a involucrar.

—No la mataré, Post. Lo prometo. No haré nada tan estúpido como para que mi culo acabe otra vez en un lugar como este.

—¿Pero...?

—Pero ¿qué?

—Pero ¿qué podrías hacer, Gerald?

—Algo se me ocurrirá. Merece estar un tiempo a la sombra después de lo que me ha hecho, Post. No puedo dejarlo correr.

—Tienes que dejarlo correr, Gerald. Tienes que irte bien lejos y olvidarte de ella.

—No puedo, Post. No puedo sacarme a esa puta mentirosa de la cabeza. Ni a sus dos hijas. Las odio con cada fibra de mi ser. Yo estoy aquí sentado, siendo como soy inocente, y ellas mientras tanto viven su vida y se ríen de mí. ¿Dónde está la justicia?

Como soy cauteloso por necesidad, aún no soy su abogado. Si bien los Guardianes han invertido casi veinte mil dólares y dos años investigando, no nos hemos implicado de manera oficial. Gerald me preocupaba desde el principio y he mantenido abierta la vía de escape.

—Sigues deseando venganza, ¿verdad, Gerald?

Le tiemblan los labios y los ojos vuelven a llenársele de lágrimas. Me mira con furia y asiente.

—Lo siento, Gerald, pero digo que no. No voy a representarte.

De repente estalla en un arrebato de ira.

—¡No puedes hacer eso, Post! —grita al teléfono y acto seguido lo arroja y arremete contra la mampara de plexiglás—. ¡No! ¡No! ¡No puedes hacer eso, joder! ¡Me moriré aquí! —Empieza a golpear el plexiglás.

Me sobresalto y me aparto.

—¡Tienes que ayudarme, Post! ¡Sabes que soy inocente! No puedes largarte de aquí y dejarme morir. ¡Soy inocente! ¡Soy inocente y sabes muy bien que soy inocente!

La puerta que hay detrás de mí se abre de golpe y entra un guardia.

—¡Siéntate! —grita a Gerald, que aporrea con los puños el plexiglás al otro lado.

El guardia le chilla y la puerta que hay a su espalda se abre y aparece otro guardia. Agarra a Gerald y lo aleja de la mampara.

—¡Soy inocente, Post! —grita cuando escapo por la puerta—. Soy inocente.

Casi puedo oírlo mientras me alejo en coche de Tully Run.

Cuatro horas más tarde entro en el recinto de la institución correccional para mujeres de Carolina del Norte (NCCIW) en Raleigh. El aparcamiento está lleno y, como de costumbre, me quejo por el dinero gastado en correccionales en este país. Es un gran negocio, un verdadero generador de ganancias en algunos estados, aunque no cabe duda de que crea muchísimo empleo en la comunidad lo bastante afortunada para tener su propia prisión. En Estados Unidos hay más de dos millones de personas encarceladas, y para ocuparse de ellas se necesitan un millón de empleados y ochenta mil millones de dólares en impuestos.

El NCCIW debería estar cerrado, como todas las prisiones de mujeres. Muy pocas mujeres son delincuentes. Su error es escoger malos novios.

Carolina del Norte envía a sus reclusas del corredor de la muerte al NCCIW. Hay siete ahora, incluida nuestra clienta, Shasta Briley. Fue condenada por asesinar a sus tres hijos a unos treinta kilómetros de donde ahora está encarcelada.

La suya es otra triste historia de una cría que nunca tuvo una oportunidad. Hija de una madre adicta a las drogas, rebotó de hogares de acogida a orfanatos y a parientes políticos en la barriada de viviendas de protección. Abandonó el colegio, tuvo una hija, vivió con una tía, trabajó aquí y allá por el sueldo mínimo, tuvo otra hija y se hizo adicta. Después de que naciera su tercera hija, tuvo suerte y encontró una habitación en un refugio para indigentes donde un terapeuta la ayudó a desengancharse. Un hombre de una iglesia le dio un empleo y más o menos los adoptó a ella y a sus hijas, y ella se mudó a una pequeña casa adosada de alquiler. Pero cada día era una lucha, y la detuvieron por extender cheques sin fondos. Vendió su cuerpo por dinero y después comenzó a vender drogas.

Su vida era una pesadilla; por consiguiente, condenarla era fácil.

Hace ocho años, su casa se incendió en plena noche. Ella escapó por una ventana, con cortes y quemaduras, y corrió por el exterior gritando mientras los vecinos acudían a prestar ayuda. Sus tres hijas perecieron en el incendio. La comunidad se congregó a su alrededor después de la tragedia. El funeral fue desgarrador y llegó a las noticias locales. Entonces el investigador de incendios provocados del estado llegó a la ciudad. Cuando mencionó las palabras «incendio provocado» la compasión hacia Shasta se esfumó.

En el juicio, el estado demostró que Shasta había estado ocupada haciéndose seguros en los meses previos al incendio; tres pólizas de diez mil dólares por la vida de cada niña y una póliza de diez mil dólares por el contenido de la casa. Una pariente declaró que Shasta se había ofrecido a venderle a las niñas por mil dólares cada una. El experto en incendios fue claro en su dictamen. Shasta tenía mucho equipaje; antecedentes penales, tres hijas de tres padres distintos y un historial de consumo de drogas y prostitución. En el lugar de los hechos, los vecinos habían dicho a la policía que Shasta intentó entrar en la casa en llamas pero que el fuego era demasiado grande. Estaba cubierta de sangre, tenía quemaduras en las manos y estaba frenética, fuera de sí. Sin embargo, una vez que circuló la teoría del incendio provocado, la mayoría de los vecinos la dejaron sola. En el juicio, tres de ellos dijeron al jurado que Shasta parecía estar tan campante mientras el incendio seguía activo. Uno se permitió especular que seguramente iba colocada.

Siete años después, pasa los días sola en una celda, sin apenas contacto humano. El sexo es la moneda de cambio en una cárcel de mujeres, pero de momento los guardias la han dejado tranquila. Es frágil, come poco, lee la Biblia y viejos libros de bolsillo durante horas, y habla en voz baja. Nos comunicamos a través de una rejilla, por lo que los teléfonos no son necesarios. Me da las gracias por venir y me pregunta por Mazy.

Con cuatro hijos, Mazy rara vez sale de Savannah, pero

ha venido dos veces aquí de visita y ha forjado un vínculo con Shasta. Se mandan cartas todas las semanas y hablan por teléfono una vez al mes. A estas alturas, Mazy sabe de incendios provocados más que muchos expertos.

—Ayer recibí carta de Mazy —dice con una sonrisa—. Parece que sus hijos están bien.

—Sus hijos están bien.

—Echo de menos a mis hijas, señor Post. Eso es lo peor de todo. Echo de menos a mis pequeñas.

Hoy el tiempo no es importante. Aquí los abogados podemos alargarnos tanto como queramos, y Shasta disfruta de estar fuera de la celda. Hablamos de su caso, de los hijos de Mazy, del tiempo, de la Biblia, de libros, de cualquier cosa que le interese.

—¿Has leído el informe? —pregunto al cabo de una hora.

—Hasta la última palabra, dos veces. Parece que el doctor Muscrove sabe de lo suyo.

—Esperemos que sea así.

Muscrove es nuestro experto en incendios provocados, un verdadero científico que ha desacreditado a conciencia la investigación del estado. Tiene el firme convencimiento de que el incendio no fue deliberado. En otras palabras: no hubo delito. Pero que su informe caiga en las manos de un juez comprensivo será difícil. Nuestra mejor opción será un indulto de última hora por parte del gobernador, otra posibilidad poco probable.

Mientras hablamos me recuerdo que este es un caso que seguramente perderemos. De nuestros seis clientes actuales, Shasta Briley es quien tiene menos posibilidades de sobrevivir.

Intentamos comentar el informe de Muscrove, pero la ciencia a menudo resulta abrumadora hasta para mí. Ella vuelve a la última novela romántica que ha leído y yo le sigo la corriente con gusto. A menudo me sorprende la cultura que adquieren estos reclusos durante su encarcelamiento.

Un guardia me avisa de que es tarde. Llevamos charlando tres horas. Nos tocamos las manos por la rejilla y nos despedimos. Como siempre, me da las gracias por mi tiempo.

13

En el momento en que tuvo lugar el asesinato de Russo, el jefe de policía era Bruno McKnatt, que según nuestras indagaciones parece que tuvo poco que ver con la investigación. En Florida, el sheriff del condado es la principal autoridad legal y puede asumir la jurisdicción de cualquier delito, incluso los que se cometen dentro de los municipios, si bien en las ciudades más grandes es el departamento de policía el que lo dirige todo. A Russo lo asesinaron dentro de los límites de Seabrook, pero el viejo sheriff Bradley Pfitzner apartó a McKnatt.

McKnatt fue jefe de policía de 1984 a 1990 y después pasó a trabajar en la policía de Gainesville. Su carrera allí renqueó y trató de dedicarse a la venta inmobiliaria. Vicki lo encontró en un económico complejo residencial para jubilados llamado Sunset Village cerca de Winter Haven. Tiene sesenta y seis años y cobra dos pensiones; una de la seguridad social y otra del estado. Está casado y tiene tres hijos de edad adulta repartidos por el sur de Florida. Nuestro expediente sobre McKnatt no es grueso porque apenas tuvo relación con la investigación. No testificó en el juicio y su nombre casi ni se menciona.

Contactar con McKnatt es mi primera incursión real en Seabrook. Él no es de la ciudad y solo pasó unos cuantos años allí. Imagino que dejó pocos contactos y que ese asesinato no le interesó demasiado. Lo llamé el día antes de mi llegada y me pareció que estaba dispuesto a hablar.

Sunset Village es una serie de casitas móviles dispuestas en ordenados círculos alrededor de un centro comunitario. Cada casa tiene un árbol que da sombra junto al camino de acceso de hormigón, y cada vehículo tiene al menos diez años. Los residentes parecen deseosos de escapar de los confines de sus estrechos cuartos, por lo que pasan bastantes ratos sentados en el porche y hacen mucha vida social. Muchas de las viviendas cuentan con rampa para sillas de ruedas. Mientras recorro el primer círculo me doy cuenta de que me observan con atención. Algunos ancianos me saludan con la mano de forma amistosa, pero la mayoría mira mi Ford SUV con matrícula de Georgia como si tomaran nota de la intromisión de un intruso. Aparco cerca del centro comunitario y me paro un momento a mirar a varios ancianos que juegan al tejo debajo de un enorme pabellón a ritmo pausado. Hay otros jugando a las damas, al ajedrez y al dominó.

A sus sesenta y seis años, McKnatt forma sin duda parte del sector más joven de la población de este lugar. Lo localizo, lleva una gorra de béisbol azul de los Braves, y me acerco. Nos sentamos a una mesa de picnic cerca de una pared con docenas de carteles y boletines. Tiene sobrepeso, pero parece que está más o menos en forma. Al menos no va enganchado al oxígeno.

—Me gusta esto —dice, un tanto a la defensiva—, un montón de buena gente que se cuidan mutuamente. Nadie tiene dinero, así que no hay que fingir. Procuramos mantenernos activos, y hay muchas cosas que hacer.

Le respondo con alguna banalidad, como que parece un buen lugar. Si recela, no lo dejar entrever. Tiene ganas de hablar y parece orgulloso de recibir una visita. Repaso con él su carrera en las fuerzas de la ley durante unos minutos, y por fin va al grano.

—Bueno, ¿por qué le interesa Quincy Miller?

—Es mi cliente y estoy intentando sacarlo de la cárcel.

—Ha pasado mucho tiempo, ¿no cree?

—Veintidós años. ¿Lo conocía?

—No, no hasta el asesinato.

—¿Estuvo usted en la escena del crimen?

—Por supuesto. Pfitzner ya estaba allí, llegó muy rápido y me pidió que llevara a la señora Russo a casa. Ella había encontrado el cadáver y llamó al 911. La pobre mujer estaba destrozada, como podrá imaginar. La llevé a su casa, me senté con ella hasta que llegaron algunos amigos, fue horrible, y luego regresé a la escena del crimen. Pfitzner estaba al mando, como siempre, y no hacía más que dar órdenes. Le dije que creía que debíamos llamar a la policía estatal, que era lo que se suponía que teníamos que hacer, pero Pfitzner dijo que lo haría después.

—¿Lo hizo?

—Al día siguiente. Se tomó su tiempo. No quería que nadie más trabajara en el caso.

—¿Qué relación tenía con Pfitzner? —pregunto.

Él esboza una sonrisa, pero por dentro no sonríe.

—Le seré sincero —dice, como si hasta ahora no lo hubiera sido—. Pfitzner hizo que me despidieran, así que no me cae bien. Él llevaba veinte años de sheriff cuando la ciudad me contrató como jefe de policía, y nunca nos respetó ni a mí ni a ningún agente de mi departamento. Manejaba el condado con puño de hierro y no quería que nadie más con una placa se metiera en su terreno. Así eran las cosas.

—¿Por qué hizo que lo despidieran?

McKnatt gruñe y mira a los ancianos que juegan al tejo.

—Tiene que entender la dinámica de una ciudad pequeña

—dice encogiéndose de hombros—. Yo tenía una docena de hombres; Pfitzner, el doble. Tenía un buen presupuesto, todo lo que quería, y yo me quedaba con las sobras. Nunca nos llevamos bien porque me veía como una amenaza. Despidió a un ayudante, y cuando yo contraté a ese tipo, Pfitzner se cabreó. Todos los políticos le tenían miedo, y él tiró de algunos hilos y consiguió que me despidieran. Me largué de la ciudad cagando leches. ¿Ha estado en Seabrook?

—Todavía no.

—No encontrará gran cosa allí. Pfitzner se fue hace mucho y seguro que su rastro está cubierto.

Es una afirmación tendenciosa, como si quisiera hacerme saltar, pero lo dejo correr. Este es nuestro primer encuentro, y no quiero parecer demasiado impaciente. He de ganarme su confianza y eso lleva tiempo. Basta de hablar del sheriff Pfitzner. Volveré con eso a su debido tiempo.

—¿Conocía a Keith Russo? —pregunto.

—Claro. Conocía a todos los abogados. Es una ciudad pequeña.

—¿Qué opinión tenía de él?

—Listo, arrogante, no era de mis favoritos. Una vez vapuleó a un par de mis hombres en un juicio, y eso no me gustó. Imagino que solo hacía su trabajo. Quería ser un abogado importante y supongo que iba bien encaminado. Cierto día levantamos la vista y conducía un flamante Jaguar negro, sin duda el único que había en la ciudad. Corrían rumores de que había resuelto un caso importante en Sarasota y había ganado un dineral. Era muy ostentoso.

—¿Y su esposa, Diana?

Él menea la cabeza como si se entristeciera.

—Pobre mujer. Supongo que siempre tendré debilidad por ella. ¿Imagina lo que debió de ser encontrar el cadáver y en esas condiciones? Estaba destrozada.

—No, no puedo. ¿Era buena abogada?

—Supongo que estaba bien considerada. Nunca la traté. Pero era impresionante, una auténtica belleza.

—¿Asistió usted al juicio?

—No. Lo trasladaron al condado de Butler y no hubiera podido justificar el tiempo que habría tenido que tomarme para asistir.

—¿Pensaba entonces que Quincy Miller cometió el asesinato?

Se encoge de hombros.

—Claro. Nunca tuve motivos para dudarlo. Según recuerdo, había un buen móvil, cierto resentimiento. ¿No hubo una testigo que lo vio huir corriendo de la escena del crimen?

—Sí, pero no hizo una identificación positiva.

—¿No encontraron el arma del crimen en el coche de Miller?

—No exactamente. Encontraron una linterna con un poco de sangre.

—Y el ADN coincidía, ¿verdad?

—No, en 1988 no existía el análisis de ADN. Y la linterna desapareció.

Él reflexiona y resulta evidente que no recuerda los detalles importantes. Se marchó de Seabrook dos años después del asesinato y ha intentado olvidar aquel lugar.

—Siempre creí que se trataba de un caso fácil —dice—. Supongo que usted no piensa lo mismo, ¿verdad?

—Así es, de lo contrario no estaría aquí.

—¿Y qué le lleva a pensar que Miller es inocente después de tantos años?

No voy a compartir mis teorías, al menos todavía no. Tal vez más adelante.

—El caso del estado no se sostiene —respondo de forma vaga, y continúo—: ¿Mantuvo algún contacto en Seabrook después de marcharse?

Él niega con la cabeza.

—En realidad no. No estuve mucho allí y, como he dicho, me fui a toda prisa. No fue lo más destacable de mi carrera.

—¿Conocía a un agente llamado Kenny Taft?

—Claro, los conocía a todos, a unos mejor que a otros. Me enteré por el periódico de que lo habían matado. Yo estaba en Gainesville trabajando en narcóticos. Recuerdo su fotografía. Un buen tipo. ¿Por qué le interesa?

—Ahora mismo me interesa todo, señor McKnatt. Kenny Taft era el único agente negro que trabajaba para Pfitzner.

—A los matones de la droga les da igual que seas negro o blanco, y más en un tiroteo.

—En eso tiene razón. Solo me preguntaba si lo conoció.

Un hombre mayor con pantalones cortos, calcetines negros y zapatillas rojas se acerca y deja en nuestra mesa dos vasos de papel con limonada.

—Vaya, gracias, Herbie —dice McKnatt—. Ya era hora.

—Te mandaré la cuenta —espeta Herbie, y sigue su camino.

Tomamos un trago y contemplamos la partida de tejo a cámara lenta.

—Bueno, si su chico, Miller, no mató a Russo, ¿quién fue? —pregunta McKnatt.

—No tengo ni idea, y seguramente nunca lo sabremos. Mi trabajo es demostrar que Miller no lo hizo.

Él menea la cabeza y sonríe.

—Buena suerte. Si lo hizo otra persona, ha tenido veintipico años más para huir y esconderse. Si eso no es un caso frío...

—Frío como el hielo —convengo con una sonrisa—. Pero todos mis casos son así.

—¿Y esto es lo único a lo que se dedica? ¿Resuelve viejos casos y saca a gente de la cárcel?

—Eso es.

—¿Cuántos?

—Ocho en los últimos diez años.

—¿Y los ocho eran inocentes?

—Sí, tan inocentes como usted y como yo.

—¿En cuántos ha encontrado al verdadero asesino?

—No todos eran asesinatos, pero en cuatro de los casos identificamos a los culpables.

—Pues buena suerte con este.

—Gracias. La necesitaré. —Desvío la conversación al tema de los deportes. Es un verdadero fan de los Gators y está orgulloso de que su equipo de baloncesto esté ganando. Hablamos del tiempo, la jubilación, un poco de política. McKnatt no es el hombre más avispado que he conocido y no parece albergar demasiado interés por el asesinato de Russo.

Transcurrida una hora, le doy las gracias por su tiempo y le pregunto si puedo volver. Sin duda, responde, deseoso de tener una visita.

Mientras me alejo, ya al volante, de repente me doy cuenta de que no me ha advertido sobre Seabrook y su turbia historia. Aunque está claro que no siente el más mínimo aprecio por Pfitzner, no ha hecho ninguna alusión a la corrupción.

No me ha contado toda la historia.

14

El primer respiro llega dos meses después de un arranque lento. Es una llamada de Carrie Holland Pruitt, que quiere hablar. Salgo antes del amanecer de un domingo y conduzco durante seis horas hasta Dalton, Georgia, a medio camino de Savannah y Kingsport, Tennessee. El área de servicio está en la interestatal 75, ya he estado allí antes. Aparco de cara a la entrada y espero a Frankie Tatum. Charlamos por teléfono y veinte minutos después aparca cerca de mí. Lo veo entrar en el restaurante.

Dentro elige una mesa en un reservado cerca del fondo, pide café y un sándwich y abre un periódico. En la mesa junto a la pared hay la variedad de condimentos habitual y un dispensador con servilletas de papel. Con el periódico a modo de escudo, retira el salero y el pimentero y los sustituye por nuestras versiones baratas propias de un supermercado cualquiera. En el fondo de nuestro salero hay un dispositivo de grabación. Cuando llega su sándwich, echa un poco de sal para cerciorarse de que nada resulta sospechoso. Me envía un mensaje diciéndome que todo va bien y que el lugar no está demasiado lleno.

A la una de la tarde, la hora de encuentro acordada, envío un mensaje a Frankie y le digo que coma despacio. No hay ni rastro de la ranchera de Buck ni del Honda de Carrie

Pruitt. Tengo sus fotos a color en mi expediente y he memorizado los números de sus matrículas de Tennessee. A la una y cuarto veo la ranchera yendo despacio por la vía de salida y mando un mensaje a Frankie. Salgo del coche, entro en el restaurante y veo a Frankie pagando su cuenta en la barra. Una camarera está recogiendo su mesa y le pregunto si puedo sentarme ahí.

Carrie se ha traído a Buck, lo que es buena señal. No cabe duda de que le ha contado su pasado y necesita su apoyo. Es un tipo corpulento, con brazos gruesos, barba gris y, deduzco erróneamente, mal genio. En cuanto entran por la puerta me levanto de golpe y les hago señas para que se acerquen. Después de presentarnos con torpeza, les indico que tomen asiento. Le doy las gracias a Carrie por la reunión e insisto en que pidan algo de comer. Yo mismo me muero de hambre y pido unos huevos y café. Ellos piden hamburguesa con patatas fritas.

Buck clava la mirada en mí con un sinfín de dudas.

—Lo hemos buscado por internet —dice antes de que pueda ir al grano—. ¿Es usted predicador o abogado?

—Las dos cosas —respondo con una sonrisa ganadora, y luego divago un poco sobre mi pasado.

—Mi padre era predicador, ¿sabe? —comenta él con orgullo.

Oh, lo sabemos. Su padre se retiró hace cuatro años, después de tres décadas en una pequeña iglesia rural muy a las afueras de Blountville. Finjo interés y pasamos de puntillas por el tema de la teología. Sospecho que Buck se apartó de la fe hace mucho. A pesar de su rústico aspecto, tiene una voz suave y unos modales afables.

—Nunca le he contado demasiadas cosas a Buck acerca de mi pasado —dice Carrie—, por muchas razones, señor Post.

—Por favor, llámeme Post a secas —le pido.

Carrie sonríe y una vez más me fijo en sus bonitos ojos y sus marcadas facciones. Va maquillada y lleva su pelo rubio recogido; en otra vida su aspecto podría haberle abierto puertas más prometedoras.

—Vale, lo primero es lo primero —interviene Buck—. ¿Cómo sabemos que podemos confiar en usted?

Pregunta eso a un hombre que los está grabando en secreto.

—Es decir —añade antes de que pueda responder—, Carrie me contó lo que pasó entonces, lo que hizo, y es evidente que nos preocupa, o no estaríamos aquí. Pero a mí esto me parece peligroso.

—¿Qué es lo que quiere en realidad? —pregunta ella.

—La verdad —respondo.

—No lleva micrófono ni nada parecido, ¿no? —pregunta Buck.

Suelto un bufido y levanto las manos como si no tuviera nada que esconder.

—Vamos, no soy policía. Si quieren registrarme, adelante.

Llega la camarera con más café y guardamos silencio. Cuando se marcha, tomo la iniciativa.

—No, no llevo micro. Yo no actúo así. Lo que quiero es muy sencillo. Lo ideal sería que usted me contara la verdad y después firmara un afidávit que yo pudiera usar algún día para ayudar a Quincy Miller. Estoy hablando también con los demás testigos en el intento de conseguir lo mismo: la verdad. Sé que la policía y el fiscal inventaron gran parte del testimonio del juicio, y estoy intentando unir todas las piezas. Su declaración desde luego ayudaría, pero es solo una parte del conjunto.

—¿Qué es un afidávit? —pregunta Buck.

—Solo una declaración bajo juramento. Yo la prepararé y ustedes la revisarán. Después la guardaré como oro en paño hasta que sea necesaria. Nadie en los alrededores de Kingsport lo sabrá jamás. Seabrook está demasiado lejos.

—¿Tendré que ir a un juzgado? —quiere saber ella.

—Casi seguro que no. Imaginemos que consigo convencer a un juez de que Quincy Miller no tuvo un juicio justo. Eso, para ser franco, es muy improbable. Pero si ocurriera, cabe la remota posibilidad de que el fiscal decidiera juzgarlo de nuevo por el asesinato. Podrían pasar años. De ser así, tal vez la llamaran como testigo, pero eso es poco probable porque usted no vio a ningún hombre negro huir corriendo de la escena del crimen, ¿verdad?

Ella no asiente ni dice nada. Nos traen los platos y aliñamos la comida. A Buck le gusta el ketchup. Ninguno quiere sal ni pimienta. Yo echo sal en los huevos y coloco el salero en el centro de la mesa.

Carrie mordisquea una patata frita y evita el contacto visual. Buck ataca la hamburguesa. Está claro que han hablado largo y tendido de la situación y no han tomado una decisión. Ella necesita que le den un empujón.

—¿Quién la convenció para que testificara? ¿El sheriff Pfitzner?

—Mire, señor Post, voy a hablar con usted y a contarle lo que pasó, pero la idea de verme involucrada no me convence —dice—. Me lo pensaré muy bien antes de firmar una declaración jurada.

—No puede repetir lo que ella dice, ¿verdad? —pregunta Buck mientras se limpia la boca con una servilleta de papel.

—No puedo repetirlo en un tribunal, si eso es lo que pregunta. Puedo hablar de ello con mi personal, eso es todo. Cualquier juez exigirá una declaración jurada de un testigo.

—Me preocupan mis hijos —dice Carrie—. Ellos no lo saben. Me avergonzaría que descubrieran que su madre mintió en el estrado y envió a un hombre a la cárcel.

—Lo entiendo, Carrie, y es normal que le preocupe. Pero también cabe la posibilidad de que se sientan orgullosos por el hecho de que haya dado un paso al frente para ayudar a liberar a un hombre inocente. Todos hicimos cosas malas con veinte años, pero algunos errores pueden corregirse. A usted le preocupan sus hijos. Piense en Quincy Miller. Tiene tres hijos a los que no ha visto en veintidós años. Y cinco nietos a los que no ha visto nunca, ni siquiera en foto.

Asimilan mis palabras y por un momento dejan de comer. Parecen sobrepasados y asustados, pero las ruedas están girando.

—Tenemos los informes y nos dicen que su cargo por drogas se desestimó unos meses después del juicio. Pfitzner la convenció para que subiera a testificar y contara su historia, y el fiscal le prometió olvidarse del cargo por drogas, ¿no es así?

Ella inspira hondo y mira a Buck, que se encoge de hombros.

—Adelante. No hemos conducido cinco horas por unas hamburguesas con queso.

Carrie intenta beber café, pero le tiemblan las manos. Así que deja la taza y aparta el plato unos centímetros.

—Estaba saliendo con un agente llamado Lonnie —dice con la vista al frente—. Consumíamos drogas, muchas drogas. Me pillaron, pero él impidió que fuera a la cárcel. Entonces asesinaron al abogado y unas semanas después Lonnie me dijo que había arreglado las cosas. Desestimarían el cargo por drogas si decía que vi a un hombre negro alejarse corriendo del bufete del abogado. Así de simple. Por tanto, me llevó al despacho de Pfitzner y conté mi historia. Al día siguiente, Lonnie y Pfitzner me llevaron a ver al fiscal; no recuerdo su nombre.

—Burkhead, Forrest Burkhead.

—Ese. Y volví a contar la historia. Me grabó, pero no dijo nada sobre el cargo por drogas. Cuando más tarde le pregunté a Lonnie por ello, me dijo que el acuerdo lo habían hecho Pfitzner y Burkhead y que no me preocupara. Lonnie y yo nos peleábamos, sobre todo por las drogas. Llevo catorce años limpia y sobria, señor Post.

—Eso es maravilloso. Enhorabuena.

—Buck me ayudó a superarlo.

—Me gusta la cerveza —dice Buck—, pero siempre me he mantenido lejos de las drogas. Sabía que mi padre me pegaría un tiro.

—En fin, me llevaron al condado de Butler para el juicio y testifiqué. Me sentí fatal por hacerlo, pero no quería pasarme un montón de tiempo en la cárcel. Supuse que se trataba de Quincy Miller o de mí, y siempre he sido fiel a mí misma. Que cada palo aguante su vela, ya sabe. Con el paso de los años he intentado olvidar el juicio. Ese joven abogado me dejó en ridículo.

—Tyler Townsend.

—Ese. Jamás lo olvidaré.

—¿Y luego se fue de la ciudad?

—Sí, señor. En cuanto terminó el juicio, Pfitzner me llamó a su despacho, me dio las gracias, me dio mil dólares en efectivo y me dijo que me perdiera. Dijo que si volvía a Florida antes de cinco años haría que me detuvieran por haber mentido en el juicio. ¿Se lo puede creer? Un agente me llevó a Gainesville y me subió a un autobús con destino a Atlanta. Jamás he vuelto, y no quiero volver. Ni siquiera a mis amigos les dije dónde estaba. No tenía muchos. Fue fácil marcharme de allí.

Buck quiere un poco de reconocimiento e interviene.

—Cuando me habló de esto por primera vez, le dije: «Tienes que contar la verdad, cielo. A ese hombre lo encarcelaron por tu culpa».

—Todavía hay un cargo por drogas en sus antecedentes penales —digo.

—Ese fue el primero, un año antes.

—Debería hacer que lo eliminaran.

—Lo sé, pero ha pasado mucho tiempo. A Buck y a mí nos va bien ahora. Los dos trabajamos duro y pagamos nuestras facturas. No quiero que el pasado me persiga, señor Post.

—Si firmara una declaración jurada —dice Buck—, ¿podrían detenerla por perjurio en Florida?

—No, ya ha prescrito. Además, en realidad no le importa a nadie. Hay nuevo sheriff, nuevo fiscal y nuevo juez.

—¿Cuándo se iniciará todo? —pregunta Carrie, sin duda aliviada ahora que ha dicho la verdad.

—Es un proceso lento, podría llevar meses o años, si es que llegamos a algo. Lo primero es que usted firme la declaración jurada.

—Firmará —dice Buck, y come otro bocado de hamburguesa. Con la boca llena añade—: ¿Verdad, cielo?

—Tengo que pensarlo —responde ella.

—Mira, si tenemos que ir a Florida, yo conduciré hasta allí y le daré un puñetazo a cualquiera que cause problemas.

—No habrá problemas, se lo aseguro. El único mal trago para usted, Carrie, es contárselo a sus hijos. El resto de su familia y sus amigos seguramente no lo sepan jamás. Si Quincy Miller saliera de prisión mañana, ¿quién se enteraría de ello en Kingsport, Tennessee?

Buck asiente, está de acuerdo conmigo, y come otro bocado. Carrie coge otra patata frita

—Sus dos hijos son buenos chicos —dice Buck—. Yo tengo un par de salvajes, pero los de Carrie son buenos. Joder, como ha dicho usted, seguro que estarán orgullosos de ti, cielo.

Ella sonríe, pero no estoy seguro de que esté convencida. Buck, mi nuevo aliado, sí lo está.

Me termino los huevos y empiezo a tirarle de la lengua sobre el mundo de la droga en Seabrook. La cocaína y la marihuana eran sus preferidas, y Lonnie siempre tenía suministros. La suya era una relación intermitente, y ella no se relacionaba con los demás agentes, aunque se sabía que algunos trapicheaban a pequeña escala. Afirma que no tenía ni idea del supuesto papel de Pfitzner en el tráfico.

Cuando la mesa está recogida, pido la cuenta. Les doy las gracias con amabilidad y expreso a Carrie mi admiración por su valentía al haber venido. Le prometo no preparar una declaración jurada hasta que ella tome una decisión. Nos despedimos en el aparcamiento y los veo marcharse. Luego regreso al restaurante y voy a nuestra mesa para coger la gorra de béisbol que he olvidado adrede. Cuando nadie mira, cambio el salero y el pimentero por los dos que llevo en el bolsillo.

Tras recorrer casi cinco kilómetros, tomo una salida de la interestatal y entro en el aparcamiento de un centro comercial. Segundos más tarde llega Frankie, aparca a mi lado y se monta en el asiento delantero con una sonrisa de oreja a oreja. Lleva una pequeña grabadora en la mano.

—Claro como el agua —dice.

Este oficio puede ser un tanto turbio. Nos vemos obligados a tratar con testigos que han mentido, policías que han colocado pruebas, peritos que han engañado a los miembros del jurado y fiscales que han sobornado a testigos para que cometan perjurio. Nosotros, los buenos de la película, a menudo nos encontramos con que ensuciarnos las manos es la única forma de salvar a nuestros clientes.

Si Carrie Holland Pruitt se niega a colaborar y a firmar una declaración jurada, encontraré la manera de que sus declaraciones se incluyan en el expediente judicial. Ya lo he hecho antes.

15

Nos ensuciamos aún más las manos. Frankie ha contratado a un investigador de Birmingham para que siga a Mark Carter, el hombre que violó y asesinó a Emily Broone. Vive en la pequeña localidad rural de Bayliss, a dieciséis kilómetros de Verona, donde condenaron a Duke Russell. Carter vende tractores para un distribuidor en Verona y casi siempre termina la jornada laboral en un antro de mala muerte en el que se reúne con algunos amigotes para tomar cervezas y jugar al billar.

Está sentado a una mesa, bebiendo un botellín de Bud Light, cuando un hombre tropieza y choca con el reducido grupo. Los botellines vuelan y la cerveza se derrama. El hombre consigue mantenerse en pie y se disculpa de manera efusiva; se respira tensión en el ambiente. Entonces él recoge los botellines medio vacíos, invita a otra ronda y vuelve a pedir disculpas. Deja cuatro botellines recién abiertos en la mesa y suelta un chiste. Carter y sus colegas se ríen por fin. Todo está bien, y el hombre, nuestro detective, se retira a un rincón y saca su teléfono móvil. En el bolsillo del abrigo tiene el botellín del que estaba bebiendo Carter.

Al día siguiente, Frankie conduce hasta un laboratorio en Durham y lo entrega, junto con un vello púbico que hemos birlado de los archivos de evidencias policiales. Los Guardianes pagan seis mil dólares por una prueba rápida. El resultado no puede ser mejor. Ahora tenemos el análisis del ADN que relaciona a Carter con la violación y el asesinato.

En el juicio de Duke, el estado de Alabama aportó siete vellos púbicos como prueba. Supuestamente fueron recogidos en la escena del crimen, del cuerpo de Emily. Duke aportó muestras de su propio vello púbico. El perito del estado testificó con gran seguridad que coincidían con los hallados en el cadáver; una prueba aplastante de que Duke violó a Emily antes de estrangularla. Otro experto testificó que también la mordió varias veces durante la agresión.

No se halló semen ni dentro ni alrededor del cadáver. Sin inmutarse por ese hecho, el fiscal, Chad Falwright, se limitó a decir al jurado que lo más seguro era que Duke se hubiera puesto un condón. No había prueba de ello, jamás la hallaron, pero al jurado le pareció lógico. Para conseguir un veredicto de muerte, Falwright tenía que demostrar el asesinato además de la violación. La víctima estaba desnuda y era muy probable que hubiera sido agredida sexualmente, pero las pruebas eran endebles. Los vellos púbicos se convirtieron en evidencias cruciales.

En un momento de sobriedad, el abogado de Duke pidió dinero al tribunal para contratar a su propio experto en análisis de pelo. El tribunal se lo negó. El abogado o no sabía nada sobre pruebas de ADN o no quiso complicarse la vida. Tal vez diera por sentado que el tribunal no lo autorizaría. Así pues, los siete vellos púbicos jamás se sometieron a un test de ADN.

Pero sin duda fueron analizados. El testimonio pericial mandó a Duke al corredor de la muerte y hace tres meses estuvo a dos horas de que lo ejecutaran.

Ahora tenemos la verdad.

Verona se halla en el centro del estado, en una llanura desolada y poco poblada, repleta de pinares. Para su población de cinco mil habitantes, un buen empleo es conducir un camión cargado de madera para pasta de papel y uno malo es meter comestibles en bolsas. Uno de cada cinco habitantes no tiene trabajo. Es un lugar deprimente, pero la mayoría de los sitios en los que recalo son ciudades por las que el tiempo ha pasado de largo.

El bufete de Chad Falwright está en el juzgado, justo al fondo del polvoriento pasillo que da al lugar donde hace nueve años condenaron a Duke. He estado aquí antes en una ocasión y preferiría evitarlo en el futuro. Este encuentro no será agradable, pero estoy acostumbrado. La mayoría de los fiscales me desprecian, y el sentimiento es mutuo.

Llego a la una y cincuenta y ocho de la tarde, como acordamos, y brindo una sonrisa amable a la secretaria de Chad. Es obvio que a ella tampoco le caigo bien. Por supuesto, Chad está ocupado, y la secretaria me invita a tomar asiento bajo un espantoso retrato de un juez ceñudo y, ojalá, fallecido. Pasan diez minutos mientras ella teclea en el ordenador. No sale ningún sonido del despacho. Quince minutos.

—Mire —digo al cabo de veinte minutos—, hemos concertado una cita a las dos de la tarde. He hecho un largo viaje en coche hasta aquí, así que ¿qué narices pasa?

Ella mira hacia un viejo teléfono de mesa.

—Sigue hablando con un juez.

—¿Sabe que estoy aquí? —pregunto en voz lo bastante alta como para que él lo oiga.

—Sí. Tenga la bondad...

Me siento, espero otros diez minutos y después me acerco hasta su puerta y llamo sin miramientos. Antes de que él o ella puedan decir nada, entro y me encuentro con que Chad no está al teléfono, sino junto a su ventana, contemplando la ciudad llena de vida como si estuviera en trance.

—Quedamos a las dos en punto, Chad. ¿Qué narices pasa?

—Lo siento, Post. Estaba al teléfono con un juez. Entra.

—Espero que no te importe. He conducido durante cinco horas para llegar hasta aquí. Un poco de cortesía sería de agradecer.

—Mis disculpas —dice con sarcasmo, y se deja caer en su sillón giratorio de piel.

Tiene más o menos mi edad y ha dedicado los últimos quince años a procesar a delincuentes, sobre todo cocineros y traficantes de metanfetaminas. Su caso más emocionante hasta la fecha es el asesinato de Emily. Hace tres meses, mientras el reloj corría, perseguía a cualquier reportero de televisión a la vista y parloteaba sobre la responsabilidad de su trabajo.

—No hay problema —digo, y tomo asiento.

—¿Qué quieres? —pregunta al tiempo que mira su reloj.

—Hemos realizado un análisis de ADN —respondo, y consigo mantener una expresión de amargura. Lo que quiero es abofetearle con fuerza—. Sabemos quién es el verdadero asesino, Chad, y no es Duke Russell.

Se lo toma bien.

—Cuenta.

—Te cuento. Hemos obtenido una muestra del asesino y la hemos comparado con uno de los vellos púbicos del estado. Malas noticias, Chad. Tienes al hombre equivocado.

—¿Has estado manoseando nuestras pruebas?

—Genial. Te preocupan más mis pecados que los tuyos. Has estado a punto de ejecutar a un inocente, Chad. No te preocupes por mí. Solo soy el tipo que ha descubierto la verdad.

—¿Cómo robaste el vello púbico?

—Fue fácil. Tú me diste el archivo, ¿recuerdas? Hace un año, al fondo del pasillo. Durante dos días sudé en esa pequeña habitación revisando las pruebas. Un vello púbico se quedó pegado a mi dedo. Ha pasado un año y aquí nadie se ha dado cuenta siquiera.

—Robaste un vello púbico. Increíble.

—No lo robé, Chad. Solo lo cogí prestado. Te negaste a que se analizara el ADN, así que alguien tenía que hacerlo. Impútame, no me importa. Ahora mismo tienes problemas más graves.

Chad exhala una bocanada de aire y hunde los hombros. Transcurre un minuto mientras ordena sus pensamientos.

—Vale, ¿quién la mató? —pregunta al fin.

—El último hombre con el que la vieron antes de que la asesinaran. Mark Carter. Tenían una historia desde el instituto. La policía debería haberlo investigado, pero por alguna razón no lo hizo.

—¿Cómo sabes que es él?

—Conseguí una muestra.

—¿Cómo?

—Un botellín de cerveza. Le gusta la cerveza y deja un montón de botellines a su paso. Fuimos a todo correr al laboratorio y te he traído una copia del resultado de la prueba.

—¿También has robado un botellín?

—Impútame otra vez, Chad, sigue con los jueguecitos. Echa un vistazo y claudica, hombre. Tu falsa acusación se está yendo por el retrete y estás a punto de ser humillado.

Él me brinda una sonrisa de oreja a oreja y me recita una de las frases preferidas de un fiscal.

—Ni hablar, sigo creyendo en mi caso, Post.

—Entonces eres idiota, Chad. Pero eso ya lo sabíamos hace mucho tiempo. —Dejo caer una copia del informe en su mesa y me dirijo a la puerta.

—Espera un minuto, Post —dice—. Terminemos esta conversación. Suponiendo que dices la verdad, ¿qué...?, uh..., ¿qué es lo siguiente?

Me siento con calma y crujo los nudillos. Duke saldrá antes si consigo convencer a Chad para que colabore. Si me planta cara, cosa que suelen hacer los fiscales, la exoneración llevará meses en vez de semanas.

—La mejor manera de salir de esto es la siguiente, y no pienso discutir la estrategia, Chad. Para variar, soy yo quien tiene todos los triunfos. Hay otros seis vellos púbicos. Pidamos que los analicen también, así sabremos mucho más. Si los siete excluyen a Duke, saldrá en libertad. Si los siete apuntan a Carter, tendrás un nuevo caso entre manos. Si aceptas las pruebas adicionales, las cosas irán como la seda. Si pones trabas, lo presentaré en el Tribunal del Estado, y lo más seguro es que pierda. Entonces recurriré al tribunal federal. Al final lograré que se realicen las pruebas, y lo sabes.

La realidad se impone, y está furioso. Retira la silla hacia atrás y va hasta la ventana, sumido en sus reflexiones. Respira de forma sonora, mueve la cabeza en círculo, el cuello le cruje, y se acaricia el mentón. Todo lo que esto genera debería sorprenderme, pero no. Ya no.

—Sabes, Post, puedo imaginármelos a los dos con Emily, turnándose.

—No hay más ciego que el que no quiere ver, Chad. —Me levanto y me encamino hacia la puerta.

—Creo en mi caso, Post.

—El plan es el siguiente, Chad. Tienes dos semanas. Si dentro de dos semanas continúas delirando, presentaré la moción para que se realicen las pruebas y también me sentaré con Jim Bizko en *Las noticias de Birmingham*. Como bien sabes, ha informado del caso y nos conocemos. Cuando le hable del ADN, te convertirás en noticia de portada y los titulares no serán como sueñas. Entre Bizko y yo podemos dejarte como un completo imbécil, Chad. No será muy difícil.

Abro la puerta y me marcho. En la última imagen que tengo de Chad está junto a la ventana mirándome boquiabierto, aturdido, respirando por la boca, derrotado. Ojalá hubiera podido hacerle una foto.

Me marcho de Verona a toda prisa y me preparo para el largo viaje al corredor de la muerte. Duke no sabe nada de los resultados del análisis del ADN. Quiero contárselo en persona. Nuestro encuentro será una ocasión maravillosa.

16

No tengo una necesidad apremiante de visitar Seabrook. Todos los que participaron en el juicio de Quincy han fallecido, se han jubilado, han huido o han desaparecido en misteriosas circunstancias. No tengo ni idea de a quién he de temer, pero se palpa el miedo en el ambiente.

Así que envío a Frankie para que haga un reconocimiento. Pasa dos días y dos noches allí, moviéndose entre las sombras como solo él sabe hacer. Como de costumbre, su informe verbal es conciso: «No es gran cosa, jefe».

Se marcha y conduce durante varias horas hasta Deerfield Beach, cerca de Boca Raton. Deambula por las calles, trabaja en internet, busca lugares y no tarda en ponerse un bonito traje y hacer la llamada. Tyler Townsend accede a encontrarse con él en un nuevo centro comercial que su empresa está terminando. Grandes letreros anuncian un montón de espacio para alquilar. Frankie afirma que él y un socio están buscando puntos exclusivos para montar una tienda de artículos deportivos. Es una empresa nueva, sin presencia online.

Tyler parece bastante amable, aunque un poco desconfiado. Tiene cincuenta años, y hace mucho que abandonó la abogacía, un buen paso. Ha prosperado en el sector inmobiliario del sur de Florida y conoce bien el negocio. Su esposa y él tienen tres hijos adolescentes en su espaciosa casa. Los impuestos sobre dicha propiedad ascendieron a cincuenta y ocho mil dólares el pasado año. Conduce un lujoso coche importado, su ropa y su estilo hablan de dinero.

La estratagema de Frankie no dura mucho. Entran en un espacio de mil doscientos metros cuadrados cuyo enlucido se está secando.

—Bueno, ¿cómo se llama su empresa? —pregunta Tyler.

—No hay nombre, no hay empresa. He venido aquí con un pretexto falso, pero sigue siendo algo importante.

—¿Es policía?

—Ni mucho menos. Soy un exconvicto que pasó catorce años en una cárcel de Georgia por el asesinato que cometió otra persona. Un joven abogado se hizo cargo de mi caso y demostró que era inocente, consiguió que me exoneraran, y el querido y viejo estado de Georgia me soltó algo de pasta. Mi historial está limpio. De vez en cuando trabajo para ese abogado. Supongo que es lo menos que puedo hacer.

—¿Por casualidad tiene esto algo que ver con Quincy Miller?

—Así es. Ese abogado ahora lo representa a él. Al igual que usted, sabemos que es inocente.

Tyler inspira hondo y esboza una sonrisa, aunque solo de manera fugaz. Se acerca a un amplio escaparate y Frankie lo sigue. Ambos observan a una cuadrilla que está pavimentando el aparcamiento.

—¿Cómo se llama? —pregunta Tyler.

—Frankie Tatum.

Le da una tarjeta de los Guardianes y Tyler la examina por ambos lados.

—¿Y cómo está Quincy?

—Han pasado veintidós años. Yo cumplí solo catorce años siendo inocente, y de alguna manera conseguí no perder la cordura. Pero cada día es una nueva pesadilla.

Tyler le devuelve la tarjeta, como si descartara una prueba.

—Mire, en realidad no tengo tiempo para nada de esto. No sé qué quiere, pero no pienso involucrarme, ¿de acuerdo? Lo siento, claro, pero Quincy es un capítulo cerrado de mi vida.

—Usted fue un abogado magnífico, Tyler. Era un novato, pero luchó por Quincy.

Él sonríe y se encoge de hombros.

—Y perdí. Ahora le pido que se marche.

—Claro. Esta es su propiedad. Mi jefe es un abogado que se llama Cullen Post, búsquelo. Ha exonerado a ocho personas, y no ha conseguido eso aceptando un no por respuesta. Quiere hablar con usted en un lugar privado, Tyler. Muy privado. Créame si le digo que Post conoce el juego y no va a desaparecer, Tyler. Podría ahorrarle mucho tiempo y muchas molestias si se reuniera con él durante quince minutos.

—¿Y está en Savannah?

—No. Está al otro lado de la calle. —Frankie señala en mi dirección.

Los tres doblamos la esquina hasta un restaurante de ambiente familiar que es obra de la empresa de Tyler. No está acabado, los obreros están sacando sillas de las cajas. En la avenida que se extiende más allá hay un montón de edificios nuevos: concesionarios de coches, locales de comida rápida y para llevar, centros comerciales, un túnel de lavado de coches, gasolineras y un par de sucursales bancarias. La locura de Florida en su máxima expresión. Nos quedamos en un rincón, lejos de los obreros.

—Vale, dígame —dice Tyler.

Me da la impresión de que esta conversación puede terminarse de golpe y porrazo, así que dejo a un lado las trivialidades.

—¿Es posible demostrar que Quincy es inocente?

Él reflexiona y menea la cabeza.

—Mire, no pienso meterme en esto. Hace años hice todo lo que pude para demostrar su inocencia y fracasé. Eso fue en otra vida. Ahora tengo tres hijos, una mujer hermosa, dinero y cero preocupaciones. No pienso volver allí. Lo siento.

—¿Cuál es el peligro, Tyler?

—Oh, ya lo averiguará. Es decir, por su bien espero que no, pero se está metiendo en una situación difícil, señor Post.

—Todos mis casos son situaciones difíciles.

Tyler gruñe, como si yo no tuviera ni idea.

—No como esta.

—Usted y yo tenemos más o menos la misma edad, Tyler, y los dos abandonamos la abogacía a la vez porque estábamos desencantados. Mi segunda carrera no puede decirse que funcionara, y entonces encontré una nueva vocación. Me paso el tiempo pateando las calles en busca de una oportunidad, en busca de ayuda. En estos momentos Quincy necesita su ayuda, Tyler.

Él inspira hondo; ya ha tenido suficiente.

—Supongo que en su trabajo tiene que ser avasallador, pero yo no me dejo avasallar, señor Post. Que tenga un buen día. Déjeme en paz y no vuelva. —Da media vuelta y sale por la puerta.

Chad Falwright no da su brazo a torcer, algo nada sorprendente. No va a acceder a que se analice el ADN de los otros seis vellos púbicos. Ahora los tiene guardados bajo siete llaves, junto con el resto de las pruebas. Y, para demostrar lo duro que es como fiscal, amenaza con hacer que me imputen por manipulación de pruebas. En Alabama, lo mismo que en los demás estados, está prohibido, aunque las penas varían, por lo que me escribe con total regocijo que puedo enfrentarme hasta a un año de cárcel.

Encerrado por un asqueroso vello púbico.

Dice, además, que piensa presentar una queja contra mí ante el comité de ética en colaboración con el colegio de abogados de Alabama y Georgia. Me entra la risa al leer eso. Ya me han amenazado antes, y fiscales mucho más imaginativos.

Mazy prepara un extenso recurso de revisión penal. A nivel procesal hay que presentarlo primero en un juzgado estatal, en Verona. El día antes de presentarlo voy a Birmingham y me reúno con Jim Bizko, un periodista veterano que cubrió el juicio de Duke. Siguió el caso a medida que se prolongaban las apelaciones y expresó dudas con respecto a la imparcialidad del juicio. En su crítica fue especialmente severo con el abogado defensor de Duke. Cuando el pobre tipo murió de cirrosis, Jim informó de ello e insinuó que sería conveniente realizar otra investigación del asesinato. La noticia de que el análisis del ADN deja a Duke libre de cargas lo ha emocionado. Tengo cuidado de no nombrar a Mark Carter como al asesino. Eso llegará más adelante.

Al día siguiente de presentar el recurso, Bizko publica un largo artículo en la primera página de la sección local. Se cita a Chad Falwright diciendo: «Sigo confiando en que tenemos al hombre correcto y estoy trabajando con diligencia para llevar a cabo la ejecución de Duke Russell, un despiadado asesino. El análisis del ADN no significa nada en este caso».

Después de otras dos conversaciones con Otis Walker, ambas por teléfono, Frankie está convencido de que June Walker no quiere saber nada de Quincy Miller. Es evidente que su caótico divorcio dejó cicatrices permanentes y es inflexible en su intención de no involucrarse. No tiene nada que ganar salvo malos recuerdos y la vergüenza de hacer frente a viejas mentiras.

Otis advierte a Frankie que los deje en paz.

Él promete hacerlo. Por ahora.

17

En la actualidad hay veintitrés abogados trabajando en Seabrook, y tenemos un delgado expediente de cada uno de
ellos. Alrededor de la mitad estaban en la ciudad cuando asesinaron a Russo. El más veterano es un caballero de noventa
y un años que sigue conduciendo hasta su bufete todos los
días. El año pasado aparecieron dos novatos y abrieron su
negocio. Todos los abogados son blancos; seis son mujeres.
Los más prósperos parecen ser un par de hermanos que llevan veinte años dedicados a casos de bancarrota. La mayoría
de los bufetes locales sobreviven a duras penas, como sucede
en la mayoría de las ciudades pequeñas.

En el pasado, Glenn Colacurci fue miembro del Senado
de Florida. Su distrito abarcaba el condado de Ruiz y otros
dos, y estaba en su tercer mandato cuando tuvo lugar el asesinato. Keith Russo era un pariente lejano. Los dos proce-
dían de un barrio italiano de Tampa. En su juventud, Colacurci dirigía el bufete más grande de Seabrook y contrató a
Keith en cuanto salió de la facultad de derecho. Cuando se
presentó en Seabrook, lo acompañaba una esposa, pero Colacurci no tenía un empleo para ella. Keith no duró mucho,
un año después fundaron el bufete Russo en un apartamento sin ascensor de dos habitaciones, encima de una panade-
ría de la calle principal.

Elijo a Colacurci porque su expediente es un poco más grueso y porque sin duda sabe más sobre Keith. De todos los abogados en activo de la ciudad, será el que mejor recuerde la historia. Por teléfono me dice que puede dedicarme media hora.

Mientras atravieso Seabrook en coche por primera vez es como si ya conociera el lugar. No hay demasiados puntos de interés: el edificio de oficinas que fue propiedad de Keith y Diana y el lugar donde tuvo lugar el asesinato; la calle de detrás, donde Carrie Holland afirmó haber visto a un hombre negro en plena huida; el juzgado. Aparco delante del juzgado, en la calle principal, y me quedo sentado observando el pausado tráfico peatonal. Me pregunto cuántas de estas personas recuerdan el asesinato. ¿Cuántas conocían a Keith Russo? ¿A Quincy Miller? ¿Saben que la ciudad se equivocó y mandó a prisión a un hombre inocente? Por supuesto que no.

Cuando llega la hora, me uno a ellos en la acera y recorro media manzana hasta el bufete. En el letrero del escaparate, en gruesas letras negras con la pintura cuarteada, se lee: BUFETE DE ABOGADOS COLACURCI. Cuando entro, una antigua campanilla suena en la puerta. Un viejo gato atigrado se desliza del sillón y levanta una fina nube de polvo. A mi derecha hay un escritorio de persiana con una máquina de escribir Underwood, como a la espera de que una secretaria de cabello gris regrese y se ponga de nuevo a teclear. Huele a cuero viejo y a tabaco rancio, no es un olor del todo desagradable pero pide a gritos una buena limpieza.

Sin embargo, en ese ambiente de mediados del siglo pasado aparece una despampanante joven asiática en minifalda y con una sonrisa.

—Buenos días. ¿Puedo ayudarlo en algo?

Le devuelvo la sonrisa.

—Sí, me llamo Cullen Post —respondo—. Ayer hablé

con el señor Colacurci y quedamos en vernos esta mañana.

Se las apaña para sonreír y fruncir el ceño a la vez mientras se encamina hasta una mesa algo más moderna.

—No me lo ha dicho —dice en voz queda—. Lo siento. Me llamo Bea.

—¿Está él aquí? —pregunto.

—Claro. Iré a buscarlo. No está muy ocupado.

Sonríe de nuevo y se marcha. Al cabo de un momento me hace señas y entro en el gran despacho en el que Glenn ha recibido a la gente durante décadas. Está de pie junto a su escritorio, como si le agradara tener una visita, y pasamos directamente a las presentaciones. Me indica un sofá de cuero y se dirige a Bea.

—Ten la bondad de traernos café.

Ayudándose de un bastón, va cojeando hasta una butaca que podría acoger a dos personas. Tiene casi ochenta años y los aparenta: exceso de peso, barba blanca y una descuidada mata de pelo blanco que necesita un buen corte. Al mismo tiempo, tiene un algo sofisticado con su pajarita rosa y sus tirantes rojos.

—¿Es usted sacerdote o algo así? —pregunta, mirando mi alzacuello.

—Sí. De la Iglesia episcopaliana.

Le cuento la versión rápida del Ministerio de los Guardianes. Mientras hablo, él descansa su poblada barbilla en la empuñadura del bastón y asimila cada palabra con sus penetrantes, aunque enrojecidos, ojos verdes. Bea trae el café y bebo un sorbo. Templado, sin duda instantáneo.

Cuando ella se marcha y cierra la puerta, Colacurci pregunta:

—¿Por qué exactamente mete un sacerdote las narices en un viejo caso como el de Quincy Miller?

—Una gran pregunta. No estaría aquí si no creyera que es inocente.

Eso lo divierte.

—Interesante —farfulla—. Nunca dudé de la condena de Miller. Si no recuerdo mal, hubo una testigo.

—No hubo testigo. Una joven llamada Carrie Holland testificó que vio a un hombre negro huir de la escena del crimen llevando lo que se dio por hecho que era una escopeta. Mintió. Era una drogadicta que hizo un trato con las autoridades para evitar ir a la cárcel. Ahora ha reconocido que mintió. Y no fue la única que lo hizo en el juicio.

Se aparta el largo pelo con los dedos. Está grasiento, parece que necesita un lavado.

—Interesante.

—¿Keith y usted eran amigos?

Suelta un gruñido de frustración y esboza una sonrisa torcida.

—¿Qué quiere de mí?

—Solo antecedentes. ¿Asistió al juicio?

—Qué va. Quería, pero lo pasaron al condado de Butler. Yo estaba en el Senado por entonces y andaba muy ocupado. Tenía siete abogados trabajando aquí, era el bufete más grande por estos lares, y no es que pudiera permitirme sentarme en un juzgado a ver a otros abogados.

—Era pariente suyo, ¿verdad?

—Más o menos. Bastante lejano. Conocía a su familia en Tampa. Me dio la tabarra para que lo contratara y lo contraté, pero nunca encajó. Él quería que entrase también su esposa, pero yo no. Keith estuvo aquí dos años, más o menos, y luego abrió su propio despacho. Eso no me gustó. Los italianos valoramos la lealtad.

—¿Era buen abogado?

—¿Por qué es relevante eso ahora?

—Solo siento curiosidad. Quincy dice que Keith hizo un trabajo pésimo cuando llevó su divorcio, y el expediente respalda esa afirmación. El fiscal utilizó su conflicto para demostrar un móvil que hay que decir que es bastante forzado. O sea, ¿un cliente queda tan descontento que le vuela la cara a su abogado?

—A mí no me ha ocurrido jamás —dice, y prorrumpe en carcajadas. Yo también me echo a reír con ganas—. Pero he tenido unos cuantos clientes chiflados. Hace unos años hubo un tipo que se presentó con una pistola. Estaba cabreado por un divorcio. Al menos decía que llevaba una pistola. Todos los abogados del edificio tenían un arma y la cosa podría haberse puesto fea, pero una secretaria muy guapa lo tranquilizó. Siempre he estado a favor de las secretarias guapas.

Los viejos abogados prefieren contar batallitas de guerra a un buen almuerzo, y a mí nada me gustaría más que darle cuerda.

—Usted tenía un gran bufete por entonces —digo.

—Grande para esta parte del estado. Siete, ocho, a veces diez abogados, una docena de secretarias, despachos arriba, clientes haciendo cola en la puerta principal. Esto era una locura en aquellos días, pero me cansé de tanto drama. Me pasaba la mitad del tiempo arbitrando entre mis empleados. ¿Usted ha ejercido alguna vez?

—Estoy ejerciendo ahora, solo que en una especialidad diferente. Hace años trabajé como abogado de oficio, pero me quemé. Encontré a Dios y él me condujo al seminario. Me hice sacerdote y a través de un programa de ayuda conocí a un hombre inocente en prisión. Eso me cambió la vida.

—¿Lo liberó?

—Sí. Y después a otros siete. Ahora estoy trabajando en seis casos, incluido el de Quincy.

—En alguna parte leí que es posible que un diez por ciento de las personas encarceladas sean inocentes. ¿Lo cree usted?

—Un diez por ciento tal vez sea una cifra alta, pero hay miles de personas inocentes en la cárcel.

—No sé si me lo creo.

—La mayoría de las personas blancas no lo creen, pero acuda a la comunidad negra y encontrará a muchos creyentes.

En sus dieciocho años en el Senado estatal, Colacurci votó de manera sistemática del lado de la ley y el orden. A favor de la pena de muerte, a favor del derecho a poseer armas, un auténtico guerrero contra las drogas y un gran derrochador para todo lo que la policía estatal y la fiscalía quisieran.

—Nunca tuve estómago para el derecho penal —dice—. No se puede ganar dinero con eso.

—Pero Keith ganó dinero con lo penal, ¿verdad?

Me mira con el ceño fruncido, como si me hubiera extralimitado.

—Keith lleva muerto más de veinte años —dice por fin—. ¿Por qué le interesa tanto su práctica legal?

—Porque mi cliente no lo mató. Otro lo hizo, alguien con un móvil diferente. Sabemos que Keith y Diana representaban a traficantes de drogas a finales de la década de los ochenta, tenían algunos clientes en la zona de Tampa. Esos tipos son buenos sospechosos.

—Tal vez, pero dudo que hablen demasiado después de tantos años.

—¿Tenía usted una relación cercana con el sheriff Pfitzner?

Me fulmina de nuevo con la mirada. Acabo de relacionar a Pfitzner con los traficantes sin ninguna sutileza, y Colacurci sabe dónde estoy pescando. Inspira hondo y exhala de forma ruidosa.

—Bradley y yo nunca tuvimos una relación cercana —dice—. Él se ocupaba de lo suyo y yo de lo mío. Los dos íbamos tras los mismos votos, pero nos evitábamos. No me metía en líos, así que nuestros caminos rara vez se cruzaban.

—¿Dónde está él ahora? —pregunto.

—Imagino que muerto. Se marchó de aquí hace años.

No está muerto, lleva una buena vida en los Cayos de Florida. Se jubiló después de treinta y dos años como sheriff y se marchó. Su casa de tres dormitorios en Marathon está valorada en un millón seiscientos mil dólares. No es un mal retiro para un funcionario público que jamás ganó más de sesenta mil dólares al año.

—¿Cree que Pfitzner estaba relacionado de alguna forma con Keith? —pregunta.

—Oh, no. No pretendía insinuar eso.

Oh, sí. Pero Colacurci no pica el anzuelo. Entrecierra los ojos.

—¿La testigo presencial afirma que Pfitzner la convenció para que mintiera en el estrado? —pregunta.

Si Carrie Holland se retracta de su falso testimonio, se incluirá en un documento judicial para que todo el mundo pueda verlo. Sin embargo, no estoy dispuesto a revelarle nada a este tipo.

—Mire, señor Colacurci —digo—, esto es confidencial, ¿de acuerdo?

—Por supuesto, por supuesto —conviene de inmediato. Hasta hace quince minutos era un desconocido, y lo más seguro es que eche mano al teléfono antes de que yo haya llegado a mi coche.

—No nombró a Pfitzner, solo dijo que fue la policía y el fiscal. No tengo motivos para sospechar de Pfitzner.

—Muy bien. Ese asesinato se resolvió hace veinte años. Está usted mareando la perdiz, señor Post.

—Es posible. ¿Conocía bien a Diana Russo?

Pone los ojos en blanco, como si ella fuera el último tema del que le gustaría hablar.

—En absoluto. Mantuve las distancias desde el principio. Ella quería un empleo, pero por entonces no contratábamos a chicas. Se lo tomó como un insulto y nunca le caí bien. Hizo que Keith me cogiera tirria y nunca nos llevamos bien. Fue un alivio cuando se marchó, aunque no había terminado con él. Se convirtió en un verdadero incordio.

—¿En qué sentido?

Levanta la mirada al techo, como si estuviera decidiendo si contarme o no una historia. Siendo como es un viejo abogado, no se puede contener.

—Bueno, sucedió lo siguiente —comienza al tiempo que se pone cómodo para contar su historia—. Por aquel entonces yo tenía el monopolio de todos los asuntos de responsabilidad civil del condado de Ruiz. Todos los accidentes jugosos de tráfico, productos defectuosos, mala praxis médica, mala fe, todo. Si una persona resultaba herida, se presentaba aquí, o a veces iba yo a verla al hospital. Keith quería algo de acción porque no es ningún secreto que las heridas son la única forma de ganar dinero en las calles. A los abogados de los bufetes importantes de Tampa les va bien, pero nada que ver con los grandes abogados civilistas. Cuando Keith se fue de mi bufete, me robó un caso, se lo llevó, y tuvimos una pelea de narices. Keith estaba sin blanca y necesitaba la pasta, pero el caso pertenecía a mi bufete. Lo amenacé con demandarlo y peleamos durante dos años. Al final accedió a darme la mitad de los honorarios, pero había resentimiento. Diana también estaba metida en eso.

En los bufetes de abogados se arma una buena todas las semanas, y siempre es por dinero.

—¿Llegaron a reconciliarse Keith y usted?

—Supongo que más o menos, pero tardamos años. Esta es una ciudad pequeña, y los abogados suelen llevarse bien. Comimos juntos la semana antes de que lo asesinaran, y nos echamos alguna que otra risa. Keith era un buen chico que trabajaba duro. Tal vez era demasiado ambicioso. Ella, en cambio, nunca me agradó. Aunque es digna de compasión. La pobre chica encontró a su marido con la cara destrozada por un disparo. Era guapo. Ella lo llevó muy mal, jamás se recuperó. Vendió el edificio y acabó marchándose de la ciudad.

—¿No han tenido contacto desde entonces?

—Ninguno en absoluto.

Echa un vistazo a su reloj, como si se enfrentara a otro día frenético, la indirecta es clara. La conversación se va relajando y, al cabo de treinta minutos, le doy las gracias y me marcho.

18

Bradley Pfitzner dirigió el condado durante treinta y dos años antes de jubilarse. A lo largo de su carrera evitó el escándalo y lo tenía todo bajo control. Cada cuatro años, o no tenía oposición o se enfrentaba a una oposición ligera. Le sucedió un agente que sirvió siete años, hasta que los problemas de salud lo obligaron a dejarlo.

El sheriff actual es Wink Castle, y su oficina se encuentra en un moderno edificio de metal que alberga todas las fuerzas del orden locales: sheriff, policía municipal y penitenciaría. Aparcados delante del edificio, a las afueras de la ciudad, hay una docena de coches patrulla pintados de color vivo. El vestíbulo está lleno de policías, empleados y familiares tristes que han ido a visitar a los reclusos.

Me conducen al despacho de Castle y él me recibe con una sonrisa y un firme apretón de manos. Ronda los cuarenta y tiene esa actitud afable propia de los políticos rurales. No vivía en el condado cuando tuvo lugar el asesinato de Russo, así que esperemos que no cargue con nada a sus espaldas de aquella época.

Después de unos minutos charlando del tiempo, me dice:

—Quincy Miller, ¿eh? Anoche revisé el expediente para ponerme al día. ¿Es usted cura o algo de eso?

—Abogado y sacerdote —respondo, y dedico un momento a hablarle de los Guardianes—. Me ocupo de viejos casos que implican a inocentes.

—Buena suerte con este.

—Todos son difíciles, sheriff —digo con una sonrisa.

—Entendido. Entonces ¿su plan es demostrar que su cliente no mató a Keith Russo?

—Bueno, como de costumbre, regreso al escenario y empiezo a indagar. Sé que la mayoría de los testigos del estado mintieron en el juicio. Las pruebas, en el mejor de los casos, son cuestionables.

—¿Zeke Huffey?

—El típico soplón de cárcel. Lo he encontrado en una cárcel de Arkansas y espero que se retracte. Ha convertido el mentir y retractarse en una profesión, algo nada fuera de lo común en tipos como él. Carrie Holland ya me ha contado la verdad; mintió presionada por Pfitzner y Burkhead, el fiscal. Le ofrecieron un buen trato por un cargo por drogas que tenía pendiente. Tras el juicio, Pfitzner le dio mil pavos y la echó de la ciudad. No ha vuelto. June Walker, la exmujer de Quincy, vive en Tallahassee, pero de momento se niega a colaborar. Testificó contra Quincy y mintió porque estaba furiosa por el divorcio. Un montón de mentiras, sheriff.

Todo esto es nuevo para él y lo asimila con interés. Después menea la cabeza.

—Aún quedan muchos flecos. No hay arma del crimen.

—Cierto. Quincy nunca tuvo una escopeta. Sin duda, la clave es la linterna manchada de sangre que desapareció de forma misteriosa poco después del asesinato.

—¿Qué fue de ella? —pregunta. El sheriff es él; debería ser yo quien preguntara.

—Dígamelo usted. La versión oficial, según Pfitzner, es que se destruyó en un incendio acaecido donde guardaban las pruebas.

—¿Duda de eso?

—Dudo de todo, sheriff. El experto del estado, un tal Norwood, jamás vio la linterna. Su testimonio es un escándalo. —Meto la mano en mi maletín, saco unos documentos y los dejo encima de su mesa—. Este es nuestro sumario de las pruebas. Ahí verá un informe del doctor Kyle Benderschmidt, un renombrado criminólogo, que plantea serias dudas sobre el testimonio de Norwood. ¿Ha echado un vistazo a las fotografías de la linterna?

—Sí.

—El doctor Benderschmidt cree que es muy probable que las manchas o salpicaduras de la lente ni siquiera sean de sangre humana. Y la linterna no se halló en la escena del crimen. No sabemos con seguridad de dónde vino, y Quincy jura que jamás la había visto.

El sheriff coge el informe y se toma su tiempo para hojearlo. Cuando se aburre lo deja sobre la mesa.

—Le dedicaré más tiempo esta noche —dice—. ¿Qué quiere exactamente que haga yo?

—Ayudarme. Voy a presentar un recurso de revisión penal basado en el descubrimiento de nuevas pruebas. Incluirá informes de nuestros expertos y declaraciones de los testigos que mintieron. Necesito que usted reabra la investigación del asesinato. Sería de muchísima ayuda que el juzgado supiera que las autoridades locales creen que se condenó al hombre equivocado.

—Vamos, señor Post. Este caso se cerró hace más de veinte años, mucho antes de que yo llegara a la ciudad.

—Todos son casos antiguos, sheriff, antiguos y sin resolver. Esa es la naturaleza de nuestro trabajo. La mayoría de los participantes ya no están: Pfitzner, Burkhead..., hasta el juez ha fallecido. Usted puede examinar el caso desde una perspectiva nueva y ayudarme a sacar de la cárcel a un hombre inocente.

Él niega con la cabeza.

—No lo creo. No quiero involucrarme en esto. Joder,

hasta que usted llamó ayer, nunca había pensado en este caso.

—Razón de más para implicarse. No pueden responsabilizarlo por nada de lo que salió mal hace veinte años. Quedará como el sheriff bueno que intenta hacer lo correcto.

—¿Tiene que encontrar al verdadero asesino para liberar a Miller?

—No. Tengo que demostrar que es inocente, nada más. En más o menos la mitad de nuestros casos conseguimos descubrir al verdadero delincuente, pero no siempre.

El sheriff continúa meneando la cabeza. La sonrisa se ha esfumado.

—No lo veo, señor Post. O sea, usted espera que aparte a uno de mis sobrecargados detectives de sus casos en curso para que investigue un asesinato de hace veinte años que la gente del lugar ha olvidado. Venga ya, hombre.

—Yo haré el trabajo duro, sheriff. Es mi labor.

—Entonces ¿cuál es la mía?

—Colaborar. No interponerse.

Se apoya en el respaldo de su silla y entrelaza las manos detrás de la cabeza. Contempla el techo mientras pasan los minutos.

—En sus casos, ¿qué suelen hacer las autoridades locales? —pregunta al fin.

—Encubrir. Obstruir. Ocultar pruebas. Luchar contra mí con uñas y dientes. Impugnar cada recurso que presento en los tribunales. Verá, sheriff, en estos casos hay mucho en juego y los errores son demasiado atroces como para que alguien reconozca que se equivocó. Hombres y mujeres inocentes pasan décadas en la cárcel mientras los verdaderos asesinos se mueven con libertad, y a menudo matan de nuevo. Hay enormes injusticias, y aún no he encontrado a un policía o a un fiscal con agallas para reconocer que la cagaron. Este caso es un poco diferente porque los responsables de la condena errónea de Quincy ya no están. Usted puede ser el héroe.

—No me interesa ser un héroe. Simplemente no puedo justificar dedicarle tiempo. Créame que ya tengo bastante de que ocuparme.

—Desde luego que sí, pero puede colaborar y facilitarme el trabajo. Yo solo busco la verdad, sheriff.

—No sé. Deje que lo piense.

—Es cuanto le pido, al menos por ahora.

El sheriff inspira hondo, aún no está convencido y en absoluto comprometido con la causa.

—¿Alguna cosa más?

—Bueno, hay otra cuestión, otra posible pieza del rompecabezas. ¿Le suena la muerte de Kenny Taft? Sucedió unos dos años después del asesinato.

—Claro. Fue el último agente muerto en acto de servicio. Su foto está en la pared de ahí afuera.

—Me gustaría ver el expediente del caso sin tener que recurrir a la Ley de Libertad de Información y toda esa mierda.

—¿Y cree que estaba relacionado de alguna forma con Quincy Miller?

—Lo dudo, pero estoy investigando, sheriff. Es lo que hago, y en el camino siempre hay sorpresas.

—Deje que lo piense.

—Gracias.

El jefe de bomberos es un viejo veterano, barrigón y canoso, que responde al nombre de teniente Jordan y no es ni mucho menos tan amable como el sheriff. Las cosas avanzan despacio en el cuartel de bomberos a dos manzanas de la calle principal. Dos de sus hombres limpian un camión cisterna en la entrada, y en el interior una secretaria de avanzada edad se ocupa del papeleo que tiene en su escritorio. Jordan aparece por fin y, después de los cumplidos de rigor, me lleva hasta una habitación estrecha con una batería de archivos estilo años cuarenta. Revisa el historial y busca el cajón de 1988. Lo abre, examina una hilera de expedientes ajados, da con lo que busco y lo saca.

—Por lo que recuerdo, no fue un gran incendio —dice al tiempo que lo deja encima de la mesa—. Sírvase usted mismo. —Sale de la habitación.

Por entonces, la oficina del sheriff estaba a varias manzanas de allí, en un antiguo edificio que fue demolido. En el condado de Ruiz, al igual que en cientos de lugares, no era raro almacenar pruebas de escenas del crimen en cualquier sitio donde hubiera espacio disponible o un armario. Me he arrastrado por los desvanes de los juzgados y por asfixiantes sótanos en busca de viejos expedientes.

Para paliar la falta de espacio de almacenaje, Pfitzner utilizaba una caseta portátil detrás de su despacho. En el expediente hay una fotografía en blanco y negro de la caseta antes del incendio, y se puede apreciar un pesado candado en la única puerta visible. No tenía ventanas. Calculo que medía nueve metros de largo, tres metros y medio de ancho, y dos y medio de alto. Una fotografía tomada después del incendio muestra solo escombros carbonizados.

La primera alerta se produjo a las tres y diez de la madrugada, y los bomberos encontraron la caseta envuelta en llamas. Extinguieron el fuego en cuestión de minutos, y no quedó nada que pudiera salvarse. La causa está catalogada como «desconocida».

Como ha dicho Jordan, no fue un gran incendio. Todo apunta a que la linterna encontrada en el maletero de Quincy quedó destruida. No se halló ningún rastro. Los informes de la autopsia, las declaraciones de los testigos, los diagramas y las fotos estaban convenientemente guardados en el escritorio de Pfitzner. Tenía lo que necesitaba para condenar a Quincy Miller.

Por el momento, el incendio es un callejón sin salida

19

Llamo a Carrie y a Buck una vez a la semana para ver qué tal están. Se dan cuenta de que no voy a desaparecer y poco a poco van entrando en razón. No dejo de repetirles que no corren ningún riesgo al colaborar conmigo y establecemos cierto grado de confianza.

Quedamos en una cafetería cerca de Kingsport y comemos tortilla. Carrie lee la declaración jurada que ha preparado Mazy, luego Buck la revisa con calma. Respondo a las mismas preguntas sobre qué pasará a continuación y demás y, tras una hora convenciéndola con mucho tacto, ella firma.

En el aparcamiento le doy un abrazo, y Buck también quiere uno. Ahora somos colegas de confianza, y les agradezco que hayan tenido el valor de ayudar a Quincy. Carrie me pide entre lágrimas que le pida a Quincy que la perdone. Ya lo ha hecho, respondo.

Mi madre heredó la granja familiar cerca de Dyersburg, Tennessee, mi ciudad natal. Ahora tiene setenta y tres años y ha vivido sola desde que mi padre murió, dos años atrás. Me preocupa por lo mayor que es, aunque tiene mejor salud que yo y en absoluto está sola. A ella le preocupa mi estilo de vida nómada y que no tenga ninguna relación sentimental seria. Ha aceptado a regañadientes que formar una familia no es una de mis prioridades y que es poco probable que le dé más nietos. Mi hermana le ha dado tres, pero viven lejos.

No come carne, se alimenta de lo que da la tierra. Su huerto es legendario, podría dar de comer a cientos de personas, y de hecho lo hace. Lleva cestas de frutas y verduras frescas al banco de alimentos local. Cenamos tomates rellenos de arroz y champiñones, habas y calabaza guisada. A pesar de la abundancia, come como un pajarito y solo bebe té y agua. Está en forma y llena de vida y se niega a tomar pastillas; mientras empuja la comida de un lado a otro del plato me anima a que coma más. Le preocupa mi delgadez, pero agito la mano para restarle importancia. No es la primera persona que me lo dice.

Después nos sentamos en el porche delantero y bebemos un poleo. Poco ha cambiado el porche desde mi convalecencia hace ya muchos años, y charlamos de aquellos aciagos días. También hablamos de Brooke, mi ex. Se llevaban muy bien y mantuvieron el contacto durante años. Al principio mi madre estaba furiosa con ella por abandonarme durante mi crisis, pero al final la convencí de que nuestra ruptura era inevitable desde el día de nuestra boda. Brooke se casó con un emprendedor al que le había ido bien. Tienen cuatro hijos, unos adolescentes preciosos, y mi madre se pone un poco melancólica cuando piensa en cómo podrían haber sido las cosas. En cuanto veo una salida, desvío la conversación en otra dirección.

A pesar de mi poco convencional estilo de vida, mi madre está orgullosa de lo que hago, si bien no entiende mucho sobre el sistema de justicia penal. Le resulta deprimente que haya tanta delincuencia, tanta gente encarcelada, tantísimas familias rotas. Me ha llevado años convencerla de que hay miles de personas inocentes en la cárcel. Esta es la primera ocasión que tenemos de hablar de Quincy Miller, y a ella le encanta conocer los detalles. Un abogado asesinado, un sheriff corrupto, un cártel de la droga, un hombre inocente al que tendieron una trampa perfecta. Al principio no da crédito y se deleita con la historia. No me preocupa contarle demasiado. A fin de cuentas, estamos sentados en un porche a oscuras en una zona rural de Tennessee, lejos de Florida, y, además, ¿a quién iba a contárselo? A mi madre puedo confiarle todos mis secretos.

Pasamos revista a cada uno de mis otros clientes: Shasta Briley, en el corredor de la muerte en Carolina del Norte, condenada por un incendio provocado que mató a sus tres hijas; Billy Rayburn, en Tennessee, condenado por la discutible evidencia científica de lo que se conoce como «síndrome del niño zarandeado» después de que tropezara y cayera mientras tenía en brazos al bebé de su novia; Duke Russell, que sigue en el corredor de la muerte en Alabama; Curtis Wallace, condenado en Mississippi por el secuestro, la violación y el asesinato de una joven a la que no conocía, y Little Jimmy Flagler, de diecisiete años y con discapacidad mental cuando el estado de Georgia lo encerró de por vida.

Estos seis casos son mi vida y mi carrera. Convivo con ellos cada día y a menudo me canso de pensar y hablar de ellos. Encauzo de nuevo la conversación hacia mi madre y le pregunto cómo va su grupo de póquer. Juega una vez a la semana con un grupo de amigas, y aunque apuestan cantidades pequeñas, la rivalidad es feroz. Ahora mismo va ganando once dólares con cincuenta. Saldan sus deudas con una fiesta en Navidad en la que se descarrían y consumen alcohol..., champán barato. Con otro grupo juega al bridge dos veces al mes, pero prefiere el póquer. Es miembro de dos clubes literarios: uno con las mujeres de la iglesia, en el que se ciñen a la teología, y el otro con amigas más libertinas que prefieren los best sellers. A veces incluso bodrios infumables. Da clase en la Escuela Dominical, lee a los ancianos en una residencia de la tercera edad y trabaja de voluntaria para más fundaciones sin ánimo de lucro de las que puede nombrar. Acaba de comprarse un coche eléctrico y explica con detalle lo que hace que funcione.

Frankie Tatum viene a cenar varias veces al año. Son buenos amigos y a mi madre le encanta cocinar para él. Frankie estuvo aquí la semana pasada y me habla de su visita. Le enorgullece el hecho de que no siga entre rejas gracias a mí. La conversación deriva de nuevo hacia mi trabajo. Hubo un tiempo en que quería que atravesara esta fase y avanzara hacia una carrera con más futuro, tal vez un auténtico bufete de abogados, pero esas conversaciones forman parte del pasado. Sus pensiones le permiten llevar una vida cómoda, no tiene deudas y todos los meses envía un pequeño cheque a los Guardianes.

Se acuesta temprano, a las diez en punto, y duerme ocho horas de un tirón. Me deja en el porche, después de darme un beso en la cabeza, y me quedó horas sentado con los ojos bien abiertos en esta fresca y tranquila noche, pensando en mis clientes, que duermen en estrechas literas y camastros detrás de barrotes.

Personas inocentes.

20

Hace un mes, los guardias registraron la celda de Zeke Huffey siguiendo un soplo y encontraron un pincho, un cuchillo casero. En los registros es habitual descubrir drogas, y no se le da demasiada importancia. Pero un arma es una infracción grave porque supone una gran amenaza para los guardias. Zeke está encerrado en la Cueva, un pabellón subterráneo donde se castiga a los infractores con el aislamiento. Sus sueños de conseguir la condicional se han esfumado. Al contrario, alargarán el tiempo de su condena.

En admisión me recibe un hombre trajeado, alguna variedad de vicealcaide, y, con un guardia, me hacen cruzar a toda prisa el arco de seguridad y me conducen a un edificio alejado de las dependencias de los prisioneros. El vicealcaide asiente, frunce el ceño y las puertas se abren de inmediato. Se han movido los hilos correctos. Bajo por unas escaleras de hormigón y entro en una habitación cuadrada, húmeda y sin ventanas. Zeke está sentado en una silla metálica con las patas de hierro sujetas al suelo. No hay mampara de separación entre nosotros. Tiene las manos libres y, tras la sorpresa momentánea al verme, me estrecha la mano sin demasiada fuerza.

—¿Qué haces aquí? —pregunta cuando el guardia se marcha y cierra con un portazo.

—He venido a verte, Zeke. Te echaba de menos.

Él gruñe y no se le ocurre ninguna respuesta. Los residentes de la Cueva tienen prohibidas las visitas. Saco un paquete de tabaco.

—¿Quieres un cigarrillo? —pregunto.

—¡Joder, sí! —exclama, de pronto adicto otra vez.

Le doy uno y me fijo en que le tiemblan las manos. Lo enciendo con una cerilla. Él cierra los ojos y da una profunda calada, como si pusiera todo de su parte para consumirlo de una vez. A continuación expulsa una nube de humo hacia el techo y da otra calada. Después de la tercera, tira la ceniza al suelo y esboza una sonrisa.

—¿Cómo has entrado aquí, Post? Este agujero es zona prohibida.

—Lo sé. Tengo un amigo en Little Rock.

Zeke consume el cigarrillo hasta el filtro y lo apaga contra la pared.

—¿Otro? —dice.

Le enciendo otro cigarrillo. Está pálido y demacrado, más delgado incluso que la última vez que lo vi, y tiene un tatuaje nuevo en el cuello. La nicotina lo tranquiliza y mitiga casi todos los temblores.

—Piensan añadir unos cuantos meses a tu condena, Zeke. Ha sido una estupidez tremenda ocultar un pincho.

—Casi todo lo que hago se puede tildar de estupidez, Post. Ya lo sabes. La gente lista no vive así.

—Cierto. Quincy Miller es un tipo listo, Zeke, y lleva encerrado mucho tiempo por tu culpa. Es hora de que salga en libertad, ¿no te parece?

Hemos intercambiado unas cuantas cartas desde mi última visita, y los Guardianes le envió otro pequeño cheque. Sin embargo, a juzgar por el tono de su correspondencia, no está dispuesto a admitir que mintió. Considera que tiene el control de nuestra frágil relación y va a manipularla en todos los aspectos posibles.

—Oh, no sé yo, Post. Ha pasado mucho tiempo. No estoy seguro de recordar todos los detalles.

—Tengo los detalles aquí, en una declaración jurada, Zeke. Una declaración jurada que quiero que firmes. ¿Te acuerdas de un viejo colega llamado Shiner? ¿Otro yonqui con el que estuviste en la cárcel en Georgia?

Él sonríe.

—Claro que me acuerdo de Shiner —dice—. Menudo pringado.

—Y él se acuerda de ti. Lo hemos encontrado cerca de Atlanta y le va bien. Mucho mejor que a ti. Se ha desintoxicado y no se mete en líos. Tenemos una declaración jurada firmada por él en la que afirma que los dos solíais alardear de vuestra carrera como soplones. Dice que te reías de Quincy Miller. Y del chico Preston en Dothan, que sigue en la cárcel. Según Shiner, disfrutabas como un niño recordando tu actuación en un juicio por asesinato en Gulfport, el de Kelly Morris, que ahora cumple cadena perpetua por tu culpa. Hemos examinado estos casos y leído las transcripciones de tu testimonio. Shiner dice la verdad, para variar.

Zeke me fulmina con la mirada y sacude la ceniza.

—¿Y qué?

—Pues que es hora de que confieses y ayudes a Quincy. A ti no te va a pasar nada, Zeke. No tienes que ir a ninguna parte. Como he dicho varias veces, hace mucho que la gente de Florida se olvidó de ti. No podría importarles menos que reconozcas que mentiste sobre Quincy.

Tira lo que queda del segundo cigarrillo y pide un tercero. Se lo enciendo. Zeke aspira con fuerza y la nube que flota sobre nuestras cabezas crece.

—Caramba, no sé, Post, me preocupa mi reputación —dice con sarcasmo.

—Muy gracioso, pero yo no perdería el tiempo preocupándome por eso. Te ofrezco un trato, estará vigente durante quince minutos y luego se esfumará para siempre. Como he dicho, tengo un amigo en Little Rock con cierta influencia, de lo contrario no estaría aquí sentado en este momento. Nadie en la Cueva recibe visitas, ¿verdad? El trato sería algo así: Arkansas quiere añadir seis meses más a tu condena como castigo por el pincho. Eso significa otros veintiún meses en este agujero. Mi amigo puede hacer que desaparezca todo menos tres meses. Un año y medio se puede esfumar en un abrir y cerrar de ojos. Lo único que tienes que hacer es firmar la declaración jurada.

Zeke exhala, sacude la ceniza y me mira con incredulidad.

—Tienes que estar de coña.

—¿Y por qué habría de estar de coña? Tú haces lo que deberías hacer de todas formas, como ser humano decente, algo que los dos sabemos que no eres, y Quincy consigue una oportunidad.

—Ningún juez lo soltará porque yo me presente después de veinte años y diga que mentí, Post. Venga ya.

—Deja que sea yo quien se preocupe por eso. Cada pequeña prueba ayuda en estos casos, Zeke. Seguramente no te acuerdes de una testigo llamada Carrie Holland. Ella también mintió, pero la diferencia es que ahora tiene las agallas suficientes para reconocerlo. Una mujer con coraje, Zeke. Es hora de ser un hombre y decir la verdad para variar, grandullón.

—¿Sabes qué, Post? Empiezas a caerme bien.

—No te molestes. No soy demasiado simpático y en realidad me da igual. Mi misión es desenmarañar la red de mentiras que condenaron a Quincy. ¿Quieres que desaparezcan dieciocho meses o no?

—¿Cómo puedo confiar en ti?

—La palabra «confiar» no te sienta bien, Zeke. Soy un hombre honesto. Yo no miento. Supongo que tendrás que correr el riesgo.

—Dame otro.

Enciendo el cuarto cigarrillo. Ahora está tranquilo, en plan calculador.

—Ese trato, ¿lo puedes poner por escrito?

—No, esto no funciona así. Todas las cárceles de Arkansas están superpobladas, el estado necesita liberar espacio. Las cárceles del condado están abarrotadas, en algunas duermen seis en una celda, y los de arriba buscan espacio. Poco les importa lo que te pase a ti.

—En eso tienes razón.

Echo un vistazo al reloj.

—Me prometieron treinta minutos, Zeke. El tiempo casi se ha acabado. ¿Hay trato o no hay trato?

Él reflexiona y fuma.

—¿Cuánto tiempo me quedo en la Cueva?

—Saldrás mañana, lo prometo.

Zeke asiente y le paso la declaración jurada. Como doy por hecho que no lee mucho, la redacción es sencilla, poco más que cuatro palabras. Con el cigarrillo en la comisura de la boca y el humo quemándole los ojos, la lee con atención. La ceniza le cae en la camisa y se la limpia de un manotazo. Cuando llega a la última página, arroja la colilla.

—Me parece bien.

Le paso un bolígrafo.

—¿Me lo prometes, Post?

—Te lo prometo.

El abogado más importante de Arkansas especialista en casos de pena de muerte es un amigo con el que trabajé en otro caso. El primo de su mujer es senador del estado, presidente del Comité de Asignaciones, y por tanto está al frente de la financiación de todos los organismos, incluidos los correccionales. No me gusta pedir favores porque tengo muy poco que dar a cambio, pero en este oficio me veo obligado a hacer contactos. De vez en cuando algo encaja y ocurre el milagro.

Tras dejar los campos de algodón del nordeste de Arkansas, llamo a Vicki para comunicarle la noticia. Está emocionada y corre a contárselo a Mazy.

En cuanto la pesadilla de Quincy quedó atrás, June volvió a casarse. Su segundo intento, con un hombre llamado James Rhoad, fue un poco menos caótico que el primero, pero la cosa no duró mucho. Por aquel entonces ella seguía siendo un desastre, inestable a nivel emocional, y les daba a las drogas. Frankie encontró a Rhoad en Pensacola. No tenía nada bueno que decir de su exmujer, y mientras tomaban unas cervezas soltó la historia que estábamos esperando.

Vivieron juntos antes de casarse, y durante aquel breve período lleno de romanticismo y dicha bebían demasiado y fumaban crack, pero nunca cerca de los hijos. June se rio en varias ocasiones a propósito de Quincy, un hombre al que aborrecería siempre. Le confió a Rhoad que había mentido para ayudar a meterlo entre rejas y que el sheriff Pfitzner y el fiscal Forrest Burkhead alentaron las mentiras.

Rhoad era reacio a involucrarse, pero Frankie sabe ser persistente. Forma parte de nuestra cultura. Hay que entrar con cuidado, conocer a los testigos, forjar cierto grado de confianza y recordarles siempre con tacto que un hombre inocente ha salido perjudicado por el sistema. En este caso, por los blancos de una pequeña y retrógrada ciudad.

Frankie aseguró a Rhoad que no había hecho nada malo y que no tendría problemas. June había mentido y no estaba dispuesta a reconocer el perjuicio causado. Y él, Rhoad, podía ser de una ayuda inconmensurable.

En otro bar, mientras bebían otra ronda de cervezas, accedió a firmar una declaración jurada.

21

Durante los últimos tres meses hemos hecho nuestro trabajo con el mayor sigilo posible. Desconocemos si los hombres que mataron a Keith Russo saben que estamos investigando. Esto cambia cuando presentamos el recurso de revisión penal a favor de Quincy Miller.

El informe de Mazy tiene dos centímetros y medio de grosor, está escrito de manera impecable y argumentado con brillantez, como siempre. Comienza desmontando por completo el testimonio pericial de Paul Norwood sobre el análisis de las manchas de sangre. Refuta sus credenciales y dice cosas nada agradables de él. Con todo lujo de detalles, repasa los siete casos en los que Norwood señaló a hombres inocentes que más tarde fueron exonerados por los análisis del ADN. Enfatiza el hecho de que estos siete hombres cumplieron un total de noventa y ocho años en prisión, pero ninguno estuvo tanto tiempo como Quincy Miller.

Una vez que el informe de Mazy deja a Norwood ahogándose en su propia sangre, pasa al ataque usando auténtica ciencia y Kyle toma el protagonismo. Presenta sus impecables credenciales y las compara con las del experto del estado. El informe de Benderschmidt empieza con incredulidad: la linterna es el único vínculo con Quincy, y no se recuperó de la escena del crimen. No hay ninguna prueba de que estuviera presente durante el tiroteo. No hay ninguna prueba de que las minúsculas salpicaduras de la lente fueran realmente sangre humana. Por las fotografías es imposible determinar si las manchitas color naranja eran sangre. Es imposible determinar el ángulo de los disparos. Es imposible saber cómo sujetaba la linterna el asesino mientras disparaba, si es que la sujetaba. Un montón de imposibles. El testimonio de Norwood era erróneo de facto, sin fundamento científico, contrario a la lógica e irresponsable a nivel jurídico. Norwood dio por sentados hechos cruciales que no estaban probados, y cuando se encontró con interrogantes, se limitó a inventarse más pruebas.

El sumario de los hallazgos de Benderschmidt es persuasivo, convincente y constituye una nueva evidencia. Pero hay más.

Nuestro segundo experto es el doctor Tobias Black, un renombrado criminólogo de San Francisco. El doctor Black, trabajando con independencia del doctor Benderschmidt, estudió las fotografías y pruebas documentales y leyó la transcripción del juicio. A duras penas consigue retener su desprecio por Norwood y sus colegas pseudocientíficos. Sus conclusiones son las mismas.

Mazy escribe como una galardonada por el Nobel, y cuando los hechos la asisten es irrefutable. No querría verla furiosa conmigo si cometiera un delito.

Critica la investigación del sheriff Pfitzner. Utilizando la Ley de Libertad de Información, Vicki obtuvo los informes de la policía estatal de Florida. En un memorando, un investigador se quejaba de la mano dura de Pfitzner y de sus intentos de mantener el control total y absoluto del caso. No quería interferencias externas y se negó a cooperar.

Sin pruebas físicas que relacionaran a Quincy con el crimen, era imperativo que Pfitzner fabricara las suyas. Sin notificarlo a la policía estatal, obtuvo una orden de registro para el coche de Quincy y, qué oportuno, encontró la linterna en el maletero.

El informe pasa a continuación a los testigos que mintieron, e incluye las declaraciones juradas de Carrie Holland Pruitt, Zeke Huffey, Tucker Shiner y James Rhoad. Mazy se contiene pero en su trato a los mentirosos es casi cruel, y continúa con un comentario feroz sobre el uso de soplones como testimonio en los juicios en Estados Unidos.

Acto seguido Mazy analiza el tema del móvil y hace hincapié en que el presunto rencor de Quincy hacia Keith Russo era más algo anecdótico que un hecho. Presenta una declaración jurada de la antigua recepcionista del bufete en la que dice que solo recuerda una visita por parte de ese cliente descontento, que estaba «ligeramente molesto». Pero no realizó ninguna amenaza y se marchó cuando le informó de que Keith no se encontraba en su despacho. No recuerda la segunda y más amenazadora visita que Diana Russo describió al jurado. Nunca llamaron a la policía. De hecho, no existe constancia de que nadie del bufete se quejara del comportamiento de Quincy. Con respecto a las amenazas telefónicas, simplemente no había pruebas. Diana impidió los intentos de la defensa de obtener los registros telefónicos de la pareja y se destruyeron.

La última parte del informe aborda el testimonio del propio Quincy. Dado que no testificó en el juicio, ahora puede contar su historia con su propia declaración jurada. Niega cualquier implicación, niega haber poseído o disparado una escopeta de calibre 12, y niega que supiera nada de la linterna hasta que se presentaron las fotos en el tribunal. Niega que estuviera en Seabrook la noche del asesinato. Su coartada era y sigue siendo su antigua novia, Valerie Cooper, que ha mantenido su testimonio en todo momento, según el cual Quincy estuvo con ella aquella noche. Adjuntamos una declaración jurada de Valerie.

El informe son cincuenta y cuatro páginas de razonamiento claro y sólido, y deja pocas dudas de que el estado de Florida tiene al hombre equivocado, al menos en opinión de las buenas personas del Ministerio de los Guardianes. Deberían leerlo jueces entendidos e imparciales que se quedaran consternados y se apresuraran a corregir una injusticia, pero eso no ocurre jamás.

Lo presentamos sin hacer ruido y esperamos. Al cabo de tres días resulta evidente que la prensa no está interesada y a nosotros nos parece bien. A fin de cuentas, el caso lleva cerrado veintidós años.

Dado que no tengo licencia para ejercer la abogacía en Florida, nos asociamos con Susan Ashley Gross, una vieja amiga que dirige el Proyecto Inocencia del Centro de Florida. Su nombre figura el primero en los alegatos, encima del mío y del de Mazy. Nuestra representación es ahora de dominio público.

Envío a Tyler Townsend una copia de nuestro recurso y del informe, y espero una respuesta.

En Alabama, Chad Falwright cumple su promesa de buscar justicia para mí y no al verdadero asesino. Presenta una denuncia ante el colegio de abogados de Alabama, del que no soy miembro, y una en Georgia, donde está registrada mi licencia. Chad quiere que me inhabiliten por manipular pruebas. Por tomar prestado un vello púbico.

Ya he pasado antes por esto. Es un engorro y puede resultar intimidante, pero no puedo bajar el ritmo. Duke Russell sigue cumpliendo condena en lugar de Mark Carter, y eso me quita el sueño por la noche. Llamo a un amigo abogado en Birmingham y está deseando una buena pelea. Mazy se ocupará de la denuncia presentada en Georgia.

Me encuentro en la sala de reuniones de arriba, trabajando con una pila de cartas desesperadas de prisioneros, cuando Mazy chilla. Bajo las escaleras a todo correr y al entrar en su despacho me encuentro a Vicki y a Mazy con la vista clavada en la pantalla del ordenador. El mensaje está escrito en negrita, en una fuente ridícula, que casi resulta difícil de leer, pero la idea está clara.

El recurso que han presentado en el condado de Poinsett resulta una lectura interesante, pero no se menciona a Kenny Taft. A lo mejor no le dispararon unos traficantes de drogas; a lo mejor sabía demasiado. (Este mensaje desaparecerá cinco minutos después de ser abierto. Imposible rastrearlo. No se molesten.)

Lo miramos boquiabiertos hasta que desaparece poco a poco y la página queda en blanco. Vicki y yo nos dejamos caer en las sillas y contemplamos las paredes. Mazy se dedica a teclear.

—Es una página web llamada «Desde debajo del porche de Patty» —dice—. Por veinte pavos al mes, con tarjeta de crédito, tienes acceso durante treinta días a una sala de chat privada donde los mensajes son confidenciales, temporales y no se pueden rastrear.

No tengo ni la más remota idea de qué está hablando. Teclea un poco más.

—Parece legal, y seguramente sea inofensiva. Muchos de estos servidores están en Europa del Este, donde la ley de protección de datos es estricta.

—¿Podemos verlo de nuevo? —pregunta Vicki.

—¿Queremos hacerlo? —pregunto.

—Sí —dice Mazy—, podemos volver a verlo por veinte dólares.

—No está en el presupuesto —alega Vicki.

—Esta persona usa la dirección *cassius.clay.444*. Podríamos pagar y mandarle un mensaje.

—Ahora no —digo—. No quiere hablar y no va a decir nada. Vamos a pensar en esto.

Los soplos anónimos forman parte del oficio y son una manera excelente de perder un montón de tiempo.

Kenny Taft tenía veintisiete años cuando lo asesinaron en una zona remota del condado de Ruiz en 1990. Era el único agente negro del cuerpo de Pfitzner y llevaba tres años trabajando allí. Pfitzner envió a su compañero Gilmer y a él a un sitio que se creía que los traficantes de cocaína utilizaban como punto de encuentro; se suponía que ninguno de ellos andaba por la zona. Taft y Gilmer no esperaban tener ningún problema allí. Su misión era llevar a cabo un viaje de reconocimiento a petición, supuestamente, de la DEA, el departamento para el control de drogas, de Tampa. La posibilidad de que el lugar estuviera siendo utilizado de facto era mínima, y su labor era echar un vistazo y presentar un informe.

Según Gilmer, que sobrevivió con heridas de poca gravedad, les tendieron una emboscada cuando recorrían despacio una carretera de grava a las tres de la madrugada. El bosque era espeso y no vieron a nadie. Los primeros disparos alcanzaron el lateral del coche sin distintivos que conducía Gilmer, luego las ventanillas traseras estallaron. Detuvo el coche, se precipitó fuera y se arrojó a una zanja. Al otro lado, Kenny Taft también saltó del vehículo, pero fue alcanzado al instante en la cabeza y murió allí mismo. No tuvo tiempo ni de sacar su revólver reglamentario. Cuando el tiroteo cesó, Gilmer se arrastró hasta el coche y llamó para pedir ayuda.

Los pistoleros se esfumaron sin dejar rastro. Los agentes de la DEA creían que aquello había sido obra de traficantes. Meses después, un informante dijo que los asesinos no eran conscientes de que se estaban enfrentando a policías. Había mucha cocaína escondida en el lugar, carretera abajo, y se vieron obligados a proteger sus existencias.

El informante dijo que estaban en algún lugar de Sudamérica. Suerte con la búsqueda.

22

Recibo una llamada furiosa de Otis Walker. Parece que su esposa, June, está disgustada porque su segundo marido, James Rhoad, dijo algo malo de ella en el tribunal. Le explico con paciencia que aún no hemos llegado a juicio, que hemos presentado una declaración jurada firmada por Rhoad en la que afirma que June se reía de haber mentido en el estrado para encerrar a Quincy.

—¿La llamó «mentirosa»? —pregunta Otis, como si le sorprendiera—. ¿Delante del jurado?

—No, no, señor Walker, en un juicio no, solo en unos papeles.

—¿Por qué hizo eso?

—Porque nosotros se lo pedimos. Estamos intentando sacar a Quincy de la cárcel porque él no mató a aquel abogado.

—Así que están diciendo que June, mi mujer, es una mentirosa, ¿no?

—Decimos que en el pasado mintió en el tribunal.

—Es lo mismo. No sé cómo pueden sacar toda esa mierda después de veinte años.

—Sí, señor. Ha pasado mucho tiempo. Pregúnteselo a Quincy.

—Creo que debería hablar con un abogado.

—Hágalo. Dele mi número de teléfono y estaré encantado de mantener una charla. Pero malgastará su dinero.

Mazy recibe de «Desde debajo del porche de Patty» el siguiente mensaje:

> El Pelícano Salado es un viejo bar en el muelle de Nassau, Bahamas; esté allí el próximo martes al mediodía; es importante. (Este mensaje arderá cinco minutos después de abrirlo; ni piense en intentar rastrearlo.)

Echo mano a una tarjeta de crédito, entro en la página de Patty, pago, me registro como *joe.frazier.555* y envío mi mensaje:

> ¿Debería llevar un arma o un guardaespaldas?

Al cabo de diez minutos recibo:

> No, voy en son de paz. El bar está siempre a tope, mucha gente alrededor.

Respondo:

> ¿Quién reconocerá al otro?

> Funcionará. Que no lo sigan.

> Nos vemos.

La discusión se convierte casi en pelea. Mazy está convencida de que sería una estupidez acudir a un encuentro así con un desconocido. A Vicki la idea tampoco le gusta. Yo sostengo que es un riesgo que debemos correr por motivos evidentes. La persona en cuestión sabe mucho del caso y quiere ayudar. Él o ella está lo bastante asustado como para proponer quedar fuera del país, lo que, al menos para mí, indica que saldrán trapos sucios de los buenos.

A pesar de que me superan en número, dos contra uno, me marcho y voy en coche hasta Atlanta. Vicki es experta en encontrar los mejores precios en vuelos, hoteles y vehículos de alquiler, y me reserva asiento en un turbohélice a Bahamas que hace dos paradas antes de salir de Estados Unidos. Solo cuenta con una auxiliar de vuelo, que no sabe sonreír ni tiene el menor interés en levantarse de su asiento.

Sin equipaje, paso la aduana sin problema y cojo un taxi de una larga hilera. Es un Cadillac vintage de los años setenta, con Bob Marley cantando en la radio a todo volumen para nosotros, los turistas. El taxista fuma un porro para contribuir al colorido local. El tráfico apenas se mueve, las probabilidades de que suceda un accidente mortal son escasas. Estamos en medio de un atasco impresionante y ya me he cansado. Me bajo y le pago mientras él señala aquí y allá.

El Pelícano Salado es un viejo bar con las vigas combadas y tejado de paja. Del techo cuelgan grandes ventiladores chirriantes que proporcionan la más ligera de las brisas. Auténticos bahameños juegan una ruidosa partida de dominó en una abarrotada mesa. Parece que apuestan. Otros juegan a los dardos en un rincón. Los blancos superan en número a los nativos, y es obvio que se trata de un lugar popular entre los turistas. Pido una cerveza en la barra y me siento a una mesa debajo de una sombrilla, a unos tres metros del agua. Llevo gafas de sol y una gorra de béisbol, e intento fijarme en las cosas que me rodean como quien no quiere la cosa.

A lo largo de los años me he convertido en un buen detective, pero soy un espía lamentable. Si alguien me está siguiendo, jamás lo sabré.

El mediodía llega y pasa de largo mientras contemplo el agua.

—Hola, Post —dice una voz a mi espalda.

Tyler Townsend se sienta en una silla a mi lado. Era el primer nombre en mi lista de posibilidades.

—Hola —respondo sin decir su nombre, y nos estrechamos la mano.

Townsend sujeta una cerveza. También lleva gafas de sol y una gorra, y va vestido como si fuera a jugar un partido de tenis. Bronceado y atractivo, solo tiene algunos mechones canosos. Rondamos la misma edad, pero él parece más joven.

—¿Viene aquí a menudo? —pregunto.

—Sí, tenemos dos centros comerciales en Nassau, así que mi esposa piensa que estoy aquí por trabajo.

—¿Por qué estamos aquí en realidad?

—Demos un paseo —sugiere al tiempo que se pone en pie.

Caminamos por el puerto sin mediar palabra, hasta que enfilamos un largo muelle con cientos de barcos.

—Sígame —me dice.

Bajamos a una plataforma inferior y señala una auténtica belleza. Tiene unos quince metros de eslora y está diseñado para adentrarse en el océano y dar alcance a esos peces vela que se ven disecados y colgados en las paredes. Sube a bordo de un salto y tiende la mano para ayudarme a no perder el equilibrio.

—¿Es suyo? —pregunto.

—Y de mi suegro. Vamos a dar una vuelta.

Saca dos cervezas de una nevera, se acomoda en el asiento del capitán y enciende el motor. Yo me recuesto en un mullido sillón e inhalo el aire salobre mientras atravesamos el puerto. Al poco, una fina bruma me salpica la cara.

Tyler creció en Palm Beach, hijo de un prominente abogado litigante. Pasó ocho años en la Universidad de Florida sacándose las carreras de ciencias políticas y derecho, y su plan era volver a casa y unirse al bufete de la familia. Su vida se fue a pique cuando un conductor borracho mató a su padre una semana antes de que él se presentara al examen del colegio de abogados. Tyler esperó un año, consiguió encauzar las cosas, aprobó el examen y buscó empleo en Seabrook.

Con un trabajo garantizado para siempre, no se había molestado en estudiar a conciencia. Su currículum de pasante no era extenso. Tardó cinco desenfrenados años en licenciarse. Terminó en el tercio inferior de su clase de derecho y le gustaba estar ahí. Tenía reputación de chico fiestero, a menudo arrogante porque su padre era un pez gordo. De repente, obligado a buscar trabajo, descubrió que no le llovían las entrevistas. Una agencia inmobiliaria de Seabrook lo contrató, pero solo duró allí ocho meses.

Para hacer frente a los gastos generales, compartió despacho con otros abogados. Para pagar las facturas, se ofreció voluntario para cualquier caso en que fuera necesario un abogado de oficio. El condado de Ruiz era demasiado pequeño para un defensor público, y los casos de oficio los asignaban los jueces. Su afán por estar en el tribunal le costó caro cuando el asesinato de Russo conmocionó a la ciudad. Todos los demás abogados se marcharon o se escondieron, y designaron a Tyler para que representara a Quincy Miller, al que se consideraba culpable desde el día de su arresto.

Para tratarse de un abogado de veintiocho años con escasa experiencia en los tribunales, su defensa fue magistral. Luchó de forma encarnizada, refutó cada evidencia, peleó con los testigos del estado y creyó firmemente en la inocencia de su cliente.

La primera vez que leí la transcripción del juicio me divirtió su insolencia en la sala. Pero en la tercera lectura me di cuenta de que su demoledora defensa casi con toda seguridad posicionó al jurado. A pesar de todo, el chaval tenía un potencial enorme como abogado.

Después abandonó la abogacía.

Navegamos siguiendo la costa de Isla Paraíso y atracamos en un complejo turístico. Caminamos por el embarcadero hacia el hotel.

—Estamos pensando en comprar esto —dice Tyler—. Quiero expandirme y apartarme de los centros comerciales. Mi suegro es más conservador.

¿Un promotor inmobiliario de Florida que actúa de forma conservadora?

Asiento como si la idea me pareciera fascinante. Hablar de dinero me produce migraña. Cualquier cosa que tenga que ver con finanzas, mercados, fondos de cobertura, capital de riesgo, puntos básicos, bienes raíces, bonos, etcétera, me nubla la vista de puro aburrimiento. Dado que no tengo un céntimo, me importa un comino cómo manejan los demás su fortuna.

Cruzamos sin prisa el vestíbulo, como un par de turistas de Akron, y cogemos el ascensor hasta la tercera planta, donde Tyler tiene una amplia suite. Lo sigo a la terraza, con unas vistas preciosas de la playa y el océano. Tyler saca dos cervezas de una nevera y nos sentamos a hablar.

—Le admiro por lo que está haciendo, Post —comienza—. De veras. Yo me alejé de Quincy porque no tenía opción, pero nunca he creído que matara a Keith Russo. Aún pienso en él a menudo.

—¿Quién lo hizo?

Tyler exhala y bebe un buen trago de su botellín. Mira el océano. Estamos debajo de una gran sombrilla en la terraza, no hay rastro de actividad humana en los alrededores, salvo alguna risa lejana en la playa.

Me mira y pregunta:

—¿Lleva micrófono?

Hoy no. Menos mal.

—Vamos, Tyler. No soy poli.

—No ha respondido a mi pregunta.

—No. No llevo micrófono. ¿Quiere que me desnude y me registra?

Él asiente.

—Sí.

Yo asiento también; no hay problema. Me aparto de la mesa y me voy quitando la ropa hasta quedarme en calzoncillos. Él observa con atención, y cuando ya he ido demasiado lejos dice:

—Suficiente.

Me visto y vuelvo a mi asiento y a mi cerveza.

—Lo siento, Post, pero toda precaución es poca. Más tarde lo entenderá.

Alzo las dos manos.

—Mire, Tyler, no tengo ni idea de qué tiene en mente, así que yo cierro el pico y usted habla, ¿vale? Sé que es consciente de que todo es totalmente confidencial. La gente que mató a Keith Russo sigue ahí, en alguna parte, y temen la verdad. Puede confiar en mí, ¿de acuerdo?

Él asiente.

—Creo que sí —dice—. Me ha preguntado quién mató a Russo y la respuesta es que no lo sé. Tengo una buena teoría, excelente, en realidad, y cuando le cuente mi historia creo que coincidirá conmigo.

Bebo un trago de cerveza.

—Soy todo oídos.

Tyler inspira hondo y trata de relajarse. El alcohol es importante aquí, y apuro mi botellín. Saca otras dos cervezas de la nevera y luego se recuesta en su silla y dirige la mirada al océano.

—Conocía a Keith Russo, y muy bien. Era unos diez años mayor que yo y tenía éxito, estaba harto de esa ciudad pequeña y soñaba con algo mayor. No me agradaba demasiado, la verdad es que no le agradaba a nadie. Su esposa y él ganaban un dineral representando a traficantes de droga en Tampa, hasta tenían un apartamento allí. En Seabrook corrían rumores de que pensaban irse, dejar la zona e incursionar en las grandes ligas. Diana y él eran reservados, como si estuvieran por encima del resto de nosotros, aficionados de pacotilla. De vez en cuando se veían obligados a ensuciarse las manos cuando el trabajo escaseaba..., divorcios, bancarrotas, testamentos y escrituras, pero eso no era digno de ellos. Cuando llevó el divorcio de Quincy hizo un trabajo patético, y Quincy se cabreó con razón. Escogieron a la marioneta perfecta, ¿verdad, Post? Cliente descontento enloquece y mata a abogado gandul.

—Su plan funcionó.

—Sí, funcionó. La ciudad quedó conmocionada. Arrestaron a Quincy y todos respiraron tranquilos. Los abogados se escondieron, todos menos yo, y me llamaron a mí. No tuve opción. Al principio supuse que era culpable, pero Quincy no tardó en convencerme de lo contrario. Acepté el caso y eso destruyó mi carrera en la abogacía.

—Hizo un trabajo extraordinario en el juicio.

Él agita la mano para restarle importancia.

—Ya me da igual. Eso fue en otra vida. —Apoya los codos y se inclina hacia delante, como si ahora las cosas se pusieran todavía más serias—. Esto es lo que me pasó, Post. Jamás le he contado esta historia a nadie, ni siquiera a mi mujer, y no puedes repetir mis palabras. No es que lo vayas a hacer, es demasiado peligroso. Pero esto es lo que pasó. Tras el juicio yo estaba emocional y físicamente agotado. También estaba indignado con el proceso y el veredicto y aborrecía el sistema. Pero unas semanas después, parte de la pasión volvió, ya que tenía que ocuparme de la apelación. Trabajé en ella día y noche y me convencí de que podría persuadir al Tribunal Supremo de Florida, algo que rara vez ocurre. —Bebe un trago y contempla el océano—. Y los malos me estaban vigilando. Sencillamente lo sabía. Me volví un paranoico con mis teléfonos, mi apartamento, mi despacho, mi coche, todo. Recibí dos llamadas telefónicas anónimas y en ambas ocasiones una voz escalofriante de hombre me dijo: «Déjalo». Solo eso. Solo: «Déjalo». No podía informar de ello a la policía porque no confiaba en ellos. Pfitzner tenía el control de todo y era el enemigo. Joder, lo más seguro es que la voz al otro lado del teléfono fuera la suya.

»Unos cinco o seis meses después del juicio, mientras estaba trabajando en la apelación, dos de mis compañeros de la facultad de derecho sabían que necesitaba una escapada, así que planearon un viaje a Belice para pescar macabíes. ¿Alguna vez ha practicado la pesca del macabí?

En mi vida he oído hablar de la pesca del macabí.

—No.

—Es una pasada. Hay que seguirlos con sigilo en las marismas de agua salada, que aquí en las Bahamas y en América Central son geniales. Belice tiene algunas de las mejores. Mis amigos me invitaron y yo necesitaba un descanso. La pesca del macabí es una verdadera aventura de hombres; ni mujeres ni novias pero sí mucha bebida. Así que me apunté. La segunda noche allí fuimos a una fiesta en la playa, no lejos de nuestra cabaña de pesca. Muchos lugareños, algunas mujeres, un montón de gringos que estaban allí para pescar y beber. Las cosas se pusieron bastante alocadas. Bebimos cerveza y ponche de ron, pero no hasta el punto de perder la conciencia. No estábamos en la universidad, pero me pusieron algo en la bebida y alguien se me llevó. No sé adónde y nunca lo sabré. Me desperté en el suelo de una celda de hormigón sin ventanas. Hacía un calor asfixiante, como en una sauna. La cabeza me estallaba y tenía ganas de vomitar. Había una botella pequeña de agua en el suelo y me la bebí de un trago. Me habían dejado en calzoncillos. Estuve sentado en el suelo caliente durante horas, esperando. Entonces la puerta se abrió y dos chicos muy desagradables con pistola vinieron a por mí. Me abofetearon, me vendaron los ojos y me ataron las muñecas, y después me obligaron a caminar durante probablemente media hora por un camino de tierra. Tropezaba y me moría de sed, y cada diez pasos uno de los matones me insultaba en español y me empujaba para que avanzara. Cuando nos paramos, me ataron una cuerda a las muñecas, me estiraron los brazos por encima de la cabeza y tiraron de mí hacia arriba. Dolía mucho, un año después tuvieron que operarme del hombro, pero entonces no pensaba en el futuro. Rebotaba contra vigas de madera a medida que subía y por fin paré en lo alto de una torre, donde me quitaron la venda y me permitieron empaparme del paisaje. Estábamos en el borde de un estanque, un pantano o algo parecido, del tamaño de un campo de fútbol americano. El agua era espesa y marrón y estaba llena de cocodrilos. Montones de cocodrilos. En la plataforma, conmigo, había otros tres tipos bien armados que no eran nada simpáticos y dos críos flacuchos que no podían tener más de dieciocho años. Tenían la piel oscura y estaban desnudos. Una especie de tirolina salía de la torre, atravesaba el estanque a baja altura y terminaba en un árbol del otro lado. De no ser por los cocodrilos, podría haber sido un lugar divertido para darte un chapuzón en verano con una tirolina. De no ser por los cocodrilos. La cabeza me estallaba y el corazón estaba a punto de explotarme. Cogieron un saco de arpillera lleno de pollos ensangrentados, lo engancharon a la tirolina y luego lo soltaron. Mientras descendía bamboleándose hacia el agua goteaba sangre, y eso alborotó mucho a los cocodrilos. Cuando el saco se detuvo en medio del estanque, uno de los guardias tiró de una cuerda y los pollos muertos cayeron a montón sobre los cocodrilos. Debían de estar muertos de hambre porque se volvieron locos.

»Servido el aperitivo, era hora del primer plato. Agarraron al primer chico latino flaco y le engancharon las muñecas a la tirolina. Gritó cuando lo empujaron de la torre de una patada, y gritó aún más mientras sobrevolaba el estanque. Cuando se detuvo en el centro, tenía los dedos de los pies a unos tres metros de los cocodrilos. El pobre chico lloraba y gritaba. Fue horrible, horrible de verdad. Un guardia giró una manivela muy despacio y el chico descendió. No paraba de patalear, ya te imaginas. Pataleaba y gritaba con todas sus fuerzas, pero sus pies no tardaron en tocar el agua, y los cocodrilos comenzaron a arrancarle la carne y los huesos. El guardia continuó girando la manivela, el chico bajó más. Vi cómo se comían vivo a un ser humano.

Bebe un trago y clava la mirada en el océano.

—Post, no hay forma de describir el miedo, el absoluto horror de ver algo tan indescriptible como eso y saber que estás esperando en una fila muy corta. Me meé en los calzoncillos. Creía que iba a desmayarme. Quise saltar, pero los guardias nos tenían sujetos. Sentí un miedo como pocas personas han conocido. Enfrentarse a un pelotón de fusilamiento debe de ser horrible, pero por lo menos la muerte es instantánea. Que te coman vivo..., en fin.

»Ocurrió algo más. Oí risas a mi derecha, al otro lado de un pequeño edificio. Voces de hombres riéndose del espectáculo, y me pregunté con cuánta frecuencia esos buenos chicos se reunían allí para divertirse y jugar. Di un paso hacia el borde de la plataforma, pero un guardia me agarró del pelo y me aplastó contra la barandilla. Esos tipos eran corpulentos y muy malos, y yo no era lo bastante fuerte como para resistirme, aunque tampoco habría funcionado. Intenté apartar la vista, pero el guardia me agarró del pelo otra vez y me dijo: "¡Mira! ¡Mira!".

»Empujaron al segundo chico de la torre. Gritó todavía más, y cuando colgaba sobre los cocodrilos, pataleó y chilló algo como: «¡María! ¡María!». Cerré los ojos cuando comenzaron a bajarlo. El ruido de la carne desgarrándose y el crujido de los huesos eran nauseabundos. Al final perdí el conocimiento, pero eso no me ayudó. Me abofetearon sin piedad, tiraron de mí para ponerme en pie, me engancharon a la tirolina y me empujaron de la torre. Volví a oír risas. En mitad del estanque, miré hacia abajo. Me dije que no debía, pero no pude evitarlo. No había nada más que sangre, trozos de huesos, partes de los cuerpos y todos esos cocodrilos frenéticos esperando más. Cuando me di cuenta de que estaba descendiendo pensé en mi madre, en mi hermana y en que jamás sabrían qué me había pasado. Y era una suerte que jamás lo supieran. No grité, no chillé ni lloré, pero no podía parar de patalear. Cuando el primer cocodrilo gordo se lanzó a por mi pie, oí una voz potente vociferar en español. Empecé a subir.

»Me bajaron de la torre y me pusieron la venda en los ojos. Estaba demasiado débil para andar, así que cogieron un carro de golf. Me arrojaron de nuevo a la misma celda, donde me hice un ovillo en el suelo de hormigón, lloré y sudé durante al menos una hora, hasta que los guardias regresaron. Uno me soltó un puñetazo y me ató el brazo a la espalda mientras el otro me inyectaba alguna droga. Cuando me desperté estaba de nuevo en Belice, en la parte trasera de una camioneta conducida por dos policías. Paramos en la cárcel y los seguí adentro. Uno me dio una taza de café mientras el otro me explicaba que mis dos amigos estaban muy preocupados por mí. Les habían dicho que estaba en la cárcel por embriaguez en público, y esa sería la mejor historia que contar.

»Una vez que se me despejó la cabeza y estuve de nuevo en la cabaña de pesca, hablé con mis amigos e intenté recomponer la línea temporal. Les dije que había estado en la cárcel, nada del otro mundo, una aventura más. El secuestro duró unas veinticuatro horas, y estoy seguro de que hubo un barco, un helicóptero y un avión de por medio, pero me borraron la memoria. Las drogas. Estaba deseando largarme de Belice y regresar a casa. Jamás volveré a someterme a la jurisdicción de un país del tercer mundo. También dejé la pesca de macabíes.

Guarda silencio y bebe otro trago de cerveza. Estoy demasiado estupefacto para decir nada.

—Qué locura —consigo murmurar.

—Todavía tengo pesadillas. No me queda otra que mentirle a mi mujer cuando me despierto gritando. Está siempre a flor de piel.

Lo único que puedo hacer es menear la cabeza.

—De vuelta en Seabrook, estaba destrozado. No podía comer ni dormir, no podía estar en el despacho. Me encerraba en mi dormitorio e intentaba dormir, siempre con una pistola cargada. Estaba agotado, hasta el punto de caerme redondo porque no dormía. Veía a aquellos dos chicos una y otra vez. Oía sus gritos, su llanto desgarrado, el espantoso atracón de los hambrientos cocodrilos, los huesos rompiéndose y las risas a lo lejos. Consideré el suicidio, Post, lo consideré de verdad.

Apura el botellín y va a la nevera a por más. Luego se sienta y prosigue.

—No sé cómo, pero me convencí de que todo era un sueño provocado por haber bebido demasiado alcohol y por lo que me habían puesto en la bebida. Pasó un mes y poco a poco comencé a recobrarme. Entonces me llegó esto por correo. —Extiende la mano para coger una carpeta en la que yo no había reparado. La abre y dice—: Post, jamás he enseñado esto a nadie.

Me entrega una fotografía de veinte centímetros por veinticinco y medio. Es Tyler en calzoncillos, cuelga de la tirolina con los pies a escasos centímetros de la boca abierta y los dientes de un cocodrilo enorme. El terror que refleja su cara es indescriptible. Es una fotografía de cerca, sin nada de fondo que indique el lugar o el momento.

Miro la foto boquiabierto y después a Tyler. Se enjuga una lágrima que resbala por su mejilla y me dice con voz entrecortada:

—Oiga, tengo que hacer una llamada, ¿vale? Es por trabajo. Coja otra cerveza y vuelvo en quince minutos. La historia no termina aquí.

23

Guardo la foto de nuevo en la carpeta y la dejo encima de la mesa, espero que para no volver a verla jamás. Voy hasta el borde de la terraza y contemplo el océano. Hay demasiadas ideas descabelladas dando vueltas en mi cabeza como para tomar solo una y analizarla. Pero el miedo las domina todas. El miedo que hizo que Tyler abandonara la profesión. El miedo por el que sus secretos continúan enterrados. El miedo que me debilita las rodillas más de veinte años después de que lo secuestraran.

Estoy absorto y no lo oigo regresar a la terraza.

—¿En qué está pensando ahora mismo, Post? —dice, sobresaltándome.

Está de pie, a mi lado, con un café en un vaso de papel.

—¿Por qué no se limitaron a matarle? Nadie se habría enterado.

—La gran pregunta, y llevo haciéndomela veinte años. La mejor respuesta que se me ocurre es que me necesitaban. Obtuvieron su condena. A Quincy le cayó cadena perpetua. Algo en la apelación debía de preocuparles y, dado que era yo quien llevaba el caso, querían que me retirara. Y lo hice. En la apelación planteé todas las cuestiones legales evidentes, pero suavicé mucho el lenguaje. Hinqué la rodilla, Post. La envié por correo. La ha leído, ¿verdad?

—Claro, lo he leído todo. Pensaba que su informe era sólido.

—A nivel legal, sí, pero me dediqué a cumplir con las formalidades. No es que hubiera importado. El Tribunal Supremo de Florida no iba a revocar su condena a pesar de lo que yo escribiera. Quincy no tenía ni idea. Él pensaba que yo seguía clamando contra su injusticia, pero me eché atrás.

—El tribunal ratificó la condena de forma unánime.

—Ninguna sorpresa. Presenté la habitual apelación de rigor ante el Tribunal Supremo de Estados Unidos. La rechazaron, como de costumbre. Y le dije a Quincy que se había terminado.

—¿Y esa es la razón de que no presentara un recurso de revisión penal?

—Eso y que por entonces no había nuevas pruebas. Tiré la toalla y me marché. Ni que decir tiene que a esas alturas ya no me pagaban. Dos años después, Quincy presentó sus propias mociones desde la cárcel, consiguió que uno de los abogados de prisión lo ayudara, pero no llegaron a nada.

Se da la vuelta, regresa a la mesa y toma asiento. Deja la carpeta en una silla vacía. Me uno a él y nos quedamos sentados en silencio durante largo rato.

—Piense solo en la logística, Post —dice por fin—. Sabían que iba a pescar a Belice, sabían dónde me alojaría, así que debieron de pincharme los teléfonos. Esto ocurrió antes de internet, no había e-mails que hackear. Piense en los recursos humanos necesarios para ponerme algo en la copa, secuestrarme, cargarme en un barco o un avión y llevarme a su campamento, donde se divirtieron alimentando a los cocodrilos con sus enemigos. La tirolina era bastante elaborada, y los cocodrilos eran muchos y estaban hambrientos.

—Una banda bien organizada.

—Sí, una banda con mucho dinero, recursos, contactos con la policía local, puede que con agentes fronterizos, todo lo que necesitan los mejores narcotraficantes. Desde luego, hicieron de mí un creyente. Terminé la apelación, pero estaba hecho polvo. Al final recibí asistencia psicológica, le dije a mi terapeuta que me habían amenazado unas personas que podían cumplir sus amenazas y que era un manojo de nervios. Me ayudó a superarlo y por fin hice las maletas y me marché de la ciudad. ¿Necesita más pruebas que esa de que Quincy no mató a Russo?

—No, y en realidad no la necesitaba.

—Este es un secreto que jamás revelaré, Post. Y es la razón de que no me implique en los esfuerzos de nadie por ayudar a Quincy.

—Entonces ¿sabe más de lo que me ha contado?

Tyler consideró aquello mientras bebía café.

—Digamos que sé algunas cosas.

—¿Qué puede decirme de Brad Pfitzner? Supongo que lo conocía bastante bien por entonces.

—Había sospechas sobre Pfitzner por aquel entonces, pero siempre por lo bajo. Algunos abogados que trabajaban en el ámbito penal, yo incluido, oían más chismorreos que el resto. En el Golfo había un pequeño puerto llamado Caleta de Poley. Estaba en el condado de Ruiz, por consiguiente, bajo su control. Se rumoreaba que Pfitzner permitía que las drogas entraran por allí y las almacenaran en las zonas remotas del condado antes de distribuirlas por el norte hacia Atlanta. De nuevo, rumores, nada más. Jamás pillaron a Pfitzner, nunca lo acusaron. Después de irme, observé en la distancia y mantuve el contacto con un par de amigos abogados de Seabrook. Los federales nunca consiguieron echarle el guante a Brad.

—¿Y Kenny Taft?

—A Taft lo asesinaron poco antes de que yo me fuera de la ciudad. Se rumoreaba que el asesinato no ocurrió como Pfitzner describió. Otra vez, como en el caso de Russo, Pfitzner estuvo a cargo de la investigación y pudo escribir la historia a su antojo. Convirtió la pérdida de uno de sus hombres en un espectáculo. Un gran funeral, desfile, policías de todas partes flanqueando las calles. Una gloriosa despedida para un soldado caído.

—¿La perspectiva Taft es importante? —pregunto.

Tyler guarda silencio y contempla el océano. La respuesta es obvia para mí, pero él dice:

—No sé. Ahí podría haber algo.

No voy a presionarle. He conseguido más de lo que esperaba, y volveremos a hablar. Tomo nota de su reticencia a hablar de Kenny Taft y decido seguir adelante.

—Bueno, ¿y por qué eliminar a Keith Russo?

Él se encoge de hombros, como si la respuesta ahora fuera evidente.

—Hizo algo que molestó a la banda y se lo cargaron. La forma más rápida de que te peguen un tiro es yéndote de la lengua. A lo mejor la DEA lo presionó y lo descubrió. Con Russo fuera del mapa y Quincy cargando con la culpa, el negocio pronto volvió a la normalidad. Ellos querían que la condena siguiera en firme y yo decidí ir a pescar macabíes.

—Pfitzner se retiró a Los Cayos, donde vive en una bonita casa valorada por el condado en un millón seiscientos mil dólares —digo—. Nada mal para un sheriff que ganaba sesenta mil en su mejor momento.

—Y no terminó el instituto, así que no debe de ser un inversor muy espabilado. Seguro que tiene la mayor parte del botín oculta en un paraíso fiscal. Tenga cuidado con dónde escarba, Post. Podría encontrar cosas que desearía no haber encontrado.

—Escarbar forma parte de mi trabajo.

—Pero no del mío. Para mí, aquí se acaba la historia. Tengo una buena vida, una mujer guapa y tres hijos adolescentes.

No quiero saber nada de esto después de hoy. Buena suerte, pero no quiero volver a verlo.

—Entendido. Gracias por acceder al encuentro.

—Esta suite es suya si la quiere. Si se queda, puede pedir un taxi para que lo lleve al aeropuerto por la mañana.

—Gracias, pero me marcho con usted.

24

Según el artículo 13A-10-129 del Código de Conducta Criminal de Alabama, una persona que «sustrae o altera pruebas físicas» de un proceso oficial es culpable de manipulación. Y, si bien es una falta leve de clase A, se puede castigar con hasta un año de cárcel y una multa de cinco mil dólares. Normalmente, en un caso de delito menor, la parte denunciante, en este caso el fiscal Chad Falwright, presentaría una declaración jurada acusándome del delito y pediría al sheriff que emitiera una orden para que fuera arrestado.

Pero ahora Chad está asustado porque el mayor logro de su mediocre carrera está a punto de convertirse en su mayor cagada. Se presenta a la reelección el año que viene, aunque también es cierto que nadie quiere su puesto, y si se sabe que procesó y estuvo a punto de ejecutar a Duke Russell por el asesinato cometido por otra persona podría perder algunos votos. Así que Chad está contraatacando, y con fuerza. En vez de centrarse en el noble objetivo de encontrar la verdad y desembrollar una injusticia, me ataca porque intento demostrar que se equivoca y exonerar a un hombre inocente.

Para demostrar lo duro que es, convoca un gran jurado en Verona y consigue que presenten cargos contra mí por manipulación de pruebas. Llama a Jim Bizko a *Las noticias de Birmingham* y grazna sobre su gran logro. Pero Bizko desprecia a Chad y le pregunta por qué se niega a presentar los siete vellos púbicos para que se analice el ADN. Bizko no informa de la imputación.

Mi colega en Alabama es Steve Rosenberg, un abogado radical de Nueva York que se trasladó al sur y está claro que aún no se ha integrado en ese entorno extraño. Dirige una organización sin ánimo de lucro en Birmingham y defiende docenas de casos de pena de muerte.

Rosenberg llama a Chad y se enzarzan en una extensa y agria discusión, y no por primera vez. Cuando las aguas se calman, se acuerda que me entregaré a Chad en su despacho, seré procesado y compareceré de inmediato ante un juez para discutir la fianza. Cabe la posibilidad de que pase una o dos noches en prisión, pero eso no me preocupa. Si mis clientes pueden soportar décadas en cárceles horribles, seguro que sobreviviré a un breve período en la trena del condado.

Esta es mi primera acusación, y me siento muy orgulloso. En mi estantería tengo un libro sobre destacados abogados que fueron a prisión luchando por sus clientes, y para mí sería un honor unirme a ellos. En una ocasión Rosenberg pasó una semana entre rejas por desacato en Mississippi. Todavía se ríe de ello, dice que consiguió algunos clientes nuevos.

Nos encontramos delante del juzgado y nos damos un abrazo. Steve ronda los sesenta y parece más radical con la edad. El pelo, espeso, gris y despeinado, le llega al hombro. Ahora lleva un pendiente y un pequeño tatuaje que cruza la arteria carótida. Se crio como un matón en Brooklyn y ejerce la abogacía como un luchador callejero. Es valiente, y nada le gusta más que irrumpir en los viejos juzgados de ciudades perdidas del sur y mezclarse con los lugareños.

—¿Todo esto por un vello púbico? —Se echa a reír—. Podría haberte prestado uno mío.

—Seguro que sería demasiado gris —replico.

—Ridículo. Es sencillamente ridículo.

Entramos en el juzgado y subimos al despacho de Chad. El sheriff está esperando con dos agentes, uno de los cuales lleva una cámara. En un alarde de auténtica hospitalidad, los locales han accedido a cumplir con los trámites en el juzgado y evitar la cárcel, al menos por ahora. Hace dos días les envié un juego de mis huellas dactilares. Poso para mi foto policial, le doy las gracias al sheriff, que parece hastiado de todo, y espero a Chad. Cuando por fin nos llevan a su despacho, nadie hace el más mínimo amago de estrechar la mano. Rosenberg y yo sentimos un odio visceral por este tipo, y el sentimiento es recíproco. Mientras nos enfrentamos a la cháchara preliminar queda de manifiesto que está preocupado, incluso nervioso.

No tardamos en entender por qué. A la una de la tarde entramos en la sala del tribunal principal y ocupamos nuestros asientos en la mesa de la defensa. Chad se instala en la otra con un par de ayudantes. La sala es dominio del Honorable Leon Raney, un viejo e irascible fósil que presidió el juicio de Duke y que nunca dio una oportunidad al chico. No hay público. Esto no le interesa a nadie. La cosa va de un vello púbico que se llevó un abogado defensor de Georgia. El sueño de Chad de crear un poco de publicidad fracasa de nuevo.

En lugar de un malhumorado y viejo hombre blanco con toga negra, en el estrado aparece una mujer negra muy guapa con toga granate y, sonriendo, nos da las buenas tardes. La jueza Marlowe nos informa de que el juez Raney está de baja porque la semana pasada sufrió un derrame cerebral y que ella lo sustituirá hasta que regrese. Es de Birmingham y la han enviado con órdenes especiales del Tribunal Supremo de Alabama. Empezamos a entender por qué Chad está tan nervioso. Una jueza honesta ha anulado la ventaja de jugar en casa.

El primer asunto del día de la jueza Marlowe es mi comparecencia inicial y el tema de mi fianza. Hace una seña al taquígrafo, entra en el expediente y comienza a hablar con voz afable.

—He leído la acusación y, francamente, señor Falwright, no hay caso. Seguro que tiene cosas mejores que hacer. Señor Rosenberg, ¿continúa su cliente en posesión del vello púbico del que se analizó el ADN?

Rosenberg se pone en pie.

—Por supuesto, señoría. Está aquí mismo, en la mesa, y nos gustaría devolvérselo al señor Falwright o a quien se ocupe ahora del archivo de pruebas. Mi cliente no ha manipulado ni sustraído nada. Solo cogió prestado un vello púbico. Se vio obligado a hacerlo, señoría, porque el señor Falwright se niega que se analice el ADN.

—Déjeme ver —dice Marlowe.

Rosenberg coge una bolsita de plástico y se la entrega. La jueza mira sin abrirla, entrecierra los ojos, por fin ve algo y deja la bolsa. Entonces frunce el ceño, menea la cabeza y se dirige a Falwright.

—Tiene que estar de broma.

Chad se levanta como puede y comienza a barbotar. Ha sido fiscal del distrito aquí durante veinte años, y a lo largo de toda su carrera ha gozado de la protección de un conservador de ideas afines a las suyas sin ninguna compasión por los acusados de cualquier delito. Leon Raney fue su predecesor en la oficina del fiscal del distrito. De repente Chad se ve obligado a jugar en igualdad de condiciones y no conoce las reglas.

—Se trata de un asunto grave, señoría —se queja con fingida indignación—. El abogado, el señor Post, reconoce que robó la prueba de los archivos, archivos que están protegidos, archivos que son sacrosantos. —Chad adora las palabras rimbombantes y a menudo intenta impresionar al jurado con ellas, pero, leyendo la transcripción del juicio, suele emplearlas mal.

—Bueno, si he leído bien el informe —dice la jueza—, el vello púbico en cuestión llevaba un año desaparecido y ni usted ni nadie se percató de su ausencia, solo reparó en ello cuando se lo dijo el señor Post.

—No podemos proteger todos los archivos antiguos, señoría...

Ella levanta una mano y lo interrumpe.

—Señor Rosenberg, ¿tiene una moción?

—Sí, señora. Solicito que se desestime este cargo contra el señor Post.

—Así se ordena —dice ella de inmediato.

Chad se queda boquiabierto y consigue gruñir antes de dejarse caer ruidosamente en su silla. La jueza lo fulmina con una mirada que me da miedo, y a mí acaban de exculparme.

Marlowe coge otro fajo de papeles.

—Bien, señor Rosenberg —dice—, tengo aquí el recurso de revisión penal que presentó hace dos meses en nombre de Duke Russell. Puesto que soy la jueza que preside este tribunal y lo seré durante un período de tiempo indeterminado, me inclino por admitir este recurso a trámite. ¿Está preparado?

Tanto Rosenberg como yo estamos a punto de estallar en carcajadas.

—Sí, señora —responde a toda prisa.

Chad se ha puesto pálido y una vez más trata de levantarse.

—¿Señor Falwright? —pregunta.

—De ningún modo, señoría. Vamos, por favor. El estado ni siquiera ha presentado una respuesta. ¿Cómo vamos a proceder?

—Procederá si le digo que proceda. El estado ha dispuesto de dos meses para responder, así que ¿por qué tardan tanto? Estos retrasos son injustos e inadmisibles. Tome asiento, por favor. —Le hace una señal a Rosenberg y los dos abogados se sientan. Todo el mundo inspira hondo. La jueza se aclara la garganta y prosigue—: El asunto que nos ocupa es una simple solicitud de la defensa para que se analice el ADN de los siete vellos púbicos obtenidos en la escena del crimen. La defensa está dispuesta a costear los gastos de los análisis. El ADN se utiliza ahora con normalidad para incluir y excluir sospechosos y acusados. Sin embargo, si lo he entendido bien, el estado, a través de su bufete, señor Falwright, se niega a permitir los análisis. ¿Por qué? ¿Qué teme? Si el análisis excluye a Duke Russell, nos enfrentamos a una condena errónea. Si demuestra la culpabilidad del señor Russell, tendrá munición de sobra para argumentar que tuvo un juicio justo. He leído el expediente, señor Falwright, las mil cuatrocientas páginas de la transcripción del juicio y todo lo demás. La condena del señor Russell se basó en la marca de una mordedura y en el análisis del vello, que una y otra vez se ha demostrado que son muy poco fiables. Esta condena me suscita dudas, señor Falwright, y ordeno que se analice el ADN de los siete vellos.

—Recurriré esa orden —dice Chad sin molestarse en ponerse en pie.

—Lo siento. ¿Intenta dirigirse directamente al tribunal? Chad se levanta.

—Recurriré semejante orden —dice.

—Por supuesto que sí. ¿Por qué se opone a que se analice el ADN, señor Falwright?

Rosenberg y yo intercambiamos una mirada de absoluta incredulidad y una buena dosis de humor. En nuestro oficio, la ventaja rara vez está de nuestro lado y casi nunca vemos a un juez desenmascarando a un fiscal. Nos cuesta disimular el asombro.

Chad, aún de pie, consigue hablar:

—Es simplemente innecesario, señoría. Duke Russell fue condenado en un juicio justo por un jurado imparcial en esta misma sala. Solo estamos perdiendo el tiempo.

—Yo no pierdo el tiempo, señor Falwright. Pero creo que usted sí. Está retrasando y tratando de evitar lo inevitable. Esta acusación de manipulación es una prueba más de eso. He ordenado que se realice el análisis, y si recurre mi orden solo perderá más tiempo. Le sugiero que colabore y que acabemos con esto.

La mirada fulminante que lanza a Chad hace que se estremezca. Al ver que no se le ocurre nada que decir, la jueza da por concluida la audiencia.

—Quiero los siete vellos púbicos en mi escritorio dentro de una hora. Qué conveniente sería que desaparecieran sin más.

—Se lo ruego, señoría. —Chad intenta objetar.

Pero la jueza golpea con el mazo.

—Se levanta la sesión.

Chad, por supuesto, no colabora. Espera hasta el último momento posible para recurrir la orden, y el asunto se envía al Tribunal Supremo del Estado, donde podría languidecer durante más o menos un año. Los jueces del Supremo no se enfrentan a un plazo que los obligue a fallar sobre tales asuntos y son muy lentos, sobre todo en casos de revisión penal. Hace años ratificaron la condena de Duke tras su juicio y fijaron fecha para su ejecución, después rechazaron su primer recurso de revisión penal. La mayoría de los jueces de apelación, tanto estatales como federales, desprecian estos casos porque se alargan décadas. Y cuando deciden que un acusado es culpable, rara vez cambian de opinión, aunque haya nuevas pruebas.

Así que esperamos. Rosenberg y yo discutimos la estrategia de presionar con fuerza para conseguir una audiencia con la jueza Marlowe. Nuestro temor es que el viejo juez Raney se recupere y vuelva a su puesto, aunque no es muy probable. Tiene ochenta y pocos años, la edad dorada para un juez federal, aunque algo viejo para uno electo. Sin embargo, nos enfrentamos a la obvia realidad de que sin el análisis de ADN no podemos ganar.

Regreso a Holman y al corredor de la muerte para visitar a Duke. Han pasado más de tres meses desde la última vez que lo vi y le comuniqué la noticia de que habíamos encontrado al verdadero asesino. El momento de euforia pasó hace mucho. En la actualidad su estado de ánimo oscila entre la cólera absoluta y una profunda depresión. Nuestras conversaciones telefónicas no han sido agradables.

La cárcel es una pesadilla para quienes la merecen. Para los que no, es una lucha diaria por mantener cierto nivel de cordura. Para aquellos que de repente se enteran de que existe una prueba de su inocencia pero siguen encerrados, la situación es literalmente desesperante.

25

Conduzco por una autopista de dos carriles rumbo hacia el este por Mississippi o Alabama, es difícil saberlo porque estos pinares me parecen todos iguales. Savannah es el destino general. Llevo tres semanas fuera de casa y necesito un descanso. Me vibra el móvil y en la pantalla aparece el nombre de Glenn Colacurci, el viejo abogado de Seabrook.

No es él, sino su guapa secretaria, Bea, que me pregunta cuándo estaré de nuevo por la zona. Glenn quiere hablar, pero prefiere que nos veamos en otro lugar que no sea Seabrook.

Tres días después entro en The Bull, un popular bar de Gainesville. En un reservado al fondo atisbo a Bea, que me hace señas y se dispone a marcharse. Sentado enfrente de ella, todo emperifollado, está el abogado Colacurci. Traje azul de sirsaca, camisa blanca almidonada, pajarita de rayas, y tirantes.

Bea se excusa y yo ocupo su asiento. La camarera nos informa de que, por casualidad, el barman está elaborando su propia receta de sangría y que deberíamos probarla. Pedimos dos vasos.

—Me encanta Gainesville —dice Glenn—. Pasé siete años aquí hace una eternidad. Una gran ciudad. Una gran universidad. ¿A qué facultad fue usted, Post? No me acuerdo.

No recuerdo habérselo mencionado.

—Tennessee, estudiante de pregrado. «Good ole Rocky Top.»

Hace una ligera mueca al oír eso.

—No es mi canción favorita —dice.

—Y yo no soy fan de los Gators.

—Claro que no.

Nos las hemos arreglado para saltarnos el tema del tiempo que hace hoy, que en el sur se lleva al menos los cinco primeros minutos de cada conversación trivial entre dos hombres antes de que la cuestión se desvíe hacia el fútbol americano, que se alarga una media de quince minutos. A menudo me muestro brusco en mi afán por evitar malgastar todo ese tiempo.

—Saltémonos también el fútbol, Glenn. No estamos aquí para hablar de eso.

La camarera nos trae dos vasos impresionantes de rosada sangría con hielo.

—No, no estamos aquí para eso —dice cuando la mujer se va—. Mi chica encontró su recurso online y me imprimió una copia. No me van mucho los ordenadores. Interesante lectura. Bien razonada, bien argumentada, muy convincente.

—Gracias. A eso nos dedicamos.

—Me hizo pensar en algo así como veinte años atrás. Después de que asesinaran a Kenny Taft, se especuló con que ese episodio no ocurrió como Pfitzner había dicho. Hubo muchos rumores de que a Taft le tendieron una trampa sus propios hombres, los chicos de Pfitzner. Quizá el bueno de nuestro sheriff estaba metido en el tráfico de drogas, como sospecha usted. Quizá Taft sabía demasiado. Sea como sea, ese caso lleva veinte años sin resolver. No hay rastro de los asesinos ni ninguna prueba.

Yo asiento de manera educada mientras él se va acalorando. Golpeteo con la pajita y él hace lo mismo.

—El compañero de Taft era un chico llamado Brace Gilmer, que acabó con heridas leves; parece que lo rozó una bala, pero nada grave. Conocía a su madre, una antigua clienta de una vieja demanda. Gilmer se marchó de la ciudad poco después del asesinato y jamás ha regresado. Hace años me encontré con su madre y tuvimos una agradable charla. Me dijo entonces, debió de ser hace quince años, que Brace creía que él también era un objetivo aquella noche y que simplemente tuvo suerte. Taft y él eran de la misma edad, veintisiete años, y se llevaban bien. Taft era el único agente negro, y no tenía muchos amigos. Además sabía algo sobre el asesinato de Russo, al menos según Gilmer. ¿Por casualidad ha hablado con él?

—No.

No conseguimos encontrarlo. Vicki suele localizar a cualquiera en veinticuatro horas, pero de momento Brace Gilmer nos ha dado esquinazo.

—Eso me parecía. Su madre se marchó hace tiempo. La semana pasada la encontré en un asilo de jubilados cerca de Winter Haven. Es mayor que yo y no goza de buena salud, pero mantuvimos una agradable charla por teléfono. Usted quiere hablar con Gilmer.

—Es probable —digo con comedimiento. Gilmer está en lo más alto de mi lista.

Glenn me pasa una de sus tarjetas de visita. En el dorso hay un nombre escrito: Bruce Gilmer. La dirección es de Sun Valley.

—¿Idaho? —pregunto.

—Estuvo en los Marines y conoció a una chica de allí. Su madre piensa que tal vez no se muestre muy parlanchín. Se asustó y se marchó de la ciudad hace mucho tiempo.

—Y se cambió el nombre.

—Eso parece.

—¿Por qué la madre le dio su dirección si él no quiere hablar? —pregunto.

Glenn mueve el dedo índice en círculo junto a su sien para indicar que está chalada.

—Supongo que la pillé en un buen día.

Ríe como si fuera muy listo y sorbe con fuerza de la pajita. Bebo un sorbo. Tiene la narizota roja y los ojos turbios de un bebedor. Yo empiezo a acusar el efecto del alcohol.

—Y hace unas semanas —prosigue Glenn— estuve tomando una copa con otro abogado vejestorio de Seabrook, un tipo al que no conoce. Fuimos socios en el pasado, pero lo dejó cuando falleció su esposa y le legó algo de dinero. Le hablé de nuestro encuentro y de sus teorías y le di una copia de su recurso. Dice que siempre sospechó que Pfitzner detuvo al hombre equivocado porque quería al hombre equivocado. Keith sabía demasiado y había que librarse de él. Pero, sinceramente, Post, no recuerdo conversaciones como esa en el momento del asesinato.

Este cuchicheo no sirve de nada. En cuanto una ciudad se apresura a juzgar, lo normal es que haya gente que se tome la molestia de reflexionar a medida que pasan los años. La mayoría, sin embargo, tan solo se siente aliviada porque han condenado a alguien y el caso se ha cerrado.

Tengo lo que necesito y supongo que ya no recabaré más información útil. Mientras Glenn se bebe su vaso, los párpados comienzan a pesarle. Es probable que la mayor parte de los días se beba el almuerzo y pase la tarde durmiendo.

Nos estrechamos la mano y nos despedimos como viejos amigos. Me ofrezco a pagar la cuenta, pero él ha decidido que pedirá más sangría. Cuando me voy, Bea aparece de la nada y con una gran sonrisa dice que me verá más tarde.

Kenny Taft dejó una mujer embarazada, Sybil, y un hijo de dos años. Tras su muerte, Sybil regresó a su ciudad natal de Ocala, se hizo profesora, volvió a casarse y tuvo otro hijo.

Cuando cae la noche, Frankie llega a la ciudad y busca su casa, un bonito dúplex en las afueras. Vicki ha investigado y sabemos que Sybil se casó con un director de instituto. Su casa está valorada en ciento setenta mil dólares y el pasado año pagó dieciocho mil dólares en impuestos. Tienen una hipoteca de hace ocho años. Están pagando sendos préstamos bancarios por sus dos vehículos. Es evidente que su marido y ella llevan una vida tranquila en una agradable parte de la ciudad.

Y Sybil no desea alterar su vida. Por teléfono le dice a Frankie que no quiere hablar de su difunto marido. La tragedia del asesinato de Kenny ocurrió hace más de veinte años y le costó mucho superarla. El hecho de que jamás encontraran a los asesinos solo empeora las cosas. No, no sabe nada que no se supiera entonces. Frankie insiste un poco y ella se enfada. Corta la llamada. Frankie me informa y decidimos retirarnos, por ahora.

Conducir sin parar durante tres días, de Savannah a Boise, habría sido más fácil que volar hasta allí. Debido a la climatología en algún punto intermedio, paso trece horas sentado en el aeropuerto de Atlanta mientras los vuelos se cancelan uno tras otro; caen como fichas de dominó. Acampo cerca de un bar y veo a la gente que se ha quedado tirada entrar y, horas después, salir dando tumbos. Una vez más doy gracias porque el alcohol no es una tentación para mí. Al final consigo llegar a Minneapolis, donde me informan de que en mi vuelo a Boise se han vendido plazas de más. Espero y espero y por fin me veo recompensado con el último asiento. Llegamos a Boise a las dos y media de la madrugada y, cómo no, el coche de alquiler que reservé no está disponible porque el mostrador está cerrado.

Pero, dejando a un lado la frustración, no es para tanto.

No tengo cita en Sun Valley. Bruce Gilmer no sabe que voy para allá.

Dejo que Vicki busque un motel muy barato en esta célebre zona turística. Al amanecer me arrastro hasta una pequeña habitación en una trampa para turistas venida a menos en la vecina Ketchum y duermo durante horas.

Gilmer trabaja como gerente de un campo de golf de un complejo hotelero de Sun Valley. No sabemos mucho sobre él, pero, dado que no hay ningún acta de divorcio a nombre de Brace o Bruce Gilmer, damos por hecho que sigue casado con la misma mujer. Vicki tampoco encontró ningún registro oficial de que Brace cambiara legalmente su nombre por el de Bruce. En cualquier caso, hizo un buen trabajo al abandonar Seabrook hace unos veinte años. Ahora tiene cuarenta y siete, un año menos que yo.

Mientras conduzco de Ketchum a Sun Valley no puedo apartar la vista de las montañas y el paisaje. El clima es un sueño. Cuando salí de Savannah había treinta y cinco grados y mucha humedad. Aquí hay como quince grados menos, y si hay humedad, no la noto.

El complejo hotelero es exclusivo, solo para socios, y eso complica las cosas. Pero el alzacuello siempre ayuda. Me lo pongo y me detengo junto a la verja. Le digo al guarda que tengo una cita con Bruce Gilmer. Él comprueba su carpeta mientras los coches forman fila detrás de mí. La mayoría deben de ser golfistas ansiosos por ponerse a jugar. Por fin me da un pase y me indica que avance.

En la tienda de deportes pregunto por el señor Gilmer y me dicen cómo llegar hasta él. Su despacho está en un edificio que no queda a la vista y rodeado de tractores, segadoras y equipos de riego. Pregunto a un empleado y señala a un hombre que está debajo de una terraza hablando por teléfono. Me sitúo despacio detrás de él y espero. Cuando deja el teléfono, me acerco.

—Disculpe, ¿es usted Bruce Gilmer?

Él se da la vuelta hacia mí, repara de inmediato en el alzacuello y da por hecho que soy sacerdote en vez de un abogado entrometido que hurga en su pasado.

—Ajá. ¿Y usted es...?

—Cullen Post, del Ministerio de los Guardianes —respondo al tiempo que le entrego mi tarjeta de visita. He hecho esto tantas veces que la sincronización es perfecta.

Examina la tarjeta y me tiende la mano despacio.

—Encantado de conocerlo.

—Lo mismo digo.

—¿En qué puedo ayudarlo? —pregunta con una sonrisa. A fin de cuentas, trabaja en el sector servicios. El cliente es lo primero y todo eso.

—Soy sacerdote episcopaliano y soy también abogado defensor. Trabajo con personas que han sido condenadas de forma errónea y trato de sacarlas de la cárcel. Hombres como Quincy Miller. Ahora es mi cliente. ¿Me concede unos minutos de su tiempo?

La sonrisa se esfuma y mira a su alrededor.

—¿Para hablar de qué?

—De Kenny Taft.

Él suelta un sonido entre un gruñido y una carcajada y se le doblan las rodillas. Parpadea unas cuantas veces, como si no diera crédito.

—Me toma el pelo —masculla.

—Mire, soy de los buenos, ¿de acuerdo? No he venido a asustarlo ni a descubrir su tapadera. Kenny Taft sabía algo sobre el asesinato de Keith Russo y quizá se lo llevara a la tumba, quizá no. Solo sigo pistas, señor Gilmer.

—Llámeme Bruce. —Señala una puerta con la cabeza y añade—: Vayamos a mi despacho.

Gracias a Dios no tiene secretaria. Se pasa el tiempo al aire libre, y su despacho tiene el aspecto desordenado propio de un hombre que prefiere reparar un aspersor a escribir una carta. Hay trastos por doquier y viejos calendarios colgados en las paredes. Señala una silla y se sienta en otra detrás de su mesa metálica.

—¿Cómo me ha encontrado? —pregunta.

—Estaba por la zona.

—No, en serio.

—Bueno, tampoco es que se esté escondiendo, Bruce. ¿Y qué pasó con Brace?

—¿Cuánto sabe?

—Mucho. Sé que Quincy Miller no mató a Keith Russo. Su asesinato fue obra de una banda, traficantes de droga, y es más que probable que Pfitzner protegiera a la banda. Dudo que encuentre al hombre que apretó el gatillo, pero tengo que hacerlo. Mi trabajo es demostrar que Quincy no lo hizo.

—Pues buena suerte con eso. —Se quita la gorra y se pasa los dedos por el pelo.

—Todos son difíciles, pero ganamos más veces de las que perdemos. He sacado de prisión a ocho de mis clientes.

—¿Y esto es lo único que hace?

—Así es. En este momento tengo seis clientes, incluido Quincy. ¿Por casualidad lo conocía?

—No. Él creció en Seabrook, igual que Kenny Taft, pero yo soy de Alachua. No lo conocía.

—Entonces ¿usted no trabajó en la investigación del asesinato?

—Oh, no, no podía ni acercarme. Pfitzner estaba al mando y se lo guardaba todo para él.

—¿Conocía a Russo?

—En realidad no. Sabía quién era, lo veía en el juzgado de vez en cuando. Es una ciudad pequeña. ¿Está convencido de que no lo mató Quincy Miller?

—Cien por cien —respondo.

Él sopesa aquello un instante. Los movimientos de sus

ojos y sus manos son pausados. No parpadea. Ha superado la sorpresa de que alguien de su pasado lo haya localizado y no parece preocupado.

—Tengo una pregunta, Bruce. ¿Todavía se esconde?

—La verdad es que no —responde con una sonrisa—. Ha pasado mucho tiempo, ¿sabe? Mi mujer y yo nos marchamos de allí a toda prisa, en mitad de la noche, deseando dejar atrás aquel lugar, y me pasé los dos primeros años mirando a todas horas por encima del hombro.

—Pero ¿por qué? ¿Por qué se marcharon y qué temían?

—Verá, Post, no sé si quiero hablar de esto. Yo no lo conozco a usted, y usted no me conoce a mí. Dejé mi equipaje en Seabrook y por mí puede quedarse allí.

—Entendido. Pero ¿por qué iba a repetir yo nada de esto a nadie? No fue testigo en el caso de Quincy. No podría llevarlo a rastras a Seabrook aunque quisiera. No tiene nada que contar en el tribunal.

—Entonces ¿por qué ha venido?

—Porque creo que Kenny Taft sabía algo sobre el asesinato de Russo y estoy desesperado por averiguarlo.

—Kenny no puede hablar.

—Eso seguro. Aunque ¿alguna vez le contó algo sobre Russo?

Él piensa largo y tendido y comienza a menear la cabeza.

—No recuerdo nada —dice, pero dudo que esté diciendo la verdad. No se siente cómodo, así que hace lo esperado y cambia de tema—. Un asesinato de una banda, ¿algo así como un asesinato por encargo?

—Algo parecido.

—¿Cómo está tan seguro? Creía que no había duda de que Miller mató al abogado.

¿Que cómo estoy tan seguro? La imagen de Tyler colgando a escasos centímetros de los cocodrilos aparece en mi mente.

—No puedo contarle todo lo que sé, Bruce. Soy abogado y casi todo mi trabajo es confidencial.

—Si usted lo dice... Mire, ahora mismo estoy muy ocupado. —Echa un vistazo a su reloj y simula de manera bastante lamentable que va mal de tiempo. De repente me quiere fuera de la habitación.

—Claro —digo—. Estaré unos días por aquí, disfrutando del tiempo libre. ¿Podríamos hablar de nuevo?

—Hablar ¿de qué?

—Me gustaría saber qué ocurrió la noche que mataron a Kenny.

—¿En qué beneficiaría eso a su cliente?

—Nunca se sabe, Bruce. Mi trabajo es seguir indagando. Tiene mi número.

26

Subo en el teleférico a la cima de Bald Mountain y bajo despacio a pie mil quinientos veinticuatro metros. Estoy en un estado de forma patético y tengo un montón de excusas para ello. La primera es mi estilo de vida nómada, que impide que tenga ocasión de hacer ejercicio a diario en un gimnasio. Los moteles baratos que Vicki encuentra no anuncian tales servicios. La segunda es que paso demasiado tiempo sentado y no de pie o caminando. A mis cuarenta y ocho años, empiezan a dolerme las caderas, y sé que se debe a las innumerables horas que paso al volante. Por otro lado, como y bebo lo menos posible y nunca he probado el tabaco. Me hice el último reconocimiento hace dos años, y el médico concluyó que todo parecía estar bien. Hace años me dijo que el secreto de una vida larga y saludable es consumir la menor cantidad de comida posible. El ejercicio es importante, pero no puede revertir los efectos perjudiciales de ingerir demasiadas calorías. He intentado seguir su consejo.

Así que para celebrar la caminata hago una parada en un bonito hotel cerca de la base y tomo una hamburguesa con queso y dos cervezas mientras disfruto del sol. Seguro que este lugar puede ser aterrador en invierno, pero a mediados de julio es un paraíso.

Llamo al número del despacho de Bruce Gilmer y me

salta el buzón de voz. Le daré la tabarra hoy y mañana y después me marcharé de la ciudad. No me veo haciendo de nuevo este viaje. Las futuras conversaciones serán por teléfono, si es que las hay.

Busco una biblioteca en Ketchum y me pongo cómodo. Tengo un montón de material que leer, incluida la evaluación de los Guardianes de un posible nuevo cliente en Carolina del Norte. Joey Barr ha pasado siete años en prisión por una violación que dice no haber cometido. Su víctima está de acuerdo. Ambos juran que su relación fue completamente consensuada. Joey es negro, la chica es blanca, y el padre, un tipo con mal genio, los pilló en la cama cuando tenían diecisiete años. Presionó a su hija para que presentara cargos, lo acusara y siguiera haciéndolo hasta que Joey fue condenado por un jurado de blancos. La madre de la chica, que se había divorciado del padre y lo despreciaba, se comprometió con la causa de Joey después de que lo encerraran. Madre e hija han dedicado cinco años a intentar convencer a los tribunales de apelación y a cualquiera que pueda escucharlas de que Joey es inocente.

Tal es la naturaleza de mi lectura diaria. Hace años que no me doy el lujo de terminar una novela.

El grupo de expertos de los Guardianes cree que estamos a punto de sacar a Duke Russell de la cárcel, así que es hora de pensar en volver a llenar nuestra lista de casos.

Me encuentro en una tranquila sala de lectura de la planta principal de la biblioteca pública de Ketchum, con documentos esparcidos por una pequeña mesa, como si fuera el dueño del lugar, cuando mi teléfono vibra. Bruce sale del trabajo y tiene ganas de hablar.

Conduce un carrito de golf por un camino asfaltado y recorremos el serpenteante campo. Está muy concurrido, lleno de golfistas lanzando golpes en un perfecto y despejado día. Se detiene en una elevación con vistas a una preciosa calle y echa el freno.

—Es precioso —digo, contemplando las montañas en la lejanía.

—¿Usted juega? —pregunta.

—No. Nunca he jugado. Supongo que usted tiene un hándicap bajo.

—En otra época, sí, pero ya no tanto. No tengo tiempo. Una ronda requiere cuatro horas, y cuesta sacar tiempo. He hablado con mi abogado esta mañana. Está ahí, en el green diez.

—¿Qué tiene que decir? —inquiero.

—No demasiado. El asunto es el siguiente, Post. No voy a decir nada que pueda implicarme, aunque tampoco es que sepa algo. No pienso firmar una declaración jurada e ignoraré cualquier citación. Ningún tribunal de Florida puede tocarme.

—No le estoy pidiendo nada de eso.

—Bien. Me dijo que quería hablar de la noche que nos tendieron una trampa. ¿Cuánto sabe?

—Tenemos una copia del archivo de la policía estatal de Florida. Libertad de información. Así que sabemos lo básico, sabemos lo que usted les dijo a los detectives.

—Bien. No les conté todo, como podrá imaginar. Me hirieron en el hombro y estuve un par de días en el hospital antes de hablar con nadie. Tuve tiempo para pensar. Verá, Post, estoy seguro de que Pfitzner tendió la emboscada y nos envió allí. Estoy seguro de que Kenny era el objetivo, aunque intentaron matarme también a mí, y lo habrían hecho, pero tuve suerte.

—¿Suerte?

Bruce levanta una mano, como si quisiera decir: «Espere».

—Era una carretera de grava estrecha, rodeada por un denso bosque a uno y otro lado. Estaba muy oscuro, eran las tres de la madrugada. Nos atacaron desde ambos lados y por detrás, así que había varios chicos malos con armas. Por Dios, fue horrible. Íbamos en el coche, echándonos unas risas, sin demasiadas preocupaciones, y de repente la luna trasera estalló, las balas atravesaban las ventanillas laterales y se desató el infierno. No recuerdo haber parado el coche, pero lo hice, eché el freno de golpe y después me deslicé por la puerta y dentro de una zanja mientras las balas acribillaban la puerta y rebotaban por todas partes. Oí a Kenny cuando lo alcanzaron. En la nuca. Tenía mi revólver de servicio cargado y listo, pero estaba muy oscuro. Tan de repente como empezó, cesó. Oía a hombres moviéndose en el bosque. Los matones no se iban. Estaban acercándose. Eché un vistazo entre los matorrales, vi una silueta y disparé. Le di. Tenía buena puntería por entonces, Post. El tipo gritó y vociferó algo, y no hablaba en español, Post. No, señor. Sé distinguir a un blanquito, y ese cabrón se crio en un radio de ochenta kilómetros de Seabrook. De repente tenían un problema: un camarada gravemente herido, tal vez incluso muerto. Necesitaban ayuda, pero ¿adónde podían ir? La verdad es que no era mi problema. El caso es que retrocedieron, se retiraron y desaparecieron en el bosque. Esperé y esperé y me percaté de que tenía sangre en el brazo izquierdo. Al cabo de unos minutos, puede que fueran cinco, puede que treinta, me arrastré alrededor del coche y encontré a Kenny. Qué horror. La bala entró por detrás y al salir le arrancó media cara. Murió al instante. También lo alcanzaron en el torso varias veces. Cogí su arma, me arrastré por la zanja unos seis metros, hice un pequeño nido y me atrincheré. Agucé el oído durante un buen rato y no capté nada más que los sonidos de la noche. No había luna, solo oscuridad. Según el registro de la operadora, llamé a las cuatro y dos minutos y dije que nos habían tendido una trampa. Kenny estaba muerto. Pfitzner fue el primero en llegar, lo cual me pareció muy extraño. También fue el primero en llegar al bufete de Russo.

—Es probable que estuviera en el bosque dirigiéndolo todo —digo.

—Muy probable. Me llevaron al hospital y me curaron la herida, nada grave. Solo un rasguño. Pero pedí calmantes y me dejaron inconsciente. Les dije a los médicos que no quería hablar con nadie en un día o dos y ellos me protegieron. Cuando por fin entró Pfitzner, junto con la policía estatal, no les conté que le había dado a uno de los agresores, un tipo cuya lengua materna no era el español.

—¿Por qué no?

—Pfitzner nos quería muertos a los dos, Post. Quería eliminar a Kenny porque sabía algo, y como yo también iba en el coche era necesario liquidarme también a mí. No podía arriesgarse a dejar un testigo. Piénselo, Post. Un sheriff elegido por la gente y en el que confía toda la comunidad envía a dos de sus hombres a una trampa con la intención de acabar con ambos. Ese era Bradley Pfitzner.

—Sigue vivo, ¿sabe?

—Me da igual. Mi relación con él acabó hace más de veinte años.

—¿Qué le dijo en el hospital?

—Todo menos que le di a uno de sus matones. Eso jamás se lo he contado a nadie y mañana lo negaré si usted lo repite.

—Entonces ¿tiene miedo?

—No, Post. No tengo miedo. Lo que ocurre es que no pienso correr ningún riesgo.

—¿No se supo nada del tipo al que usted disparó?

—Nada. Fue antes de internet, y las búsquedas eran más difíciles. Indagué lo suficiente para enterarme de que dos víctimas de arma de fuego fueron ingresadas en el hospital público de Tampa en esa fecha. A uno le disparó un intruso al que atraparon. Al otro tipo lo encontraron muerto en un callejón. No podía demostrar nada, así que perdí el interés. Por esas fechas, mi mujer y yo decidimos dejar la ciudad.

—¿Cómo le trataba Pfitzner después?

—Igual. Siempre muy profesional, el policía perfecto, un buen líder partidario de la disciplina. Me concedió un permiso retribuido de un mes después del funeral de Kenny e hizo todo lo posible por mostrar preocupación. Por eso era tan peligroso. La comunidad lo admiraba, nadie creía que fuera un corrupto.

—¿Eso se sabía entre sus hombres?

—Teníamos nuestras sospechas. Pfitzner tenía dos matones que dirigían las cosas: Chip y Dip. Era hermanos, un par de auténticos rompepiernas que se ocupaban del trabajo sucio. Arnie tenía los dientes enormes y una de las palas mellada; por eso le llamaban Chip, trocito de diente, a sus espaldas. Amos tenía los dientes más pequeños, pero un labio inferior grueso en el que siempre llevaba un buen pellizco de tabaco de mascar: de ahí Dip. Por debajo de ellos había algunos miembros de su equipo que participaban en la acción, en las mordidas de las drogas, pero mantenían todo eso separado de los asuntos rutinarios de proteger el condado. Repito que Pfitzner hacía un buen trabajo como sheriff. En un momento dado, mucho antes de que yo llegara, sucumbió a la tentación del dinero del narcotráfico. Protegía el puerto, permitía la entrada de la mercancía, proporcionaba zonas seguras para almacenarla, etcétera. Estoy seguro de que hizo una fortuna, y estoy seguro de que Chip, Dip y los demás recibieron su parte. El resto teníamos un buen sueldo y beneficios.

Saluda con la mano hacia un carrito de golf y dos mujeres atractivas le devuelven el saludo. Las sigue por una calle y al llegar a un pequeño puente gira hacia un rincón apartado bajo unos árboles. Cuando nos acomodamos, le pregunto:

—Entonces ¿qué sabía Kenny?

—No lo sé; nunca me lo contó. Una vez insinuó algo, pero la conversación se quedó a medias. ¿Sabe que hubo un incendio que destruyó un montón de pruebas, incluidas cosas del asesinato de Russo?

—Sí, he visto el informe.

—Cuando Kenny era un crío, quería ser espía. Un poco raro para un chico negro de una pequeña localidad de Florida, pero le encantaban los libros y las revistas de espías. La CIA nunca lo llamó, así que se hizo policía. Se le daban muy bien la tecnología y los dispositivos electrónicos. Por ejemplo, tenía un amigo que creía que su mujer lo engañaba. Le pidió ayuda, y Kenny, en cuestión de minutos, improvisó una escucha telefónica en el trastero de ese tipo. Grababa cada conversación telefónica, y el tipo revisaba la cinta cada día. Al poco tiempo oyó a su amada esposa hablando con su Romeo como dos tortolitos y planeando su siguiente encuentro. El amigo de Kenny los pilló en la cama y le dio una paliza al tío. Ella también se llevó algún bofetón. Kenny estaba muy orgulloso de sí mismo.

—Entonces ¿qué oyó?

—Algo sobre la destrucción de las pruebas. Unos días antes del asesinato de Russo hubo una violación en el condado, de un blanco a una blanca, y la víctima dijo que en ningún momento le vio la cara al tío pero sabía que era blanco. El sospechoso favorito era un sobrino de Chip y Dip. El kit de violación estaba guardado con las otras cosas porque en la vieja comisaría no había espacio. Cuando se incendió, el kit de violación se destruyó junto con otras valiosas pruebas. Una noche, Kenny y yo estábamos bebiendo café a altas horas, tomándonos un descanso, y dijo que el incendio no había sido un accidente. Yo quería seguir hablando del tema, pero recibimos una llamada y nos fuimos. Más tarde le pregunté y me dijo que había oído por casualidad una conversación entre Chip y Dip sobre incendiar esa caseta.

Deja de hablar y la pausa se alarga.

—¿Nada más? —pregunto cuando me doy cuenta de que su historia ha terminado.

—Le juro que es cuanto sé, Post. Con los años he llegado a pensar que Kenny seguramente pinchó los teléfonos de la oficina. Sospechaba que Pfitzner y su grupo estaban metidos en el tráfico de drogas y quería pruebas. La DEA estaba husmeando y se hablaba de la intervención de los federales. ¿Podrían arrestarnos a todos? ¿Cantaría Pfitzner y nos echaría las culpas? No lo sé, es solo una suposición, pero creo que Kenny los escuchaba y oyó algo.

—Es una teoría bastante descabellada.

—Sí que lo es.

—¿Y no tiene idea de qué pudo haber oído?

—Ninguna, Post. Ni idea.

Arranca el carrito y proseguimos el recorrido por el campo. Cada curva revela otra vista panorámica de las montañas y los valles. Cruzamos caudalosos arroyos por estrechos puentes de madera. En el hoyo trece me presenta a su abogado, que pregunta qué tal todo. Respondemos que todo va bien y se apresura a irse con sus amigos, mucho más preocupado por su juego que por los asuntos de su cliente. En la sede agradezco a Gilmer su tiempo y su hospitalidad. Prometemos hablar en un futuro próximo, pero ambos sabemos que eso no pasará.

Ha sido un viaje largo e interesante, aunque no demasiado productivo. Sin embargo, eso no es algo tan extraño en esta profesión. Si Kenny Taft sabía algo, se lo llevó a la tumba.

27

Según la ley de Florida, los recursos de revisión penal deben presentarse en el condado donde el acusado está encarcelado, no donde se lo condenó. Dado que en la actualidad Quincy se encuentra en el centro penitenciario Garvin, que está a media hora de la pequeña localidad de Peckham, que como poco dista una hora de la civilización, su caso está bajo la jurisdicción de un tribunal de circuito rural dirigido por un juez que no ve con buenos ojos las revisiones de sentencia condenatoria. En realidad no puedo culparlo. Su lista de casos está repleta de todo tipo de estúpidas demandas presentadas por abogados penitenciarios que trabajan en la cárcel más cercana.

Los juzgados del condado de Poinsett son una creación moderna y sin gusto diseñada por alguien a quien no le pagaron mucho. La sala principal, oscura, sin ventanas y con el techo bajo, produce una sensación de claustrofobia. La desgastada alfombra es de color granate oscuro. El revestimiento de madera y el mobiliario son marrón oscuro. He estado como mínimo en un centenar de salas de una docena de estados y esta es de lejos la más deprimente y la que más se asemeja a una mazmorra.

El estado está representado por el fiscal general, un hombre al que jamás conoceré porque entre él y yo hay unos mil subordinados. La pobre Carmen Hidalgo sacó la pajita más corta y le tocó el recurso de Quincy. Hace cinco años estaba en la facultad de Stetson, en algún puesto mediocre de su clase. El expediente que tenemos sobre ella es delgado porque no necesitamos saber demasiado. Contestó a nuestro recurso con una respuesta tipo con un texto estándar y los nombres cambiados.

Espera ganar, sobre todo teniendo en cuenta la actitud del hombre que ocupa el estrado. El honorable Jerry Plank lleva años limitándose a cubrir el expediente y soñando con jubilarse. Ha tenido la generosidad de reservarse un día completo para nuestra audiencia, pero no son ocho horas de trabajo. La sala está vacía, a nadie le interesa un caso de hace veintidós años. Hasta los dos secretarios parecen aburridos.

No obstante, esperamos y observamos. Frankie Tatum está sentado, solo, seis filas detrás de nosotros, y Vicki Gourley está sentada, sola, cinco filas detrás de la acusación. Ambos llevan pequeñas cámaras de vídeo que pueden activarse con el teléfono móvil. No hay guardia de seguridad en la puerta. Nadie en esta ciudad y en este condado ha oído hablar de Quincy Miller. Si los malos de la película, sean quienes sean, están pendientes de nuestros pasos, esta podría ser la primera ocasión de vernos en acción. Los juzgados son zona pública. Cualquiera puede ir y venir.

Mi abogada adjunta es Susan Ashley Gross, la guerrera del Proyecto Inocencia del Centro de Florida. Susan Ashley estaba conmigo hace siete años, cuando sacamos a Larry Dale Kline de la cárcel de Miami. Fue el segundo exonerado de los Guardianes; el primero para ella. Hoy mismo le pediría a Susan Ashley que se casara conmigo, pero tiene quince años menos que yo y en estos momentos está felizmente prometida.

La semana pasada presenté una moción solicitando que se permitiera al acusado asistir a la vista. La presencia de

Quincy no es necesaria, pero pensé que le gustaría disfrutar de un día fuera de prisión. Como era de esperar, el juez Plank dijo que no. Ha fallado en nuestra contra en todos los asuntos previos a la vista, y contamos con que denegará cualquier revisión penal. Mazy está trabajando en la apelación.

Son casi las diez cuando el juez Plank sale por fin por una puerta oculta detrás del estrado y ocupa su lugar. Un alguacil recita las amonestaciones de rigor mientras aguardamos en pie nerviosos. Echo un vistazo alrededor y cuento las cabezas. Además de Vicki y Frankie, hay otros cuatro espectadores, y me pregunto qué interés pueden tener en esta vista. Nadie de la familia de Quincy está al corriente. Salvo uno de los hermanos, ningún otro pariente ha contactado con Quincy en años. Keith Russo lleva muerto veintitrés años, y por lo que respecta a su familia hace mucho que encerraron al asesino.

Uno es un varón blanco de unos cincuenta y viste un traje caro. Otro es un varón blanco de unos cuarenta y viste una camisa negra vaquera. El tercero es un varón blanco de unos setenta y tiene pinta del típico aburrido que asiste al juzgado a presenciar cualquier cosa. El cuarto es una mujer blanca, está sentada en la primera fila detrás de nosotros y lleva un cuaderno, como si tomara notas para informar del caso. Presentamos nuestro recurso hace semanas y no recibió el más mínimo interés por parte de la prensa. No alcanzo a imaginar quién cubriría una vista de un caso olvidado en el este de ninguna parte, Florida.

Susan Ashley Gross llama al estrado al doctor Kyle Benderschmidt, de la Universidad de la Mancomunidad de Virginia. Sus opiniones y descubrimientos están detallados por escrito en una extensa declaración jurada que adjuntamos con nuestro recurso, pero decidimos gastar dinero y traerlo en persona. Sus credenciales son impecables, y cuando Susan

Ashley recita su currículum, el juez Plank mira a Carmen Hidalgo y dice:

—¿Tiene alguna objeción a las credenciales de este hombre?

Ella se levanta.

—No —se limita a responder.

—Bien. Entonces se acepta como experto en el campo del análisis de la sangre. Prosiga.

Haciendo uso de cuatro de las ampliaciones a color de veinte por veinticinco centímetros y medio que se utilizaron en el juicio, Susan Ashley guía a nuestro testigo por un examen de la linterna y de las diminutas manchas de una sustancia roja que hay en la lente.

El juez Plank nos interrumpe.

—¿Y qué pasó con la linterna? No se presentó en el juicio, ¿cierto?

El testigo se encoge de hombros, no puede testificar al respecto.

—Señoría, de acuerdo con la transcripción del juicio, el sheriff testificó que se destruyó en un incendio un mes después del asesinato, junto con otras pruebas que tenía almacenadas la policía.

—¿No hay rastro de ella?

—No que sepamos, señoría. El experto del estado, el señor Norwood, examinó estas mismas fotografías y aportó su opinión de que la sangre de la víctima salpicó la lente de la linterna. Para entonces hacía ya mucho que la linterna había desaparecido.

—Entonces, si entiendo bien su planteamiento, la linterna era el único vínculo real entre el señor Miller y la escena del crimen, y cuando encontraron la linterna en el maletero de su coche se convirtió en el principal sospechoso. Y cuando al jurado se le presentó esta prueba, la consideró suficiente para emitir un veredicto de culpabilidad.

—Correcto, señoría.

—Prosiga.

Benderschmidt continúa con su crítica del testimonio erróneo de Norwood. No se basó en la ciencia porque Norwood no entendía la ciencia detrás de las salpicaduras de sangre. Benderschmidt utiliza la palabra «irresponsabilidad» varias veces para describir lo que Norwood dijo al jurado. Fue una irresponsabilidad insinuar que el asesino sostenía la linterna con una mano mientras disparaba una escopeta de calibre 12 con la otra. No había pruebas de eso. No había pruebas de dónde estaba Keith, sentado o de pie, cuando le dispararon. Fue una irresponsabilidad decir que las manchas eran de sangre, dada la pequeña cantidad presente. Fue una irresponsabilidad utilizar incluso la linterna como prueba, pues no se obtuvo de la escena del crimen.

Una hora después, el juez Plank está exhausto y necesita un descanso. No está claro si en realidad tiene sueño, aunque parece que los ojos se le están poniendo vidriosos. Frankie se acerca despacio a la última fila y se sienta junto al pasillo. Cuando hacen un receso y Plank desaparece, los espectadores se ponen en pie y abandonan la sala. Frankie los graba a todos en vídeo a medida que salen.

Después de un cigarrillo, de orinar y probablemente de una siestecita rápida, el juez Plank regresa de mala gana y Benderschmidt vuelve a sentarse en el estrado. En el curso de su evaluación dudó si la salpicadura de retorno, las presuntas manchas de sangre en la lente, se desplazó realmente en la dirección opuesta, alejándose de la víctima. Con la ayuda de un diagrama del despacho de Russo y de otras fotografías del caso, Benderschmidt declara que, basándose en la ubicación de la puerta y la probable posición del tirador, y basándose también en la situación del cuerpo de Keith y en la gran cantidad de sangre y masa encefálica que había en las paredes y los estantes situados detrás de él, parece poco probable que el impacto de los dos disparos de escopeta hubiera proyectado la sangre en dirección al asesino. Para respaldar esta opinión, Benderschmidt saca algunas fotografías de otras escenas del crimen con víctimas de escopeta de calibre 12.

Son imágenes sangrientas, y al cabo de unos minutos Su Señoría ya tiene bastante.

—Sigamos adelante, señorita Gross. No estoy seguro de que las fotografías de otros crímenes sean beneficiosas en este caso.

Tal vez tenga razón. En su turno de preguntas, Carmen Hidalgo sigue el proceso y da en el blanco únicamente cuando logra que Benderschmidt admita que los expertos en el análisis de manchas de sangre suelen discrepar, como hacen todos los expertos.

Cuando el testigo abandona el estrado, el juez Plank echa un vistazo a su reloj como si hubiera tenido una larga y dura mañana.

—Vamos a hacer una pausa para comer —dice—. Volveremos a las dos, y espero que tenga algo nuevo, señorita Gross. —Golpea con el mazo y desaparece, y yo sospecho que ya ha llegado a una conclusión.

En Florida, como en la mayoría de los estados, la revisión penal solo se considera cuando se encuentran nuevas pruebas. No mejores pruebas. No pruebas más creíbles. El jurado de Quincy escuchó a Norwood, un supuesto experto en manchas de sangre, y aunque sus títulos y sus opiniones fueron refutados con vehemencia por el joven Tyler Townsend, el jurado lo creyó de forma unánime.

De hecho, con Kyle Benderschmidt y Tobias Black, nuestro segundo experto en manchas de sangre, estamos presentando pruebas que son mejores pero no nuevas. El comentario del juez Plank es bastante revelador.

Cuando el hombre del traje bonito y el hombre de la camisa vaquera negra abandonan la sala por separado, los están vigilando. Hemos contratado a dos detectives privados para que ayuden en el seguimiento. Frankie ya los ha informado y está hablando por teléfono. Vicki está sentada en una de las dos cafeterías próximas al juzgado, esperando. Yo voy a la otra y me siento a la barra. Frankie sale de la sala y va hasta su coche, en un aparcamiento cercano. El señor Traje Bonito entra en un reluciente Mercedes negro con matrícula de Florida. El señor Vaquero Negro entra en un BMW verde con matrícula de Florida. Abandonan el centro con dos minutos de diferencia y entran en un aparcamiento de un centro comercial en la carretera principal. Vaquero Negro sube al Mercedes y se alejan, dejando señales de alarma por todas partes. Chapuza.

Cuando me entero, voy enseguida a la otra cafetería, donde Vicki está atrincherada en un reservado con una cesta intacta de patatas fritas. Está al teléfono con Frankie. El Mercedes se dirige al sur por la autopista 19, y nuestro detective los sigue. Nuestro hombre nos llama para comunicarnos el número de la matrícula y Vicki se pone manos a la obra. Pedimos té helado y ensalada. Frankie llega unos minutos más tarde.

Hemos visto al enemigo.

El Mercedes está registrado a nombre de un tal señor Nash Cooley, de Miami. Vicki envía la información por e-mail a Mazy, que se encuentra en Savannah, y las dos hacen que sus teclados echen humo. En cuestión de minutos sabemos que Cooley es socio de un bufete especializado en defensa penal. Llamo a dos abogados que conozco en Miami. Susan Ashley Gross, que está comiendo un sándwich en la sala, llama a sus contactos. Mazy telefonea a un abogado que conoce en Miami. Vicki picotea. Frankie disfruta de su sándwich de atún y sus patatas fritas.

Cooley y Vaquero Negro aparcan en un establecimiento de comida rápida en la ciudad de Eustis, que tiene una población de dieciocho mil habitantes y está a veinte minutos de distancia. Lo que era obvio lo es todavía más. Los dos hombres han venido a la ciudad para asistir a la vista, no querían que los vieran juntos ni que los reconocieran, y se han escabullido para comer algo. Mientras almuerzan, nuestro detective intercambia el coche con su colega. Cuando Cooley se marcha de Eustis y se dirige hacia nosotros, otro coche lo sigue a distancia.

Cooley es socio de un bufete de doce abogados con una larga trayectoria representando a traficantes de drogas. No es de extrañar que se trate de un bufete de bajo perfil, con escasa presencia en internet. No se anuncian porque no lo necesitan. Cooley tiene cincuenta y dos años, estudió derecho en Miami y cuenta con un expediente limpio, sin quejas ante el colegio de abogados. Debería actualizar la foto que aparece en internet, ya que aparenta por lo menos diez años menos, pero eso no es raro. Después de nuestras primeras pesquisas, encontramos solo una historia interesante sobre el bufete. En 1991 hallaron al hombre que fundó el bufete muerto en la piscina, degollado. El asesinato sigue sin resolverse. Probablemente otro cliente descontento.

Las dos de la tarde llegan y pasan sin rastro del juez Plank. Quizá deberíamos pedir a uno de los empleados que vaya a ver si está 1) vivo, o 2) echándose otra cabezada. Nash Cooley entra y se sienta cerca del fondo, ajeno al hecho de que sabemos los nombres de sus hijos y a qué colegio van. Vaquero Negro entra un momento después y se sienta bien lejos de Cooley. Qué poco profesionales.

Utilizamos los servicios de una empresa de seguridad de alta tecnología de Fort Lauderdale para enviar un fotograma de un vídeo de Vaquero Negro y pagamos por el servicio de entrega. La tecnología de reconocimiento facial de la empresa está preparada para cotejar el fotograma con las muchas bases de datos de la empresa, pero no fue necesario. La primera base de datos fue la del Departamento de Correcciones de la Florida, y la búsqueda duró un total de once minutos. Vaquero Negro es Mickey Mercado, cuarenta y tres años, con domicilio en Coral Gables, un delincuente convicto con doble nacionalidad; mexicana y estadounidense. Cuando Mercado tenía diecinueve años lo encerraron seis años por tráfico de drogas, por supuesto. En 1994 lo arrestaron y juzgaron por asesinato. El jurado no alcanzó un veredicto y quedó en libertad.

Mientras esperamos al juez Plank, Vicki sigue en la cafetería, pidiendo café y navegando como una loca por internet. Más tarde nos dirá que Mercado es un asesor de seguridad privada autónomo. Sea lo que sea eso.

La información que revelan sus identificaciones es impresionante, y mientras estamos sentados en la sala tan tranquilos cuesta no darse la vuelta, llamarlos por su nombre y decir algo como: «¿Qué narices hacéis aquí?». Pero tenemos demasiada experiencia para eso. Siempre que sea posible, jamás dejes que el enemigo sepa que lo sabes. Ahora mismo Cooley y Mickey no tienen ni idea de que conocemos su nombre, su dirección, su número de matrícula y de la seguridad social, y su lugar de trabajo, y seguimos indagando. Como es natural, damos por hecho que ellos tienen un expediente de los Guardianes, de su escaso personal y de mí. Frankie es una sombra y jamás lo pillarán. Está en el pasillo, fuera de la sala, vigilando y moviéndose. Hay pocos negros en esta ciudad, y siempre es consciente de que lo miran.

Cuando el juez Plank aparece a las dos y diecisiete de la tarde, indica a Susan Ashley que llame a su siguiente testigo. No hay sorpresas en estas vistas, de modo que todo el mundo sabe que Zeke Huffey está de nuevo en Florida. La sorpresa fue que accedió a testificar en persona si le pagábamos el billete de avión. Y además tuve que jurar por escrito que el perjurio ha prescrito y no se lo puede procesar por ello.

Hoy por hoy, Zeke se alegra de estar libre. No será por mucho tiempo, lo sabemos, pero al menos está diciendo lo correcto para ir por el buen camino. Jura decir la verdad, algo que ha hecho muchas veces en un tribunal antes de ponerse a mentir como un consumado soplón de la cárcel. Cuenta su historia de la charla con su compañero de celda Quincy Miller, que alardeó de haberle volado la cabeza a su abogado y arrojado la escopeta de calibre 12 al Golfo. Zeke dice que a cambio de su falso testimonio le rebajaron los cargos por narcotráfico de forma considerable y lo condenaron a prisión por el tiempo ya cumplido en preventiva. Sí, se siente fatal por lo que le hizo a Quincy y siempre ha deseado reparar el daño.

Zeke es un testigo decente, pero su problema es obvio. Ha mentido tantas veces que nadie puede estar seguro, menos aún Su Señoría, de que ahora esté diciendo la verdad. No obstante, su testimonio es crucial para nuestros intentos porque las retractaciones de los testigos constituyen una prueba nueva. Con el testimonio presencial de Zeke y la declaración jurada de Carrie Holland tenemos munición suficiente para alegar de manera contundente que el juicio de Quincy no fue justo. Si conseguimos un nuevo juicio, podremos presentar pruebas científicas mucho mejores al jurado. Ni Norwood ni nadie como él se acercará a la sala. Nuestro sueño es exponer los hechos ante un nuevo jurado.

En el interrogatorio, Carmen Hidalgo se lo pasa en grande repasando con Zeke su larga y variopinta carrera como informante de la cárcel. La fiscal tiene registros judiciales certificados de cinco juicios en los últimos veintiséis años en los que Zeke mintió al jurado para poder salir libre. Él reconoce haber mentido en alguno pero no en todos. Se siente confuso y no logra recordar qué mentira contó en cierto caso. Es difícil permanecer sentado, y Su Señoría se cansa rápidamente, pero la sangría continúa. La señorita Hidalgo coge el ritmo y nos sorprende con su presencia en la sala.

A las tres y media el juez Plank bosteza, bizquea y es evidente que ha desconectado. Está agotado e intenta con desesperación mantenerse despierto. Le susurro a Susan Ashley que termine y nos vayamos.

28

El día después de que Vicki y yo volviéramos a Savannah nos reunimos con Mazy en la sala de reuniones para evaluar el caso. Florida, al igual que Alabama, no impone un plazo a los jueces en asuntos posteriores a la imposición de penas, por lo que el viejo Plank podría morir antes de decidir nada. Sospechamos que en su cabeza ya lo tiene claro, pero se tomará tiempo de sobra antes de dar su dictamen. No podemos hacer nada para apresurarle y sería contraproducente intentarlo.

Damos por hecho que nos están vigilando a cierto nivel y eso provoca una acalorada discusión. Convenimos en que hemos de actualizar y mejorar al máximo la protección de los archivos y la comunicación digitales. Eso costará alrededor de treinta mil dólares, cantidad que no entra en nuestro lastimoso presupuesto. Los malos tienen dinero ilimitado y pueden contratar la mejor vigilancia.

Dudo mucho que metan las narices en Savannah y vigilen nuestros movimientos. Con eso solo conseguirían aburrirse y no obtendrían información útil. Sin embargo, estamos de acuerdo en que debemos estar más alerta y variar nuestras rutinas. Podrían haberme seguido sin problemas a Nassau, cuando me vi con Tyler Townsend. Y lo mismo con Sun Valley y Bruce Gilmer. Pero hice esos viajes antes de que presentáramos nuestro recurso y de que nuestros nombres quedaran registrados de manera oficial.

Hemos averiguado más cosas sobre Nash Cooley. Tenemos información pública concerniente a sus vehículos, bienes raíces y ambos divorcios. Basta con decir que gana mucho dinero y le gusta gastarlo. Su casa de Coral Gables está valorada en dos millones doscientos mil dólares. Tiene al menos tres coches registrados a su nombre, todos de importación, alemanes. Su bufete opera desde un nuevo y flamante rascacielos en el centro de Miami, y cuenta con sucursales en Gran Caimán y Ciudad de México. Según un amigo de Susan Ashley, es sabido que algunos abogados del narcotráfico del sur de Florida cobran sus honorarios en paraísos fiscales. Raras veces los pillan, pero de vez en cuando los federales trincan a alguno por evasión de impuestos. Esta fuente afirma que Varick & Valencia lleva mucho tiempo en el negocio del blanqueo y es muy hábil asesorando a sus clientes sobre la forma más limpia de hacerlo. Dos de los miembros sénior del bufete son luchadores veteranos en los tribunales, con muchas victorias en su haber. En 1994 defendieron a Mickey Mercado por una acusación de asesinato y consiguieron que el jurado no se pusiera de acuerdo.

No entiendo el razonamiento lógico que llevó a Nash Cooley a realizar un trayecto de seis horas con el fin de vigilar nuestro recurso de revisión penal. Si quería echarme un buen vistazo podría haber entrado en nuestra página web, así de fácil. Lo mismo con Susan Ashley. Todas las peticiones, mociones, escritos y dictámenes son de dominio público, fáciles de encontrar en internet. ¿Y por qué se arriesgaría a que lo vieran? Es cierto que el riesgo era bastante bajo en esa remota parte del estado, pero aun así conseguimos identificarlo. No me queda otra que suponer que Cooley estaba allí porque un cliente se lo ordenó.

Mickey Mercado es un matón profesional que es probable que haya trabajado para un cártel durante toda su vida adulta. No sabemos con seguridad qué cártel. A él y a otros dos se los acusó de asesinar a otro narcotraficante en un trato que salió mal, pero los federales no pudieron condenarlos.

¿Ahora me está siguiendo?

Les digo a Vicki y a Mazy que preocuparnos de vigilar por encima del hombro no ayudará a Quincy Miller. Nuestro trabajo es demostrar su inocencia, no identificar necesariamente al tipo que apretó el gatillo.

No se lo he contado todo. Casi nunca lo hago. La historia de Tyler y los cocodrilos es algo que me guardaré para mí. Esa imagen no desaparece nunca.

Nuestra discusión sobre Tyler se alarga durante casi todo el día mientras barajamos ideas y argumentos. Por un lado, me siento obligado a contactar de nuevo con él y al menos ponerle sobre aviso de que vigilan nuestros movimientos. Por otro lado, el mero hecho de contactar con él podría ponerlo en peligro. Lo mismo vale para Gilmer, pero él no sabe tanto como Tyler.

Al final del día decidimos que el riesgo es muy grande. Me conecto a internet y vuelvo a «Desde debajo del porche de Patty», donde pago veinte pavos por otro mes y envío un mensaje que se borrará en cinco minutos.

Nassau otra vez; es importante.

Pasan cinco minutos sin que haya respuesta. Envío el mismo mensaje cuatro veces en las siguientes tres horas y no tengo noticias.

Después de que anochezca, me marcho de la oficina y recorro a pie unas cuantas manzanas con un calor sofocante. Los días son más largos y húmedos, y la ciudad está llena de turistas. Como de costumbre, Luther Hodges está esperando en su porche, ansioso por salir de casa.

—Hola, padre —saludo.

—Hola, hijo mío.

Nos damos un abrazo en la acera, intercambiamos alegres insultos sobre canas y barrigas y nos ponemos en marcha. Al cabo de unos minutos me doy cuenta de que le preocupa algo.

—Texas matará a otro mañana —explica.

—Siento oírlo.

Luther es un abolicionista infatigable cuyo simple mensaje ha sido siempre: «Si todos estamos de acuerdo en que matar está mal, ¿por qué permitimos que el estado mate?». Cuando una ejecución aparece en el horizonte, él y sus colegas abolicionistas escriben las cartas habituales, hacen llamadas, publican comentarios online y de vez en cuando van a protestar a la cárcel. Pasa horas rezando y penando por asesinos a los que no conoce de nada.

No estamos de humor para una cena elegante, así que vamos a una bocadillería. Invita él, como siempre, y en cuanto nos sentamos, esboza una sonrisa y dice:

—Bueno, cuéntame las novedades del caso de Quincy.

Desde que los Guardianes comenzó su labor, hemos abierto dieciocho casos. Ocho terminaron en exoneraciones. Un cliente fue ejecutado. Seis son actuales. Cerramos tres cuando nos convencimos de que nuestros clientes eran culpables. Cuando nos equivocamos, cortamos por lo sano y seguimos adelante.

Con dieciocho casos hemos aprendido que tarde o temprano tendremos un golpe de suerte. Se llama Len Duckworth y vive en Sea Island, a una hora al sur de Savannah. Vino en coche, entró en nuestra sede y, al no ver a nadie en la recepción, asomó la cabeza al despacho de Vicki y saludó. Vicki fue amable, como siempre, pero estaba muy ocupada. Sin embargo, en cuestión de minutos me llamó.

—Esto podría ser importante —dice.

Al final nos acomodamos en la sala de reuniones de arriba, con una cafetera de café recién hecho. Vicki y Mazy toman notas y yo me limito a escuchar.

Duckworth tiene alrededor de setenta años, está moreno y delgado, la personificación de un jubilado acomodado con mucho tiempo para el golf y el tenis. Su esposa y él se mudaron a Sea Island hace algunos años y procuran mantenerse ocupados. Él es de Ohio; ella, de Chicago; y los dos prefieren el clima cálido. Él era agente del FBI en 1973, cuando el Congreso creó la DEA, que parecía más emocionante que su trabajo de despacho. Cambió de agencia y desarrolló su carrera en la DEA, incluidos doce años al frente del norte de Florida.

Llevamos meses intentando obtener, en vano, registros de la DEA de la década de los ochenta. Al igual que el FBI y la ATF, el departamento para el control del alcohol, tabaco, armas de fuego y explosivos, la DEA protege sus archivos con firmeza. Una de las peticiones de Vicki amparadas en la Ley de Libertad de Información nos llegó con una carta en la que todas las palabras estaban tachadas salvo los «un, una, unos, unas» y los «el, la, los, las».

No cabe duda de que este es nuestro día de suerte.

—Sé mucho sobre el negocio de la droga de aquel entonces —dice Duckworth—. De algunas cosas puedo hablar; de otras, no.

—Siento curiosidad por saber por qué ha venido hasta aquí —digo—. Hemos intentado conseguir archivos y notas de la DEA durante los últimos siete meses, pero nunca hemos tenido suerte.

—No conseguirán mucho, la DEA siempre se ampara en la excusa de que sus investigaciones están activas y en curso. Por muy antiguo que sea un caso, o por mucho tiempo que lleve inactivo, el procedimiento de la DEA es no proporcionar nada. Y recurrirán a los tribunales para proteger su información. Así es como operábamos.

—¿Cuánto puede contarnos? —pregunto.

—Bueno, puedo hablar del asesinato de Keith Russo porque ese caso se cerró hace más de veinte años y porque no era un asunto de la DEA. Conocía a Keith, lo conocía bien porque conseguimos que cambiara de bando. Fue uno de nuestros confidentes, por eso lo mataron.

Vicki, Mazy y yo nos miramos mientras aquello cala en nosotros. La única persona del planeta que puede confirmar que Keith Russo era un confidente está sentada en una de nuestras disparejas sillas bebiendo café con total tranquilidad.

—¿Quién lo mató? —pregunto de forma vacilante.

—No lo sé, pero no fue Quincy Miller. Fue un golpe de un cártel.

—¿Qué cártel?

Hace una pausa y bebe un sorbo de café.

—Usted me ha preguntado por qué estoy aquí. Me enteré de que intentan exonerar a Miller y aplaudo lo que están haciendo. Encerraron al tipo equivocado porque querían al tipo equivocado. Tengo bastante información general que puedo compartir sin divulgar nada que sea confidencial. Pero sobre todo quería salir de casa. Mi mujer está hoy de compras cerca de aquí y hemos quedado para comer más tarde.

—Somos todo oídos y tenemos todo el día —digo.

—De acuerdo, primero un poco de historia. A mediados de la década de los setenta, cuando se creó la DEA, la cocaína corría por el país y entraba a toneladas en barcos, aviones, camiones, de todo. La demanda era voraz, los beneficios, enormes, y los productores y los traficantes a duras penas conseguían cubrirla. Montaron enormes organizaciones por toda Centroamérica y Sudamérica y acumulaban su dinero en bancos caribeños. Florida, con casi mil doscientos noventa kilómetros de playa y docenas de puertos, pasó a ser el punto de entrada preferido. Miami se convirtió en el lugar favorito de los traficantes. Un cártel colombiano, que todavía sigue en activo, controlaba el sur de Florida. Yo no trabajaba ahí abajo. Mi zona partía del norte de Orlando, y en 1980 el cártel mexicano de Saltillo movía casi toda la cocaína. Saltillo sigue ahí, pero se ha fusionado con grupos más grandes. Casi todos sus líderes fueron masacrados en una guerra de drogas. Estas bandas siempre tienen altibajos, y el número de bajas es impresionante. El salvajismo es increíble. No quiero aburrirlos.

—En absoluto —dice Vicki.

Me asalta otra imagen rápida de Tyler y el festín de los cocodrilos.

—Tenemos bastante información sobre el sheriff Pfitzner y lo que ocurría en el condado de Ruiz —digo.

Él sonríe y menea la cabeza, como si recordara a un viejo amigo.

—Y a ese tipo nunca llegamos a atraparlo. Era el único sheriff que conocíamos en el norte de Florida que estaba confabulado con el cártel. Lo teníamos en el punto de mira cuando mataron a Russo. Las cosas cambiaron después de eso. A algunos de nuestros informadores cruciales se les comió la lengua el gato.

—¿Cómo consiguieron que Russo los ayudara? —pregunto.

—Keith era un tipo interesante. Muy ambicioso. Estaba harto de aquella ciudad pequeña. Quería ganar mucho dinero. Era un abogado cojonudo. Tenía algunos clientes del narcotráfico en la zona de Tampa y San Petersburgo y se hizo un nombre. Un confidente nos dijo que cobraba elevados honorarios en metálico, declaraba una parte o nada, e incluso movía el dinero a paraísos fiscales. Investigamos sus declaraciones de la renta durante un par de años y quedó claro que gastaba mucho más de lo que ganaba como abogado en Seabrook. Así que fuimos a verlo y lo amenazamos con presentar cargos por evasión de impuestos. Él sabía que era culpable, y no quería perderlo todo. También era culpable de blanqueo de capital para algunos de sus clientes, principalmente para los chicos de Saltillo. Lo hacía usando empresas fantasma con sede en paraísos fiscales para comprar propiedades inmobiliarias en Florida y llevando todo el papeleo. Nada demasiado complicado, pero sabía lo que hacía.

—¿Estaba su esposa al corriente de que era un confidente?

Otra sonrisa, otro sorbo. Duckworth podría contar batallitas durante horas.

—Ahí es donde la cosa se pone muy divertida. A Keith le gustaban las mujeres. Tenía cuidado de no buscárselas en Seabrook, pero Tampa era otra historia. Diana y él tenían un apartamento en Tampa, en principio por su trabajo, pero Keith lo usaba para otras cosas. Antes de que lo ficháramos, conseguimos una orden judicial y colocamos micrófonos en el apartamento, en el bufete e incluso en la casa. Lo escuchábamos todo, también las llamadas de Keith a sus chicas. Y entonces nos llevamos una verdadera sorpresa. Por lo visto Diana decidió jugar al mismo juego que Keith. Su amigo era uno de sus clientes del narcotráfico, un niño bonito que trabajaba en Miami para el cártel de Saltillo. Se llamaba Ramon Vasquez. En un par de ocasiones, mientras Keith estaba enfrascado en el trabajo en Tampa, Ramon fue a Seabrook a escondidas a visitar a Diana. En fin, ya se podrán imaginar cómo andaba su matrimonio. Así que, para responder a su pregunta, nunca supimos a ciencia cierta si Keith le contó a su esposa que era un confidente. Como es natural, le aconsejamos que no lo hiciera.

—¿Qué fue de Diana? —pregunta Vicki.

—El cártel se enteró de alguna forma de que Keith trabajaba para nosotros. Tengo serias sospechas de que esa información la vendió otro confidente, un agente doble, uno de los nuestros. Es un trabajo turbio, las lealtades cambian de un día para otro. El dineral que se maneja y el miedo a que te quemen vivo pueden llevar a mucha gente a cambiar de bando. Se cargaron a Keith, y Diana acabó abandonando la ciudad.

—¿Y Ramon? —pregunta Mazy.

—Diana y él se quedaron un tiempo en Tampa y después siguieron moviéndose hacia el sur. Entonces no teníamos la certeza, pero sospechábamos que Ramon prácticamente había abandonado su carrera en el mundillo del narcotráfico y se mantenía lejos de los problemas. Lo último que supe es que seguían juntos en algún lugar del Caribe.

—Con dinero en abundancia —digo.

—Sí, con dinero en abundancia.

—¿Estuvo ella implicada en el asesinato? —inquiere Mazy.

—Eso jamás se demostró. Ya saben lo del seguro de vida y las cuentas bancarias conjuntas, pero eso no es nada fuera de lo común.

—¿Por qué no trincaron a Pfitzner y al cártel? —pregunto.

—Bueno, tras el asesinato, el caso se esfumó. Estábamos a un mes o dos de una gran redada que habría resultado en un montón de acusaciones, incluidos algunos cargos contra Pfitzner. Habíamos sido pacientes, demasiado pacientes en realidad, pero luchábamos con la oficina de la Fiscalía Federal allí. Estaban sobrecargados de trabajo, etcétera. No conseguimos que los abogados se animaran. Ya saben cómo son. Nuestros informantes desaparecieron después del asesinato y el caso se desmoronó. El cártel se asustó y se retiró durante una temporada. Pfitzner terminó jubilándose. A mí me trasladaron a Mobile, donde terminé mi carrera.

—¿A quién utilizaría el cártel para llevar a cabo el asesinato? —interviene Mazy.

—Oh, cuentan con matones armados de sobra, y esos tipos no siempre son asesinos sofisticados. Son brutos que prefieren cortarle la cabeza a un hombre con un hacha a meterle una bala. Un par de disparos de escopeta en la cara es una sosería para esos tíos. Sus asesinatos son desagradables porque quieren que sean así. Les da igual dejar pistas. Jamás los encontrarán porque regresan a México o a Panamá. A algún lugar de la selva.

—Pero la escena del asesinato de Russo estaba limpia, ¿no? —apunta Mazy—. No había pistas.

—Sí, pero Pfitzner estaba al frente de la investigación.

—No sé si he entendido por qué no podían acusar a Pfitzner —digo—. Sabían que guardaba el puerto, almacenaba la cocaína y protegía a los camellos, y, además, ustedes tenían informantes, entre ellos a Keith. ¿Por qué no podían trincarlo?

Duckworth inspira hondo y entrelaza las manos en la nuca. Contempla el techo con una sonrisa y responde:

—Esa es probablemente la mayor decepción de mi carrera. Deseábamos con todas nuestras fuerzas pillar a ese tío. Uno de nosotros, un agente de la ley, aceptaba sobornos y se entendía con la peor gente que pueda imaginar. Metían cocaína en Atlanta, Birmingham, Memphis, Nashville, por todo el sudeste. Y habríamos podido hacerlo. Nos habíamos infiltrado. Habíamos construido el caso. Teníamos las pruebas. Fue el fiscal federal de Jacksonville. No logramos que actuara lo bastante rápido y lo llevara ante el gran jurado. Insistió en dirigir el espectáculo, y no sabía lo que estaba haciendo. Entonces se cargaron a Russo. Todavía me acuerdo de ese tío, el fiscal federal. Más tarde se presentó al Congreso y esperé con ansias el día de las elecciones para votar en su contra. Lo último que supe fue que, con su rostro zalamero de las vallas publicitarias, estaba incitando litigios de forma maliciosa.

—¿Y dice que ese cártel sigue en activo? —pregunta Mazy.

—La mayoría sí, o al menos lo estaba cuando yo me jubilé. Llevo los últimos cinco años fuera del mundillo.

—Vale, hablemos de la gente que ordenó el asesinato de Russo —prosiguió Mazy—. ¿Dónde están ahora?

—No lo sé. Seguro que algunos están muertos, algunos están en la cárcel y algunos se han retirado a sus mansiones por todo el mundo. Y algunos continúan traficando.

—¿Nos están vigilando? —inquiere Vicki.

Duckworth se inclina hacia delante y bebe un sorbo. Piensa en eso durante largo rato porque valora nuestra preocupación.

—Solo puedo especular, es evidente. Pero sí, están vigilando hasta cierto punto. No quieren que se exonere a Quincy Miller, por decirlo de forma suave. Tengo una pregunta para usted —dice mirándome a mí—. Si su cliente sale sin cargos, ¿se reabrirá el caso de asesinato?

—Lo más seguro es que no. En la mitad de nuestros casos conseguimos identificar al auténtico responsable; en la otra mitad, no. En este parece muy improbable. Es un caso antiguo. Las pruebas desaparecieron. El verdadero asesino, como dice usted, vive bien en algún lugar lejano.

—O está muerto —dice Duckworth—. Los matones armados no duran mucho en los cárteles.

—Entonces ¿por qué nos vigilan? —quiere saber Vicki.

—¿Por qué no? Resulta fácil vigilarlos. Los expedientes judiciales son públicos. ¿Por qué no estar al tanto de las cosas?

—¿Alguna vez ha oído hablar de un abogado del narcotráfico de Miami llamado Nash Cooley? —pregunto.

—Me parece que no. ¿Pertenece a algún bufete?

—Varick & Valencia.

—Ah, claro. Llevan años en esto. Son muy conocidos en el oficio. ¿Por qué lo pregunta?

—Nash Cooley estaba en la sala la semana pasada cuando argumentamos nuestra moción.

—Entonces ¿lo conocen?

—No, pero lo identificamos. Estaba con un tipo llamado Mickey Mercado, uno de sus clientes.

Como buen policía tiene ganas de preguntar cómo los identificamos, pero lo deja estar.

—Sí, yo que ustedes me andaría con ojo —dice con una sonrisa—. Hay que dar por hecho que los vigilan.

29

Según Steve Rosenberg, la jueza Marlowe tiene más influencia de la que le atribuimos. Rosenberg sospecha que presionó al Tribunal de Apelación de Alabama para que actuara a lo que podría considerarse una velocidad récord. Apenas dos meses después de la vista en Verona, el tribunal ratifica por unanimidad la orden de la jueza Marlowe de analizar el ADN de los siete vellos púbicos. Y ordenan que el coste del análisis corra a cargo de la oficina del honorable Chad Falwright. Dos detectives de la policía estatal llevan la prueba al mismo laboratorio en Durham al que acudimos nosotros para el análisis de la saliva de Mark Carter. Miro mi móvil fijamente durante tres días hasta que me avisa de una llamada de Su Señoría en persona.

Con su perfecta dicción carente de todo acento y con la voz femenina más hermosa que he oído, me dice:

—Bueno, señor Post, parece que usted tenía razón. Su cliente ha sido excluido por el análisis del ADN. Los siete vellos púbicos al completo pertenecieron en otro tiempo al señor Carter.

Estoy en el despacho de Vicki y mi cara lo dice todo. Cierro los ojos un instante mientras Vicki abraza a Mazy en silencio.

—Hoy es martes —prosigue Su Señoría—. ¿Puede estar aquí para una vista el jueves?

—Por supuesto. Y gracias, jueza Marlowe.

—No me dé las gracias a mí, señor Post. Nuestro sistema judicial tiene una enorme deuda de gratitud con usted.

Momentos como este son mi razón de vivir. Alabama estuvo a dos horas de matar a un hombre inocente. Duke Russell estaría frío en su tumba de no ser por nosotros, por nuestra labor y nuestro compromiso de enmendar condenas erróneas.

Pero ya lo celebraremos más tarde. Me marcho de inmediato y pongo rumbo al oeste en dirección a Alabama, pero no paro de hacer llamadas por teléfono. Chad no quiere hablar y, cómo no, está demasiado ocupado en estos momentos. Dado que intentará arruinar las cosas de nuevo, y que además es un incompetente, nos preocupa el arresto de Mark Carter. Que nosotros sepamos, Carter no tiene ni idea del análisis del ADN. Steve Rosenberg convence al fiscal general para que llame a Chad y le lea la cartilla. El fiscal general accede a dar parte a la policía estatal y pedirles que vigilen a Carter.

El miércoles a última hora de la mañana, Duke Russell está tumbado en su litera, la misma que ha tenido en los últimos diez años, leyendo un libro de bolsillo y pensando en sus cosas, cuando un guardia lo mira a través de los barrotes.

—Hola, Russell —dice—. Hora de irte, tío.

—De irme ¿adónde?

—De irte a casa. Una jueza quiere verte en Verona. Sales dentro de veinte minutos. Recoge tus cosas.

El guardia le da una bolsa barata a través de los barrotes y Duke empieza a meter sus pertenencias: calcetines, camisetas, calzoncillos, dos pares de zapatillas, artículos de aseo personal. Tiene ocho libros, y como ha leído cada uno por lo menos cinco veces, decide dejarlos para el siguiente preso. Hace lo mismo con su pequeño televisor en blanco y negro y su ventilador. Cuando sale de la celda, con las muñecas esposadas pero no las piernas, sus compañeros le vitorean y aplauden. Cerca de la puerta principal, los demás guardias se han reunido para palmearle la espalda y desearle lo mejor. Varios de ellos lo acompañan afuera, donde lo espera un coche celular blanco. Se niega a mirar atrás mientras abandona el corredor de la muerte. En el edificio administrativo de Holman lo transfieren a un coche patrulla del condado y emprenden la marcha. Una vez fuera de la prisión, el coche se detiene y el agente que ocupa el asiento del acompañante se baja. Abre una puerta trasera, le quita las esposas y pregunta a Duke si quiere comer algo. Duke le da las gracias pero rechaza la oferta. Sus emociones sobrepasan su apetito.

Cuatro horas después llega a la cárcel del condado, donde lo estoy esperando con Steve Rosenberg y un abogado de Atlanta. Hemos convencido al sheriff de que Duke está a punto de ser liberado porque en realidad es inocente, y el sheriff colabora. Nos permite usar su pequeño despacho para nuestra reunión. Explico lo que sé a mi cliente, que no es todo. La jueza Marlowe tiene planes de anular su condena y ordenar su liberación mañana. El imbécil de Chad amenaza con volver a presentar cargos no solo contra Duke sino también contra Mark Carter. Su estrambótica nueva teoría es que los dos orquestaron la violación y el asesinato de Emily Broone.

No se conocen de nada. Por indignante que pueda parecer, no es ninguna sorpresa. Cuando un fiscal se siente atrapado y herido de muerte suele volverse muy creativo a la hora de inventar nuevas teorías de culpabilidad. El hecho de que el nombre de Mark Carter jamás se mencionara en el juicio de Duke hace diez años pondrá fin a tamaño disparate. La jueza Marlowe se halla en pie de guerra y no prestará oídos a eso. Y el fiscal general de Alabama está presionando a Chad para que lo deje.

No obstante, Chad tiene el poder de presentar cargos de nuevo, y eso nos preocupa. Podría hacer que arrestaran a Duke poco después de que sea liberado. Mientras intento explicarle todas estas contingencias legales a mi cliente, las emociones le impiden hablar. Lo dejamos con el sheriff, que lo lleva a la mejor celda para que pase su última noche de cautiverio.

Steve y yo vamos en coche a Birmingham y tomamos algo con Jim Bizko, de *Las noticias de Birmingham*. Está furioso con la historia y ha hecho circular el rumor entre sus colegas. Nos promete que mañana será un circo.

Cenamos tarde y buscamos un motel barato lejos de Verona. No nos sentimos seguros quedándonos allí. La familia de la víctima es grande y tiene muchos amigos, y hemos recibido amenazas telefónicas. Eso también forma parte del oficio.

Antes de que amanezca, la policía estatal detiene a Mark Carter y lo lleva a la cárcel de un condado vecino. El sheriff nos lo cuenta cuando entramos en la sala y nos preparamos para la vista. Mientras esperamos, y mientras la gente se va congregando, miro por la ventana y reparo en las furgonetas de televisión pintadas de vivos colores frente al juzgado. A las ocho y media llega Chad Falwright con su pequeño grupo y da los buenos días. Le pregunto si tiene pensado volver a imputar a mi cliente. Él sonríe con arrogancia y responde que no. Está derrotado por completo, y en algún momento de la noche, casi con toda probabilidad tras una tensa conversación telefónica con el fiscal general, ha decidido dar por terminado el asunto.

Duke llega con su escolta uniformada y luce una sonrisa de oreja a oreja. Lleva puesta una chaqueta azul marino demasiado grande, camisa blanca y una corbata con un nudo del tamaño de un puño. Tiene un aspecto espléndido, y ya está saboreando el momento. Su madre está en la primera fila, detrás de nosotros, junto con al menos una docena de parientes. Al otro lado del pasillo están Jim Bizko y varios reporteros. La jueza Marlowe todavía permite que se hagan fotografías y las cámaras no dejan de disparar.

Ocupa su lugar con puntualidad a las nueve y da los buenos días.

—Antes de comenzar, el sheriff Pilley me ha pedido que informe al público y a la prensa de que un residente de este condado, un hombre llamado Mark Carter, ha sido detenido esta mañana en su casa de Bayliss acusado de la violación y el asesinato de Emily Broone. Permanece bajo custodia y comparecerá ante este tribunal dentro de una hora. Señor Post, creo que tiene una moción.

Me levanto con una sonrisa en los labios.

—Sí, señoría. En nombre de mi cliente, Duke Russell, solicito que se anule su condena en este caso y que sea puesto en libertad de inmediato.

—¿Y en qué se basa esta moción?

—En el análisis de ADN, señoría. Hemos obtenido el análisis de ADN de los siete vellos púbicos hallados en la escena del crimen. El señor Russell ha sido descartado. Los siete pertenecían al señor Carter.

—Y, dados los hechos, entiendo que el señor Carter fue la última persona vista con la víctima mientras seguía con vida, ¿es así? —pregunta mientras fulmina a Chad con la mirada.

—Así es, señoría —respondo con júbilo contenido—. Y ni la policía ni la fiscalía consideró sospechoso al señor Carter en ningún momento.

—Gracias. Señor Falwright, ¿se opone a la moción?

Chad se levanta con rapidez.

—El estado no se opone —dice casi en un susurro.

La jueza reorganiza algunos papeles y se toma su tiempo.

—Señor Russell, ¿puede ponerse en pie, por favor? —dice al fin.

Duke se levanta y la mira como desconcertado.

—Señor Russell, por la presente quedan revocadas y desestimadas sus condenas por violación y asesinato con agravantes. Para siempre, y no podrá volver a juzgársele por estos mismos cargos. Es evidente que yo no tomé parte en su juicio, pero considero un privilegio ser hoy partícipe de su exoneración. Se produjo un grave error judicial y usted ha pagado un precio muy alto. Fue condenado de forma injusta por el estado de Alabama y encarcelado durante una década. Años que no podrán reemplazarse jamás. En nombre del estado le pido perdón, y soy consciente de que mis disculpas de nada sirven para curar sus heridas. Sin embargo, tengo la esperanza de que un día, a no tardar mucho, recuerde la disculpa y le proporcione un mínimo consuelo. Deseo que tenga una vida larga y feliz y que deje atrás esta pesadilla. Señor Russell, es libre de irse.

La familia estalla en gemidos y gritos al oír esto. Duke se inclina hacia delante y apoya las manos en la mesa. Yo me levanto y lo rodeo con el brazo mientras solloza. Por alguna razón, con la vieja americana de otra persona, me percato de lo frágil y delgado que está.

Chad golpea una puerta lateral y se escabulle, demasiado cobarde para acercarse y presentar sus disculpas. Seguro que pasará el resto de su carrera mintiendo sobre que Duke se libró por uno de esos tecnicismos.

Fuera de la sala nos enfrentamos a las cámaras y respondemos algunas preguntas. Duke no dice casi nada. Solo quiere irse a casa y comer las costillas a la barbacoa de su tío. Yo tampoco tengo mucho que decir. La mayoría de los abogados sueñan con este momento, pero para mí es agridulce. Por un lado, la satisfacción de haber salvado a un hombre inocente es enorme. Pero por otro hay un sentimiento de ira y frustración contra un sistema que permite las condenas injustas. Casi todas se pueden evitar.

¿Por qué se espera que celebremos que un hombre inocente ha sido puesto en libertad?

Me abro paso entre la multitud y camino con mi cliente hasta un pequeño cuarto donde nos espera Jim Bizko. Le prometí una exclusiva, y Duke y yo lo soltamos todo. Bizko empieza recordándole que hace siete meses que escapó por los pelos del verdugo, y no tardamos en partirnos de risa con la última comida de Duke y sus frenéticos esfuerzos por terminarse el filete y la tarta antes de regresar a su celda. La risa sienta bien y surge con naturalidad, lo mismo que las lágrimas.

Media hora después los dejo y regreso a la sala, donde la gente merodea a la espera del siguiente drama. La jueza Marlowe ocupa su lugar y todo el mundo toma asiento. Hace una señal con la cabeza y un alguacil abre una puerta lateral. Mark Carter aparece esposado y con el habitual mono naranja. Mira alrededor, ve la multitud, localiza a su familia en la fila delantera y después aparta la mirada. Ocupa un asiento en la mesa de la defensa y baja la vista mientras sus botas captan su atención.

La jueza Marlowe lo mira.

—¿Es usted Mark Carter? —pregunta.

Él asiente.

—Póngase en pie cuando me dirija a usted y responda con claridad, por favor.

Él se levanta de mala gana, como si controlara el momento.

—Lo soy.

—¿Tiene abogado?

—No.

—¿Puede permitirse uno?

—Depende de cuánto cueste.

—De acuerdo. Le asignaré uno por ahora y se reunirá con usted en prisión. Volveremos la semana próxima y lo intentaremos de nuevo. Entretanto estará usted detenido sin fianza. Tome asiento.

Mark se sienta y yo me acerco a la mesa de la defensa. Me arrimo y le digo en voz baja:

—Hola, Mark, soy el tío que te llamó la noche en que casi matan a Duke. ¿Te acuerdas de la llamada?

Él me fulmina con la mirada y, como está esposado y no puede propinarme un puñetazo, da la impresión de que vaya a escupirme.

—Da igual, te dije que eras escoria y un cobarde porque estabas dispuesto a dejar que otro hombre muriera por un delito que cometiste tú. Y prometí que te vería ante un tribunal.

—¿Quién eres? —gruñe.

Un alguacil se aproxima a nosotros y me alejo.

En una breve ceremonia, el personal de los Guardianes cuelga una gran fotografía a color de Duke Russell, enmarcada, en la pared con los otros ocho exonerados. Es un bonito retrato por el que hemos pagado. Nuestro cliente posa al aire libre en casa de su madre, apoyado en una valla blanca de madera con una caña de pescar a su lado. Una gran sonrisa. El rostro contento de un hombre feliz de ser libre y lo bastante joven como para disfrutar de otra vida. Una vida que nosotros le hemos regalado.

Hacemos un alto y nos damos unas palmadas en la espalda, luego volvemos al trabajo.

30

Quincy piensa que he venido porque soy su abogado y parte de mi trabajo es ver a mis clientes a la menor ocasión. Esta es mi cuarta visita y lo pongo al día. Por supuesto no hemos tenido noticias del juez Plank, y Quincy no entiende por qué no podemos presentar una queja y obligar al viejo carcamal a hacer algo. Describo el desempeño de Zeke Huffey en el tribunal y le transmito la disculpa del tipo por haber ayudado a mandarlo a prisión para el resto de su vida. Quincy permanece impasible. Matamos un par de horas tratando el mismo material.

Después de abandonar la prisión me dirijo al sur por una carretera comarcal que no tarda en ampliarse de cuatro a seis carriles a medida que se aproxima a Orlando. Mirar por el espejo retrovisor se ha convertido en una costumbre que detesto, pero no puedo evitarlo. Sé que no hay nadie detrás. Si nos están escuchando o vigilando, no creo que lo hagan con un método tan anticuado. Podrían pinchar nuestros teléfonos, ordenadores y sabe Dios qué más, pero no perderían el tiempo persiguiéndome en mi pequeño Ford SUV. Tomo una salida rápida a una concurrida vía, después otro giro rápido y me dirijo al enorme aparcamiento de un centro comercial de las afueras. Aparco entre dos coches, entro como un cliente corriente y camino por lo menos ochocientos metros hasta una gran tienda de Nike en la que, justo a las dos y cuarto, busco un perchero con camisetas de correr de hombre. Tyler Townsend espera al otro lado del perchero. Lleva una gorra de golf de un club de campo y gafas de carey.

—Más vale que sea importante —dice en voz baja, mirando alrededor.

Yo examino una camiseta.

—Hemos visto al enemigo —digo—. Y me parecía que tenía que saberlo.

—Lo escucho —repone sin mirarme.

Le hablo de la vista ante el juez Plank, de la aparición de Nash Cooley y Mickey Mercado y sus chapuceros intentos para evitar que los vieran juntos. A Tyler no le suenan esos nombres.

Se nos acerca un chaval con una gran sonrisa y nos pregunta si necesitamos ayuda. La rechazo con un educado ademán.

Le cuento a Tyler la información que tenemos de Mercado y de Cooley. Le hago un resumen de lo que Len Duckworth nos contó sobre la DEA y el cártel.

—Sospechaba que Russo era un confidente, ¿verdad? —pregunto.

—Bueno, lo mataron por alguna razón. O lo hizo su esposa para cobrar el seguro de vida, algo que en realidad nadie creía, o se metió demasiado con algunos de sus turbios clientes. Siempre pensé que fue obra de la banda de narcotraficantes. Eso hacían con los confidentes, como aquellos dos chicos que describí en Belice, o dondequiera que fuera. ¿Recuerda la foto, Post? ¿Yo colgado en la tirolina?

—La tengo siempre en mente.

—Y yo. Mire, Post, si lo están vigilando, dejamos de ser colegas. No quiero verlo más. —Da un paso atrás y me fulmina con la mirada—. Nada, Post, ¿me oye? Ningún contacto en absoluto.

Asiento.

—Entendido.

En la puerta escudriña el centro comercial como si pudiera ver a un par de matones con armas grandes, y a continuación se marcha con tanta despreocupación como le es posible. Aprieta el paso y pronto lo pierdo de vista y tomo conciencia de hasta qué punto lo aterra el pasado.

La cuestión es: ¿hasta qué punto debería aterrarnos el presente?

La respuesta llega en cuestión de horas.

Elegimos nuestros casos con sumo cuidado, y una vez que nos comprometemos, investigamos y litigamos con diligencia. Nuestro objetivo es descubrir la verdad y exonerar a nuestros clientes, algo que hemos hecho ya nueve veces en los últimos doce años. Sin embargo, nunca se me pasó por la cabeza que nuestros intentos de salvar a un cliente podrían llevar a que lo mataran.

Fue una paliza carcelaria con todas las características de una emboscada y, como tal, será difícil obtener los hechos. Los testigos no son fiables, eso suponiendo que se presentara alguno. Los guardias no suelen ver nada. La administración tiene motivos de sobra para encubrirlo y sesgar su versión con el fin de que sea lo más favorable para la prisión.

Poco después de que me despidiera de Quincy esa mañana, dos hombres lo atacaron en un pasaje entre un taller mecánico y un gimnasio. Lo apuñalaron con un pincho, le dieron una paliza con instrumentos romos y lo dejaron morir. Un guardia acabó pasando por allí, lo vio en medio de un charco de sangre y pidió ayuda. Lo metieron en una ambulancia, lo llevaron al hospital más cercano y de ahí lo trasladaron al hospital Mercy de Orlando. Las pruebas revelaron fractura de cráneo, edema cerebral, fractura de mandíbula, hombro y clavícula astillados, pérdida de piezas dentales, etcétera, y tres heridas profundas de arma blanca. Le hicieron seis transfusiones de sangre y lo conectaron al soporte vital. Cuando la prisión llamó por fin a nuestra oficina en Savannah, informaron a Vicki de que su estado era «crítico» y no cabía esperar que sobreviviera.

Yo estaba en el desvío de Jacksonville cuando Vicki me llamó para darme la noticia.

Olvidé todo el follón que tenía en el cerebro y di media vuelta. Quincy no tiene familia digna de mención. En estos momentos necesita a su abogado.

He pasado la mitad de mi carrera frecuentando cárceles y, aunque no me he vuelto insensible, me he acostumbrado a la cultura de la violencia; los hombres encerrados siempre inventarán nuevas formas de hacerse daño unos a otros.

Pero nunca había considerado la posibilidad de que un caso de inocencia se malograra desde dentro de la prisión porque se cargaran al posible exonerado. ¡Es una jugada brillante!

Si Quincy muere, cerramos el expediente y pasamos página. Esta no es una norma establecida en los Guardianes porque nunca nos hemos enfrentado a una muerte así, pero con un suministro inagotable de casos entre los que elegir, no se justifica invertir tiempo tratando de exonerar a alguien de forma póstuma. Estoy seguro de que ellos saben eso. Sean quienes sean «ellos». En mis extensos monólogos al volante supongo que podría referirme al cártel de Saltillo o algo parecido. Pero «ellos» funciona mejor.

Así que están pendientes de lo que presentamos ante el tribunal. Quizá nos sigan de vez en cuando, tal vez nos pirateen un poco y nos espíen. Y sin duda nos conocen y saben de nuestra reciente victoria en Alabama. Saben que tenemos una trayectoria, que somos buenos litigando, que somos tenaces. También saben que Quincy no mató a Keith Russo, y no les gusta que escarbemos en busca de la verdad. No quieren enfrentarse a nosotros cara a cara, tampoco asustarnos ni intimidarnos, al menos todavía no, porque eso confirmaría su existencia, y sin duda les exigiría cometer otro crimen, algo que preferirían evitar. Un incendio, una bomba o una bala complicaría las cosas y dejaría pistas.

La manera más fácil de parar la investigación es liquidar a Quincy. Ordenar un asesinato dentro de la prisión, donde ya tienen amigos o conocen a algunos tipos duros que trabajarían barato por pasta en efectivo o por favores. En cualquier caso, los asesinatos allí son algo muy rutinario.

No suelo dedicar tiempo a revisar el historial carcelario de mis clientes. Como son inocentes, suelen portarse bien, evitan las pandillas y las drogas, realizan todos los cursos formativos disponibles, trabajan, leen y ayudan a otros presos. Quincy terminó el instituto en Seabrook en 1978, pero no pudo permitirse ir a la universidad. En la cárcel ha acumulado más de cien horas de créditos. No le han impuesto ninguna infracción disciplinaria grave. Ayuda a los reclusos más jóvenes a evitar las pandillas. No me lo imagino granjeándose enemigos. Levanta pesas, ha aprendido kárate y en general sabe cuidarse. Haría falta más de un hombre joven y sano para derribarlo, y estoy seguro de que él también repartió lo suyo antes de caer.

En medio del tráfico de Orlando, llamo a la cárcel por cuarta vez y pido hablar con el alcaide. No hay forma de que me coja el teléfono, pero quiero que sepa que no tardaré en llegar allí. Hago una docena de llamadas. Vicki persigue al hospital para que le pasen información —hay poca—, y me la traslada. Llamo a Frankie y le digo que se dirija al sur. Por fin consigo contactar con el hermano de Quincy, Marvis, que está trabajando en la construcción en Miami y no puede escaparse. Es el único pariente que se preocupa por Quincy y lo ha visitado con regularidad durante los últimos veintitrés años. Está alterado y quiere saber quién le haría eso a Quincy. No tengo respuestas.

El alzacuello suele funcionar en los hospitales, así que me lo pongo en el aparcamiento cubierto. La UCI está en la segunda planta y logro pasar esquivando a una enfermera ocupada. Hay dos jóvenes enormes —uno blanco y el otro negro— sentados en banquetas junto a una habitación con las paredes de cristal. Son guardias de la prisión, visten el llamativo uniforme negro y marrón que he visto en el centro penitenciario Garvin. Están aburridos y bastante fuera de lugar. Decido ser amable y me presento como el abogado de Quincy.

Como era de esperar, no saben casi nada. No estaban en el lugar, no vieron a la víctima hasta que estuvo en la ambulancia y se les ordenó que la siguieran y se cercioraran de que el prisionero permaneciera seguro.

Desde luego Quincy Miller está seguro. Está atado a una cama en el centro de la habitación, rodeado de tubos, monitores, goteros y máquinas. Un respirador emite un zumbido mientras bombea oxígeno a través de un tubo de traqueotomía y lo mantiene con vida. Una gruesa gasa, de la que salen tubos, le cubre la cara.

El guardia blanco me cuenta que ha entrado en parada cardíaca tres veces en las dos últimas horas. Llegó gente corriendo de todas direcciones. El guardia negro lo confirma y añade que es solo cuestión de tiempo, al menos en su opinión.

Nuestra breve charla pierde fuelle enseguida. Estos chicos no saben si se supone que tienen que dormir en el suelo, buscarse una habitación de hotel o regresar a la cárcel. La oficina allí está cerrada y no pueden contactar con su jefe. Hago el astuto comentario de que el prisionero no se va a ir a ninguna parte.

Un médico pasa por aquí y se fija en mi alzacuello. Nos apartamos para intercambiar unas palabras en voz baja. Procuro explicarle rápidamente que el paciente no tiene familia, que lleva casi veintitrés años en prisión por un crimen que no cometió y que, como abogado suyo, cabe suponer que estoy al cargo. El médico tiene prisa y no está para nada de esto. Me dice que el paciente ha recibido múltiples heridas, siendo la más grave el traumatismo cerebral severo. Se halla en coma inducido mediante pentobarbital para aliviar la presión en el cerebro. Si sobrevive, deberá enfrentarse a un montón de cirugía. Habrá que volver a poner en su sitio la mandíbula superior izquierda, las clavículas y el hombro izquierdo. Quizá la nariz. Una puñalada le perforó un pulmón. El ojo izquierdo podría estar gravemente dañado. Es demasiado pronto para predecir el alcance de los daños cerebrales permanentes, aunque es probable que sean «considerables..., si es que consigue superarlo».

Tengo la impresión de que está repasando una lista mental de las lesiones de Quincy y, dado que está claro que va a morir, ¿para qué nombrarlas todas?

Le pregunto qué probabilidades tiene; el médico se encoge de hombros y dice:

—Una entre cien.

Como un jugador en Las Vegas.

Después del anochecer, mis dos amigos de uniforme estaban hasta las narices. Hartos de no hacer nada, de estar ahí en medio, de las miradas ceñudas de las enfermeras y de vigilar a un prisionero que no podría salir corriendo aunque quisiera. Además tienen hambre y, a juzgar por su abultada cintura, para ellos la hora de la cena es sagrada. Los convenzo de que pienso pasar la noche en la sala de visitas que está al fondo del pasillo, y que si a Quincy le ocurre algo los llamaré al móvil. Me despido con la promesa de que su prisionero estará encerrado toda la noche.

En la UCI no hay asientos ni sillas junto a las camas. Las visitas no son bienvenidas. No pasa nada por pasar a hacer una visita o intercambiar unas palabras si el ser querido es capaz de hablar, pero las enfermeras son bastante estrictas en cuanto a que se mantenga el lugar a oscuras y tan en silencio como sea posible.

Me instalo en la sala que está al doblar la esquina y trato de leer. La cena consiste en comida de máquina, que está muy infravalorada. Me echo un sueño, descargo un montón de e-mails y leo un poco más. A medianoche regreso de puntillas a la habitación de Quincy. Su electrocardiograma es causa de preocupación y hay un equipo alrededor de su cama.

¿Podría ser este el final? En algunos aspectos, así lo espero. No quiero que Quincy muera, pero tampoco quiero que viva como un vegetal. Expulso estos pensamientos y rezo una oración por él y por su equipo médico. Me aparto a un rincón y observo a través de la pared de cristal mientras los heroicos médicos y enfermeras trabajan a destajo para salvarle la vida a un hombre al que Florida ha hecho cuanto ha podido por matar. Un hombre inocente al que un sistema corrupto le robó la libertad.

Lucho con mis emociones mientras me pregunto: ¿Es el Ministerio de los Guardianes responsable de esto? ¿Estaría Quincy aquí si hubiéramos rechazado su caso? No, no estaría. Su sueño de alcanzar la libertad, lo mismo que nuestro deseo de ayudarlo, lo ha convertido en un objetivo.

Hundo el rostro en las manos y lloro.

31

En la sala de visitas de la UCI hay dos sofás, ninguno de los cuales está diseñado para que un adulto duerma en él. El que está al fondo de la habitación lo ocupa una madre cuyo hijo adolescente ha resultado gravemente herido en un accidente de moto. He rezado con ella dos veces. El otro sofá es con el que yo me peleo, armado con una almohada dura, y duermo de manera intermitente hasta las tres de la madrugada, cuando me viene a la cabeza algo que tendría que haber resultado obvio antes. Me incorporo en la mal iluminada habitación y me digo: «Genial. Qué idiota eres. ¿Por qué no se te ha ocurrido esto antes?».

Suponiendo que la agresión a Quincy la ordenó alguien de fuera, ¿no correrá más peligro ahora que en la cárcel? Cualquiera puede entrar en el hospital, subir en el ascensor a la segunda planta, pasar a toda prisa por el mostrador de las enfermeras de la UCI con una historia plausible y obtener acceso inmediato a la habitación de Quincy.

Me tranquilizo y reconozco mi paranoia. No hay asesinos en camino porque «ellos» creen que ya se han ocupado de Quincy. Y con razón.

Dormir me resulta imposible. A eso de las cinco y media, un médico y una enfermera entran en la sala y hablan con la madre. Su hijo ha muerto hace veinte minutos. Dado que soy el sacerdote más próximo, me veo arrastrado a este drama. Me dejan con ella, sosteniéndole la mano y llamando a sus parientes.

Quincy resiste. Las rondas de la mañana empiezan temprano y me reúno con otro médico. No hay cambios y las esperanzas son escasas. Le explico que creo que mi cliente podría estar en peligro. Que lo atacaron unas personas que sin duda lo querían muerto, que no fue una pelea carcelaria rutinaria y que el hospital tiene que saberlo. Le pido que se lo notifique al personal y a quienes están a cargo de la seguridad. Él parece entenderlo pero no promete nada.

A las siete llamo a Susan Ashley del Proyecto Inocencia del Centro de Florida y le cuento lo que ha pasado con Quincy. Intercambiamos ideas durante media hora y coincidimos en que habría que informar al FBI. Susan Ashley sabe a quién llamar. También comentamos la estrategia de acudir al tribunal federal y demandar al estado de Florida y al Departamento de Instituciones Penitenciarias. Pediremos una orden judicial inmediata que exija al alcaide de Garvin que investigue la agresión y abra sus archivos. Llamo a Mazy y mantenemos una conversación similar. Como de costumbre se muestra cauta, pero nunca le tiembla el pulso para presentar una demanda ante un tribunal federal. Una hora después, Mazy, Susan Ashley y yo nos reunimos por videoconferencia y decidimos no hacer nada durante unas horas. Todas las estrategias cambiarán si Quincy muere.

Estoy hablando por teléfono en el pasillo cuando un médico me ve y se acerca. Finalizo la llamada y le pregunto cómo van las cosas.

—El electrocardiograma muestra una disminución constante de la actividad cerebral —dice muy serio—. La frecuencia cardíaca es baja, veinte latidos por minuto. Estamos llegando al final y necesitamos a alguien con quien hablar.

—¿Sobre lo de tirar del enchufe?

—Ese no es el término médico, pero servirá. Usted ha dicho que no tiene familia.

—Tiene un hermano que está intentando venir. Supongo que la decisión le corresponde a él.

—El señor Miller está bajo la custodia del estado, ¿cierto?

—Es un preso de una prisión estatal y lo ha sido desde hace más de veinte años. Por favor, no me diga que el alcaide puede tomar la decisión.

—En ausencia de un miembro de la familia, sí.

—¡Mierda! Si la prisión puede tirar del enchufe, ningún preso está a salvo. Vamos a esperar a su hermano, ¿de acuerdo? Espero que esté aquí al mediodía.

—De acuerdo. Debería pensar en administrarle la extremaunción.

—Soy sacerdote episcopaliano, no católico. Nosotros no administramos la extremaunción.

—Bien, pues haga lo que sea que hagan antes de la muerte.

—Gracias.

Cuando el médico se marcha, veo a los dos mismos guardias de la prisión salir del ascensor y los saludo como si fuéramos viejos amigos. Han vuelto para otro día en el que no tendrán otra cosa que hacer que estar sentados. Ayer pensé que su presencia era del todo inútil, pero ahora me alegro de verlos. Necesitamos más uniformes por aquí.

Me ofrezco a invitarlos a desayunar en la cafetería del sótano y me da que nunca han dicho que no a una comida. Mientras tomamos tortitas y salchichas se ríen de sus problemas. El alcaide los llamó a primera hora de la mañana para echarles un rapapolvo. Estaba furioso porque dejaron al prisionero sin tener autorización. Ahora están en un período de prueba de treinta días con demérito en el expediente.

No han oído rumores sobre la agresión, y mientras estén sentados en el hospital sin hacer nada seguirán sin oírlos. Sin embargo, se sabe que el lugar donde asaltaron a Quincy es una de las pocas zonas del patio de la prisión que queda fuera del alcance de las cámaras de vigilancia. Ha habido otras agresiones allí. El guardia negro, Mosby, dice que oyó hablar de Quincy hace muchos años, antes de que lo asignaran a otro pabellón. El guardia blanco, Crabtree, no lo conocía de nada, pero, claro, hay casi dos mil reclusos en Garvin.

Aunque saben muy poco, disfrutan de la importancia de estar vagamente relacionados con un acontecimiento tan excitante. Les confío que creo que la agresión se ordenó desde el exterior y que Quincy es ahora un objetivo todavía más fácil. Hay que protegerlo.

Cuando regresamos a la UCI hay dos guardias de seguridad con el uniforme del hospital rondando por allí; miran con cara de pocos amigos a todo el mundo, como si fuera el presidente el que estuviera conectado a un respirador. Ahora hay cuatro jóvenes armados de servicio, y si bien ninguno de ellos correría hasta la primera base sin derrumbarse, su presencia resulta tranquilizadora. Charlo con un médico que dice que no hay cambios y me marcho del hospital antes de que me pregunten si deberían apagar las máquinas de Quincy.

Encuentro un motel barato, me ducho, me cepillo los dientes, me cambio parcialmente de ropa y después me voy a toda prisa a Garvin. Susan Ashley ha estado persiguiendo sin éxito a la secretaria del alcaide. Mis planes de irrumpir en su despacho y exigir respuestas quedan bloqueados en la oficina de control, donde me niegan la entrada en la prisión. Me quedo rondando por allí una hora y amenazo a todo aquel que pueda oírme, pero es inútil. Las prisiones son seguras por muchas razones.

De nuevo en el hospital, charlo con una enfermera con la que he estado tonteando y me dice que las constantes vitales muestran una leve mejoría. Su hermano, Marvis, no puede dejar su trabajo en Miami. En la cárcel, nadie coge ni devuelve las llamadas.

Para la comida, lanzo una moneda y gana Mosby. Crabtree pide sándwich de jamón con pan de centeno y se queda para proteger a Quincy. Mosby y yo bajamos a la cafetería y cargamos nuestras bandejas con la lasaña sobrante y con verduras recién salidas de la lata. Hay mucha gente y nos apiñamos en la última mesa, que se le clava en el estómago. Tiene treinta años y mucho sobrepeso; me entran ganas de preguntarle qué tamaño piensa tener dentro de diez años. O de veinte. Si es consciente de que a ese ritmo será diabético a los cuarenta. Pero, como siempre, me guardo esas preguntas para mí.

Le intriga nuestra labor y no deja de mirar mi alzacuello. Así que lo deleito con historias algo adornadas de los hombres a los que hemos sacado de prisión. Hablo de Quincy y defiendo su inocencia. Mosby parece creerme, aunque en realidad le da igual. No es más que un chico de campo que trabaja por doce dólares la hora porque necesita el empleo. Lo detesta; detesta trabajar detrás del vallado y el alambre de espino; detesta el peligro de vigilar a criminales que siempre andan tramando cómo escapar; detesta la burocracia y las reglas interminables; detesta la violencia; detesta al alcaide; detesta la tensión y la presión constantes. Todo por doce dólares la hora. Su mujer limpia oficinas mientras su madre cuida a sus tres hijos.

Vicki ha encontrado tres artículos de periódico con historias sobre guardias corruptos en Garvin. Hace un par de años despidieron a ocho por vender drogas, vodka, porno y, el favorito, teléfonos móviles. Pillaron a un recluso con cuatro teléfonos y que se dedicaba a venderlos a sus clientes. Confesó que su primo los robaba fuera y sobornaba a un guardia para colarlos dentro. Se incluía una cita de uno de los guardias despedidos: «No podemos vivir con doce dólares la hora, algo tenemos que hacer».

Mientras comemos el postre —tarta de chocolate para él y café para mí—, le digo:

—Mira, Mosby, he estado dentro de unas cien cárceles, así que he aprendido algunas cosas. Sé que alguien vio la agresión a Quincy. ¿Cierto?

Él asiente.

—Es más que probable —dice.

—Para algo realmente malo, una violación o un apuñalamiento, hay que encontrar al guardia adecuado que mire hacia otro lado, ¿cierto? —Él sonríe y continúa asintiendo. Yo insisto—: El año pasado hubo dos asesinatos en Garvin. ¿Alguno durante tu turno?

—No.

—¿Encontraron a los responsables?

—Al primero sí. Al segundo lo degollaron mientras dormía. Sigue sin resolver, y lo más seguro es que no se resuelva.

—Mira, Mosby, para mí es importante descubrir quién agredió a Quincy. Tú y yo sabemos muy bien que hay uno o dos guardias implicados. Seguro que uno estaba vigilando durante el ataque. ¿Cierto?

—Es probable. —Toma un bocado de tarta y aparta la mirada. Después de tragar, dice—: En la prisión todo está en venta, Post. Ya lo sabe.

—Quiero nombres, Mosby. Los nombres de los hombres que pegaron a Quincy. ¿Cuánto costará?

Él se arrima y trata de acomodar la barriga.

—Le juro que no sé los nombres. Para conseguirlos tendré que pagar a un tío. Puede que él tenga que pagar a otro tío. ¿Me sigue? A mí también me gustaría recibir unos cuantos pavos.

—Claro, pero ¿puedo recordarte que somos una organización sin ánimo de lucro y sin dinero?

—¿Tiene cinco mil dólares?

Frunzo el ceño como si me hubiera pedido un millón,

pero cinco es la cifra correcta. Algunos hombres de la cadena de cotilleos son prisioneros que piensan en términos básicos: mejor comida, drogas, un televisor a color, condones, papel higiénico más suave. Algunos son guardias que necesitan mil dólares para reparar el coche.

—Tal vez —respondo—. Tiene que ser rápido.

—¿Qué hará con los nombres? —pregunta al tiempo que se mete el último trozo de tarta en la boca.

—¿Qué más te da? Seguro que son un par de condenados a cadena perpetua a los que les aumentarán la condena.

—Es muy probable —dice con la boca llena.

—Entonces ¿hay trato? Empieza a escarbar y yo buscaré el dinero.

—Trato hecho.

—Y mantenlo en secreto, Mosby. No quiero a Crabtree husmeando. Además, seguro que querrá una parte, ¿cierto?

—Cierto. No sé si me fío de él.

—Lo mismo me pasa a mí.

Regresamos a la UCI y le damos su sándwich a Crabtree. Está sentado con un policía de la ciudad de Orlando, un parlanchín que nos cuenta que le han ordenado que se quede un par de días. Hay muchos agentes de uniforme por aquí; empiezo a sentirme mejor respecto a la seguridad de Quincy.

32

Han pasado veintiocho horas desde la paliza y, después de cinco o seis episodios de parada cardíaca, los monitores de Quincy han empezado a estabilizarse. Aunque está claro que él no lo sabe, hay algo más de actividad en su cerebro y su corazón está un poco más fuerte. Sin embargo, esto no despierta optimismo entre sus médicos.

Estoy harto del hospital, necesito escapar, pero no puedo alejarme mucho del paciente. Paso horas en mi sofá de la sala, al teléfono, en internet, cualquier cosa para matar el tiempo. Mazy y yo decidimos esperar otro día antes de contactar con el FBI. La demanda federal también puede esperar, aunque lo estamos reconsiderando. Sigue sin haber noticias del alcaide ni contacto con la prisión.

Mosby y Crabtree tienen órdenes de marcharse a las cinco de la tarde. Los sustituye un veterano de cabello canoso que se llama Holloway y no es muy simpático. Parece inquieto porque lo hayan relegado a la vigilancia en el pasillo y no dice mucho. En fin. Al menos tenemos otro guardia armado de servicio. Y además yo ya estoy cansado de hablar con todo el mundo.

Marvis Miller llega a última hora de la tarde y lo acompaño a la habitación para ver a su hermano. Se emociona al instante, y yo me aparto. Se detiene a los pies de la cama, pues teme tocar nada, y contempla la montaña de gasa que es el rostro de Quincy. Una enfermera necesita cierta información de él, así que regreso a la sala para seguir matando el tiempo.

Ceno con Marvis, mi tercera comida del día en la cafetería. Es seis años menor que Quincy y siempre ha idolatrado a su hermano mayor. Tienen dos hermanas, pero no habla de ellas. La familia se separó después de la condena de Quincy, cuando las hermanas dieron por hecho que era culpable, el jurado así lo declaró, y cortaron toda relación. Esto molestó a Marvis, que siempre ha creído que a Quincy lo incriminaron y estaba convencido de que necesitaba más que nunca el apoyo de la familia.

Después de comer sin hambre, decidimos quedarnos a tomar un café en vez de regresar a la agobiante monotonía de la sala de visitas. Le explico mis temores por la seguridad de Quincy. Comparto con él mi teoría especulativa de que alguien relacionado con su condena ordenó la agresión, alguien que tiene miedo de nuestra investigación. Le ofrezco una patética disculpa por lo que ha ocurrido, pero él no la acepta. Está agradecido por nuestros esfuerzos y no deja de repetirlo. Siempre ha soñado con su hermano mayor saliendo victorioso de la cárcel como un hombre inocente. Marvis se parece mucho a Quincy; es tranquilo, simpático, creíble, un hombre decente que intenta sobrevivir en una vida difícil. Hay pinceladas de amargura hacia un sistema que le robó a su hermano, pero también mucha esperanza porque un doloroso error sea enmendado algún día.

Al final nos arrastramos arriba y cedo mi sofá. Me voy al motel, me ducho y me quedo dormido.

Mosby queda con Frankie Tatum. El encuentro tiene lugar en un garito a las afueras de Deltona, lejos del mundo de Mosby. Dice que frecuentaba el lugar cuando era joven, pero que está seguro de que ya nadie lo reconocerá. Como siempre, antes Frankie examina el terreno. Es casi medianoche de un jueves y el lugar está desierto y tranquilo. Necesitan un par de cervezas para sentirse cómodos el uno con el otro.

Dale a Frankie dos cervezas con un hermano en un ambiente acogedor y puedes fiarte de él.

—Necesito seis mil en efectivo —dice Mosby.

Están sentados al fondo, cerca de una mesa de billar. Los dos tipos de la barra no pueden oír una palabra.

—Podemos conseguirlos —repone Frankie—. ¿Qué obtendremos a cambio del dinero?

—Tengo un trozo de papel con tres nombres. Los dos primeros son asesinos convictos con largas sentencias; la condicional les queda muy lejos, si es que les llega alguna vez. Son los que le hicieron el trabajito a Quincy. El tercer nombre es el guardia que estaba cerca y no vio nada. Seguro que era el vigilante. No hay vídeo. Eligieron un lugar fuera del alcance de las cámaras. No sé por qué Quincy andaba por allí, ya que la mayoría de los presos lo saben. Hace dos meses violaron a un tío allí. Puede que Quincy creyera que era demasiado fuerte para que se metieran con él y bajó la guardia. Tendrá que preguntárselo a él, si puede.

—¿Cuánto sabes de los dos matones?

—Ambos son blancos, tíos duros de una banda dura; los Diáconos Arios. El primer nombre es de un tío al que veía cada día cuando trabajaba en su pabellón. Del condado de Dade, no causa más que problemas. El segundo nombre no me es conocido. Hay dos mil presos en Garvin, y por suerte no los conozco a todos.

—¿Existe alguna posibilidad de que fuera un asunto de bandas?

—Lo dudo. Las bandas siempre están en guerra, pero Quincy se mantenía alejado de ellas, según me han dicho.

Frankie bebe un trago de su botellín y saca un sobre blanco del bolsillo de su chaqueta. Lo deja encima de la mesa.

—Aquí hay cinco mil —dice.

—He dicho seis mil —replica Mosby, no hace amago de coger el dinero.

De otro bolsillo, Frankie saca un rollo de billetes y lo esconde debajo de la mesa. Lo cuenta deprisa y le pasa diez billetes de cien dólares.

—Con esto hacen seis.

Mosby le da el trozo de papel con una mano y coge el dinero en metálico y el sobre con la otra. Frankie desdobla el papel y mira los tres nombres.

—Una cosa más —añade Mosby—. Quincy no cayó fácilmente. Atizó unos cuantos puñetazos mientras pudo. El primer nombre de ahí salió con la nariz rota. Lo atendieron en la enfermería esa tarde y dijo que se había metido en una pelea. Sucede con frecuencia y no hacen muchas preguntas. Tendrá la cara hecha un cromo durante unos días, así que yo actuaría rápido. Una pequeña confirmación.

—Gracias. ¿Algo más?

—Sí, no voy a volver al hospital. Ahora están haciendo rotación de guardias y siempre andamos cortos de personal. Dígale al señor Post que le agradezco el trato.

—Se lo diré. Nosotros también lo agradecemos.

Le doy el primer nombre a Mazy, el segundo a Vicki, y yo investigo los tres. Quince minutos después de que Frankie se despidiera de Mosby, nuestros tres ordenadores navegan como locos por internet.

Robert Earl Lane fue condenado por asesinato en primer grado por matar a su novia hace diecisiete años en el condado de Dade. Antes de eso cumplió tres años por agresión a un agente de policía. Jon Drummik mató a su abuela por sesenta dólares en efectivo, dinero que necesitaba para comprar crack. Se declaró culpable en Sarasota en 1998 y evitó un juicio por pena capital. Ambos llevan en el centro penitenciario Garvin unos diez años, y dado que sus expedientes carcelarios son confidenciales, no encontramos mucho. Por norma general, Mazy puede hackear cualquier cosa, pero decidimos no infringir la ley. Por otra parte, las bandas carcelarias como los Diáconos Arios no suelen llevar un registro, así que no hay forma de verificar si son miembros.

El guardia es Adam Stone, varón blanco, treinta y cuatro años, residente en un pueblucho a media hora de la prisión. A las dos y cuarto de la madrugada, Frankie encuentra la casa de Stone y nos pasa por teléfono el número de matrícula de su coche y de su ranchera. A las tres de la madrugada, el equipo de los Guardianes mantiene una reunión telefónica y comparte toda la información. Ideamos un plan para ahondar más en los antecedentes de Lane y Drummik y averiguar todo lo posible sobre los Diáconos Arios en Florida.

Tenemos la teoría de que alguien de fuera ordenó y pagó el ataque a Quincy. Lane y Drummik no tuvieron nada que ver con el asesinato de Russo. No son más que un par de tipos curtidos que hicieron un trabajo por unos pavos. El que la víctima fuera negra hizo que el trabajito fuera más placentero.

A las cinco de la madrugada regreso al hospital y encuentro la sala de visitas vacía. Una enfermera me para en el mostrador de la UCI, así que al menos hay alguien despierto. Le pregunto por Marvis Miller y ella me señala la habitación de Quincy. Marvis está dormido en una cama plegable, protegiendo a su hermano. No hay guardias ni policías cerca. La enfermera explica que anoche, a eso de la medianoche, Marvis se enfadó por la falta de vigilancia y exigió una cama plegable. Su jefe accedió y colocaron una en la habitación de Quincy. Le doy las gracias.

—¿Cómo está el paciente? —pregunto.

Ella se encoge de hombros.

—Aguantando —responde.

Una hora después, Marvis se acerca tambaleándose, frotándose los ojos y contento de verme. Conseguimos un poco de café rancio y nos sentamos en sillas plegables en el pasillo, donde observamos el desfile de enfermeras y médicos que hacen su primera ronda. Un grupo nos hace señas para que nos reunamos con ellos en la puerta de Quincy y nos informan de que sus constantes vitales siguen mostrando una ligera mejoría. Tienen pensado mantenerlo en coma unos días más.

A Marvis le preocupa perder su trabajo, tiene que marcharse. Nos abrazamos en el ascensor y prometo llamarlo si se produce algún cambio. A su vez, él promete regresar lo antes posible, pero está a casi cinco horas de camino.

Aparecen dos policías de Orlando bien armados y charlo con ellos. Tienen pensado quedarse alrededor de una hora, hasta que llegue un guardia de la prisión.

A las siete y media de la mañana recibo un e-mail de la prisión. El alcaide dispone de unos minutos para concederme una audiencia.

Llego a Garvin cuarenta y cinco minutos antes de mi cita de las diez en punto. Trato de explicarle al personal de recepción que tengo una cita con el alcaide, pero me tratan como a cualquier abogado que viene a ver a un cliente. Nada es fácil en una cárcel. Las reglas son fijas o se modifican sobre la marcha, lo que sea necesario para perder más tiempo. Por fin viene a buscarme un guardia en un carrito de golf y salimos a dar una vuelta hasta el edificio administrativo.

El alcaide es un hombre negro, grandón y muy presumido. Hace veinte años jugaba al fútbol americano en el estado de Florida y fue reclutado por la NFL, donde duró diez partidos antes de hacerse polvo una rodilla. Su despacho está adornado con fotos de él equipado, balones autografiados y lámparas de mesa hechas con cascos. Por lo visto jugó con los Packers. Está sentado detrás de un escritorio enorme abarrotado de expedientes y papeleo; los dominios de un hombre importante. A su derecha se encuentra el abogado de la cárcel, un burócrata blanco y paliducho que sostiene un cuaderno y me mira fijamente, como si pudiera arrastrarme a los tribunales por alguna razón, o sin razón alguna.

—Tengo quince minutos —comienza el alcaide de manera afable. Se llama Odell Herman. En las paredes hay al menos tres camisetas enmarcadas con el nombre HERMAN en la espalda. Cualquiera pensaría que el tipo llegó al Salón de la Fama.

—Gracias por su tiempo —respondo con tono de listillo—. Necesitaría saber qué le ocurrió a mi cliente, Quincy Miller.

—Estamos investigando y no puedo hablar de ello aún. ¿No es así, señor Burch?

El señor Burch, como buen abogado, asiente con la cabeza para confirmarlo.

—¿Saben quiénes lo atacaron? —pregunto.

—Tenemos sospechosos, pero repito que no puedo hablar de ello en estos momentos.

—De acuerdo, le seguiré el juego. Sin divulgar nombres, ¿saben quiénes lo hicieron?

Herman mira a Burch, que menea la cabeza.

—No, señor, todavía no tenemos esa información.

Llegados a este punto, termina la reunión. Lo están encubriendo y no van a decirme nada.

—De acuerdo. ¿Saben si hubo un guardia implicado de alguna forma en la agresión?

—Por supuesto que no —dice Herman con irritación. ¿Cómo me atrevo a sugerir algo tan indignante?

—Entonces, hoy por hoy, tres días después de la agresión, no saben quiénes lo hicieron y afirman que nadie que trabajara en la prisión estuvo implicado. ¿Es correcto?

—Eso es lo que he dicho.

Me levanto de golpe y me encamino hacia la puerta.

—A mi cliente lo agredieron dos matones. El primero se llama Robert Earl Lane. Investíguenlo. Ahora mismo tiene los ojos hinchados y amoratados porque Quincy le rompió la nariz. A Lane lo atendieron en la enfermería unas horas después de la agresión. Conseguiremos una orden para los registros, así que no los pierdan.

Herman se queda boquiabierto, pero de su boca no sale palabra alguna. El abogado Burch frunce el ceño y parece completamente desconcertado.

Abro la puerta, me detengo y concluyo:

—La historia no termina ahí. Todo saldrá a la luz cuando les dé a ustedes una paliza ante un tribunal federal.

Y me marcho dando un portazo.

33

La oficina del FBI de Orlando está ubicada en un moderno edificio de cuatro plantas a las afueras de Maitland. Susan Ashley y yo llegamos temprano para nuestra reunión a las tres en punto con los de arriba. Susan se ha pasado los dos últimos días haciendo contactos y tratando de conseguir una cita. También ha enviado un breve resumen de nuestro expediente sobre Quincy Miller. No tenemos ni idea de con qué agente especial vamos a reunirnos, pero somos optimistas en cuanto a que encontraremos a alguien dispuesto a escuchar.

Se llama Agnes Nolton, cuarenta y pocos años y con influencia suficiente para tener un bonito despacho esquinero. De camino pasamos junto a docenas de agentes en pequeños cubículos, por lo que queda de manifiesto que la agente Nolton goza de cierta veteranía. En su despacho nos acompaña el agente especial Lujewski, que cualquiera diría que todavía debería estar en la universidad. Una vez que sirven el café y terminamos con las cortesías de rigor, me invitan a hablar.

Hago un resumen rápido de la labor de los Guardianes en defensa de Quincy Miller y expreso la opinión de que una banda de narcotraficantes, con mucha ayuda de un exsheriff del condado de Ruiz, le tendió una trampa. Ahora que estamos haciendo presión para obtener una revisión penal, los responsables del asesinato de Keith Russo se sienten amenazados. Les doy los nombres de Nash Cooley, el abogado del narcotráfico de Miami, y de Mickey Mercado, uno de sus secuaces. Especulo con que estos dos, junto con otros desconocidos, son los responsables de la muy brillante idea de poner fin a nuestra investigación eliminando a nuestro cliente.

—¿Daría resultado? —pregunta Nolton—. Si su cliente muriera, ¿qué pasaría con el caso?

—Sí, daría resultado —respondo—. Nuestra misión es sacar de la cárcel a personas inocentes. No tenemos tiempo ni recursos para litigar de forma póstuma.

Ella asiente y yo continúo. Describo a Quincy y recalco el hecho de que no estaba relacionado con las actividades de la banda; por tanto, no debería haber ninguna razón para que los Arios lo atacaran.

—Entonces ¿estamos hablando de un asesinato por encargo? —inquiere.

—Sí, un asesinato por encargo, un delito federal.

Resulta evidente, al menos para mí, que a Nolton le intriga el caso. Lujewski pone cara de póquer pero no se le pasa nada por alto. Abre un ordenador portátil y empieza a teclear.

—Y tenemos los nombres de los dos agresores, ambos asesinos convictos —prosigo—. ¿Ha oído hablar de los Diáconos Arios?

Nolton sonríe y el caso le gusta todavía más. Una banda de narcotraficantes, un cártel mexicano, un sheriff corrupto, el asesinato de un abogado en su escritorio, una condena injusta y ahora un intento de asesinato por encargo a fin de impedir la exoneración. No tienes un caso así todos los días.

—Claro —dice—. Pero estamos demasiado ocupados metiendo a gente entre rejas para preocuparnos por lo que ocurre una vez que están ahí. ¿Piensa darme los nombres?

—¿Qué les pasará?

Reflexiona mientras bebe un trago de café y mira a Lujewski. Él deja de teclear y dice:

—Los Diáconos Arios se separaron de la Hermandad Aria, la banda de presos blancos más numerosa de Estados Unidos. Se calcula que hay unos diez mil hermanos, aunque el mantenimiento de registros es irregular. Se dedican a las actividades típicas de las bandas: drogas, comida, sexo, teléfonos móviles. Sus exalumnos, los pocos que salen, siguen siendo miembros y continúan con las actividades delictivas. Un grupo de chicos muy malos.

—Una vez más —me dice Nolton—, a este lado de las rejas nos sale el trabajo por las orejas.

—Hay un guardia de la prisión —intervengo— que seguramente también esté implicado. Un tipo blanco que miró para otro lado. Podría ser el punto débil porque tiene más que perder.

—Me gusta cómo piensa, Post —dice Nolton.

—Nos dedicamos a lo mismo, más o menos. Usted resuelve crímenes para encerrar a gente. Yo resuelvo crímenes para liberar a gente.

Era un típico día de trabajo para Adam Stone. Fichó a las siete y cincuenta y nueve de la mañana y pasó quince minutos en su taquilla, bebiendo café y comiendo un dónut con otros dos guardias. No tenía prisa por presentarse en el pabellón E para otro estresante día vigilando a delincuentes que lo matarían si tuvieran la menor oportunidad. Algunos le caían bien y se divertía con sus pullas. A otros los despreciaba, incluso los odiaba. Sobre todo a los negros. Stone se había criado en una ruda zona rural donde eran pocos los negros que vivían allí o se sentían bienvenidos. Su padre era un racista resentido que despreciaba a todas las minorías y las culpaba de no haber prosperado en la vida. Su madre decía que un deportista negro la había agredido sexualmente en el instituto, aunque nunca se presentaron cargos. De niño a Adam le enseñaron a evitar a los negros siempre que fuera posible y a hablarles en tono despectivo.

Pero como guardia de la prisión no tenía alternativa. El setenta por ciento de la población de Garvin eran negros o latinos, lo mismo que la mayoría de los guardias. En los siete años que llevaba trabajando allí su racismo no había hecho más que aumentar. Los veía en su peor momento: hombres enjaulados que siempre habían sido objeto de discriminación y maltrato estaban a cargo de un entorno que controlaban. Sus represalias eran a menudo indignantes. A fin de protegerse, los blancos necesitaban su propia banda. Profesaba una admiración secreta a los Arios. En inferioridad numérica, y siempre bajo amenaza, sobrevivían jurándose lealtad con pactos de sangre. La clase de violencia que practicaban solía ser impresionante. Hace tres años atacaron a dos guardias negros con afiladas cuchillas y después escondieron los cadáveres y los vieron morir desangrados.

Durante el día, Adam hizo sus rondas, escoltó a los prisioneros a la enfermería y, de vuelta a sus celdas, pasó una hora obligatoria monitorizando las cámaras de vigilancia, estiró la pausa de treinta minutos para el almuerzo a una hora y fichó la salida a las cuatro y media. Ocho horas de trabajo sin demasiado esfuerzo por doce dólares la hora.

No tiene ni idea de que los agentes que trabajan para el gobierno federal han dedicado el día a investigar su vida.

Dos de ellos lo siguen cuando se marcha de la prisión. Va al volante de la niña de sus ojos, una ranchera Ram enorme último modelo con ruedas descomunales, llantas negras y ni una sola mota de polvo. Le cuesta seiscientos cincuenta dólares al mes y le quedan años por pagar. Su mujer conduce un Toyota último modelo por trescientos dólares al mes. Su casa tiene una hipoteca de ciento treinta y cinco mil dólares. Sus registros bancarios, obtenidos por orden judicial, muestran saldos de casi nueve mil dólares en cheques y en su cuenta de ahorro. En resumen, Adam y su mujer, que trabaja como empleada de una aseguradora a media jornada, viven muy por encima de sus escasos medios.

Para a repostar en una gasolinera rural y entra a pagar. Cuando regresa, dos caballeros en vaqueros y zapatillas lo están esperando. Le dicen sus nombres con rapidez, mencionan al FBI, enseñan su placa y le comunican que les gustaría hablar con él. Para tratarse de un tipo duro que se siente todavía más duro con su uniforme, a Adam le flojean las rodillas. El sudor le perla la frente.

Sigue a los dos agentes durante poco más de un kilómetro y medio hasta un colegio abandonado con un aparcamiento de gravilla vacío. Debajo de un viejo roble, junto a lo que en otro tiempo fue un parque infantil, se apoya en el borde de una mesa de picnic y trata de parecer relajado.

—¿En qué puedo ayudarlos, amigos?

—Solo unas cuantas preguntas —responde el agente Frost.

—Adelante —dice Adam con una sonrisa ñoña. Se seca la amplia frente con la manga.

—Sabemos que es guardia en Garvin, que lleva allí, ¿cuánto, siete años? —pregunta el agente Thagard.

—Sí, señor. Algo así.

—¿Conoce a un preso llamado Quincy Miller?

Adam frunce el ceño y dirige la mirada a las ramas de los árboles, como si se esforzara por hacer memoria. A continuación menea la cabeza y suelta un nada convincente «no».

—No lo creo. Hay muchos reclusos en Garvin.

—¿Qué me dice de Robert Earl Lane y Joe Drummik? —pregunta Frost—. ¿Los conoce?

Adam esboza una sonrisa que da a entender que está dispuesto a colaborar.

—Claro, están en el pabellón E. Ahí es donde estoy asignado ahora.

—A Quincy Miller —dice Thagard—, que es negro, lo dejaron inconsciente de una paliza hace tres días en el pasaje entre el gimnasio y el taller, cerca del pabellón E. Lo apuñalaron al menos tres veces y lo dieron por muerto. Usted estaba de servicio cuando tuvo lugar la agresión. ¿Sabe algo al respecto?

—Puede que haya oído algo.

—¿Cómo no vas a enterarte? —espeta Frost con brusquedad y se acerca un paso.

—En Garvin hay muchas peleas —alega Adam a la defensiva.

—¿No viste a Lane y a Drummik atacar a Quincy Miller? —pregunta Thagard.

—No.

—Tenemos una fuente que afirma que sí. Dice que estabas ahí mismo, pero que la razón de que no vieras nada es que no querías ver nada. Dice que tú eras el vigilante. Dice que eres de sobra conocido por ser uno de los recaderos favoritos de los Diáconos.

Adam exhala con fuerza, como si le hubieran asestado un puñetazo en el estómago. Se seca la frente otra vez y trata en vano de sonreír como si se divirtiera.

—Ni hablar, hombre, ni hablar.

—Dejémonos de gilipolleces, Adam —dice Thagard—. Tenemos órdenes de registro y hemos recabado toda tu información financiera. Sabemos que tienes nueve mil dólares en el banco, una cantidad bastante impresionante para alguien que gana doce pavos a la hora y cuya mujer gana diez en un empleo a media jornada, un tío con dos hijos, un tío que no ha heredado nunca una mierda de ningún pariente, un tío que gasta al menos dos mil al mes solo en un vehículo bonito y en una bonita casa, por no hablar de la comida y las facturas de teléfono. Estás viviendo muy por encima de tus posibilidades, Adam, y sabemos por nuestra fuente que pillas pasta extra moviendo droga para los Diáconos. Podemos demostrarlo ante un tribunal mañana.

No podían, pero desde luego Adam no lo sabía.

Frost toma el relevo con suavidad.

—Te van a acusar en un tribunal federal, Adam. El fiscal federal de Orlando está trabajando en ello ahora, y el gran jurado llega mañana. Pero los guardias no nos interesan. La mayoría trapichea y se saca un poco de dinero extra. Al alcaide, en realidad, le importa poco porque quiere a los presos colocados. Se portan mejor cuando les cuesta andar. Ya conoces el procedimiento, Adam. El contrabando no podría importarnos menos. Nosotros vamos tras algo mucho más importante. El ataque a Quincy Miller fue un encargo, un golpe que ordenó alguien de fuera. Eso lo convierte en una conspiración, y eso lo convierte en un asunto federal.

A Adam se le anegan los ojos y se los limpia con el antebrazo.

—Yo no he hecho nada. No pueden acusarme.

—Caray, es la primera vez que oímos eso —dice Frost.

—El fiscal federal te hará papilla, Adam —dice Thagard—. No tienes ninguna posibilidad. Hará lo necesario para que la prisión te despida en el acto. Adiós a tu sueldo, adiós a las mordidas, a todo ese efectivo. Luego perderás esa monada de camioneta con ruedas gigantescas y llantas molonas, y tu casa y, joder, Adam, será horrible.

—Estáis mintiendo —dice; trata de mostrarse duro pero se le quiebra la voz. Casi se compadecen de él—. No podéis hacer esto.

—Oh, lo hacemos a menudo, Adam —dice Frost—. Si te acusan, tardarán dos años en llevarte a juicio, más si así lo quiere el fiscal federal. A él le da igual que seas culpable o inocente, lo único que quiere es hundirte si no colaboras.

Adam echa la cabeza hacia atrás con brusquedad y abre los ojos como platos.

—¿Colaborar?

Frost y Thagard intercambian una mirada seria, como si no estuvieran seguros de si deben o no proceder.

—Eres un pez pequeño, Adam —dice Thagard arrimándose—. Siempre lo has sido y siempre lo serás. Al fiscal federal le importáis un pimiento tú y tu plan de mierda para cobrar sobornos. Quiere a los Diáconos y quiere saber quién pagó el ataque a Quincy Miller. Si juegas con nosotros, nosotros jugamos contigo.

—¿Queréis que me chive?

—No. Queremos que informes. Hay una gran diferencia. Recabas información de tus colegas y nos la pasas. Descubre quién ordenó el ataque y nos olvidaremos de presentar cargos contra ti.

—Me matarán —dice, y por fin rompe a llorar. Solloza con fuerza, cubriéndose con las manos, mientras Frost y Thagard miran a su alrededor. Por la carretera comarcal pasan coches pero nadie se molesta en mirar.

Unos minutos después recobra la compostura.

—No te matarán —dice Thagard— porque no sabrán lo que estás haciendo, Adam. Nosotros tratamos con informadores constantemente, conocemos el juego.

—Y si las cosas se ponen feas —interviene Frost—, te sacaremos y te daremos trabajo en una penitenciaría federal. El doble de sueldo, el doble de beneficios.

Adam los mira con los ojos enrojecidos.

—¿Podemos mantener esto en secreto? —pregunta—. Me refiero a que nadie puede saberlo, ni siquiera mi mujer.

Con ese «podemos», el trato está hecho.

—Por supuesto, Adam —dice Frost—. ¿Crees que vamos por ahí hablando de nuestras fuentes confidenciales? Venga ya, hombre. Nosotros escribimos el manual sobre el trato a las fuentes.

Sigue un largo silencio, Adam observa la gravilla y se seca de vez en cuando los fluidos que resbalan por su cara. Los agentes lo observan y casi lo sienten por él.

—¿Puedo pensármelo? —pide—. Denme un poco de tiempo.

—No —responde Frost—. No tenemos tiempo. Las cosas van rápido, Adam. Si Quincy muere, serás responsable de un delito capital, al estilo federal.

—¿Cuáles son los cargos ahora?

—Intento de asesinato. Conspiración. La pena máxima es de treinta años, y el fiscal federal pedirá la pena completa.

Adam menea la cabeza y parece que vaya a volver a llorar.

—¿Y si juego, como han dicho? —dice con voz rota.

—No habrá cargos. Te libras, Adam. No seas estúpido. —Y para cerrar el trato Frost añade—: Este es uno de esos momentos que pueden cambiarte la vida, Adam. Toma la decisión correcta ahora y tu vida seguirá adelante. Si te equivocas, te encerrarán con los mismos salvajes a los que has estado vigilando.

Adam se aparta de la mesa y se dobla al sentir arcadas.

—Discúlpenme —dice, camina hasta el borde del viejo parque y se pone a vomitar.

Frost y Thagard se giran y miran hacia la carretera. Adam se arrodilla detrás de un arbusto grande y se pasa un buen rato vomitando. Cuando ha terminado, se acerca de nuevo, arrastrando los pies, y se sienta en la mesa de picnic. Tiene la camisa empapada de sudor y salpicaduras de su almuerzo en su barata corbata marrón.

—De acuerdo —dice con voz ronca—. ¿Qué es lo primero que hay que hacer?

Frost no vacila.

—¿Tienen Lane o Drummik un teléfono móvil?

—Sé que Drummik sí. Yo se lo di.

—¿De dónde lo sacaste?

Adam titubea antes de lanzarse de cabeza. Cuando dice lo que está a punto de decir ya no hay vuelta atrás.

—Hay un hombre que se llama Mayhall, no conozco su nombre de pila, no sé si Mayhall es verdadero o falso, no sé dónde vive ni de dónde viene. Lo veo una o dos veces al mes. Llega con artículos para sus chicos que están dentro de Garvin. Teléfonos móviles y drogas, normalmente pastillas y metadona, drogas baratas. Yo meto el material y se lo entrego a las personas indicadas. Él me paga mil pavos al mes en metálico, además de un pequeño alijo de marihuana para que la venda por mi cuenta. No soy el único guardia que lo hace. Cuesta sobrevivir ganando doce dólares a la hora.

—Eso lo entendemos —dice Thagard—. ¿Cuántos Diáconos Arios hay en Garvin?

—Veinticinco o treinta. La Hermandad tiene más.

—¿Cuántos guardias sirven a los Diáconos?

—Que yo sepa, soy el único. Ciertos guardias se ocupan de ciertos grupos. Dudo que Mayhall quiera a nadie más metido en esto. Conmigo tiene lo que quiere.

—¿Ha estado en la cárcel?

—Estoy seguro de que sí. No te puedes unir a los Diáconos a menos que hayas estado en la trena.

—¿Podrías hacerte con el teléfono móvil de Drummik? —pregunta Frost.

Adam se encoge de hombros y sonríe como si fuera bastante listo.

—Claro. Los móviles son de las posesiones más preciadas, y a veces los roban. Iré a la celda de Drummik cuando esté en el patio y haré que parezca un robo.

—¿Cuándo? —quiere saber Thagard.

—Mañana.

—De acuerdo, hazlo. Rastrearemos sus llamadas y te daremos uno en sustitución.

—¿Sospechará algo el tal Mayhall —pregunta Frost— si Drummik tiene otro teléfono?

Adam lo piensa un momento. Las cosas siguen sin estar del todo claras. Niega con la cabeza.

—Lo dudo —dice—. Estos tíos compran, venden, comercian, roban, negocian, hacen de todo.

Thagard se inclina y le tiende la mano.

—Muy bien, Adam, tenemos un trato, ¿verdad?

Adam le estrecha la mano de mala gana.

—Y tus teléfonos también están pinchados, Adam —le informa Frost—. Estamos vigilándolo todo, así que nada de estupideces, ¿de acuerdo?

Lo dejan en la mesa de picnic, con la vista perdida en la distancia y preguntándose cómo su vida ha podido dar un vuelco tan rápido.

34

Con el FBI ejerciendo su poder, trasladan a Quincy a una habitación esquinera, que es más segura. Sobre su puerta montan dos cámaras de vigilancia bien visibles. El personal del hospital se halla en alerta máxima y sus guardias se dejan ver más. El centro penitenciario envía un guardia cada día unas horas para vigilar los pasillos, y a los policías de Orlando les gusta pasarse por allí para flirtear con las enfermeras.

El estado de Quincy mejora cada día, y poco a poco vamos abrigando la esperanza de que no morirá. A estas alturas me tuteo con sus médicos y con el personal, y todo el mundo apoya a mi cliente. Está todo lo seguro que puede estar, así que decido lanzarme a la carretera. Este lugar me está volviendo loco. ¿Quién no detesta pasar el tiempo sentado en un hospital? Savannah queda a cinco horas de viaje y nunca he sentido tanta nostalgia.

En algún lugar de los alrededores de St. Augustine, Susan Ashley llama con la noticia de que el viejo juez Jerry Plank ha denegado nuestro recurso de revisión penal. Su decisión es la esperada; lo sorprendente es que haya estado despierto el tiempo necesario para poder hacer algo. Preveíamos una espera de al menos un año, pero lo ha zanjado en dos meses. En realidad, es una buena noticia porque acelera nuestra apelación ante el Tribunal Supremo del Estado. No quiero detenerme para leer su opinión, que según Susan Ashley es muy breve. Una sentencia de dos páginas en la que Plank dice que no hemos aportado nuevas pruebas, a pesar de las retractaciones de Zeke Huffey y Carrie Holland. En fin. Contábamos con que perderíamos en el ámbito del tribual de circuito. Dedico unos minutos a maldecir en medio del tráfico y después me tranquilizo. Algunas veces, muchas veces, desprecio a los jueces, sobre todo a los jueces ciegos, viejos y blancos, pues casi todos se han formado en las oficinas de la fiscalía y no sienten compasión por nadie que haya sido acusado de un delito. Para ellos, todo aquel a quien se acusa es culpable y ha de ir a la cárcel. El sistema funciona estupendamente y la justicia siempre prevalece.

Cuando termino de despotricar, llamo a Mazy, que está leyendo el fallo. Hablamos de la apelación, va a dejarlo todo para ponerse a prepararla. Cuando llego a la oficina a última hora de la tarde, ya tiene listo el primer borrador. Lo comentamos con Vicki mientras nos tomamos un café y les cuento la historia de lo acontecido en Orlando.

Adam Stone realizó un intercambio perfecto con el teléfono de Jon Drummik. Cogió el antiguo mientras registraba la celda y al día siguiente le entregó uno nuevo. El FBI está tratando de rastrear las llamadas pasadas y escuchar las nuevas. Confían en que sus objetivos caigan en la trampa. No tienen información sobre Mayhall, o al menos nada que puedan compartir conmigo, pero piensan vigilarlo de cerca la próxima vez que se reúna con Adam.

Durante tres días seguidos previos a la agresión de Quincy, Drummik llamó a un teléfono móvil en Delray Beach, al norte de Boca Ratón. El día posterior a la agresión solo hizo una llamada, y fue al mismo número. Sin embargo, el rastro terminaba ahí. Era un teléfono desechable, de prepago, con treinta días pagados en efectivo en un establecimiento de Best Buy. Su propietario está siendo muy cuidadoso.

Adam no tiene el número de teléfono de Mayhall; nunca lo ha tenido. Por ahí no hay nada que rastrear hasta que Mayhall llame, y por fin lo hace. El FBI toma el número entrante del teléfono de Adam y lo sigue hasta otro teléfono móvil, también en Delray Beach. El rompecabezas empieza a tomar forma. Rastreando la señal telefónica, el FBI localiza a Mayhall circulando por la interestatal 95 en dirección norte. El coche que conduce está registrado a nombre de un tal Skip DiLuca de Delray Beach. Varón blanco, cincuenta y un años, con cuatro condenas a sus espaldas, siendo homicidio imprudente su peor pecado, salió en libertad condicional hace tres años de una prisión de Florida y en la actualidad regenta una tienda de venta de motos de segunda mano.

DiLuca, alias Mayhall, organiza encontrarse con Adam después del trabajo en un bar de Orange City, a cuarenta y cinco minutos de la prisión. Adam dice que siempre quedan en el mismo lugar, se toman una cerveza rápida y hablan de trabajo. Para evitar sospechas, Adam se viste de calle. Los agentes responsables le colocan un pequeño micro en el pecho. Llega el primero, elige una mesa y hace una prueba de sonido; todas las escuchas funcionan. Un equipo del FBI está escuchando en la trasera de una furgoneta aparcada en la calle detrás del bar.

Después de algunas bromas, comienza la verdadera conversación:

DILUCA: No mataron a Miller. ¿Qué pasó?
ADAM: Bueno, salieron mal algunas cosas. La primera, Miller sabe luchar y se volvió loco. Robert Earl Lane tiene la nariz rota. Tardaron unos minutos en someterlo, demasiado tiempo. Cuando lo tuvieron en el suelo, no pudieron acabar con él antes de que los viera otro guardia. No le pincharon lo suficiente.

DILUCA: ¿Dónde estabas tú?

ADAM: Allí, tío, donde tenía que estar. Conozco mi territorio. La emboscada funcionó a la perfección, solo que no pudieron con el tío.

DILUCA: Bueno, pues no está muerto, y eso es un problema. Nos pagaron por un trabajo que ha quedado sin terminar. Los caballeros con los que trato no están contentos.

ADAM: Yo no tengo la culpa. Hice lo que tenía que hacer. ¿No puedes cargártelo en el hospital?

DILUCA: Tal vez. Hemos echado un vistazo y hay muchos uniformes por allí. Su estado mejora cada día, así que nuestra parte del trato se jode cada vez más. Se suponía que teníamos que liquidarlo, así de simple. Diles a Drummik y a Lane que estoy muy cabreado por el pésimo trabajo que han hecho. Me prometieron que podían encargarse.

ADAM: ¿Hasta qué punto te afecta esto?

DILUCA: Yo me ocuparé de eso.

La conversación es breve; cuando terminan la cerveza, salen del garito. DiLuca entrega a Adam una bolsa de papel marrón de supermercado con mil dólares en metálico, dos teléfonos móviles nuevos y una provisión de drogas. Se marcha sin despedirse y con paso rápido. Adam espera hasta que lo pierde de vista y entonces les dice a sus vigilantes que DiLuca se ha marchado. Da la vuelta a la manzana y se encuentra con ellos en una calle adyacente.

Técnica y legalmente, el FBI tiene material para formular cargos contra DiLuca, Adam, Drummik y Lane por asesinato por encargo, o por intento de asesinato por encargo. Pero los dos presos ya están encerrados. Adam es demasiado valioso como informador. Y DiLuca puede llevarlos a la auténtica presa.

Veinte minutos después, DiLuca ve luces azules por el retrovisor. Echa un vistazo al indicador de velocidad, pero sabe de sobra que no ha infringido la ley. Está con la condicional y valora su libertad; o sea que cumple las reglas, o al menos las normas de circulación. Un agente del condado le pide el carnet y los papeles del vehículo, y pasa media hora llamando para las comprobaciones pertinentes. DiLuca se revuelve en el asiento. Cuando el agente regresa, le pregunta con brusquedad:

—¿Ha bebido?

—Una cerveza —responde DiLuca con sinceridad.

—Todos dicen lo mismo.

Llega otro coche del condado con las luces puestas y aparca delante del vehículo de DiLuca. Salen dos agentes y lo fulminan con la mirada, como si acabara de asesinar a unos niños. Los tres se juntan y matan el tiempo mientras DiLuca echa humo. Por fin le ordenan que salga del coche.

—¿Por qué cojones...? —pregunta mientras cierra la puerta. No debería haberlo hecho.

Dos agentes lo agarran y lo apoyan por la fuerza contra el capó de su coche al tiempo que el otro le coloca las esposas.

—Ha virado de forma imprudente —dice el primer agente.

—Y una mierda —espeta DiLuca.

—Cierra el pico.

Le registran los bolsillos, le cogen el teléfono y la cartera y lo meten de malas maneras en el asiento de atrás del primer coche patrulla. Cuando se lo llevan, un agente llama a una grúa y después al FBI. En la comisaría, conducen a DiLuca a una sala de detención, donde lo obligan a posar para una foto policial y después lo dejan sentado durante las siguientes cuatro horas.

Un magistrado federal sustituto en Orlando concede rápidamente dos órdenes de registro: una para el apartamento de DiLuca; la otra para su coche. Los agentes del FBI entran en su casa de Delray Beach y se ponen a trabajar. Es un apartamento de un dormitorio, con pocos muebles y baratos y sin el menor rastro de que por allí haya pasado alguna mujer. Las encimeras de la cocina están cubiertas de platos sucios. La ropa sucia está apilada en el pasillo. En la nevera no hay nada más que cerveza, agua y fiambres. La mesa de centro del salón está llena de revistas de porno duro. Encuentran un portátil en un despacho diminuto y lo llevan a una furgoneta, donde un técnico copia el disco duro. También encuentran dos móviles desechables, los abren, los analizan, los pinchan y los dejan de nuevo en la mesa. Colocan dispositivos de escucha por todo el apartamento. Dos horas después, el equipo ha terminado; suelen ser meticulosos a la hora de reorganizar las cosas, pero DiLuca es tan descuidado que sería imposible que notara que un equipo de vigilancia ha dedicado la noche a hurgar en su apartamento.

Otro equipo registra su coche y no encuentra nada importante salvo otro móvil desechable. Es evidente que DiLuca no tiene un número de móvil permanente. Revisando ese teléfono barato, el técnico da con un filón en el archivo de contactos. DiLuca tiene solo diez números en la memoria, y uno es el de Mickey Mercado, el asalariado que apareció en el juzgado para escuchar subrepticiamente nuestra moción de revisión penal. En el registro de llamadas recientes hay veintidós llamadas entrantes y salientes de Mercado y a Mercado en las dos últimas semanas.

Enganchan un monitor de GPS en la parte interna del parachoques trasero para que el coche no pueda eludir la vigilancia. A las diez de la noche, el sheriff del condado entra en la sala de detención y se disculpa con DiLuca. Le explica que a primera hora han atracado un banco cerca de Naples y que el coche de huida encajaba con el suyo. Sospecharon de él, pero ahora se dan cuenta de que estaban equivocados. Puede irse.

DiLuca no se muestra amable ni indulgente, y se larga tan rápido como le es posible. Alberga sospechas, por lo que decide no regresar a Delray Beach. También desconfía de su móvil desechable, así que no hace ninguna llamada. Conduce durante dos horas hasta Sarasota y se registra en un motel barato.

A la mañana siguiente, el mismo magistrado federal emite una orden autorizando el registro del apartamento de Mercado y la vigilancia electrónica de sus teléfonos. Otra orden exige a su proveedor de telefonía móvil que abra sus registros. Sin embargo, antes de que terminen de colocar las escuchas, DiLuca llama a Mercado desde un teléfono público. Lo rastrean desde Sarasota hasta Coral Gables, donde un equipo de agentes del FBI detecta su rastro. Al final aparca en un restaurante de kebabs afgano de Dolphin Avenue y entra. Quince minutos después una joven agente entra con paso tranquilo para comer algo e identifica a DiLuca, que está comiendo con Mickey Mercado.

El escalofriante comentario de DiLuca a Adam de que habían «echado un vistazo» a Quincy en el hospital hace que se incremente la seguridad allí. Quincy es trasladado de nuevo a otra habitación esquinera y nunca lo dejan sin vigilancia.

La agente Agnes Nolton me mantiene al tanto de estos progresos, aunque no lo sé todo. Le advierto que no use nuestros teléfonos, y utilizamos e-mails encriptados. Confía en que 1) Quincy estará protegido, y 2) pronto atraparán a Mercado en su conspiración. Nuestra principal preocupación es que posee doble nacionalidad y puede ir y venir a su antojo. Si sospecha algo, podría huir a casa y no volveríamos a verlo. Nolton cree que trincar a Mercado será nuestro premio gordo. Lo más probable es que los conspiradores que están por encima de él, los verdaderos criminales, no se encuentren en Estados Unidos y gocen de inmunidad judicial.

Con la participación absoluta del FBI, y con nuestro cliente aún vivo, podemos dedicar de nuevo todos nuestros esfuerzos a exonerarlo.

35

La sangría llama. Glenn Colacurci tiene sed y quiere verme de nuevo en The Bull, en Gainesville. Después de intentar descansar un par de días en Savannah, me dirijo otra vez al sur y la aventura continúa. Han sacado a Quincy del coma y está muy despierto. Sus constantes vitales mejoran cada día y sus médicos hablan de trasladarlo de la UCI a una habitación privada en la que puedan empezar a planificar las operaciones quirúrgicas para repararle los huesos. Me insisten de manera repetida en que la seguridad es estricta, por lo que no me siento obligado a pasar más horas sentado en el pasillo mirándome los pies.

Llego a The Bull unos minutos antes de las cuatro de la tarde y el vaso de tubo de Glenn ya está medio vacío. Su gran nariz bulbosa se está poniendo roja, casi a juego con el color de la bebida. Pido lo mismo y miro alrededor en busca de su guapa secretaria, en la que me sorprendo pensando más de lo que debería. No veo a Bea.

Glenn ha leído acerca de los problemas de Quincy y quiere información de dentro. Dado que he conocido a un centenar de abogados charlatanes de pequeñas localidades como él, no le revelo nada nuevo. Como en la mayoría de las agresiones carcelarias, los detalles son escasos y vagos. En tono serio y cómplice me informa en susurros que el semanario local del condado de Ruiz está siguiendo el caso de Quincy y nuestros intentos de exonerarlo. Asimilo la información con absoluta atención y dejo pasar la oportunidad de decirle que Vicki examina la mitad de los periódicos, tanto semanales como diarios, del estado de Florida. Lleva un registro continuo de cada palabra impresa sobre el caso. Vivimos en internet. Glenn se tropieza con ello una vez a la semana.

Esta reunión tiene un propósito, aparte de beber, y pasada media hora me doy cuenta de que la sangría es el aceite que engrasa la conversación. Frunce los labios, se limpia la boca con la manga y por fin va al grano.

—Bueno, Post, he de decirle que he pensado en ese caso día y noche. A fondo, ya sabe. Todo esto pasó estando yo en activo, en mis días de gloria, cuando me hallaba en el Senado y además dirigía el mayor bufete de abogados del condado, y bueno, ya sabe, pensaba que de verdad me enteraba. Suponía que Pfitzner iba a dos bandas, pero nosotros nos quedábamos en nuestro lado, ya me entiende. Él se ocupaba de lo suyo, conseguía sus votos, y yo hacía lo mismo. Cuando a Keith le volaron la cabeza y a su chico lo condenaron por ello..., en fin, me di por satisfecho. Quería la pena de muerte. La ciudad entera respiraba. Pero al volver la vista atrás...

Ve al camarero, le hace señas para que se acerque, apura los restos de su vaso y pide otra ronda. En el mío quedan por lo menos quince centímetros y medio de líquido. Con tiempo de sobra. Si esto sigue a este ritmo, esta podría acabar siendo una tarde improductiva.

Glenn recupera el aliento y continúa:

—Pero al volver la vista atrás las cosas no cuadran. Soy pariente de la mitad del condado y he representado a la otra mitad. La última vez que me presenté a la reelección obtuve el ochenta por ciento de los votos y me cabreé por el veinte por ciento perdido. Había un viejo agente, no le diré su nombre, pero solía llevarme casos. Le pagaba en efectivo y le daba una tajada cuando llegábamos a un acuerdo. Lo mismo hacía con los conductores de ambulancia y los operadores de grúas. Los tenía a todos en nómina. En fin, el agente sigue vivo, vive cerca del Golfo, y he estado hablando con él. Hace años que se jubiló; la salud le está fallando, ronda los ochenta. Formó parte del personal de Pfitzner y consiguió quedarse en el lado bueno. Se ocupaba de asuntos de poca monta: tráfico, partidos de fútbol americano, acontecimientos escolares. No era un gran policía, pero tampoco quería serlo. Simplemente disfrutaba del uniforme y del sueldo. Dice que tiene razón, dice que Pfitzner aceptaba sobornos de los narcotraficantes, dice que todo el cuerpo lo sabía. Pfitzner tenía a dos hermanos...

—Chip y Dip.

Guarda silencio y esboza una sonrisa con sus dientes amarillos.

—Es usted muy bueno, Post.

—Somos rigurosos.

—El caso es que Chip y Dip trabajaban para Pfitzner y tenían a raya a todo el mundo. Ese círculo íntimo guardaba el dinero y creía que también podía guardar los secretos, pero, claro, esta es una ciudad pequeña.

El camarero regresa con dos jarras de garrafón y mira mi vaso, casi intacto, como si dijera: «Vamos, colega, que esto es un bar». Sonrío guasón y bebo un buen trago con la pajita. Glenn hace lo mismo y traga de manera ruidosa.

—El agente me dice que a Kenny Taft no lo mató ninguna banda de narcotraficantes al azar, ni por asomo. Dice que algunos ayudantes de entonces sospechaban que Pfitzner tendió la emboscada, dice que tenía que pararle los pies a Taft porque sabía algo. Dice que el asunto salió muy bien pero hubo un pequeño problema. Un hombre recibió un disparo. Es evidente que Kenny Taft o Brace Gilmer dieron en el blanco y uno de los matones cayó. Por lo visto se desangró de camino al hospital y tiraron el cuerpo detrás de un garito de maricas en Tampa. Otro asesinato sin resolver. Por suerte para Pfitzner, el tío ni era un agente ni tampoco era de Seabrook, así que no saltaron las alarmas. ¿Le suena algo de esto, Post?

Yo niego con la cabeza. No voy a repetir nada de lo que Bruce Gilmer me contó en Idaho.

Otro buen sorbo le da las energías necesarias para continuar con la historia.

—Así que la pregunta evidente es por qué Pfitzner quería librarse de Kenny Taft.

—Ahí está el enigma —digo para ayudar.

—Bueno, se rumoreó que Kenny Taft se enteró del plan para incendiar la caseta donde la poli almacenaba las pruebas de las escenas del crimen y se llevó varias cajas con pruebas antes del incendio. Por supuesto, nadie lo sabía, y en cuanto tuvo los objetos le dio miedo hacer algo con ellos. Debió de hablar demasiado y llegó a oídos de Pfitzner, que organizó la emboscada.

—¿Varias cajas? —pregunto con la boca de repente seca y el corazón latiéndome con fuerza. Bebo un poco de sangría para calmarme.

—Eso es lo que se rumoreó, Post. No sé qué se destruyó en el incendio y no sé qué se llevó Kenny Taft. Solo son rumores. Según recuerdo, desapareció una linterna. He leído su recurso de revisión penal, vi que perdió la semana pasada y, de todas formas, se presumía que la linterna quedó destruida. ¿No es así, Post?

—Así es.

—Tal vez no se destruyó.

—Es interesante —logro decir con sosiego—. ¿Abarcaba el rumor la parte que revela qué hizo Kenny con las cajas de las pruebas?

—Pues no. Pero, cosa curiosa, el rumor dice que durante el funeral, apropiado para un general con cinco estrellas, Pfitzner ordenó a dos de sus hombres que registraran palmo a palmo la casa de Kenny en busca de las cajas. Según el rumor, nunca se hallaron.

—Pero usted tiene una corazonada, ¿verdad?

—No, pero estoy en ello, Post. Tengo múltiples fuentes, antiguas y nuevas, y estoy al acecho. Solo pensé que le gustaría saberlo.

—¿Y no está preocupado? —pregunto.

—Preocupado ¿por qué?

—Preocupado porque pueda descubrir algo que han escondido bien. Quincy Miller no mató a Keith Russo. El asesinato lo ordenó una banda de narcotraficantes con la bendición y el encubrimiento de Pfitzner. La banda sigue ahí y hace diez días intentaron matar a Quincy en la cárcel. No les gusta que escarbemos en el pasado, y tampoco les gustará que lo haga usted.

Glenn se echa a reír.

—Soy demasiado viejo para preocuparme, Post —dice—. Además, me estoy divirtiendo mucho.

—Entonces ¿por qué nos escondemos en un bar de Gainesville?

—Porque en Seabrook no hay ningún bar decente, lo que sin duda es algo bueno para un tipo como yo. Además, fui a la universidad en esta ciudad. Me encanta este sitio. ¿Usted está preocupado, Post?

—Digamos que estoy siendo cauto.

36

El expediente de Mickey Mercado cada vez abulta más. Mediante órdenes judiciales se obtienen y rastrean sus declaraciones de impuestos. Su ocupación está catalogada como consultor de seguridad, un único propietario en lugar de una sociedad o una corporación. Su dirección comercial se encuentra en el mismo edificio que Varick & Valencia, el bufete de Nash Cooley. Los ingresos brutos declarados del pasado año superaron ligeramente los doscientos mil dólares, con deducciones por una hipoteca y un par de buenos coches. Ninguna actividad benéfica.

Al FBI no le interesa perder el tiempo persiguiendo a guardias de prisiones que trafican con drogas ni a pandillas carcelarias que están en guerra. Pero la agente especial Agnes Nolton no puede resistirse al caso de un señor del crimen que ha contratado a los Diáconos Arios para matar a un hombre inocente a quien sus abogados intentan exonerar. Decide ir a por todas y estrechar el cerco sobre Skip DiLuca. Es una estrategia muy arriesgada con una alta recompensa.

Con la colaboración de la Fiscalía General, comparece ante el gran jurado federal y presenta las pruebas. Jon Drummik, Robert Earl Lane, Adam Stone y Skip DiLuca son acusados por el intento de asesinato y agresión con agravantes contra Quincy Miller. Los autos de acusación se sellan y el FBI espera, tendida ya la trampa.

Yo también espero, dando vueltas por la nueva habitación de hospital de Quincy y ayudando a la enfermera a su recuperación. Nuestras conversaciones son breves porque hablar deprisa lo agota. No recuerda nada de la agresión. En lo que respecta a su memoria a corto plazo, hay mucho que hacer.

Adam Stone llama. El señor Mayhall va de camino con más mercancía de contrabando y dinero en metálico. Debido a su casi arresto de la última vez, decide cambiar el lugar de encuentro. Elige una taquería en el extremo norte de Sanford, con una población de cincuenta mil habitantes. Adam llega primero, con ropa de calle, coge una mesa con vistas al aparcamiento y se pide unos tacos. Sabe por el FBI que Mayhall, cuyo nombre real es DiLuca, conduce ahora un Lexus plateado nuevo que acaba de alquilar. Adam mastica y está pendiente del Lexus. Llega quince minutos tarde y aparca junto a la ranchera descomunal de Adam. DiLuca baja y se dirige con paso apresurado a la puerta lateral del restaurante, pero no consigue llegar. Dos agentes con traje negro aparecen de la nada y le bloquean el paso. Le enseñan la placa y señalan un todoterreno negro aparcado junto a un contenedor de basura. DiLuca sabe que resistirse o decir algo sería una estupidez. Así que agacha la cabeza, hunde los hombros, y se lo llevan. Una vez más ha conseguido arruinarse la vida en el mundo libre. Una vez más siente la restrictiva presión de las esposas metálicas.

Adam es la única persona dentro del restaurante que presencia el drama. No está contento con los acontecimientos. Su mundo ha vuelto a sacudirse. El FBI le ha prometido que se desestimarán los cargos a cambio de su colaboración. Le han prometido un empleo mejor. Pero ¿quién cumple esas promesas? Por lo que sabe, el plan es atrapar a DiLuca antes de que pueda decirle nada a nadie. Por tanto, los Diáconos no deberían enterarse de su arresto, ni tampoco de que Adam, su recadero y mula favorita, es ahora un informador. Pero Adam sabe que en la cárcel las lealtades varían cada día y cuesta guardar los secretos. Teme por su vida y quiere otro empleo.

Se termina un taco y ve alejarse el todoterreno. Enseguida llega una grúa y se lleva el Lexus nuevo. Cuando las cosas vuelven a la normalidad, Adam da cuenta del último taco y se dirige a su vehículo; sospecha que también a él lo arrestarán pronto. O, peor aún, lo apuñalarán y dejarán que se desangre.

Durante casi una hora DiLuca permanece esposado en el asiento trasero sin decir una sola palabra. El agente sentado a su lado tampoco habla. Ni los dos de delante. El tintado de las ventanillas laterales es bastante oscuro, de modo que quienes están dentro apenas ven nada de fuera y los de fuera no pueden ver en absoluto a los pasajeros.

El todoterreno vuela entre el tráfico y al final llega a la parte de atrás del edificio del FBI en Maitland. DiLuca sube dos tramos de escaleras y lo conducen a una habitación sin ventanas en la que hay otros agentes esperando. Lo sientan por la fuerza en una silla y le quitan las esposas. En el cuarto hay por lo menos seis agentes, una demostración de fuerza impresionante. Skip se pregunta si todo este despliegue es realmente necesario. Si tratara de escapar, ¿adónde iba a ir? Que se relajen.

Una mujer entra en el cuarto y los hombres se ponen tensos. Se sienta frente a Skip, pero ellos permanecen de pie, alerta.

—Señor DiLuca, soy la agente especial del FBI Agnes Nolton, y está arrestado por el intento de asesinato por encargo de Quincy Miller, por agresión con agravantes y por otros delitos menores. Acabamos de registrar su vehículo y hemos hallado trescientas cápsulas de cristal, así que después añadiremos esos cargos. Aquí tiene su imputación. Eche un vistazo.

Le pasa el documento y DiLuca se toma su tiempo para leerlo. No está impresionado, lee con expresión chulita, como si revisara estadísticas. Cuando termina, lo deja con cuidado encima de la mesa y le brinda una sonrisa bobalicona. Ella le entrega otra hoja de papel con sus derechos. Skip los lee y firma al pie. Ya ha pasado antes por esto.

—Dentro de un momento lo devolveremos a los guardias de la cárcel —dice ella—, pero antes me gustaría que tuviéramos una pequeña charla. ¿Quiere un abogado?

—No, quiero dos abogados. Tal vez tres.

—Los necesita. Podemos parar ahora y proporcionarle un abogado mañana. Pero en ese caso no podremos tener mi pequeña charla, y eso sería muy perjudicial para usted.

—La escucho —dice con serenidad.

—Tiene usted una larga lista de antecedentes penales y ahora se enfrenta a otros treinta años por todos los cargos. Tiene cincuenta y un años, así que morirá entre rejas.

—Gracias.

—No hay de qué. Francamente, no es usted un ansiado trofeo, tenemos cosas mejores que hacer que preocuparnos por los tejemanejes de las bandas en prisión. Pero un asesinato a sueldo es otra historia. Alguien pagó para que se llevara a cabo. Usted nos dice quién, cuánto, todos los detalles, y nosotros le garantizamos una condena breve y años de libertad posteriores. Si se mantiene alejado de los problemas, claro está, lo que parece dudoso.

—Gracias.

—No hay de qué. Le ofrecemos un buen trato, señor Di-Luca, y la oferta expira dentro de exactamente cuarenta y tres minutos —dice al tiempo que mira su reloj—. No puede salir de esta habitación y desde luego no puede llamar a nadie.

—Paso. No soy un soplón, no soy un chivato.

—Claro que no, no pretendía dar a entender tal cosa. Pero no nos engañemos. Tampoco es el presidente del Rotary Club. Mírese en el espejo, Skip. Afronte la verdad. No es más que un estafador, un ladrón, un criminal con antecedentes penales, un miembro de una banda violenta, un racista, un perdedor de toda la vida con una larga trayectoria cometiendo estupideces. Ahora le han pillado sobornando a un guardia y haciendo de mula para sus colegas Diáconos. Menuda idiotez, Skip. ¿Por qué coño no hace algo inteligente en su vida? ¿De verdad quiere pasarse los próximos treinta años encerrado con esos animales? Y es federal, Skip, y no un campamento. Nos aseguraremos de que vaya a una penitenciaría federal.

—Venga ya.

—Una penitenciaría federal, Skip, lo peor de lo peor. Durante los próximos treinta años. Garvin es un picnic comparado con el lugar al que va a ir.

Skip inspira hondo y contempla el techo. La cárcel no le da miedo, ni siquiera una prisión estadounidense. Se ha pasado la mayor parte de su vida entre rejas y ha sobrevivido, en ocasiones incluso ha prosperado. Sus hermanos están ahí, todos juntos por juramento en una banda cruel pero protectora. Adiós trabajo, adiós facturas que pagar. Tres comidas al día. Drogas en abundancia, sobre todo para un miembro de la banda. Mucho sexo si uno está dispuesto.

Sin embargo, acaba de conocer a una mujer que le gusta mucho; su primera relación romántica en un montón de años. Es un poco mayor que él, no es rica pero tiene posibles, y han hablado de vivir juntos y hacer un viaje. Skip no puede irse lejos porque está con la condicional; tener pasaporte no es más que un sueño. Pero ella le ha permitido vislumbrar otra vida, y de ninguna manera quiere regresar a la cárcel.

Es un timador con mucha experiencia, así que sabe cómo jugar a este juego. Este tipo duro puede encontrar espacio para la negociación.

—Entonces ¿de cuánto tiempo hablamos?

—Como he dicho, treinta años.

—¿Con un trato?

—De tres a cinco.

—No puedo sobrevivir de tres a cinco. La respuesta es no.

—Si no puede sobrevivir de tres a cinco, ¿cómo espera sobrevivir treinta?

—He estado ahí, ¿vale? Conozco el percal.

—Desde luego que sí.

Nolton se levanta y lo fulmina con la mirada.

—Volveré dentro de treinta minutos, Skip. Ahora mismo está haciéndome perder el tiempo.

—¿Puedo tomar un café? —pregunta él.

Nolton abre los brazos.

—¿Café? —dice—. No tengo café. ¿Alguien aquí tiene café?

Los otros seis agentes miran alrededor como si buscaran café. Como no encuentran nada, niegan con la cabeza. Ella sale del cuarto con paso firme y alguien cierra la puerta. Se quedan tres agentes. El más grandote se coloca junto a la puerta en una pesada silla y comienza a borrar mensajes de voz. Los otros dos se sientan a la mesa con Skip y enseguida encuentran trabajo urgente con su teléfono móvil. El silencio reina en la habitación y Skip finge dar una cabezada.

Al cabo de un cuarto de hora se abre la puerta y entra Nolton. No se sienta, sino que baja la mirada hacia Skip y dice:

—Acabamos de detener a Mickey Mercado en Coral Gables y estamos preparándonos para ofrecerle la oportunidad de su vida —dice—. Si acepta antes que usted, está jodido y su oferta se retira de la mesa. Piense deprisa, Skip, si es que eso es posible.

Nolton da media vuelta y sale de nuevo. Skip consigue mantener una expresión impasible mientras se le encogen las tripas y siente náuseas. Ve borroso, la cabeza le da vueltas. ¡No solo saben de Mercado, sino que ahora también lo tienen! Esto lo supera. Mira alrededor y se fija en que los dos agentes sentados a la mesa están pendientes de todos sus movimientos. Respira con dificultad, no puede evitarlo. Se le humedece la frente. Ellos toman notas con sus teléfonos y envían mensajes.

Pasa un rato y no tiene arcadas. Sigue tragando saliva con fuerza y pasa otro rato.

Ella vuelve diez minutos más tarde. Esta vez se sienta, un claro indicio de que piensa apretarle las clavijas.

—Es tonto, Skip —comienza con amabilidad—. Cualquier estafador que estuviera en su pellejo y no aceptara este trato sería tonto.

—Gracias. Hablemos sobre protección de testigos.

Ella no sonríe, pero es evidente que está satisfecha por ese paso de gigante en la dirección correcta.

—Hablemos, pero no sé si en su caso funcionará.

—Ustedes pueden hacer que funcione. Lo hacen constantemente.

—En efecto. Supongamos que accediéramos a esconderle, ¿qué sacaríamos ahora mismo, en esta mesa? Tenemos a Mercado. ¿Era su contacto inmediato? ¿Había alguien por encima de él? ¿Cuántos nombres puede darnos? ¿Cuánto dinero? ¿Quién lo tiene?

DiLuca asiente y pasea la mirada por la habitación. Detesta ser un delator y se ha pasado toda su carrera castigando de forma brutal a los informantes. Sin embargo, llega un momento en que un hombre tiene que cuidar de sí mismo.

—Les contaré todo lo que sé, pero quiero un trato por escrito. Ahora. En esta mesa, como ha dicho. Yo no confío en ustedes y ustedes no confían en mí.

—Me parece justo. Tenemos un acuerdo estándar abreviado que usamos desde hace años. Ha sido aprobado por varios abogados defensores. Podemos rellenar algunos espacios en blanco y ver qué pasa.

Llevan a DiLuca a otra habitación y lo sitúan delante de un gran ordenador de sobremesa. Él mismo escribe su propia declaración:

> Hace alrededor de seis meses me abordó un hombre que se identificó como Mickey Mercado y me dijo que era de Miami. Llamó a la puerta de mi apartamento, lo cual fue raro porque muy pocas personas me conocen o saben dónde vivo. Resultó que él sabía mucho de mí. Fuimos a tomar un café a la vuelta de la esquina y tuvimos nuestro primer encuentro. Sabía que yo era un Diácono y había cumplido condena en Garvin. Conocía al dedillo mis antecedentes penales. Eso me inquietó un poco, así que le hice un montón de preguntas. Me dijo que era asesor de seguridad. Le pregunté qué narices era eso y me respondió que trabajaba para varios clientes, sobre todo en el Caribe y demás; se mostró bastante vago. Le pregunté cómo podía estar seguro de que no era una especie de poli o agente, o un capullo que intentaba hacerme caer en una trampa. Le pregunté si llevaba micro. Él se rio y me aseguró que no. En fin, nos dimos los teléfonos y me invitó a que fuera a visitar su despacho, que viera su empresa. Me juró que era legal. Unos días después fui al centro de Miami, subí unos treinta y cinco pisos y me vi con él en su despacho. Con vistas estupendas al mar. Tenía secretaria y

algunos empleados. Pero en la puerta no había ningún nombre. Tomamos una taza de café y charlamos durante una hora. Me preguntó si aún tenía contactos dentro de Garvin. Le dije que sí. Me preguntó si sería difícil cargarse a un prisionero en Garvin. Yo le pregunté si estábamos hablando de un encargo. Me dijo que sí, o de algo por el estilo. Dijo que había un preso al que había que «liquidar» debido a un mal trabajo inacabado con un cliente de Mercado. No me dio nombres y yo no dije que sí al encargo. Me marché y me fui a casa. Luego me metí en internet y no encontré casi nada sobre Mercado. Pero estaba casi convencido de que no era poli. Nuestro tercer encuentro tuvo lugar en un bar de Boca. Ahí fue donde hicimos el trato. Me preguntó cuánto costaría. Le dije que cincuenta mil, lo cual era un timo, puedes conseguir cargarte a un tío en la cárcel por mucho menos. Pero no pareció importarle. Me dijo que el objetivo era Quincy Miller, condenado a cadena perpetua. No le pregunté qué había hecho Miller y Mercado no me lo dijo. Para mí solo era una transacción comercial. Llamé a Jon Drummik, el líder de los hermanos en Garvin, y él lo dispuso todo. Usaría a Robert Earl Lane, seguramente el hombre más peligroso de allí, blanco o negro. Se llevarían cinco mil dólares cada uno por adelantado y otros cinco mil cuando el trabajo estuviera hecho. Pensaba embolsarme el resto y a la mierda con ellos. No puedes entrar dinero en metálico en la cárcel, así que tuve que pagar en efectivo al hijo de Drummik y al hermano de Lane. En nuestro cuarto encuentro, Mercado me dio veinticinco mil dólares en efectivo. Dudaba de que jamás viera la otra mitad, pasara lo que pasase con Quincy Miller. Pero me dio igual. Veinticinco mil es un chollo para un asesinato en la cárcel. Entonces quedé con Adam Stone, nuestra mula, y planeamos el asesinato. Él hizo llegar los mensajes a Drummik y a Lane. El ataque estuvo bien ejecutado, pero no terminaron el trabajo. Stone dijo que otro guardia se metió por medio o algo así. Mercado se puso furioso por el mal resultado y se negó a pagar el resto del dinero. Yo me quedé con quince mil en efectivo.

Mercado no mencionó en ningún momento el nombre de su cliente. Él fue mi único contacto. La verdad, no pregunté porque supuse que en un trato como ese lo mejor es saber lo menos posible. De haberlo hecho, estoy seguro de que Mercado habría eludido la pregunta.

Según, un amigo mío de Miami, un extraficante, Mercado es una especie de agente semilegal al que los traficantes contratan a menudo para que solucione problemas. Me he visto un par de veces con él desde el ataque a Miller, pero ninguna de estas reuniones ha sido productiva. Me preguntó si me parecía posible liquidar a Miller en el hospital. Fui allí a echar un vistazo, pero lo que vi no me gustó. Mercado quiere que esté atento a la recuperación de Miller y encuentre la forma de terminar el trabajo.

SKIP DiLUCA

Con la conspiración para matar a Quincy aún activa, el FBI debe tomar una decisión. Prefieren vigilar a Mercado, esperan que los lleve a un pez mayor, tal vez incluso utilizando a DiLuca como cebo. Sin embargo, mientras Mercado ande suelto y planeando acabar con Quincy, el peligro es real. La vía más segura es arrestar a Mercado y presionar, pero nadie dentro de la agencia espera que hable o colabore.

Tienen a DiLuca en la cárcel, en solitario, bajo vigilancia y sin acceso a ningún tipo de comunicación. Sigue siendo un delincuente profesional en el que no se puede confiar. A nadie le extrañaría que se pusiera en contacto con Mercado si tuviera ocasión. Y desde luego se aseguraría de que Jon Drummik y Robert Earl Lane se enteraran de que Adam Stone es un soplón

Agnes Nolton decide arrestar a Mercado y sacar a Adam Stone de Garvin. De inmediato organizan el traslado de su familia y él a otra ciudad, cerca de una prisión federal donde lo aguarda un empleo mejor. También hay planes en marcha para mandar a DiLuca a un campamento donde los cirujanos alterarán su aspecto y le darán un nuevo nombre.

Una vez más, la paciencia da sus frutos. Utilizando un pasaporte hondureño y el nombre de Alberto Gómez, Mercado reserva un vuelo de Miami a San Juan y desde ahí toma un vuelo regional de Air Caribbean hasta la isla de Martinica, en las Antillas francesas. Las autoridades locales se apresuran a seguir su rastro en Fort-de-France, la capital, y lo vigilan cuando toma un taxi hasta el Oriole Bay Resort, un exuberante y apartado lugar de descanso en la ladera de una montaña. Dos horas después, un avión del gobierno aterriza en el mismo aeropuerto y los agentes del FBI montan sin demora en los vehículos que los están esperando. Pero el resort está completo. Solo dispone de veinticinco habitaciones muy caras y están todas reservadas. Los agentes se registran en el hotel más cercano, a casi cinco kilómetros de distancia.

Mercado se mueve tranquilamente por el resort. Come solo junto a la piscina y se toma una copa en un rincón de una coctelería con vistas al tráfico peatonal. Los demás huéspedes son europeos de alto nivel, con su mezcolanza de idiomas, y ninguno levanta sospechas. A última hora de la tarde recorre un angosto camino que asciende casi cincuenta metros montaña arriba hasta un amplio bungalow, donde un camarero le sirve una bebida en la terraza. El centelleante y azul mar Caribe se extiende a sus pies. Se enciende un puro cubano y disfruta de las vistas.

El hombre de la casa es Ramon Vasquez y por fin sale a la terraza. La mujer de la casa es Diana, su pareja desde hace muchos años, aunque Mercado ni la conoce ni la ha visto nunca. Diana espera y observa desde la ventana del dormitorio.

Ramon acerca una silla. No se estrechan la mano.

—¿Qué ha pasado?

Mercado se encoge de hombros, como si no hubiera ningún problema.

—No estoy seguro. Dentro no terminaron el trabajo.

Hablan en voz baja, en un fluido y rápido español.

—Obvio. ¿Hay algún plan para concluir el trato?

—¿Es eso lo que quiere?

—Y tanto. Nuestros chicos no están nada contentos y quieren que ese problema desaparezca. Ellos, nosotros, pensamos que podíamos confiarte algo así de sencillo. Dijiste que sería fácil. Te equivocaste, y queremos zanjar el tema.

—De acuerdo. Idearé un plan, pero no va a ser fácil. Esta vez no.

El camarero lleva un vaso de agua helada para Ramon, que rechaza un puro. Charlan durante media hora y luego Mercado se despide. Regresa al resort, toma el sol junto a la piscina, invita a una copa a una joven durante la tarde y cena solo en el elegante comedor.

Al día siguiente utiliza un pasaporte boliviano y regresa a San Juan.

37

Solo hay dos municipios en el condado de Ruiz: Seabrook, con una población de once mil habitantes, y el mucho más pequeño pueblo de Dillon, con dos mil trescientos habitantes. Dillon se encuentra al norte y más tierra adentro, bastante apartado y aparentemente olvidado por el tiempo. Hay pocos empleos decentes en Dillon, y no demasiados en el sector del comercio. La mayoría de la gente joven se marcha por necesidad y por el deseo de sobrevivir. Rara vez se piensa en prosperar. Los que se quedan, sean jóvenes o ancianos, van tirando con el escaso salario del empleo que consigan encontrar y los cheques del gobierno.

Aunque el ochenta por ciento de la población del condado es blanca, en Dillon hay mitad y mitad. El año pasado, de su pequeño instituto salieron sesenta y un jóvenes graduados, treinta de los cuales eran negros. Kenny Taft se graduó allí, en 1981, como sus dos hermanos mayores. La familia vivía a escasos kilómetros de Dillon, en una pequeña granja que el padre compró en un embargo hipotecario antes de que Kenny naciera.

Vicki ha reconstruido una historia irregular de los Taft, y han sufrido lo suyo. Por las necrológicas antiguas sabemos que el padre de Kenny falleció a los cincuenta y ocho años por causas desconocidas. El siguiente fue Kenny, asesinado a la edad de veintisiete. Un año después su hermano mayor murió en un accidente de tráfico. Dos años más tarde, su hermana mayor, Ramona, murió con treinta y ocho años por causas desconocidas. La señora Vida Taft, que había sobrevivido a su marido y a sus tres hijos, fue internada en un hospital psiquiátrico estatal en 1996, pero los registros judiciales no especifican con claridad qué pasó después de eso. En Florida, como en la mayoría de los estados, los procedimientos de internamiento son confidenciales. En algún momento le dieron el alta, pues «murió tranquila, en casa», según la necrológica del semanario de Seabrook. Nunca se validó ningún testamento de ella o de su marido, por lo que cabe suponer que no hicieron testamento. La vieja granja y las poco más de dos hectáreas de terreno que la rodean pertenecen ahora a una docena de nietos, la mayoría de los cuales han huido de la zona. El año anterior el condado de Ruiz valoró la propiedad en treinta y tres mil dólares, y no está claro quién pagó los doscientos noventa dólares en impuestos para impedir su expropiación.

Frankie encuentra la casa al final de una carretera de grava. Un callejón sin salida. Es evidente que lleva tiempo abandonada. La maleza crece entre los combados tablones del porche delantero. Algunos postigos han caído al suelo; otros cuelgan de clavos oxidados. Un grueso candado cierra la puerta de entrada, lo mismo que la de atrás. No hay ventanas rotas. El techo de zinc parece resistente.

Frankie rodea la casa una vez y es suficiente. Pisa con cuidado entre la maleza y vuelve a su ranchera. Lleva dos días husmeando por Dillon y cree que ha encontrado un buen sospechoso.

Riley Taft trabaja de día como jefe de mantenimiento en el Colegio de Enseñanza Secundaria Dillon, pero su auténtica vocación es ejercer de ministro para su congregación. Es el pastor de la iglesia baptista de Red Banks, unos cuantos kilómetros campo adentro. La mayoría de los Taft están enterrados allí, algunos con lápidas sencillas, otros sin lápida. Su rebaño cuenta con menos de cien feligreses, y no pueden permitirse un pastor a tiempo completo. De ahí el trabajo de conserje. Después de algunas llamadas telefónicas, accede a reunirse con Frankie en la iglesia a última hora de la tarde.

Riley es joven, treinta y tantos años, regordete, de trato fácil y amplia sonrisa. Acompaña a Frankie por el cementerio y le enseña la sección de los Taft. Su padre, el hijo mayor, está enterrado entre Kenny y su madre. Narra las tragedias familiares: su abuelo falleció a los cincuenta y ocho a causa de una misteriosa intoxicación; Kenny fue asesinado; su padre murió en el acto en un accidente de tráfico; su tía murió de leucemia con treinta y seis años. Vida Taft murió hace doce años, con setenta y siete.

—La pobre mujer se volvió loca —dice Riley con los ojos húmedos—. Enterró a sus tres hijos y perdió la cabeza. La perdió de verdad.

—¿Su abuela?

—Sí. Bueno, ¿por qué quiere saber cosas de mi familia?

Frankie ya le ha hablado de los Guardianes, nuestra misión, nuestros logros y que representamos a Quincy Miller.

—Creemos que el asesinato de Kenny no ocurrió como dijo el sheriff.

Eso no suscita ninguna reacción. Riley señala la parte de atrás de la pequeña iglesia.

—Vamos a por algo de beber —dice.

Pasan de largo las tumbas y lápidas de otros Taft y salen del cementerio. Entran por la puerta trasera al salón social de la iglesia. Riley abre una nevera que hay en un rincón y saca dos botellines de plástico de limonada.

—Gracias —dice Frankie.

Ambos se acomodan en unas sillas plegables.

—Bien, ¿cuál es esa nueva teoría? —pregunta Riley.

—¿Nunca ha oído ninguna?

—No, nunca. Cuando mataron a Kenny fue el fin del mundo. Yo tenía unos quince o dieciséis años, creo que estaba en décimo curso, y Kenny era más un hermano mayor que un tío. Lo adoraba. Era el orgullo de la familia. Pensábamos que era muy listo, que tenía futuro. Estaba orgulloso de ser policía, pero quería ascender. Dios, cuánto quería a Kenny. Todos lo queríamos. Todo el mundo. Tenía una mujer muy guapa, Sybil, una chica adorable. Y un bebé. Todo le iba bien, y entonces lo asesinaron. Cuando me enteré de la noticia, me caí al suelo y sollocé como un crío. Yo también quería morir. Que me enterrasen con él. Fue horrible. —Se le anegan los ojos y bebe un buen trago—. Pero siempre creímos que se topó con unos traficantes y que le dispararon. Ahora, más de veintitantos años después, viene usted a decirme algo distinto. ¿No es así?

—Así es. Nosotros creemos que a Kenny le tendieron una trampa unos hombres que trabajaban para el sheriff Pfitzner, que sacaba tajada de los traficantes. Kenny sabía demasiado y Pfitzner sospechaba de él.

Esa información tarda uno o dos segundos en calar, pero Riley la asimila bien. Está realmente sorprendido, pero quiere saber más.

—¿Qué tiene esto que ver con Quincy Miller? —pregunta.

—Pfitzner estuvo detrás del asesinato de Keith Russo, el abogado. Russo hizo algo de dinero representando a narcotraficantes, la DEA lo convirtió en confidente. Pfitzner lo descubrió, organizó el asesinato e hizo un trabajo casi perfecto endosándoselo a Quincy Miller. Kenny sabía algo sobre el asesinato y eso le costó la vida.

Riley sonríe y menea la cabeza.

—Qué locura.

—¿Nunca había oído este rumor?

—Jamás. Señor Tatum, tiene que entender que Seabrook está a solo veinticuatro kilómetros de aquí, pero bien podrían ser cien. Dillon es un mundo aparte. Un pequeño y triste lugar en realidad. Aquí la gente sale adelante a duras penas, sobrevive a duras penas. Tenemos nuestros propios desafíos, no nos queda tiempo para preocuparnos por lo que ocurre en Seabrook o, para el caso, en cualquier otra parte.

—Lo entiendo —dice Frankie y bebe un sorbo.

—Entonces ¿usted estuvo catorce años en la cárcel por un delito que cometió otra persona? —pregunta Riley con incredulidad.

—Sí, catorce años, tres meses y once días. Y el reverendo Post vino al rescate. Estar encerrado y olvidado cuando sabes que eres inocente es algo brutal, Riley. Por eso trabajamos tan duro por Quincy y por nuestros demás clientes. Como sabes, hermano, mucha de nuestra gente está encerrada por cosas que no han hecho.

—En esto tiene razón.

Beben un trago con ánimo solidario.

—Podría haber una posibilidad, aunque remota —Frankie vuelve a la carga—, de que Kenny tuviera en su poder algunas pruebas que estaban almacenadas detrás del despacho de Pfitzner en Seabrook. Esto nos lo ha contado hace poco su excompañero. Kenny se enteró de un plan para prender fuego al edificio y destruir las pruebas, así que sacó algunas cosas antes del incendio. Si es cierto que Pfitzner fue quien tendió la trampa a Kenny, ¿por qué lo quería muerto? Pues porque Kenny sabía algo. Kenny tenía las pruebas. No había otra razón, o al menos ninguna que hayamos encontrado, que explique el móvil de Pfitzner.

Riley está disfrutando de la historia.

—Así que la gran pregunta es: ¿qué hizo Kenny con las pruebas? Por eso está aquí, ¿verdad?

—Exacto. Dudo que Kenny se las llevara a casa, eso podría haber puesto en peligro a su familia. Por otra parte, él vivía en una casa de alquiler.

—Y a su mujer no le gustaba demasiado. Estaba en Secretary Road, al este de Seabrook. Sybil quería mudarse a otro lugar.

—Por cierto, hemos encontrado a Sybil en Ocala y no quiere hablar con nosotros. Ni una sola palabra.

—Una buena mujer, siempre tenía una sonrisa para mí. Hace años que no la veo, y supongo que no volveré a verla. Así que, señor Tatum...

—Por favor, llámame Frankie.

—Entonces, Frankie, tú crees que Kenny podría haber llevado las cosas a casa, cerca, y haberlas ocultado allí, ¿no?

—La lista de posibles escondites es corta, Riley. Si Kenny tenía algo que esconder, algo valioso, lo habría guardado en un lugar seguro y accesible. Tiene sentido, ¿no? ¿Hay un desván o un sótano en la vieja casa?

Riley niega con la cabeza.

—No hay sótano. No estoy seguro, pero me parece que sí hay un desván. Nunca lo he visto ni he subido allí. —Bebe un trago y añade—: Esto parece una auténtica misión imposible, Frankie.

Frankie se ríe.

—Oh, las misiones imposibles son nuestra especialidad —dice—. Pasamos un montón de tiempo rebuscando en pajares. Pero de vez en cuando encontramos algo.

Riley se termina la limonada, se levanta despacio y comienza a pasear por la habitación, como si de repente se sintiera agobiado. Entonces se para y mira a Frankie.

—No puedes entrar en esa casa. Es demasiado peligroso.

—Lleva años abandonada.

—Por gente real, pero hay mucho movimiento por allí. Espíritus, fantasmas; ese lugar está embrujado, Frankie. Lo he visto con mis propios ojos. Soy un hombre pobre con poco dinero en el banco, pero no entraría en esa casa a plena luz del día, con una pistola en la mano, ni por mil dólares. Nadie de nuestra familia lo haría.

Riley abre mucho los ojos a causa del miedo y le tiembla el dedo cuando señala a Frankie, que está estupefacto. Riley va hasta la nevera, saca otras dos botellas, le da una a Frankie y se sienta. Inspira hondo y cierra los ojos, como si hiciera acopio de fuerzas para contar una larga historia. Y por fin comienza.

—A mi abuela Vida la crio su abuela en un asentamiento para negros a dieciséis kilómetros de aquí. Ya no existe. Vida nació en 1925. Su abuela nació en la década de 1870, cuando un montón de gente aún tenía parientes que habían nacido en esclavitud. Su abuela practicaba la brujería y el vudú africano, por entonces era algo común. Su religión era una mezcla del evangelio cristiano y la espiritualidad del viejo mundo. Era partera y la enfermera local, sabía preparar bálsamos y ungüentos e infusiones de hierbas para curar casi cualquier cosa. Vida estaba muy influenciada por esta mujer, y durante toda su vida ella también se consideró una maestra espiritual, aunque no era tan tonta como para usar el término «bruja». ¿Me sigues, Frankie?

Sí, pero estaban perdiendo el tiempo. Frankie asintió muy serio.

—Claro. Es fascinante —dijo.

—Te estoy contando la versión abreviada, pero el libro de Vida es muy grueso. Era una mujer aterradora. Amaba a sus hijos y a sus nietos y dirigía la familia, pero también tenía un lado oscuro y misterioso. Te contaré una historia. Su hija Ramona, mi tía, murió con treinta y seis años; ya has visto la tumba. Cuando Ramona era joven, unos catorce años, la violó un chico de Dillon, un chico malo. Todo el mundo lo conocía. La familia estaba disgustada, como ya supondrás, pero no quiso acudir al sheriff. Vida no confiaba en la justicia de los blancos. Dijo que ella se encargaría. Un día Kenny la encontró a medianoche, bajo la luna llena, realizando un ritual de vudú en el patio de atrás. Tocaba un tamborcillo, llevaba calabazas colgadas al cuello, serpientes alrededor de sus pies descalzos, y cantaba en una lengua desconocida. Más tarde le contó a Kenny que le había echado un maleficio al chico que había violado a Ramona. Se corrió la voz y todo el mundo en Dillon..., bueno, al menos todos los negros, se enteró de que el chico estaba maldito. Unos meses después se quemó vivo en un accidente de coche, y desde ese momento la gente huía de Vida. Le tenían mucho miedo.

Frankie escucha sin articular palabra.

—Con los años se volvió loca, y al final no tuvimos opción. Contratamos a un abogado de Seabrook para que la internaran. Ella se enfureció con la familia y nos amenazó. Amenazó al abogado y al juez. Estábamos aterrados. En el manicomio no pudieron hacer nada con ella y los convenció para que la dejaran marcharse. Nos dijo que no nos acercáramos ni a ella ni a la casa, y eso hicimos.

—Murió en 1998, según la necrológica —consigue decir Frankie.

—Ese fue el año, pero nadie sabe el día. Mi primo Wendell estaba preocupado y fue a la casa, la encontró en paz en medio de su cama, arropada hasta la barbilla. Llevaba días muerta. Dejó una nota con instrucciones de que la enterraran junto a sus hijos, sin funeral ni ceremonia. También escribió que su último acto en esta tierra fue echar una maldición a la casa. La enterramos a toda prisa, en medio de una tormenta, solo asistió la familia, y en cuanto la metimos bajo tierra cayó un rayo en un árbol del cementerio y nos llevamos un susto de muerte. Nunca en toda mi vida había tenido tanto miedo y nunca me he sentido más aliviado al ver cubrirse de tierra un ataúd. —Riley bebe un buen trago y se limpia la boca con el dorso de la mano—. Así era mi abuela Vida. Nosotros la llamábamos «yaya», pero la mayoría de los críos de por aquí la llamaban Vudú a sus espaldas.

—Tenemos que ver el desván —dice Frankie con la voz lo más firme posible.

—Estás loco, hombre.

—¿Quién tiene la llave?

—Yo, pero no he entrado en años. Cortaron la luz hace mucho, aunque a veces se ven luces por la noche. Luces que se mueven. Solo un tonto entraría por esas puertas. —Hace una pausa y añade—: Necesito un poco de aire.

Salen al calor del día y se encaminan hasta sus vehículos.

—Esto es raro, ¿sabes? —prosigue Riley—. Kenny lleva muerto veinte años y nadie de fuera ha mostrado nunca ningún interés. Ahora, en menos de una semana, tú y otros dos venís a husmear.

—¿Otros dos?

—La semana pasada se presentaron aquí dos tíos blancos e hicieron preguntas sobre Kenny. ¿Dónde se crio? ¿Dónde vivía? ¿Dónde está enterrado? No me cayeron bien, así que me hice el tonto y nos les dije nada.

—¿De dónde eran?

—No pregunté. De todas formas, me dio la impresión de que no me lo dirían.

38

La primera operación de Quincy es un trabajo de reconstrucción para recomponer un hombro y la clavícula. Sale bien, los médicos están satisfechos. Me siento con él durante horas mientras se recupera. Su maltrecho cuerpo se está recuperando bien, está recobrando parte de la memoria, aunque sigue sin recordar el ataque. No le cuento lo que sabemos sobre Drummik y Robert Earl Lane, o sobre Adam Stone y Skip DiLuca. Está muy medicado y no está preparado para escuchar el resto de la historia.

Siempre hay un guardia sentado junto a su puerta, con frecuencia más de uno. Seguridad del hospital, guardias de la cárcel, policía de Orlando y FBI. Hacen turnos, y yo lo paso bien charlando con ellos. Rompe la monotonía. A menudo me maravillo del coste de todo esto. Cincuenta mil dólares al año para mantenerlo en prisión durante veintitrés años. Una gota en el presupuesto de lo que están gastando ahora los contribuyentes para mantenerlo con vida y curar sus heridas. Por no hablar de la seguridad. Millones de dólares, un derroche en un hombre inocente que, para empezar, jamás tendría que haber sido encarcelado.

Estoy echando una cabezada en la cama plegable de su habitación una mañana temprano cuando suena mi teléfono. La agente Nolton me pregunta si estoy en la ciudad. Quiere enseñarme algo. Voy en coche hasta su oficina y la sigo hasta una espaciosa sala de reuniones donde nos espera un informático.

Él apaga las luces y, aún de pie, miramos una gran pantalla. Aparece un rostro; varón, hispano, alrededor de sesenta años, muy guapo, con unos penetrantes ojos negros y barba entrecana.

—Ramon Vasquez —dice Agnes—, antiguo dirigente del cártel de Saltillo, ahora semirretirado.

—Ese nombre me suena —digo.

—Espere. —Clica y aparece otra imagen, una foto aérea de un pequeño complejo hotelero escondido en la ladera de una montaña rodeada por el agua más azul del mundo—. Ahí es donde pasa casi todo el tiempo. La isla de Martinica, en las Antillas francesas. El lugar se llama Oriole Bay Resort, propiedad de una del millón de empresas anónimas con domicilio en Panamá. —Divide la pantalla y aparece el rostro de Mickey Mercado—. Hace tres días, nuestro amigo utilizó un pasaporte hondureño para volar a Martinica, donde se reunió con Vasquez en el resort. Nos presentamos allí, pero no pudimos entrar, y seguramente mejor así. Al día siguiente Mercado utilizó un pasaporte boliviano para regresar a Miami a través de San Juan.

Entonces el recuerdo me golpea con fuerza.

—Vasquez era el novio de Diana Russo —digo.

—Aún lo es. Llevan juntos desde la prematura muerte de su querido marido. —Clica otra vez. Mercado desaparece y media pantalla queda en blanco. En la otra mitad se sigue viendo la isla—. No hay fotos de Diana. Según lo que hemos podido reunir, y no voy a aburrirlo con historias de lo precaria que puede ser la información en cualquier lugar del Caribe, viven la mayor parte del tiempo en la intimidad del lujoso resort. Ella dirige el lugar, pero es extremadamente discreta. También viajan mucho por todo el mundo. La DEA no tiene la certeza de si sus viajes están relacionados con el tráfico o si solo quieren salir de la isla. Creen que Vasquez no está en su mejor momento pero sigue ofreciendo asesoramiento. Es posible que, dado que el asesinato de Russo tuvo lugar cuando él estaba al mando, deba ser él quien limpie el desastre. O podría ser que siga en activo en el negocio. Sea como sea, es muy cauto.

Retrocedo hasta una silla y me dejo caer.

—Así que ella estuvo implicada —farfullo.

—Bueno, no lo sabemos con seguridad, pero de repente parece mucho más culpable. Renunció a su nacionalidad estadounidense hace quince años y se convirtió en ciudadana panameña de pleno derecho. Eso debió de costarle cincuenta de los grandes. Su nuevo nombre es Diana Sanchez, pero me jugaría algo a que tiene otros. A saber cuántos pasaportes ha conseguido. No hay constancia en ningún registro de que Ramon y ella se hayan casado de manera oficial. Al parecer no han tenido hijos. ¿Ha visto suficiente?

—¿Es que hay más?

—Oh, sí.

El FBI estaba siguiendo los pasos de Mercado y preparándose para detenerlo, cuando cometió un error inexplicable. Cogió el teléfono equivocado e hizo una llamada a un número que fue imposible rastrear. Pero la conversación sí se grabó. Mercado propuso al hombre al otro lado de la línea que al día siguiente fueran a comer a una marisquería de Cayo Largo. Actuando con una rapidez impresionante que hace que me alegre de estar del mismo lado que el FBI, Agnes Nolton consiguió una orden judicial y sus agentes llegaron antes al lugar. Fotografiaron a Mercado en el aparcamiento, lo grabaron en vídeo comiendo cangrejos con su contacto y los fotografiaron cuando montaron en sus coches. El todoterreno Volvo último modelo está registrado a nombre de Bradley Pfitzner.

En la grabación parece estar en buena forma, con perilla canosa y cabello ondulado gris. Vivir una jubilación de lujo le sienta bien. Tiene casi ochenta años, pero se mueve como un hombre mucho más joven.

—Enhorabuena, Post —dice Nolton—. Por fin tenemos la conexión.

Estoy demasiado pasmado para hablar.

—Está claro que no podemos condenar a Pfitzner por almorzar —dice ella—, pero conseguiremos órdenes y sabremos hasta cuándo echa una meada.

—Ten cuidado. Es muy astuto —replico.

—Sí, pero hasta los delincuentes más listos cometen estupideces. El encuentro con Mercado es un regalo.

—¿No hay rastro de que Pfitzner tenga contacto con Di-Luca? —pregunto.

—Nada en absoluto. Apuesto mi sueldo a que Pfitzner ni siquiera sabe el nombre de DiLuca. Mercado se mueve en el mundo de la delincuencia, donde conoció a los Arios y organizó el golpe. Es más que probable que Pfitzner aportara el dinero, pero no podremos demostrarlo a menos que Mercado cante. Y los hombres como él no se van de la lengua.

Me siento abrumado, hago esfuerzos para no perder la calma.

—Qué desastre de hombre. —Esa es mi primera reacción—. En el lapso de tres días, Mercado los lleva hasta Ramon y Diana Russo y después hasta Bradley Pfitzner.

Agnes asiente en todo momento, bastante orgullosa de sus progresos, pero demasiado profesional para alardear.

—Algunas piezas del rompecabezas empiezan a encajar, pero queda un largo camino por recorrer. Lo mantendré informado.

Agnes se marcha a otra reunión y el informático me deja solo en la habitación. Me quedo sentado largo rato en la penumbra, contemplando la pared mientras trato de asimilar estas bombas. Agnes tiene razón al decir que de repente sabemos mucho más sobre la conspiración para asesinar a Keith, pero ¿cuánto podemos demostrar? ¿Y en qué medida puede esto ayudar a Quincy?

Al final abandono la sala y el edificio y regreso al hospital, donde encuentro a Marvis sentado con su hermano. Me cuenta que ha convencido a su jefe para que le dé unos cuantos días de vacaciones y que estará por aquí. Son buenas noticias y vuelvo deprisa al motel para recoger mis cosas. Abandono poco a poco la ciudad entre el tráfico cuando la inspiración me llega con tanta fuerza que casi piso el freno y doy media vuelta. Sigo conduciendo mientras un sencillo pero perfecto plan toma forma. Entonces llamo a mi nueva mejor amiga, la agente especial Agnes Nolton.

—¿Qué ocurre? —dice con voz crispada después de que la tenga diez minutos en espera.

—La única manera de atrapar a Pfitzner es metiéndolo en la conspiración —digo.

—Suena a incitación al delito.

—Casi, pero podría funcionar.

—Lo escucho.

—¿Han mandado ya a DiLuca a algún lugar desconocido?

—No. Sigue por aquí.

—Necesitamos que haga un trabajito más antes de que desaparezca.

En Hialeah Park, DiLuca toma asiento en la grada, lejos de otros espectadores. En la mano sujeta un programa de las carreras como si se dispusiera a empezar a apostar por algún caballo. Le han colocado el micro más moderno que existe, podría captar el resoplido de un ciervo a casi treinta metros de distancia. Mercado aparece veinte minutos después y se sienta a su lado. Compran un par de cervezas a un vendedor y ven la siguiente carrera.

—Tengo un plan —dice por fin DiLuca—. Entre una operación y otra han trasladado otra vez a Miller. Sigue mejorando, pero tardará en salir. Los guardias se turnan y siempre hay alguien vigilando su puerta. La prisión envía a algunos chicos de vez en cuando. Ahí comienza el plan. Le cogemos prestado a Stone un uniforme de guardia y uno de mis chicos se lo pone. Se cuela de noche sin hacer ruido. En ese momento hay una amenaza de bomba en el hospital, hacemos estallar algo en el sótano, nadie sale malherido. Como es lógico, el hospital enloquece. Un simulacro de tiroteo y toda esa locura. En medio del caos, nuestro chico se abre paso hasta Miller. Utilizamos un inyector de epinefrina, que conseguimos en la farmacia, y lo cargamos con algo como ricina o cianuro. Le pincha en la pierna y adiós en cinco minutos. Si está despierto, no podrá reaccionar a tiempo, pero lo tienen bastante sedado. Lo haremos de madrugada, cuando es más que probable que esté durmiendo. Nuestro hombre sale y desaparece en medio de la confusión.

Mercado bebe un trago de cerveza y frunce el ceño.

—No sé. Parece muy arriesgado.

—Lo es, pero es un riesgo que estoy dispuesto a correr. Por un precio.

—Creía que había cámaras por todas partes.

—Encima de la puerta, pero no dentro de la habitación. Nuestro chico entra porque es un guardia. Una vez dentro, hará el trabajo en cuestión de segundos y después se unirá al caos. Si captan su imagen, no hay problema. Nadie sabrá nunca quién es. En una hora lo habré subido a un avión.

—Pero Miller está en un hospital, rodeado de buenos médicos.

—Cierto, pero cuando identifiquen la toxina ya estará muerto. Confía en mí en esto. He envenenado a tres hombres en prisión y lo hice con un brebaje casero.

—No sé. Tengo que pensarlo.

—A ti no te supone ningún esfuerzo, Mickey. Salvo por el dinero. Si nuestro chico la caga y lo pillan, no hablará. Lo prometo. Si Miller sobrevive, te quedas la otra mitad. Los trabajos de la cárcel son baratos. Pero esto no es la cárcel.

—¿Cuánto?

—Cien de los grandes. La mitad ahora, la mitad después de su funeral. Además de los otros veinticinco mil por el primer trabajo.

—Es bastante excesivo.

—Se precisan cuatro hombres: tres y yo, incluido el que preparará la bomba. Esto es mucho más complicado que clavar un pincho en la cárcel.

—Es mucha pasta.

—¿Lo quieres muerto o no?

—Se suponía que ya tenía que estar muerto, pero tus matones la jodieron.

—¿Muerto o no?

—Es demasiado dinero.

—Es calderilla para tus chicos.

—Me lo pensaré.

Al otro lado del hipódromo, junto a las cuadras, en la trasera de una furgoneta de reparto, un equipo graba cada momento mientras el micrófono capta cada palabra.

Pfitzner da largos paseos con su segunda esposa, sale a pescar con un amigo en un reluciente Grady-White de diez metros de eslora y juega al golf todos los lunes y miércoles con el mismo grupo de cuatro. Todo —la ropa, la casa, los coches, los buenos restaurantes, los clubes— indica que es muy rico. Lo vigilan, pero no entran en su casa; demasiadas cámaras de seguridad. Tiene un iPhone que utiliza para las conversaciones normales y como mínimo un móvil desechable para las llamadas delicadas. Durante once días no se aventura más allá del campo de golf o del puerto.

El duodécimo día deja Marathon y se dirige al norte por la autopista 1. El plan se pone en marcha cuando llega a Key Colony Beach. Se intensifica cuando Mercado sale de Coral Gables y se pone en camino. Llega el primero a Cayo Largo y deja el coche en el aparcamiento del restaurante Snook's Byside. Dos agentes en pantalón corto y camisa con estampado floral entran como si tal cosa y ocupan una mesa cerca del agua, a poco más de nueve metros de la de Mercado. Pfitzner llega al cabo de diez minutos en su Volvo y entra sin la bolsa del gimnasio, uno de varios errores.

Sacan la bolsa del Volvo mientras Mercado y Pfitzner comen ensalada de marisco. Dentro hay cinco fajos de billetes de cien dólares bien envueltos en plástico. No son billetes nuevos del banco, han estado algún tiempo guardados. En total cincuenta mil dólares. Sacan dos fajos y los sustituyen por billetes más nuevos cuyos números de serie se han registrado. Luego vuelven a dejar la bolsa en el suelo de la parte trasera del Volvo. Llegan otros dos agentes, completando el equipo de diez.

Cuando el almuerzo termina, Pfitzner paga la factura con una tarjeta American Express. Mercado y él abandonan el restaurante y salen al sol. Titubean junto al Volvo mientras Pfitzner abre la puerta, agarra la bolsa de deporte y, sin deslizar la cremallera y mirar dentro, se la entrega a Mercado, que la coge con tanta normalidad que resulta obvio que no es la primera vez que hace algo así. Antes de que Mercado pueda dar un paso, una voz grita:

—¡Alto! ¡FBI!

Bradley Pfitzner se desmaya y se golpea con fuerza contra el coche aparcado junto a su Volvo. Cae al asfalto, los agentes rodean a Mercado, cogen la bolsa y le ponen las esposas. Cuando Bradley se levanta, está aturdido y tiene un corte encima de la oreja izquierda. Un agente se lo limpia de forma brusca con una toallita de papel mientras suben a los dos sospechosos para llevarlos a Miami.

39

Al día siguiente, la agente Nolton llama para comunicarme que Skip DiLuca está en un avión de camino a Marte, con una nueva identidad y la posibilidad de una nueva vida. Su novia piensa reunirse con él más tarde. Agnes me cuenta las últimas noticias acerca de Pfitzner y Mercado, pero nada ha cambiado. Como era de esperar, el bufete de abogados de Nash Cooley los representa a ambos, así que los abogados obstruirán el sistema y la fiscalía no tardará en paralizarse. Los dos acusados están intentando salir bajo fianza, pero el magistrado federal no cederá.

Su voz se relaja, y acaba la conversación con:

—¿Por qué no me has invitado a cenar?

Cualquier silencio mostraría debilidad, así que replico de inmediato.

—¿Qué te parece si vamos a cenar?

En mi habitual estado de inopia en presencia del sexo opuesto, no me he fijado en si lleva alianza. Diría que ronda los cuarenta y dos años. Creo recordar que tiene fotos de niños en su despacho.

—Hecho —dice—. ¿Dónde quedamos?

—Es tu ciudad —repongo a la defensiva. En Orlando solo he comido en la cafetería del hospital Mercy. Es un asco, pero barata. Intento desesperadamente recordar el saldo de mi tarjeta de crédito. ¿Puedo permitirme llevarla a un buen restaurante?

—¿Dónde te alojas? —pregunta.

—En el hospital. No importa. Tengo coche.

Me hospedo en un motel barato en una parte peligrosa de la ciudad, un lugar que nunca mencionaría. ¿Y mi coche? Es un pequeño Ford SUV con los neumáticos gastados y un millón de kilómetros en el cuentakilómetros. De repente me doy cuenta de que Agnes ya sabe esto. Estoy seguro de que el FBI me ha investigado. Si ha echado un vistazo a mi vehículo preferirá «quedar» en el restaurante en vez de pasar por el trámite de que sea yo quien la recoja. Me gusta cómo piensa.

—Hay un lugar llamado Christner's en Lee Road. Quedamos allí. Y pagamos a medias.

Ahora aún me cae mejor. Puede que hasta me enamore de ella.

—Si insistes...

Con la licenciatura de derecho y dieciocho años de antigüedad, su sueldo ronda los ciento veinte mil dólares, más que el de Vicki, el de Mazy y el mío juntos. De hecho, Vicki y yo no nos consideramos asalariados. Cada uno sacamos dos mil dólares al mes para sobrevivir, y por Navidad, si queda algo en el banco, nos concedemos un extra.

Estoy seguro de que Agnes es consciente de que vivo en la pobreza.

Me pongo mi única camisa limpia y unos chinos muy usados. Ella llega de la oficina con aire despreocupado y, como siempre, muy elegante. Tomamos una copa de vino en el bar y a continuación pasamos a nuestra mesa. Después de pedir otra copa de vino, me dice:

—Nada de hablar de trabajo. Hablemos de tu divorcio.

Río entre dientes por su brusquedad, aunque era algo que esperaba.

—¿Cómo lo sabes?

—Solo lo imaginaba. Tú me hablas primero del tuyo, luego yo te hablo del mío y así evitamos hablar de trabajo.

Bueno, fue hace mucho tiempo, digo, y me sumerjo en mi pasado. Facultad de derecho, noviazgo con Brooke, matrimonio, la carrera como abogado de oficio, mi crisis nerviosa que me llevó al seminario y a una nueva carrera, la vocación de ayudar al inocente.

El camarero merodea y pedimos ensalada y pasta.

En realidad ella tiene dos divorcios a sus espaldas. Uno menor que siguió a un primer matrimonio terrible, y uno importante que se resolvió hace menos de dos años. Él era ejecutivo de una empresa en la que cambiaba de destino muy a menudo. Ella quería tener su carrera y se hartó de mudarse. Fue una ruptura dolorosa porque se amaban. Sus dos hijos adolescentes todavía intentan sobrellevarlo.

A Agnes le intriga mi trabajo, y a mí me alegra hablar de nuestros exonerados y nuestros casos actuales. Comemos, bebemos, charlamos y disfrutamos de una cena deliciosa. Me siento feliz de estar con una mujer atractiva e inteligente, y también de cenar fuera de la cafetería del hospital. Ella parece morirse de ganas de mantener una conversación que no esté relacionada con su trabajo.

Pero mientras tomamos tiramisú y café, volvemos a asuntos más urgentes. Nos desconciertan los actos de Bradley Pfitzner. Durante muchos años ha llevado una vida cómoda alejado del escenario de sus delitos. Nunca ha estado ni remotamente cerca de que lo acusaran de nada. Fue sospechoso y lo investigaron, pero era demasiado listo y tuvo demasiada suerte para que lo atraparan. Se marchó con su dinero y lo blanqueó bien. Tiene las manos limpias. Hizo un buen trabajo encerrando a Quincy y asegurándose de que Kenny Taft jamás se fuera de la lengua. ¿Por qué se arriesga ahora a implicarse en un complot para acabar con nuestra labor asesinando a Quincy?

Agnes especula con que actuaba en nombre del cártel. Es posible, pero ¿qué más le da al cártel, y para el caso a Pfitzner, que saquemos a Quincy de la cárcel? No estamos más cerca de identificar al sicario que mató a Russo hace veintitrés años. Y si por algún milagro nos enteráramos de su nombre, serían necesarios otros tres milagros para vincularlo con el cártel. Exonerar a Quincy no equivale a resolver ese asesinato.

Agnes supone que Pfitzner y el cártel dieron por hecho que el golpe en prisión sería fácil y no dejaría pistas. Solo había que encontrar un par de tipos duros con condenas largas y prometerles un poco de pasta. Una vez que Quincy estuviera bajo tierra, nosotros cerraríamos el expediente y adiós muy buenas.

Estamos de acuerdo en que Pfitzner, ya en su vejez, debió de asustarse al darse cuenta de que alguien con cierta credibilidad estaba escarbando en un asunto que él creía más que zanjado. Sabe que nuestros casos tienen base legal, y sabe, por nuestra reputación, que somos tenaces y solemos tener éxito. Sacar a Quincy de prisión dejaría muchas preguntas sin respuesta. Sacarlo en un coche fúnebre sepultaría dichas preguntas.

También existe la posibilidad real de que Pfitzner se creyera inmune a cualquier ajuste de cuentas. Él fue la ley durante años. Operó por encima, por debajo, por dentro y por fuera de la ley, e hizo lo que le vino en gana mientras mantenía contentos a los votantes. Se jubiló con una fortuna y se considera muy listo. Si era necesario cometer un delito más, uno tan sencillo como una agresión en la cárcel, sin duda podría llevarlo a cabo y no volver a preocuparse jamás.

Agnes me entretiene contándome errores increíbles cometidos por delincuentes, por lo demás, inteligentes. Dice que podría escribir un libro con semejantes historias.

Especulamos, cuestionamos y hablamos de nuestro pasado hasta bien entrada la noche, disfrutando de verdad de la larga conversación. Los demás comensales se han marchado y ni nos hemos dado cuenta. Cuando el camarero nos lanza la mirada, nos percatamos de que el restaurante está vacío. Dividimos la cuenta, nos estrechamos la mano en la puerta y quedamos en que lo repetiremos.

40

Cuando el FBI clavó sus colmillos en Adam Stone y Skip DiLuca me di cuenta de que Quincy Miller tiene una demanda civil magnífica. Con la complicidad activa de un empleado del estado, la agresión se convierte en un agravio con intencionalidad, que es más susceptible de procesamiento que la típica paliza en prisión. El estado de Florida se convirtió en responsable y no tiene forma de librarse. Hablé largo y tendido de esto con Susan Ashley Gross, nuestra abogada adjunta, y ella recomendó con los ojos cerrados a un abogado litigante llamado Bill Cannon, de Fort Lauderdale.

En Florida no faltan abogados civilistas estrella. Las leyes del estado son favorables a los demandantes. Los miembros del jurado son gente instruida y tienden a mostrarse generosos. La mayoría, al menos los de las zonas urbanas, se decantan por las víctimas. Dichos factores han generado un grupo de abogados litigantes agresivos y con éxito. Basta observar los carteles publicitarios en las concurridas autopistas de Florida para que casi desees resultar herido. Pon la televisión temprano por la mañana y te bombardearán los charlatanes que sienten tu dolor.

Bill Cannon no se anuncia porque no lo necesita. Su excelente reputación es nacional. Ha pasado los últimos veinticinco años en juzgados y convencido a los miembros del jurado para que suelten más de mil millones de dólares en veredictos. Los picapleitos que deambulan por las calles le llevan sus casos. Él hace una criba y elige los mejores.

Yo decido contratarlo por otras razones. La primera es que cree en la causa y realiza generosas donaciones al Proyecto Inocencia de Susan Ashley. La segunda es que aboga por el trabajo desinteresado y espera que sus compañeros y asociados contribuyan con el diez por ciento de su tiempo a representar a los menos afortunados. Aunque ahora va de aquí para allá en su propio jet, creció en la pobreza y recuerda el sufrimiento de ser pisoteado de cuando desahuciaron a su familia de manera injusta.

Tres días después de que arrestaran a Mercado y a Pfitzner, Cannon presenta en nombre de Quincy Miller una demanda federal por cincuenta millones de dólares contra el Departamento de Correcciones de la Florida, Mickey Mercado y Bradley Pfitzner. La demanda también nombra a Robert Earl Lane y Jon Drummik, los agresores, y a Adam Stone y Skip DiLuca, pero estos serán desestimados más tarde. Inmediatamente después de presentar la demanda, Cannon convence a un magistrado para que congele las cuentas bancarias y el resto de los recursos de Mercado y Pfitzner antes de que el dinero vuele y desaparezca en el Caribe.

Armado con órdenes judiciales, el FBI asalta el elegante apartamento de Mercado en Coral Gables. Encuentran algunas pistolas, teléfonos desechables, una caja con solo cinco mil dólares y un ordenador portátil sin demasiada información valiosa. Mercado vivía con miedo y evitaba dejar rastros. Sin embargo, dos extractos bancarios llevan al FBI a tres cuentas con un total de cuatrocientos mil dólares. Un registro similar en su oficina genera poco más. Agnes da por hecho que Mercado guarda sus ganancias en bancos turbios de paraísos fiscales.

Con Pfitzner no fue tan bien. El registro de su casa se vio ralentizado porque su mujer se volvió loca y trató de bloquear las puertas. Al final la sometieron con las esposas y la amenazaron con ir a prisión. Los registros bancarios llevan a tres cuentas en Miami en las que el bueno del viejo sheriff tiene casi tres millones de dólares. Una cuenta de mercado monetario tiene poco más de un millón. No está mal para un sheriff de una pequeña localidad.

Agnes piensa que hay más. Cannon lo mismo. Si Pfitzner tuvo la desfachatez de guardar cuatro millones de dinero sucio en bancos estadounidenses, no quiero ni imaginar cuánto ocultó en paraísos fiscales. Y Cannon sabe cómo encontrarlo. Mientras el FBI comienza a presionar a los bancos caribeños, Cannon contrata a un bufete de auditoría forense especializado en seguir el rastro del dinero sucio que se canaliza fuera del país.

Pese a la seguridad que posee, Cannon no hace predicciones. Sin embargo, confía en que su nuevo cliente recuperará una cuantiosa cantidad por daños y perjuicios, menos el obligatorio cuarenta por ciento del total que se quedará el bufete. Abrigo la secreta esperanza de que los Guardianes consigan algunos dólares para pagar las facturas de la luz, aunque eso rara vez pasa.

Pero Quincy no piensa en el dinero. Está muy ocupado tratando de caminar. Los médicos le han operado el hombro, ambas clavículas y la mandíbula; lleva una gruesa escayola en la parte superior del torso y en una muñeca. Le han implantado tres dientes y le han inmovilizado la nariz. Sufre dolor constante, pero tiene el mejor de los ánimos e intenta no mencionarlo. Lleva drenajes en un pulmón y en un lado del cerebro. Está tan medicado que cuesta saber hasta qué punto este funciona, pero está decidido a levantarse de la cama y mantenerse activo. Cuando sus fisioterapeutas terminan las sesiones, se queja. Quiere más; andar más, más estiramientos, más masajes, más friegas, más retos. Está harto del hospital, pero no tiene adónde ir. Garvin no puede ofrecerle nada en términos de rehabilitación, y la atención médica está muy por debajo de la media. Cuando está despierto y consciente, me pincha con que a ver si lo exonero y así no tiene que regresar a Garvin.

41

Se ha corrido la voz entre la familia, y a algunos Taft no les agrada que nadie hurgue en la casa encantada de Vida. Creen que la hechizó antes de morir y la llenó de espíritus furiosos que no pueden salir. Abrir las puertas ahora podría liberar todo tipo de males, y sin duda sus descendientes serían el objetivo de la mayoría de ellos. Falleció muy resentida contra los que la enviaron al manicomio. En sus últimos días estaba loca como una cabra, pero eso no le impidió cubrir a su familia de maldiciones. Según Frankie, una escisión de la brujería africana cree que las maldiciones mueren con la bruja, pero otra dice que pueden mantenerse para siempre. Ningún Taft vivo tiene deseos de averiguarlo.

Frankie y yo nos dirigimos a Dillon en su reluciente ranchera. Él conduce; yo envío mensajes de texto. En el compartimento situado entre los dos hay una Glock de 9 milímetros comprada de forma legal y registrada a su nombre. Piensa llevarla encima si conseguimos entrar en la casa.

—No creerás de verdad en todo eso de la brujería, ¿o sí, Frankie? —pregunto.

—No lo sé. Espera a ver la casa. Se te quitarán las ganas de entrar.

—O sea, ¿te preocupan los fantasmas, los duendes y esas cosas?

—Ríete todo lo que quieras, jefe. —Toca la Glock con la mano derecha—. Desearás tener una de estas.

—No puedes disparar a un fantasma, ¿no?

—Nunca he tenido que hacerlo. Pero por si acaso.

—Vale, tú entrarás primero, con la pistola, y yo te seguiré, ¿de acuerdo?

—Ya veremos. Si es que llegamos tan lejos.

Pasamos por el triste pueblo de Dillon y nos adentramos con rapidez en el campo. Al final de un camino de grava hay una vieja ranchera estacionada delante de la casa en ruinas.

—Ahí la tienes —dice Frankie cuando frenamos despacio—. El de la derecha es Riley, mi colega. No lo sé, pero imagino que el otro es su primo Wendell. Él podría ser problemático.

Wendell ronda los cuarenta, un trabajador con botas sucias y vaqueros. No sonríe durante las presentaciones y el apretón de manos, y tampoco Riley. Enseguida queda patente que se han dicho muchas cosas y que estos dos tienen problemas. Tras unos minutos de charla trivial, Riley me pregunta:

—Bueno, ¿cuál es su plan? ¿Qué quiere?

—Nos gustaría entrar en la casa a echar un vistazo —respondo—. Seguro que saben por qué estamos aquí.

—Mire, señor Post —comienza Wendell respetuoso—, conozco esta casa de arriba abajo. Pasé aquí temporadas cuando era niño. Yo encontré a Vida cuando falleció. Y poco después de su muerte intenté vivir aquí con mi mujer y mis hijos. No pude. Este sitio está encantado. Vida dijo que le había echado una maldición y, créame, lo hizo. Bueno, ustedes buscan unas cajas y ya les digo que es poco probable que encuentren nada. Creo que hay un pequeño desván, pero nunca lo he visto. Nos daba mucho miedo subir ahí arriba.

—Pues echemos un vistazo —digo con tanta seguridad como me es posible—. Ustedes quédense aquí mientras Frankie y yo husmeamos.

Riley y Wendell se miran muy serios.

—No es tan fácil, señor Post —dice Riley—. Nadie quiere que se abra esa puerta.

—¿Nadie? ¿Quién es nadie? —pregunto.

—La familia —responde Wendell con cierta brusquedad—. Tenemos algunos primos por aquí, otros repartidos por ahí, y nadie quiere que se perturbe este lugar. No conocieron a Vida, pero les digo que sigue aquí y que no se debe jugar con ella. —Su voz denota inquietud.

—Eso lo respeto —digo, pero solo aparento sinceridad.

Una brisa inexistente hace apenas un segundo agita un sauce cuyas ramas penden sobre la casa. Como si fuera una señal, algo rechina y cruje en la parte posterior del tejado y se me pone la carne de gallina en el acto. Los cuatro miramos hacia la casa con la boca abierta e inspiramos hondo.

Tenemos que seguir hablando.

—Miren, amigos —digo—, esto no es más que una posibilidad muy remota. Nadie sabe a ciencia cierta si Kenny Taft se llevó pruebas antes del incendio. Si lo hizo, nadie tiene ni idea de qué hizo con ellas. Podrían estar aquí, en el desván, pero es probable que desaparecieran en otro lugar hace años. Seguramente sea una pérdida de tiempo, pero nosotros investigamos todas las pistas. Solo queremos echar una ojeada y después nos iremos. Se lo prometo.

—¿Y si encuentran algo? —pregunta Wendell.

—Llamaremos al sheriff y lo entregaremos. Podría ser que lo que encontráramos nos ayudara. Pero, sea como sea, no es algo que tenga ningún valor para la familia. —Tratándose de gente tan humilde, la idea de que haya joyas de los Taft escondidas en el desván resulta ridícula.

Wendell da un paso atrás, se pasea como si estuviera meditando, se apoya en el guardabarros de un coche, escupe y cruza los brazos a la altura del pecho.

—Me parece que no —dice.

—Wendell cuenta con más apoyo que yo en estos momentos —explica Riley—. Si él dice que no, la respuesta es no.

—Una hora —negocio, abriendo las manos—. Dennos solo una hora y no volverán a vernos.

Wendell menea la cabeza. Riley lo observa, y luego se dirige a Frankie:

—Lo siento.

Miro a ambos con indignación. Seguro que esto va de extorsión, así que más vale ir al grano y acabar de una vez.

—De acuerdo. Miren, esta propiedad está valorada en treinta y tres mil dólares por el condado de Ruiz. Eso son aproximadamente cien dólares al día durante todo el año. Nosotros, el Ministerio de los Guardianes, les alquilamos la casa y este lugar durante un día por doscientos dólares. Mañana desde las nueve de la mañana hasta las cinco de la tarde. Con opción de ampliarlo un día más al mismo precio. ¿Qué me dicen?

Los Taft asimilan la propuesta y se rascan la barbilla.

—Parece poco —dice Wendell.

—¿Qué les parece quinientos al día? —propone Riley—. Creo que podríamos aceptar eso.

—Vamos, Riley. Somos una organización sin ánimo de lucro y sin dinero. No podemos sacarnos la pasta del bolsillo. Trescientos.

—Cuatrocientos, lo toman o lo dejan.

—Vale. Aceptamos. Según la ley de Florida, cualquier acuerdo que tenga que ver con la tierra debe hacerse por escrito. Conseguiré un contrato de alquiler de una página y nos vemos aquí mañana a las nueve. ¿Trato hecho?

Riley parece satisfecho. Wendell asiente de forma casi imperceptible. Sí.

Nos marchamos de Dillon tan rápido como podemos y por el camino nos echamos unas risas. Frankie me deja cerca de mi coche, en la calle principal de Seabrook, y se dirige al este. Se aloja en un motel en algún lugar entre esto y Gainesville, pero siempre es vago en detalles.

Entro en el bufete de Glenn Colacurci unos minutos después de las cinco y lo oigo vociferar por teléfono en algún lugar al fondo. Bea, su encantadora secretaria, sale por fin y me brinda esa sonrisa. La sigo y encuentro a Glenn en su escritorio, rodeado de montones de papeles esparcidos. Se levanta de golpe, me tiende la mano y me saluda como si fuera su hijo pródigo. Casi con igual rapidez echa un vistazo a su reloj, como si no tuviera ni idea de qué hora es.

—Maldita sea, si ya es hora de beber en alguna parte, es hora de beber aquí. ¿Qué le apetece?

—Solo una cerveza —digo, tomándomelo con desenfado.

—Una cerveza y uno doble —le indica a Bea, que se marcha de manera discreta—. Vamos, vamos —dice señalando el sofá.

Se desplaza con su bastón y se deja caer en un antiguo y polvoriento montón de cuero. Yo tomo asiento en el sofá medio hundido y aparto una colcha. Imagino que todas las tardes duerme aquí la mona tras su almuerzo líquido. Con las manos apoyadas en la empuñadura del bastón y la barbilla en los nudillos, esboza una sonrisa pícara.

—No puedo creer que Pfitzner esté de verdad en chirona —dice.

—Yo tampoco. Es un regalo.

—Cuénteme.

Teniendo en cuenta una vez más que lo que diga se repetirá en la cafetería mañana por la mañana, narro la versión rápida del buen trabajo que ha realizado el FBI al atrapar a un guardia de prisiones sin nombre y a su anónimo contacto con la banda de la cárcel. Esto condujo a un asalariado que trabajaba para los narcotraficantes, y este llevó hasta Pfitzner, que cayó en la trampa con la candidez de un raterillo aficionado. Ahora se enfrenta a una condena de treinta años.

Bea nos trae las bebidas y decimos: «¡Salud!». El líquido de su vaso es marrón, y hay mucho hielo en él. Se humedece los labios como si los tuviera agrietados.

—¿Y qué lo trae por la ciudad?

—Me gustaría reunirme mañana con el sheriff, Wink Castle, si consigo dar con él. Hemos estado comentando la posibilidad de reabrir la investigación, sobre todo ahora que sabemos que Pfitzner intentó matar a Quincy. —En mis palabras hay suficiente verdad como para que justifique por qué estoy en la ciudad—. Además, siento curiosidad por usted. La última vez que nos vimos en Gainesville parecía disfrutar indagando en el caso. ¿Alguna sorpresa más?

—En realidad no; he estado liado con otras cosas. —Agita el brazo en dirección al vertedero de su mesa como si trabajara dieciocho horas al día—. ¿Ha habido suerte con el enfoque de Kenny Taft?

—Bueno, más o menos. Necesito contratar sus servicios para un pequeño asunto legal.

—¿Paternidad, conducción bajo los efectos del alcohol, divorcio, asesinato? Sea lo que sea, está en el lugar indicado.

—Se ríe de su sentido del humor y yo hago lo mismo. Lleva como mínimo cincuenta años utilizando la misma frase.

Me pongo serio y le explico nuestros contactos con la familia Taft y nuestros planes para registrar la casa. Le entrego un billete de cien dólares y le obligo a aceptarlo. Ahora es mi abogado y nos damos un apretón de manos. Desde este momento es todo confidencial, o así debería ser. Necesito un contrato simple de alquiler de una sola página que impresione a la familia Taft, junto con un cheque del fondo de clientes del bufete de Glenn. Estoy segura de que la familia preferiría dinero en efectivo, pero yo prefiero el papeleo. Si hallamos pruebas en la casa, la cadena de custodia será muy complicada y la documentación resultará crucial. Mientras disfrutamos de la bebida, Glenn y yo comentamos esto como un par de experimentados abogados que analizan un problema singular. Él es bastante inteligente y ve un par de posibles problemas que no he tenido en cuenta. Cuando su vaso se vacía, llama a Bea para que nos traiga otra ronda. Cuando ella regresa, le indica que tome notas en taquigrafía, como en los viejos tiempos. Trabajamos a conciencia los aspectos básicos y ella se retira a su mesa.

—Me he fijado en que le mira las piernas —dice Glenn.

—Culpable. ¿Algún problema con eso?

—En absoluto. Es un encanto. Su madre, Mae Lee, se ocupa de mi casa y todos los martes prepara para cenar los rollitos de primavera más exquisitos que jamás haya probado. Esta es su noche de suerte, Post —dice. Yo sonrío y asiento. No tengo otros planes—. Además, vendrá mi viejo amigo Archie. Puede que le haya hablado antes de él. En efecto, creo que lo hice mientras bebíamos sangría en The Bull. Somos coetáneos, ejercimos aquí hace décadas. Su esposa falleció y le dejó algo de dinero, así que él se despidió de la abogacía; un gran error. Lleva aburrido los últimos diez años, vive solo y apenas tiene nada que hacer. La jubilación es un mal castigo, Post. Creo que está colado por Mae Lee. En fin, a Archie le encantan los rollitos de primavera y se le dan bien los cuentos chinos. Y es un esnob de los vinos, tiene una gran bodega. Traerá lo mejor. ¿Le gusta el vino?

—No mucho. —Ni se imagina mi saldo anual.

Su último cubito de hielo se ha reducido a una fina lámina y lo menea en círculo, preparado para otra ronda. Bea regresa con dos copias de un borrador. Hacemos algunos cambios y ella se marcha para imprimir la versión final.

La casa de Glenn se halla en una oscura calle a cuatro manzanas de la vía principal. Conduzco unos minutos por los alrededores para matar el tiempo, luego aparco en la entrada detrás de un viejo Mercedes que doy por hecho que es de Archie. Los oigo reír a la vuelta de la esquina y me dirijo al patio trasero. Ya están en el porche, recostados en mullidas mecedoras de mimbre mientras dos antiguos ventiladores giran renqueantes en el techo. Archie permanece en su asiento cuando nos presentan. Es al menos tan mayor como Glenn y no es la viva imagen de la salud. Los dos tienen el pelo largo y desaliñado que alguna vez debió de considerarse guay o inconformista. Los dos visten un traje de sirsaca que no ha envejecido bien, sin corbata. Los dos calzan zapatillas informales. Al menos Archie no necesita bastón. Su entusiasmo por el vino le ha reportado una nariz roja permanente. Glenn se mantiene fiel al bourbon, pero Archie y yo probamos un sancerre que ha traído. Mae Lee es tan guapa como su hija y nos sirve las bebidas.

Al poco rato, Archie no puede contenerse.

—Entonces, Post, ¿es usted responsable de que hayan encerrado a Pfitzner?

Eludo cualquier mérito, explico la historia desde el punto de vista de un observador que ve desarrollarse la acción y cuenta con algo de información privilegiada de los federales. Por lo visto, Archie solía chocar con Pfitzner en el pasado y lo detesta. No puede creer que ese sinvergüenza esté entre rejas después de tantos años.

Archie cuenta la historia de un cliente al que se le estropeó el coche en Seabrook. Los polis encontraron un arma bajo el asiento delantero y por alguna razón concluyeron que el chico era un asesino de policías. Pfitzner se involucró y apoyó a sus hombres. Archie le dijo que no molestara al chico en la cárcel, pero Pfitzner lo interrogó de todas formas. Los polis le sacaron una confesión a palos y pasó cinco años en la cárcel. Por una avería de coche. Archie prácticamente escupe veneno cuando nombra a Pfitzner al final del relato.

Las historias fluyen, estos dos viejos guerreros repiten batallitas que han contado infinidad de veces. Yo sobre todo escucho, pero, como abogados que son, les interesa la labor de los Guardianes, así que les cuento algunas historias, aunque de manera resumida. No se menciona a la familia Taft ni la auténtica razón por la que estoy en la ciudad. El asesoramiento que tan caro he pagado protege confidencias. Archie abre otra botella de sancerre. Mae Lee dispone una mesa muy bonita en la terraza, por cuyo enrejado trepa la glicinia y la verbena. Otro ventilador de techo desplaza el calor de un lado a otro. Archie piensa que un chablis sería más apropiado y va a por una botella. Glenn, cuyas papilas gustativas deben de estar insensibilizadas, se pasa al vino.

Los rollitos de primavera están realmente deliciosos. Hay una gran fuente de rollitos en la mesa y, animado por el alcohol y la falta de buena comida en los últimos tiempos, me pongo las botas. Archie no para de rellenar las copas, y cuando Glenn se percata de mis infructuosos intentos de frenar, me dice:

—Por el amor de Dios, Post, beba. Puede quedarse a dormir aquí. Tengo camas de sobra. Archie siempre se queda. ¿Quién quiere a un borracho en la carretera a estas horas de la noche?

—Un peligro para la sociedad —conviene Archie.

De postre, Mae Lee trae un plato de bollitos dulces de huevo, pequeñas delicias rellenas con una mezcla de yema y azúcar. Archie tiene un sauternes para la ocasión y habla sin cesar sobre el maridaje. Glenn y él pasan del café, sobre todo porque no contiene alcohol, y enseguida aparece en la mesa un humidificador de puros. Eligen cual chiquillos en una tienda de chucherías. No recuerdo mi último puro, pero sí que me puse fatal después de unas caladas. Sin embargo, no pienso arrugarme ante el desafío. Pido algo que sea más bien flojo y Glenn me da un Cohíba o algo por el estilo, un auténtico puro cubano. Vamos arrastrando los pies y tambaleándonos hasta las mecedoras, y exhalamos nubes de humo en el patio.

Archie era uno de los pocos abogados que se llevaban bien con Diana Russo, y habla de ella. Nunca sospechó que estuviera implicada en el asesinato de su marido. Escucho con atención, pero no intervengo. Él, como todo el mundo en Seabrook, dio por hecho que Quincy era el asesino y se sintió aliviado cuando lo condenaron. A medida que pasa el tiempo y la conversación afloja, no pueden creer lo equivocados que estaban. Ni tampoco que Bradley Pfitzner esté en la cárcel y que es poco probable que salga.

Gratificante, sí. Pero Quincy sigue siendo un asesino convicto y tenemos por delante un largo camino que recorrer.

La última vez que consulto mi reloj es casi medianoche. Pero me niego a moverme hasta que lo hagan ellos. Tienen por lo menos veinticinco años más que yo y cuentan con más experiencia en beber. Aguanto con el mejor de los ánimos cuando Archie se pasa al coñac y me pido uno. Gracias a Dios, Glenn empieza a roncar y en algún momento me quedo dormido.

42

Por supuesto, el tiempo empeora. Hace dos semanas que no llueve en el norte de Florida, se habla incluso de sequía, pero el día amanece nublado y turbulento mientras cruzamos Dillon a toda prisa, con Frankie al volante y yo apretando los dientes y tragando saliva con fuerza.

—¿Seguro que estás bien, jefe? —pregunta por lo menos por tercera vez.

—¿Qué más quieres, Frankie? —espeto—. Ya he confesado. Ha sido una larga noche, demasiada bebida, demasiada comida, un puro bastante asqueroso, y he dormido en el porche como un tronco hasta que un gato enorme me ha saltado al pecho a las tres de la madrugada y me ha dado un susto de muerte. ¿Cómo iba yo a saber que estaba en su mecedora? Ninguno de los dos hemos podido dormirnos de nuevo. Así que, sí, estoy un poco espeso. Me lloran los ojos. Estoy cubierto de pelos de gato. Y estoy hecho una mierda. Ahí lo tienes.

—¿Náuseas?

—Todavía no. Pero ya te avisaré. ¿Y tú? ¿Emocionado por explorar una casa encantada, hechizada por una bruja y curandera africana?

—Lo estoy deseando. —Toca su Glock con la mano y sonríe; se lo pasa en grande con mi agonía física.

Riley y Wendell están esperando en la casa. El viento aúlla y no tardará en ponerse a llover. Entrego una copia del contrato de alquiler a cada uno y repasamos rápido los aspectos básicos. Están más interesados en el dinero, así que les doy un cheque a nombre de ambos del fondo para clientes del bufete de Colacurci.

—¿Qué pasa con el dinero en efectivo? —dice Wendell, mirando el cheque con el ceño fruncido.

Le lanzo una mirada ceñuda de abogado.

—No se puede utilizar efectivo en una transacción inmobiliaria. —No estoy seguro de si esto es así en Florida, pero confiero un aire de autoridad a mi voz.

Frankie coge una escalera de casi dos metros y medio de la parte trasera de su ranchera y una palanca nueva que compró ayer. Yo tengo un par de linternas y un bote de repelente de insectos. Avanzamos entre la alta maleza hasta los restos de los escalones del porche delantero y contemplamos la casa. Wendell la señala y dice:

—Dos habitaciones arriba y dos abajo; salón y un dormitorio en la planta baja. Escaleras a la derecha, en el salón. Dos dormitorios arriba. Puede que encima encuentren el desván, puede que no. Ya dije que nunca he estado allí, nunca quise subir. En realidad nunca pregunté. La parte de atrás es una ampliación que se añadió más tarde. Ahí está la cocina y un cuarto de baño, sin nada encima. Toda suya, amigos.

Estoy resuelto a no mostrarme en absoluto reticente mientras comienzo a rociarme el repelente en brazos y piernas. Doy por hecho que el lugar está repleto de garrapatas, arañas y bichejos asquerosos de los que nunca he oído hablar. Le paso el bote a Frankie, que se rocía con él. A continuación coloca la escalera junto a la puerta. No sabemos si la vamos a necesitar.

Con una renuencia que parece en exceso dramática pero que seguramente sea real, Riley se acerca con una llave, la introduce en el pesado candado y la gira. Este salta y la cerradura se abre. Entonces Riley se aleja con rapidez. Los dos Taft parecen preparados para salir pitando. Cae un rayo no lejos de allí y nos sobresaltamos. El cielo retumba mientras los negros nubarrones se arremolinan. Siendo como soy el valiente, empujo la puerta principal con el pie y se abre con un crujido. Tomamos aire y respiramos aliviados al ver que no sale nada siniestro. Me vuelvo hacia Riley y Wendell.

—Nos vemos en breve —les digo.

De repente la puerta se cierra de golpe con un fuerte estruendo. Frankie grita de forma frenética «¡Mierda!» y a mí se me sale el corazón del pecho. Los Taft retroceden con los ojos desorbitados y boquiabiertos. Profiero una falsa carcajada, como si dijera: «Joder, qué divertido», y después me acerco y abro la puerta de nuevo.

Esperamos. No sale nada. Nadie vuelve a cerrar la puerta. Enciendo la linterna y Frankie hace lo mismo. Lleva la suya en la mano izquierda, la palanca en la derecha, la Glock en un bolsillo. Un vistazo a su cara y no hay duda de que está aterrorizado. Y eso que es un hombre que sobrevivió catorce años en prisión. Abro la puerta con brusquedad y entramos dentro. Vida murió hace trece años y se supone que la casa ha estado vedada, pero alguien se ha apropiado de la mayoría de los muebles. No huele tan mal, solo a rancio y a humedad. Los suelos de madera están mohosos y combados, y puedo notar que inhalo todo tipo de bacterias letales. Escudriñamos el dormitorio de la izquierda con las linternas. Hay un colchón cubierto de polvo y suciedad. Supongo que falleció aquí. El sucio suelo está alfombrado de lámparas rotas, ropa vieja, libros y periódicos. Nos internamos unos pasos en el salón y lo exploramos con las linternas. Un televisor de la década de los sesenta con la pantalla rajada. Papel pintado medio despegado. Capas de polvo, suciedad y telarañas por doquier.

Mientras enfocamos las linternas hacia la estrecha escalera y nos preparamos para subir, la fuerte lluvia tamborilea sobre el tejado de zinc con un ruido ensordecedor. El viento golpea y sacude las paredes.

Subo tres escalones, con Frankie pisándome los talones, y de repente la puerta principal vuelve a cerrarse de golpe. Estamos encerrados con los espíritus que Vida dejó atrás. Me detengo, pero solamente un segundo. Soy el líder de esta expedición, el valiente, y no puedo mostrar miedo aunque se me retuerzan las entrañas y tenga el corazón a punto de explotar.

Cuánto me voy a divertir contándoles este episodio a Vicki y a Mazy.

Suma esto a la lista de las cosas que no te mencionan en la facultad de derecho.

Llegamos al final de la escalera y nos asalta el calor, como en una sauna, una niebla agobiante y pegajosa que sin duda veríamos si no estuviera tan oscuro. La lluvia y el viento golpean el tejado y las ventanas con un ruido tremendo. Entramos en el dormitorio de la derecha, un pequeño espacio de menos de cuatro metros cuadrados, con un colchón, una silla rota y una alfombra andrajosa. Alumbramos el techo en el intento de atisbar una puerta o un punto de entrada en el desván, pero no vemos nada. Todo es pino, antaño pintado de blanco y ahora bastante desconchado. Algo se mueve en un rincón y vuelca un frasco. Lo alumbro con la linterna.

—Atrás. ¡Es una serpiente!

Una larga y gruesa serpiente negra. Seguramente no sea venenosa, pero ahora mismo eso a quién le importa. No está enroscada, se desliza, pero no hacia nosotros, sin duda nuestra interrupción la tiene desconcertada.

No me van las serpientes, pero tampoco me dan pánico. Sin embargo, a Frankie sí, y saca la Glock.

—No dispares —digo por encima del estruendo.

Nos quedamos inmóviles y seguimos alumbrando a la serpiente largo rato; la camisa empieza a pegársenos a la espalda y cada vez nos cuesta más respirar. Despacio, la serpiente se desliza debajo de la alfombra y dejamos de verla.

La lluvia amaina y recobramos la compostura.

—¿Te gustan las arañas? —pregunto por encima del hombro.

—¡Cierra el pico!

—Ten cuidado, las hay por todas partes.

Mientras salimos de espaldas de la habitación, escudriñando aún el suelo en busca de esa serpiente o de otras, un rayo feroz cae cerca, y en ese instante sé que si no muero a manos de un espíritu malvado o de una criatura venenosa moriré de un infarto. Me caen gotas de sudor de las cejas. Tenemos la camisa completamente empapada. En el otro dormitorio hay un pequeño catre con lo que parece una vieja manta verde del ejército arrugada encima. Ningún mueble más. El papel pintado se despega de las paredes. Echo un vistazo por la ventana y entre la lluvia torrencial alcanzo a distinguir a duras penas a Riley y a Wendell sentados dentro de la camioneta, capeando la tormenta y contemplando la casa mientras el limpiaparabrisas va a toda velocidad, sin duda con el seguro de las puertas echado para protegerse de los espíritus.

Apartamos la basura con los pies para comprobar que no haya serpientes y después centramos la atención en el techo. Tampoco hay rastro de ninguna entrada a un desván. Supongo que cabe la posibilidad de que Kenny Taft escondiera sus cajas ahí arriba y lo sellara para siempre, o al menos hasta que algún día regresara a por ellas. ¿Cómo narices voy yo a saber qué hizo?

Frankie se fija en un pomo de cerámica de una puerta más pequeña que podría ser un armario. Lo alumbra para llamar mi atención, pero es evidente que prefiere que sea yo quien lo abra. Agarro el pomo, lo meneo, tiro con fuerza y cuando se abre de golpe me encuentro cara a cara con un esqueleto humano. Frankie se marea e hinca una rodilla en el suelo. Yo me aparto y me pongo a vomitar, por fin.

El aguacero azota la casa aún con más fuerza; nos quedamos escuchando la tormenta durante largo rato. Después de eliminar de mi organismo los rollitos de primavera, la cerveza, el vino, el coñac y todo lo demás, me siento un poco mejor. Frankie se recupera y, despacio, volvemos a alumbrar el armario. El esqueleto está colgado de una especie de cuerda de plástico, los dedos de los pies rozan el suelo. Debajo hay un charco de una sustancia viscosa, negra, de aspecto oleoso. Seguramente sean los restos de la sangre y los órganos tras muchos años de descomposición. No parece un ahorcamiento. La cuerda rodea el pecho por debajo de los brazos, no el cuello, de modo que el cráneo se inclina a la izquierda y las cuencas vacías de los ojos miran hacia abajo, como si ignorara de forma permanente a todos los intrusos.

Justo lo que el condado de Ruiz necesita, otro caso sin resolver. Qué mejor lugar para ocultar a tu víctima que una casa tan encantada que sus propietarios no se atreven a entrar en ella. O tal vez fue un suicidio. Este es un caso que con mucho gusto pasaremos al sheriff Castle y a sus chicos. No es nuestro problema.

Cierro la puerta y giro el pomo con tanta firmeza como me es posible.

Así que tenemos dos opciones. Ir a trabajar en el dormitorio con la serpiente viva o quedarnos aquí con el cadáver humano en el armario. Nos quedamos con la segunda. Frankie alcanza un tablón del techo con el extremo de su palanca y consigue arrancarlo. El contrato de alquiler no nos da derecho a causar daños en la casa, pero en realidad ¿a quién le importa? Dos de sus dueños están ahí afuera, sentados en una camioneta, demasiado aterrorizados para cruzar la puerta principal. Tenemos trabajo y estoy muy cansado. Mientras Frankie empieza a arrancar otra tabla, bajo con cuidado las escaleras y abro de nuevo la puerta. Saludo con la cabeza a Riley y a Wendell, pero con esta lluvia es imposible que haya contacto visual. Agarro la escalera y la llevo arriba.

Cuando Frankie arranca la cuarta tabla, una vieja caja llena de frascos con fruta cae y se hace añicos a nuestros pies.

—¡Perfecto! —grito—. Ahí arriba hay un almacén.

Motivado, Frankie arranca más tablas con ahínco y en poco tiempo una tercera parte del techo queda reducida a escombros que amontono en un rincón. No vamos a volver y me da igual en qué estado dejamos este lugar.

Coloco la escalera y subo con cautela por el agujero del techo. Cuando estoy metido de cintura para arriba en el desván, echo un vistazo con la linterna. No hay ventanas, está oscuro como boca de lobo, es estrecho, huele a humedad y no tiene más de un metro y veinte de altura. Para ser un viejo desván, está sorprendentemente despejado, señal de que los propietarios no lo usaban; señal también de que Kenny pudo haberlo sellado hace más de veinte años.

Es imposible ponerse de pie, así que Frankie y yo nos arrastramos despacio a cuatro patas. La lluvia retumba en el tejado de zinc, solo unos centímetros por encima de nuestra cabeza. Tenemos que hablarnos a gritos. Él toma una dirección y yo la otra, muy despacio. Nos abrimos paso gateando entre tupidas telarañas y exploramos cada centímetro cuadrado por si acaso hay otra serpiente. Dejo atrás una ordenada pila de tablas de pino de dos centímetros por quince que probablemente sobraron de la construcción hace cien años. Hay un montón de periódicos viejos, el de arriba tiene fecha de marzo de 1965.

Frankie grita y yo corro hacia él como una rata, con las rodillas de los vaqueros cubiertas de polvo.

Ha retirado una manta hecha jirones lo suficiente para

dejar a la vista tres cajas de cartón idénticas. Apunta con la linterna una etiqueta y me arrimo hasta quedar a escasos centímetros. Está escrita a mano y la tinta está borrosa, pero la información es clara: OFICINA DEL SHERIFF DEL CONDADO DE RUIZ: ARCHIVO DE PRUEBAS QM 14. Las tres cajas están selladas con una ancha cinta de embalar marrón.

Antes de mover las tres cajas ni un centímetro les hago una docena de fotos oscuras con el teléfono móvil. Con el fin de protegerlas, Kenny fue lo bastante inteligente como para colocarlas sobre tres tablones de cinco centímetros por diez y evitar así que tocaran el suelo en caso de que hubiera goteras. Sin embargo, el desván parece muy bien sellado: si permanece seco en medio del diluvio que está cayendo es que el tejado está en perfecto estado.

Las cajas no son demasiado pesadas. Las movemos con suavidad hasta la abertura. Yo bajo primero y Frankie me las va pasando. Cuando están en el dormitorio, saco más fotos del escenario. Con serpientes y esqueletos alrededor, salimos por piernas. El porche delantero está desnivelado y mojado por la lluvia, así que dejamos las cajas en el interior, junto a la puerta, y esperamos a que escampe.

43

El condado de Ruiz está agrupado con otros dos para formar el Vigésimo Segundo Distrito Judicial de Florida. El actual fiscal electo es Patrick McCutcheon, un abogado de
Seabrook con oficinas en el juzgado. Hace dieciocho años,
cuando McCutcheon terminó la carrera de derecho, asumió
un puesto de asociado en el bufete del honorable Glenn Colacurci. Cuando su carrera dio un giro hacia la política, sus
caminos se separaron de manera amistosa.

—Puedo hablar con el chico —me asegura Glenn.

Puede y lo hace. Y mientras él consigue la atención de
McCutcheon, yo me ocupo de localizar por teléfono al sheriff Castle, que siempre anda ocupado. Sin embargo, cuando
por fin lo convenzo de que mis aventuras de la mañana eran
reales, y que tengo en mi poder tres cajas que contienen antiguas pruebas que Bradley Pfitzner intentó quemar, consigo toda su atención.

Glenn, que no da señales de haber cometido ningún exceso la noche anterior, aprovecha el momento con entusiasmo y quiere hacerse cargo. A las dos de la tarde nos reunimos
en su despacho Frankie Tatum, Patrick McCutcheon, el sheriff Castle y yo, con Bea tomando notas en un rincón.

Mi relación con McCutcheon ha sido toda por escrito y
cordial. Hace casi un año realicé la petición rutinaria para

que reabriera el caso de Quincy, y él la rechazó de forma educada, lo cual no fue ninguna sorpresa. También pedí a Castle que reabriera la investigación, pero no mostró ningún interés. Desde entonces he enviado por correo electrónico cada resumen de los últimos avances, de modo que están informados. O deberían estarlo. Doy por hecho que han revisado mi material. También doy por hecho que estaban muy ocupados hasta que arrestaron a Pfitzner. Ese sorprendente acontecimiento llamó su atención.

Ahora están fascinados. Las tres cajas de pruebas perdidas y halladas han despertado su repentino interés.

Necesito decidir quién está al mando, y es un momento un tanto incómodo. Nada le gustaría más a Glenn que recibir atención, pero lo hago a un lado de manera cortés. Sin explicar cómo o por qué me interesé por Kenny Taft, les hablo del contacto con la familia, el contrato de alquiler, el pago y las aventuras matutinas en la vieja casa. Bea ha hecho ampliaciones de las fotos de las cajas cuando estaban en el desván y las hago circular.

—¿Las han abierto? —pregunta el sheriff.

—No. Siguen selladas —respondo.

—¿Dónde están?

—No voy a decirlo ahora. Antes tenemos que llegar a un acuerdo sobre cómo proceder. Sin acuerdo, no hay pruebas.

—Esas cajas pertenecen a nuestro departamento —dice Castle.

—No estoy seguro de eso —replico—. Puede que sí, puede que no. Tanto su departamento como usted ignoraban su existencia hasta hace dos horas. No hay ninguna investigación abierta porque usted rechazó involucrarse, ¿recuerda?

McCutcheon tiene que mantenerse firme.

—Estoy de acuerdo con el sheriff —dice—. Si las pruebas fueron robadas de su departamento, no importa cuándo, le pertenecen a él.

Glenn también necesita mostrarse firme y regaña a su exasociado.

—Su departamento intentó destruir el material hace veinte años, Patrick. Gracias a Dios que Post las ha encontrado. Mira, ya estáis jugando al tira y afloja. Tenemos que ponernos de acuerdo y proceder juntos. Yo represento al señor Post y a su organización, y si parece demasiado posesivo con esas pruebas deberás perdonarlo. Podría haber algo ahí que exonerase a su cliente. Dados los antecedentes aquí, en Seabrook, tiene razón en estar preocupado. Que todo el mundo temple los ánimos.

Así lo hacemos.

—Sugiero que acordemos un plan —digo— y que después abramos juntos las cajas, todo grabado en vídeo, por supuesto. Si la linterna está ahí, caballeros, quiero la opción de conservarla y de hacer que la analicen nuestros expertos, el doctor Kyle Benderschmidt y el doctor Tobias Black. Creo que tienen ustedes copias de sus informes. Una vez que terminen su trabajo se la entregaré para que puedan llevarla al laboratorio de criminalística del estado.

—¿Está diciendo que sus expertos son mejores que los del estado de Florida? —pregunta Castle.

—Desde luego que sí. Por si no lo recuerda, el estado subió al estrado a un charlatán llamado Paul Norwood. Su trabajo ha sido desacreditado por completo en la última década, pero perjudicó a Quincy. Ahora está fuera del negocio. Lo siento, amigos, pero en este asunto no confío en el estado.

—Estoy seguro de que nuestro laboratorio de criminalística puede ocuparse de esto —aduce McCutcheon—. Norwood no trabajaba para el estado por entonces.

Cuando McCutcheon habla, Glenn se siente en la obligación de responder.

—No estás escuchando, Patrick. Mi cliente tiene la sartén por el mango. Si no puedes ponerte de acuerdo, no verás las pruebas. Se las llevará y pasaremos al plan B.

—¿Cuál es?

—Bueno, todavía no tenemos todos los detalles, pero el plan B desde luego incluye que el señor Post abandone la ciudad con las cajas y haga que expertos independientes analicen las pruebas. Quedarás eliminado de la ecuación. ¿Es eso lo que quieres?

Me levanto y fulmino a Castle y a McCutcheon con la mirada.

—En realidad no he venido a negociar. No me gusta su tono. No me gusta su actitud. Las cajas están guardadas en un lugar seguro, escondidas de nuevo, e iré a por ellas cuando esté listo. —Me encamino hacia la puerta y la abro.

—Espere —dice McCutcheon.

Limpias de polvo, las cajas todavía evidencian su antigüedad. Están colocadas una al lado de la otra en el centro de la larga mesa de la sala de reuniones de Glenn. Una cámara de vídeo montada sobre un trípode las enfoca. Nos congregamos alrededor y las miramos boquiabiertos.

—Supongo que QM es Quincy Miller —digo, tocando la primera—. ¿Le gustaría hacer los honores? —le pregunto al sheriff, y le entrego una pequeña navaja. También le doy un par de finos guantes quirúrgicos que él tiene la cortesía de ponerse.

Bea da a grabar a la cámara mientras Frankie comienza a filmar con el teléfono.

Castle coge la navaja y pasa la hoja a lo largo de la cinta de embalaje, por la parte superior y después por ambos lados. Mientras abre la tapa, estiramos el cuello para ver qué hay dentro. El primer objeto es una bolsa de plástico transparente que contiene lo que parece una camisa blanca cubierta de sangre. Castle la levanta sin abrirla para que la recojan las cámaras, echa un vistazo a una etiqueta y lee:

—«Escena del crimen, Russo. Dieciséis de febrero, 1988».

La deja en la mesa. La camisa que hay dentro de la bolsa está desgarrada en algunas zonas. La sangre es casi negra veintitrés años después.

Lo siguiente es otra bolsa de plástico transparente con lo que parecen unos pantalones de vestir arrugados y embutidos dentro. Tienen manchas negras. Castle lee la etiqueta: la misma información.

A continuación hay una caja del tamaño de una carta y envuelta en una bolsa de basura negra. Retira el plástico con cuidado, deposita la caja en la mesa y la abre. Una a una quita hojas de papel carbón manchado, un bloc de notas amarillo, fichas, cuatro bolígrafos baratos y dos lapiceros sin usar. La etiqueta dice que son materiales cogidos de la mesa de Russo. Todo está manchado de sangre.

Saca, uno a uno, cuatro libros de leyes, todos manchados. La etiqueta dice que se cogieron de las estanterías de Keith.

Lo siguiente es una caja de cartón de unos treinta centímetros cuadrados. Está embutida dentro de una bolsa de congelados de plástico, que a su vez está dentro de otra bolsa cerrada. Castle quita el plástico con cuidado y, como si supiera lo que se avecina, para un segundo mientras contemplamos la caja marrón. No está cerrada con cinta, sino que tiene un pasador. Lo abre despacio y saca otra bolsa de plástico con cremallera. La coloca sobre la mesa. Dentro hay una pequeña linterna negra de unos treinta centímetros de largo y con una lente de cinco centímetros.

—No la abramos —digo con el corazón en un puño.

Castle asiente, está de acuerdo conmigo.

—Caballeros —dice Glenn, asumiendo el mando de su despacho—, tomemos asiento y veamos en qué punto nos encontramos.

Nos desplazamos a un extremo de la mesa y nos sentamos. Frankie va al otro extremo y guarda su teléfono.

—Yo todavía estoy grabando —dice Bea.

—Deja que siga —digo. Quiero hasta la última palabra grabada en vídeo.

Los cuatro nos sentamos en diversos estados de reposo y tratamos de ordenar nuestros pensamientos durante varios minutos. Yo miro la linterna y aparto la vista enseguida, incapaz de comprender su presencia, incapaz de procesar por completo lo que podría entrañar.

—Tengo una pregunta, Post —dice McCutcheon por fin.

—Adelante.

—Lleva ya casi un año conviviendo con este caso. Nosotros no. Así pues, ¿cuál es su teoría en cuanto a por qué Pfitzner quería destruir estas pruebas?

—Bueno, creo que hay una única explicación, y Kyle Benderschmidt me ayudó a llegar a ella —respondo—. En palabras de Benderschmidt, había un agente de la ley listo y ladino trabajando aquí. Pfitzner colocó la linterna, y esta fue fotografiada de forma cuidadosa. Ya han visto las fotos. Pfitzner sabía que podía encontrar a un charlatán como Paul Norwood que las mirara y, sin examinar siquiera la linterna, le vendiera al jurado la teoría de la fiscalía de que el asesino, Quincy, la había usado para disparar en la oscuridad. Pfitzner quería que la linterna desapareciera porque temía que otro experto, uno con mejor formación que Norwood, la examinara para la defensa y contara la verdad. Pfitzner también sabía que sería mucho más fácil condenar a un hombre negro en una ciudad de blancos.

Meditan mis palabras durante largo rato. Una vez más, McCutcheon es quien rompe el silencio.

—¿Cuál es su plan, Post?

—No esperaba tanta sangre —respondo—. En realidad, es una suerte. Así que lo mejor sería que primero llevara la linterna a Benderschmidt para que la examinara. No puede hacer su trabajo aquí porque tienen un gran laboratorio en la Universidad de la Mancomunidad de Virginia.

—Y si la sangre de la interna coincide con la sangre de la ropa —dice McCutcheon—, Quincy estará relacionado con el asesinato, ¿verdad?

—Es posible, pero eso no ocurrirá. Pfitzner colocó la linterna, no estaba en el escenario del crimen. Lo garantizo.

Glenn necesita intervenir, así que se dirige a McCutcheon.

—Bueno, tal como yo lo veo, tenemos dos problemas: el primero es la exoneración; el segundo es el procesamiento del verdadero asesino. El primero es acuciante; el segundo puede que jamás tenga lugar. Pfitzner está en la cárcel, por supuesto, pero relacionarlo con el asesinato sigue pareciendo muy poco probable. ¿Está de acuerdo, Post?

—Sí, y eso no me preocupa ahora mismo. Nos hizo un regalo y estará encerrado mucho tiempo. Quiero a Quincy Miller fuera de la cárcel tan pronto como sea humanamente posible, y quiero su ayuda. Ya he pasado por esto antes, y cuando el fiscal colabora, las cosas van mucho más rápido.

—Vamos, Patrick —lo reprende Glenn—. Es inevitable. Este condado le jodió la vida al chico hace veintitrés años. Es hora de enmendar las cosas.

El sheriff Castle esboza una sonrisa.

—De acuerdo —dice—. Abriremos el caso en cuanto usted tenga los resultados de los análisis.

Me dan ganas de lanzarme por encima de la mesa y darle un abrazo.

—Trato hecho —dice McCutcheon—. Solo pido que todo se fotografíe, se grabe en vídeo y se preserve. Puede que algún día lo necesite para otro juicio.

—Por supuesto —repongo.

—Y con esas otras dos cajas... —interviene Castle.

Glenn apoya el bastón en el suelo y se levanta.

—Echemos un vistazo —sugiere—. Puede que haya algo turbio sobre mí ahí adentro.

Nos da la risa nerviosa y nos ponemos en pie.

—Oye, jefe —dice Frankie aclarándose la garganta—, no te olvides de ese armario.

Se me había olvidado. Miró al sheriff y le digo:

—Siento complicar las cosas, sheriff, pero en casa de los Taft nos topamos con otra cosa, en un armario del piso de arriba. No estoy seguro de si debo llamarlo «cuerpo» o «cadáver», ya que no es más que un esqueleto. Todo huesos. Es probable que lleve años allí.

Castle frunce el ceño.

—Genial. Justo lo que necesito.

—No lo tocamos, pero no apreciamos ningún orificio de disparos en el cráneo. Podría ser simplemente otro suicidio.

—Me gusta cómo piensa, Post.

—Y no lleva ropa. En fin, no les dijimos nada a los Taft, así que es todo suyo.

—Gracias por nada.

44

Glenn nos invita a Frankie y a mí a otra ronda de comida china en el porche, pero nos excusamos. Yo me marcho de Seabrook a última hora de la tarde y Frankie me sigue de cerca, como si quisiera ayudar a proteger mi valioso cargamento. Lo llevo en el asiento del copiloto, donde puedo tenerlo controlado. Una cajita con la linterna, que nadie ha tocado en décadas, y una bolsa de plástico que contiene una camisa ensangrentada. Conducimos sin parar durante tres horas y llegamos a Savannah justo después de que anochezca. Guardo bajo llave las pruebas en mi apartamento para no separarme de ellas cuando duerma. Vicki está preparando pollo asado, y Frankie y yo estamos hambrientos.

Durante la cena hablamos de las ventajas de ir en coche a Richmond en comparación con ir en avión. No quiero volar porque no me hace gracia tener que someter nuestras pruebas a la seguridad del aeropuerto. Un guardia aburrido podría pasárselo en grande con nuestra camisa ensangrentada. La idea de que otra persona toquetee la linterna resulta aterradora.

Así que salimos a las cinco de la madrugada en la ranchera de Frankie, más espaciosa y fiable, con él al volante y yo tratando de echar un sueño durante la primera parte del trayecto. Él empieza a dar cabezadas justo al llegar a la frontera estatal de Carolina del Sur y me paso yo al volante. Ponemos una emisora de radio de R&B a las afueras de Florence y cantamos al ritmo de Marvin Gaye. Compramos galletas y café en la ventanilla de una cafetería de comida rápida y desayunamos en la carretera. No podemos evitar reírnos al pensar dónde estábamos justo veinticuatro horas antes. En el desván, aterrorizados y a la espera de que nos atacaran unos espíritus malignos. Frankie recuerda la vomitona que eché cuando el esqueleto casi salió disparado del armario y se ríe con tantas ganas que no puede comer. Le recuerdo que a él le faltó poco para desmayarse. Reconoce que hincó una rodilla en el suelo y echó mano de su Glock.

Son casi las cuatro de la tarde cuando llegamos al centro de Richmond. Kyle Benderschmidt ha despejado la mesa y su equipo nos está esperando. Lo seguimos hasta una espaciosa habitación en sus laboratorios. Nos presenta a dos colegas y a dos técnicos y los cuatro se ponen guantes quirúrgicos. Hay dos cámaras de vídeo encendidas: una suspendida directamente sobre una mesa, la otra montada en un extremo. Frankie y yo damos un paso atrás, pero no vamos a perdernos nada porque la cámara cenital transmite de manera simultánea a una pantalla de alta definición situada en la pared frente a nosotros.

Kyle se dirige a la cámara al final de la mesa y da los nombres de todos los presentes en la habitación, así como la fecha, el lugar y el propósito del examen. Narra con naturalidad lo que está haciendo mientras saca la caja de la bolsa de plástico, la abre despacio y extrae la bolsa más pequeña que contiene la linterna. Abre el cierre y coloca la prueba sobre una placa de cerámica blanca de noventa centímetros cuadrados. Mide la longitud con una regla: veintiocho centímetros. Explica a la audiencia que la carcasa negra es de algún tipo de metal ligero, probablemente aluminio, y que la superficie tiene relieve, no es lisa. Deduce que será difícil obtener huellas. Durante un momento se transforma en profesor y nos informa de que las huellas latentes pueden permanecer décadas en una superficie lisa si se mantiene intacta. O pueden desaparecer deprisa si la superficie se expone a los elementos. Comienza a desenroscar la cabeza para extraer las pilas y caen partículas de óxido de las ranuras. Menea la linterna con suavidad y salen con dificultad dos pilas de tipo D. No las toca, pero dice que en las pilas suele haber huellas. Los ladrones listos y otros delincuentes casi siempre limpian sus linternas, pero a menudo se olvidan de las pilas.

Nunca había pensado en eso. Frankie y yo intercambiamos una mirada. Noticias frescas para nosotros.

Kyle nos presenta a un colega llamado Max que resulta ser el mejor experto en análisis de huellas dactilares. Max se hace cargo de la narración, se inclina sobre las pilas y explica que, dado que casi son del todo negras, va a usar un polvo blanco parecido al talco. Con una pequeña brocha y mano experta, aplica el polvo a las pilas y dice que se adherirá a los aceites naturales que deja la piel, si es que los hay. Nada al principio. Gira las pilas con suavidad y aplica más polvo.

—Bingo —dice—. Parece la huella de un pulgar.

Me tiemblan las rodillas, necesito sentarme. Pero no puedo hacerlo porque ahora todos me están mirando.

—¿Qué dice, abogado? —me pregunta Benderschmidt—. Seguramente no sea una buena idea proceder con las huellas, ¿verdad?

Hago esfuerzos por recobrar la compostura. Me convencí hace meses de que jamás encontraría al asesino. Pero... ¿acaso no acabamos de encontrar la huella de su pulgar?

—Sí, dejemos la huella —respondo—. Lo más seguro es que se envíe al juzgado, y me sentiría mejor si el laboratorio de criminalística de Florida la sacara.

—De acuerdo —conviene Kyle.

Max también asiente. Estos tipos son demasiado profesionales para cargarse una prueba.

Se me ocurre una idea.

—¿Podemos fotografiarla y enviársela ya?

—Claro —dice Kyle encogiéndose de hombros y haciéndole una señal a un técnico. Luego me mira y añade—: Supongo que está impaciente por identificar a alguien, ¿no?

—Cierto, si eso es posible.

El técnico llega con un aparato que se nos describe como una cámara de alta resolución con un nombre impronunciable y dedican los siguientes treinta minutos a tomar primeros planos de la huella del pulgar. Llamo a Wink Castle, en Seabrook, y consigo su contacto con el laboratorio de criminalística estatal. Quiere saber si hemos hecho algún progreso, pero aún no le digo nada.

Cuando el fotógrafo se va, Kyle mete las pilas en contenedores de plástico y centra su atención en la lente. He examinado las fotografías miles de veces y sé que hay ocho manchas de lo que se creía que era sangre de Russo. Tres de ellas son un poco más grandes y tienen tres con diecisiete milímetros de diámetro. Kyle tiene pensado tomar la más grande de esas tres y realizar una serie de análisis. Como la sangre lleva casi veintitrés años seca no será fácil de retirar. Trabajando como un equipo de neurocirujanos, Max y él separan la cabeza de la linterna y colocan la lente en una placa de petri transparente de gran tamaño. Kyle retoma la narración. Utiliza una jeringa pequeña para verter una gota de agua destilada justo en la mancha de sangre más grande. Frankie y yo lo vemos en la pantalla.

El agua se mezcla bien y una gota de líquido rosado sale de la lente y cae en la placa de petri. Benderschmidt y Max asienten, conformes. Están satisfechos con la muestra. Se quitan los guantes quirúrgicos y un técnico se la lleva.

—Tomaremos una pequeña muestra de la sangre de la camisa y las compararemos —me dice Kyle—. Después realizaremos algunas pruebas y diagnosticaremos las muestras. Llevará algo de tiempo. Trabajaremos esta noche.

¿Qué se supone que debo decir? Preferiría tener los resultados ahora mismo, y además favorables, pero les doy las gracias a Max y a él. Frankie y yo nos marchamos del edificio y deambulamos por el centro de Richmond en busca de una cafetería. Mientras tomamos té helado y unos sándwiches procuramos hablar de cosas que no guarden relación con la sangre, pero es imposible. Si la muestra de la linterna coincide con las manchas de la camisa, la verdad no estará clara y todavía quedarán preguntas sin responder.

Sin embargo, si las muestras proceden de fuentes diferentes, Quincy saldrá libre. Si es capaz de hacerlo andando. Con el tiempo.

¿Y la huella del pulgar? No conducirá de forma automática al tipo que apretó el gatillo a menos que se demuestre que la linterna estuvo en la escena del crimen. Si las muestras no coinciden, la linterna no estuvo allí, sino que Pfitzner la colocó en el maletero de Quincy. O eso es lo que nosotros suponemos.

Durante el largo trayecto de Savannah a Richmond, Frankie y yo comentamos si deberíamos informar a los Taft de que hay un esqueleto en uno de sus armarios. El sheriff Castle no mostró demasiado interés cuando se lo dijimos. Por un lado, puede que los Taft tengan un pariente que desapareció hace años y eso podría resolver el misterio. Pero, por otra parte, ese lugar los asusta tanto que cuesta creer que otra muerte misteriosa despierte su interés.

Con el café decidimos que la historia es demasiado buena para dejar las cosas así. Frankie busca el número de Riley Taft y lo llama. Riley acaba de salir de trabajar en el colegio y se queda sorprendido cuando se entera de que ya hemos llegado tan lejos con las pruebas. Frankie le explica que la mayoría está ahora en poder del sheriff, pero que cogimos lo que necesitábamos. Pregunta si en la familia ha habido algún caso de persona desaparecida en los últimos diez años más o menos.

Riley quiere saber por qué eso es importante.

Con una sonrisa y los ojos brillantes, Frankie le cuenta lo que encontramos en la casa ayer por la mañana. En el armario del dormitorio orientado al este hay un esqueleto intacto, colgado con una cuerda de plástico alrededor del pecho. Es probable que no sea un suicidio. Es posible que fuera un asesinato pero no por ahorcamiento, aunque nada es seguro.

Mientras Riley reacciona quedándose en estado de shock, Frankie sonríe y casi ríe entre dientes. Dan vueltas al tema, Riley acusa a Frankie de tomarle el pelo. Frankie va caldeando la historia y dice que la verdad es fácil de demostrar. Solo tiene que ir a echar un vistazo. Y además Wendell y él deberían entrar en la casa cuanto antes y llevarse el esqueleto para darle un entierro como es debido.

Riley se queja y se pone a maldecir. Cuando se calma, Frankie se disculpa por ser portador de malas noticias, pero pensó que querrían saberlo. Le dice que es posible que el sheriff se ponga pronto en contacto con ellos y que quiera echar un vistazo.

Frankie escucha y sonríe.

—No, no, Riley, yo no le prendería fuego —le advierte. Riley despotrica y en un momento dado Frankie tiene que apartarse el teléfono de la oreja. Y le repite una y otra vez—: Eh, tranquilo, Riley, no le prendas fuego.

Cuando termina la llamada está convencido de que los propietarios están a punto de prender fuego a la casa.

45

Tenemos que hacer tiempo casi hasta las once de la mañana, que es cuando el doctor Benderschmidt termina sus clases y regresa a su despacho. Frankie y yo lo estamos esperando ahí, bien hasta arriba de cafeína. Él entra con una sonrisa.

—¡Han ganado! —anuncia. Se deja caer en su sillón y toquetea su pajarita. Está encantado de dar tan maravillosa noticia—. No hay coincidencia. Ni siquiera es sangre humana. Bueno, en la camisa de Russo hay mucha, del grupo O, como el cincuenta por ciento de la población, pero es cuanto sabemos. Como he dicho, no somos un laboratorio de ADN, y por suerte no necesitan uno. La sangre de la linterna procedía de un animal, seguramente un conejo o un mamífero pequeño similar. En mi informe profundizaré en los aspectos científicos con todo su vocabulario y sus términos, pero ahora no. Voy con retraso porque me he pasado toda la noche en vela con este expediente. Cojo un vuelo dentro de dos horas. No ponga esa cara de sorpresa, Post.

—No es sorpresa, doctor. Es alivio de saber la verdad.

—Saldrá libre, ¿verdad?

—Nunca es tan sencillo. Ya conoce el procedimiento. Liberarle requerirá meses de pelea a brazo partido en los tribunales, pero ganaremos. Gracias a usted.

—El trabajo duro lo ha hecho usted, Post. Yo no soy más que un científico.

—¿Y la huella del pulgar?

—La buena noticia es que no pertenece a Quincy. La mala es que tampoco es de Pfitzner. Por ahora su procedencia es desconocida, pero el laboratorio de criminalística de Florida continúa investigando. Anoche la cotejaron con sus sistemas y no obtuvieron nada. Lo que probablemente significa que las huellas de la persona que manipuló la pila no están archivadas. Así que podría ser de cualquiera. De la mujer de Pfitzner, de la asistenta, de uno de sus agentes. De alguien de quien usted no haya oído hablar y al que jamás encontrarán.

—Pero eso no importa, ¿verdad? —interviene Frankie—. Si la linterna no estaba en la escena del crimen, no la utilizó el verdadero asesino.

—Correcto —responde Kyle—. Así que ¿qué pasó? Sospecho que Pfitzner mató un conejo, cogió una muestra de sangre y embadurnó la linterna. Yo habría usado una jeringa grande de farmacia y habría rociado la lente desde una distancia de metro y medio. Salpicaría bien. Dejó que se secara, la manipuló con guantes, la guardó en un bolsillo, consiguió una orden para registrar el coche de Quincy y la colocó. Conocía a Paul Norwood, el supuesto experto, y se aseguró de que el fiscal lo contratara. Norwood diría lo que fuera por un precio; llegó a la ciudad con un buen currículum y convenció a los, vamos a llamarlos así, poco sofisticados miembros del jurado. Blancos en su mayoría, por lo que recuerdo.

—Once a uno —añado.

—Asesinato sensacionalista, sed de justicia, el sospechoso perfecto con un móvil y una ingeniosa trampa. Quincy escapó por los pelos de la pena capital y lo sentenciaron a cadena perpetua. Veintitrés años después usted descubre la verdad, Post. Se merece una medalla.

—Gracias, doctor, pero no nos van las medallas. Solo las exoneraciones.

—Ha sido un auténtico placer. Un caso fantástico. Estaré ahí siempre que me necesite.

Tras abandonar Richmond, llamo a mi enfermera favorita, que le pasa el teléfono a Quincy. Le explico de manera sencilla que ya tenemos pruebas valiosas que un día lo exonerarán. Minimizo nuestras posibilidades de una liberación rápida y le advierto que en los próximos meses llevaremos a cabo muchas maniobras legales para que salga en libertad. Está contento, agradecido y apagado.

Hace trece semanas que lo agredieron, y progresa día a día. Su comprensión ha mejorado, habla más deprisa y su vocabulario aumenta. Un gran problema que estamos teniendo con él es que no entiende que la rehabilitación debería ser lo más lenta posible. En su caso, mejorar lo suficiente para que le den el alta significa regresar a prisión. He intentado recalcar repetidamente a su equipo médico la importancia de que se tomen su tiempo. Pero el paciente está harto de avanzar despacio, harto del hospital, harto de operaciones, agujas y tubos. Quiere levantarse y correr.

Mientras Frankie se dirige al sur, yo mantengo largas conversaciones con Mazy, Susan Ashley y Bill Cannon. Hay tantas ideas que Mazy improvisa una reunión y el equipo entero las comparte durante una hora. La más brillante la aporta ella; una jugada peliaguda en la que lleva tiempo pensando. Según la ley de Florida, los recursos de revisión penal deben presentarse en el condado donde está recluido el preso. Por tanto, el viejo juez Plank se ve inundado de papeleo, ya que Garvin se halla en las proximidades del condado rural de Poinsett. Plank está demasiado harto de esto para sentir compasión, y no reconocería una nueva prueba aunque le fuera la vida en ello.

Pero, hoy por hoy, Quincy no está encarcelado en Garvin. Está hospitalizado en el centro de Orlando, sede del condado de Orange, con una población de un millón y medio de habitantes y que cuenta con cuarenta y tres jueces de circuito diferentes. Si presentamos un nuevo recurso en el condado de Orange, el estado lo impugnará, alegará que tratamos de elegir un tribunal de conveniencia, pero no tenemos nada que perder. Si vencemos, presentaremos nuestras nuevas pruebas ante un nuevo juez de una zona metropolitana con cierta diversidad. Si perdemos, volveremos ante el viejo Plank y lo intentaremos de nuevo. Pero antes debemos retirar la apelación al rechazo de Plank a nuestro primer recurso. Lleva tres meses acumulando polvo en la Corte Suprema de Tallahassee.

Mazy y yo pasamos los dos días siguientes redactando un recurso modificado y retirando el primero. Recibimos la buena noticia de que el laboratorio de criminalística estatal de Florida ha llegado a las mismas conclusiones que Kyle Benderschmidt.

No tenemos noticias de los Taft ni del esqueleto en su armario.

Si tuviéramos champán en la oficina, lo descorcharíamos cuando mi enfermera favorita llama desde Orlando y me dice que 1) Quincy tiene una infección causada por una de las heridas de arma blanca, y 2) la mandíbula no se ha curado bien y hay que operar de nuevo.

Concluyo la conversación con un: «Por favor, no lo dejéis salir».

Nos presentamos de inmediato en el tribunal de circuito del condado de Orange, la casa de Susan Ashley. La corte es reservada en cuanto a cómo se asignan los casos entre los jueces, por lo que ignoramos quién nos va a tocar. El estado de

Florida tarda dos semanas en responder, y lo hace con una moción de sobreseimiento bastante concisa que no aporta nada.

Susan Ashley solicita una vista expedita y nos enteramos de que nuestro juez es el honorable Ansh Kumar, un estadounidense de segunda generación y treinta y ocho años de edad cuyos padres emigraron desde India. Rezábamos para contar con diversidad cultural y nuestras plegarias han sido escuchadas. Accede a nuestra solicitud para celebrar una vista, lo cual es una buena señal, y me apresuro a ir a Orlando. Viajo con Frankie en su ranchera porque él considera que mi pequeño Ford ya no es seguro, sobre todo cuando maniobro mientras grito por teléfono. Así que conduce él y yo intento no gritar.

Frankie es hoy vital por otra razón. Como era de esperar, se ha hecho íntimo de Quincy y pasa muchas horas con él en el hospital. Ven partidos juntos, comparten comida rápida y, en general, aterrorizan al personal. Las enfermeras saben que los dos han estado en la cárcel por delitos que no cometieron, así que les consienten algunas bromas subidas de tono pero inocentes. Frankie me cuenta que algunas enfermeras dan tanta caña como los chicos.

Una vez más, el estado de Florida envía a Carmen Hidalgo para que se ocupe del asunto. Es una del millar de abogados de la oficina del fiscal general, y ha vuelto a sacar la pajita más corta. Los casos antiguos de apelación para obtener la exoneración de un preso no son muy demandados por los fiscales más importantes del estado.

Nos reunimos para celebrar lo que debería ser una breve vista en una moderna sala de la tercera planta de un rascacielos en el centro de la ciudad, el nuevo edificio judicial del que tan orgulloso está el condado de Orange. El juez Kumar nos da la bienvenida a los abogados con una cálida sonrisa y nos ordena que procedamos.

Carmen empieza y expone un estupendo alegato respecto a que la ley estatal es clara y exige que todas las peticiones de revisión penal se presenten en el condado donde está encarcelado el preso. Susan Ashley responde alegando que nuestro cliente está asignado a Garvin pero no se encuentra allí. Ha estado aquí, en Orlando, las últimas quince semanas, y no hay una fecha de alta prevista. Esta cuestión es abordada por ambas partes y enseguida queda de manifiesto que el juez Kumar ha leído los informes pero también nuestro minucioso recurso.

Después de escuchar de forma paciente, dice:

—Señorita Hidalgo, parece que el acusado ha pillado al estado en un singular vacío legal. La ley no dice nada sobre dónde hay que presentar este recurso cuando el acusado es trasladado de manera temporal de la prisión donde cumple condena. ¡Parece que los han pillado!

—Pero, señoría...

El juez Kumar levanta las manos despacio y ofrece una cálida sonrisa.

—Le ruego que se siente, señorita Hidalgo. Gracias. Bien, para empezar, me quedo con este caso por varias razones. La primera y más importante es que no estoy seguro de que la ley exija que este recurso se presente en el condado de Poinsett. La segunda es que los hechos me intrigan, sobre todo a tenor de los recientes acontecimientos. Lo he leído todo; el primer y el segundo recurso presentados por el acusado, las alegaciones del estado, la demanda federal presentada contra el exsheriff del condado de Ruiz y contra otros, los cargos formulados contra los que conspiraron para llevar a cabo un asesinato por encargo en la cárcel. Lo he leído todo. Y la tercera razón por la que me quedo este caso es que parece que hay muchas posibilidades de que Quincy Miller haya pasado los últimos veintitrés años en la cárcel por un asesinato que cometió otra persona. Les aseguro que no he tomado una decisión y espero con interés una vista probatoria preliminar sobre este recurso. Señorita Gross, ¿cuándo puede estar preparada para una vista preliminar?

—Mañana —responde Susan Ashley sin ponerse en pie.

—¿Y la señorita Hidalgo?

—Se lo ruego, señoría, ni siquiera hemos presentado aún nuestras alegaciones.

—Oh, creo que sí lo han hecho. Presentaron alegaciones al anterior recurso. Las tiene en su ordenador. Solo deberá actualizarlas un poco y presentarlas otra vez aquí de inmediato, señorita Hidalgo. La vista se celebrará dentro de tres semanas a partir de hoy, en esta sala.

Al día siguiente, la señorita Hidalgo acude corriendo al Tribunal Supremo del Estado para presentar una apelación de urgencia al fallo del juez Kumar. Una semana después, el Tribunal Supremo de Florida emite un fallo de dos frases que está de nuestro lado. Nos dirigimos a un enfrentamiento, y parece que esta vez contamos con un juez que nos escuchará.

46

Bill Cannon hace una oferta que nos sorprende. Le gustaría hacer los honores y dar un paso al frente en la sala cuando presentemos nuestro recurso de revisión penal. Lo ve como un excelente calentamiento antes de la demanda federal, para la que aún faltan meses. Se muere de ganas de pelear y quiere oír a los testigos en persona. Susan Ashley tiene solo treinta y tres años y limitada experiencia en la sala, aunque es brillante y rápida de reflejos. Yo le daría matrícula de honor. Cannon, por su reputación, ya está en el Salón de la Fama. Ella le cede el sitio encantada, le honra ocupar la segunda silla. Como soy un posible testigo, renuncio a mi papel de abogado sin el menor remordimiento. Sigo teniendo un asiento en primera fila.

Vicki y Mazy presienten una victoria para el equipo de casa, de modo que se toman unos días libres y van a Orlando por carretera para la ocasión. Frankie se sienta con ellas en la primera fila. Todos los miembros de los Guardianes estamos presentes. Y hay más. El reverendo Luther Hodges también ha llegado desde Savannah para vernos en acción. Ha seguido el caso desde el día que lo aceptamos y ha dedicado muchas horas a rezar por Quincy. Glenn Colacurci llega engalanado con un traje de sirsaca rosa y con la guapa Bea a su lado. Dudo que él haya rezado mucho. Sentado con

Glenn está Patrick McCutcheon, quien, según Glenn, ha tomado la decisión de no volver a juzgar a Quincy si nuestro recurso gana.

Susan Ashley se ha trabajado a la prensa y el caso está ganando publicidad. La historia de un antiguo sheriff corrupto conspirando para matar a un hombre inocente al que metió entre rejas hace más de veinte años es demasiado jugosa para dejarla pasar. Y que ahora el hombre inocente esté presionando con fuerza para conseguir su liberación mientras el sheriff está encerrado añade interés a la trama. Hay periodistas repartidos por la sala, además de una veintena de espectadores. Cada sala, con independencia de su tamaño o ubicación, atrae a sus habituales; los curiosos que no tienen nada mejor que hacer.

El juez Kumar ocupa su puesto sin ceremonias y da la bienvenida a todos. Mira a su alrededor y no ve al prisionero. Hace dos días el juez accedió a nuestra petición de permitir que Quincy asistiera a su propia vista. Hasta ahora ha accedido a todo lo que le hemos pedido.

—Háganlo pasar —le dice a un alguacil.

Una puerta junto a la tribuna del jurado se abre y entra un agente. Quincy camina detrás de él con un bastón y sin esposar. Viste una camisa blanca y unos chinos color marrón que le compré ayer. Quería ponerse corbata por primera vez en veintitrés años, pero le dije que no era necesario. Que no habría jurado, solo un juez que seguramente no llevaría corbata debajo de su toga negra. Pesa unos veinte kilos menos, y no ha recuperado por completo sus habilidades motrices, pero, caramba, tiene muy buen aspecto. Echa un vistazo a la sala, confuso e inseguro al principio, y ¿quién podría culparlo?, pero entonces me ve y sonríe. Avanza hacia nosotros con dificultad y el agente lo conduce a un asiento entre Susan Ashley y Bill Cannon. Yo estoy cómodamente sentado detrás de ellos, junto a la valla que divide la sala. Le doy una palmadita en el hombro y le digo que está muy guapo. Él se gira y me mira con ojos llorosos. Esta breve incursión en la libertad ya resulta abrumadora.

Estamos inmersos en una pelea con el Departamento de Instituciones Penitenciarias en cuanto a qué hacer con él. Por ahora sus médicos han terminado y están dispuestos a darle el alta hospitalaria, lo que supone un billete solo de ida de regreso a Garvin. Susan Ashley ha solicitado su traslado a una institución con la mínima seguridad, y con un centro de rehabilitación, cerca de Fort Myers. Sus médicos le han proporcionado cartas y notas que respaldan su necesidad de seguir con la rehabilitación. Nosotros alegamos con vehemencia que Garvin es un lugar peligroso para todos los presos en general y para Quincy en particular. Bill Cannon tiene a raya a los burócratas del Departamento de Instituciones Penitenciarias de Tallahassee. Sin embargo, dado que los tiene contra las cuerdas con su demanda de cincuenta millones, no están colaborando. Odell Herman, el alcaide de Garvin, dice que pondrán a Quincy en régimen de custodia preventiva, como si eso fuera algo generoso. La custodia preventiva no es más que un confinamiento en solitario.

Lo que Quincy necesita es otra infección, pero como la última casi lo mata, me lo guardo para mí. Lleva diecinueve semanas en el hospital y le ha dicho varias veces a Frankie que llegados a este punto prefiere la cárcel.

Nosotros solo nos conformaremos con la libertad, y eso es algo que va a ocurrir. El cuándo no está claro.

Bill Cannon se levanta y se acerca al estrado para dirigirse al tribunal. Tiene cuarenta y cuatro años, una densa mata de cabello gris bien peinada, traje negro y la seguridad de un maestro de la sala que puede conseguir lo que quiera de un jurado o de un juez. Tiene una profunda voz de barítono que sin duda ha cultivado durante décadas. Su dicción es perfecta. Comienza diciendo que estamos a punto de descubrir la verdad, los cimientos del mayor sistema legal del mundo. La verdad sobre quién mató o no mató a Keith Russo. La verdad que se ocultó hace mucho en una pequeña localidad corrupta del norte de Florida. La verdad que un grupo de hombres malvados enterraron a propósito. Pero ahora, décadas después, tras meter entre rejas a un hombre inocente durante veintitrés años, la verdad está cerca.

Cannon no necesita notas, no se detiene para ojear una libreta amarilla. No hay interrupciones, ningún «uh» ni frases fragmentadas. ¡Improvisa con una prosa fluida! Y domina una estrategia que pocos abogados, ni siquiera los más hábiles, han aprendido: es sucinto, no se repite y es conciso. Expone nuestro caso y le dice al juez Kumar lo que estamos a punto de demostrar. En menos de diez minutos establece el tono y no deja lugar a dudas de que tiene una misión y no va a aceptar un no por respuesta.

Carmen Hidalgo responde recordando al tribunal que el jurado ha hablado. Quincy Miller tuvo un juicio justo hace muchos años y el jurado lo condenó por unanimidad. Estuvo a un solo voto de que le impusieran la pena capital. ¿Por qué tendríamos que revivir causas antiguas? Nuestro sistema está saturado, no está diseñado para mantener las causas vivas durante décadas. Si permitimos que todos los condenados por asesinato creen nuevos hechos y aleguen nuevas pruebas, ¿de qué sirve el primer juicio?

La señorita Hidalgo es aún más breve.

Cannon decide comenzar con el drama y llama al estrado a Wink Castle, sheriff del condado de Ruiz. Wink lleva consigo una pequeña caja de cartón. Después de prestar juramento, Cannon lo dirige en el proceso de describir qué hay en ella. Una bolsa de plástico transparente contiene la linterna, y se deposita sobre la mesa, junto al taquígrafo. Wink describe cómo llegó a su poder. Cannon pone una grabación de vídeo en la que se nos ve en la oficina de Glenn abrien-

do las cajas. Es una historia entretenida y todos la disfrutamos, en especial Su Señoría. Castle cuenta lo poco que sabe
de la historia, incluido el misterioso incendio. Se enorgullece de informar al tribunal que en el condado de Ruiz todo se
ha modernizado bajo sus órdenes

En otras palabras: los traficantes de drogas han desaparecido. ¡Ahora están todos limpios!

Durante el turno de preguntas de la fiscalía, Carmen Hidalgo se apunta algunos tantos forzando a Castle a reconocer
que las cajas de pruebas estuvieron muchos años perdidas;
por tanto, existe un amplio vacío en la cadena de custodia.
Esto podría ser crucial si la linterna se utilizara en un juicio
penal posterior, pero ahora mismo es inútil. Cuando termina, el juez Kumar interviene.

—¿Ha examinado el laboratorio de criminalística estatal
esta linterna? —le pregunta a Wink.

Wink responde que sí.

—¿Tiene una copia del informe?

—No, señor. Todavía no.

—¿Sabe el nombre del criminólogo a cargo de esta prueba?

—Sí, señor.

—Bien. Quiero que lo llame ahora mismo y le diga que
lo espero aquí mañana por la mañana.

—Lo haré, señor.

Me llaman como segundo testigo y juro decir la verdad.
Esta es la cuarta vez en mi carrera que me han hecho subir al
estrado, y la sala se ve muy diferente desde ahí arriba. Todos
los ojos están puestos en el testigo, que intenta centrarse y
tranquilizarse mientras su corazón late a toda velocidad. Al
instante existe la duda de hablar porque escapen las palabras
equivocadas. Sé veraz. Sé convincente. Sé claro. Lejos quedan los típicos consejos que les doy a mis testigos, al menos
por ahora. Gracias a Dios, tengo un abogado brillante que
me apoya y hemos ensayado mi rutina. No me imagino es-

tar aquí sentado tratando de vender una historia mal perfilada con un tipo como Cannon arrojándome granadas.

Cuento un relato muy mejorado del hallazgo de la linterna, omitiendo grandes capítulos. Nada de Tyler Townsend en Nassau ni de Bruce Gilmer en Idaho; nada de los e-mails que se esfumaron en cinco minutos; nada de vudú africano ni de un esqueleto auténtico en un armario. Cuento que me llegó un rumor de un viejo abogado que había oído que tal vez Kenny Taft sabía demasiado y lo mataron por eso. Así que acudí a la familia Taft y empecé a indagar. Tuve suerte. En una pantalla grande, Cannon reproduce fotografías de la maltrecha casa, algunas imágenes oscuras que tomé en el desván, y otro vídeo de Frankie sacando las cajas de la casa encantada. Relato nuestro viaje a Richmond con las pruebas y la reunión con el doctor Benderschmidt.

Cuando le llega el turno, Carmen Hidalgo me hace una serie de preguntas pensadas para sembrar más dudas sobre la cadena de custodia. No, no sé cuánto tiempo estuvieron las cajas en el desván ni sé quién las puso allí, tampoco sé a ciencia cierta si Kenny Taft se las llevó él mismo antes del incendio ni sé si alguien lo ayudó o si abrió las cajas y alteró las pruebas. Mis respuestas son educadas y profesionales. Ella solo hace su trabajo, no quiere estar aquí.

Me presiona acerca de la fuente de los rumores sobre Kenny Taft y le explico que tengo fuentes confidenciales que proteger. Sé más de lo que estoy diciendo, claro, pero soy abogado y entiendo lo que es la confidencialidad. Ella pide a Su Señoría que me exija que responda a sus preguntas. Cannon protesta y da una minilección sobre la inviolabilidad de los frutos del trabajo de un abogado. El juez Kumar deniega la petición y yo regreso a mi asiento detrás de Quincy.

El doctor Kyle Benderschmidt está en la sala, impaciente por abandonarla. Bill Cannon lo llama como nuestro siguiente testigo y comienza el tedioso proceso de la exposición de credenciales. Al cabo de unos minutos, el juez Kumar mira a Carmen Hidalgo.

—¿De veras quiere cuestionar sus credenciales? —pregunta.

—No, señoría. El estado acepta sus credenciales.

—Gracias. —Kumar no mete prisa a nadie y parece disfrutar estando al mando. Con solo tres años en su historial, parece muy dotado y seguro de sí mismo.

Cannon pasa por alto el erróneo testimonio que el jurado oyó de labios de Paul Norwood, pues Mazy ya informó de él de manera extensa, y en vez de eso insiste en la auténtica prueba. Ahora que tenemos la linterna y las salpicaduras, no hace falta que nos andemos con suposiciones. En la gran pantalla, Benderschmidt presenta fotografías que ha tomado recientemente y las compara con las pruebas materiales que se utilizaron hace veintitrés años. Las manchas han perdido color con el tiempo, a pesar de que al parecer la lente estaba protegida de la luz. Identifica las tres más grandes y señala su muestra. Más fotos ampliadas, más jerga forense. Benderschmidt se sumerge en lo que no tarda en convertirse en una tediosa clase de ciencias. Tal vez esto se deba a que mi acervo genético no entiende mucho de ciencia ni de matemáticas, aunque el hecho de que yo me aburra o no resulta irrelevante. Su Señoría está absorto.

Kyle comienza con los fundamentos básicos: las células sanguíneas humanas son diferentes de las células sanguíneas animales. Dos imágenes de gran tamaño aparecen en la pantalla y Benderschmidt se pone en plan profesor. La imagen de la izquierda es un glóbulo rojo muy ampliado tomado de la sangre de la lente. La imagen de la derecha parece y es un glóbulo rojo tomado de un conejo, un pequeño mamífero. Los humanos son mamíferos, y sus glóbulos rojos se asemejan en que no tienen núcleo. Los reptiles y las aves tienen glóbulos rojos nucleados; nosotros no. El profesor teclea en su ordenador, las imágenes cambian y nos sumimos en el mundo de los glóbulos rojos. El núcleo de una célula es pequeño y redondo y es el centro de mando de la célula. Controla el crecimiento y la reproducción de la célula. Está rodeado de una membrana. Etcétera, etcétera.

Adjunto a nuestro recurso iba el informe completo de Benderschmidt, incluidas páginas incomprensibles sobre las células y la sangre. Confieso que no lo he leído entero, pero algo me dice que el juez Kumar sí lo ha hecho.

En resumidas cuentas: los glóbulos rojos animales varían mucho de una especie a otra. Está casi seguro de que la sangre de la lente de la linterna que Bradley Pfitzner halló en el coche de Quincy procedía de un pequeño mamífero. Está completamente seguro de que no es sangre humana.

No nos molestamos en analizar el ADN de las dos muestras porque no había razón para ello. En cambio, sabemos que la sangre de la camisa de Keith era suya. Sabemos que la sangre de la lente no.

Ver a Cannon y a Benderschmidt trabajar en equipo durante el testimonio es como ver un baile bien coreografiado. Y hasta ayer no se conocían. Si tuviera que defender la demanda de cincuenta millones que se avecina, empezaría a hablar de un acuerdo.

Es casi la una de la tarde cuando Benderschmidt concluye la repetitiva serie de aburridas preguntas lanzadas por Carmen. A juzgar por su delgadez, a Su Señoría le importa poco el almuerzo, pero el resto nos morimos de hambre. Hacemos un receso de una hora y media. Frankie y yo llevamos a Kyle al aeropuerto y paramos en el camino para comer una hamburguesa rápida. Cuando haya un fallo quiere enterarse cuanto antes. Le encanta su trabajo, le encanta este caso y desea con todas sus fuerzas la exoneración. La pseudociencia condenó a Quincy, y Kyle quiere arreglar el desastre.

Durante los últimos siete meses, Zeke Huffey ha disfrutado tanto de su libertad que ha conseguido evitar otro arresto. Está en libertad condicional en Arkansas y no puede salir del estado sin permiso de su agente de la condicional. Dice que está limpio, sobrio y decidido a seguir así. Una organización sin ánimo de lucro le prestó mil dólares para su subsistencia inicial y está trabajando a tiempo parcial en un túnel de lavado de coches, una hamburguesería y una empresa de jardinería. Va tirando y casi ha devuelto la mitad del préstamo. Los Guardianes le hemos comprado un billete de avión y sube al estrado con aspecto bronceado y saludable.

Su testimonio en la primera vista ante el viejo juez Plank fue ejemplar. Él era el dueño de sus mentiras y, si bien culpaba a Pfitzner y a un mal sistema, dijo que sabía lo que estaba haciendo. Le habían utilizado como soplón y él había cumplido de maravilla. Pero ahora se arrepiente mucho de sus mentiras. En un momento conmovedor que pilla a todos con la guardia baja, Zeke mira a Quincy y se dirige a él:

—Lo hice, Quincy. Lo hice para salvar el pellejo, y ojalá no lo hubiera hecho. Mentí para salvarme y te mandé a la cárcel. Lo siento mucho, Quincy. No te pido que me perdones porque yo no lo haría si estuviera en tu lugar. Solo quiero decirte que siento lo que hice.

Quincy asiente pero no responde. Más tarde me dirá que quería decir algo, ofrecerle su perdón, pero que le dio miedo hablar en la sala sin permiso.

Zeke es vapuleado en el interrogatorio de la fiscalía cuando Carmen se centra en su animada trayectoria mintiendo ante el tribunal. ¿Cuándo dejó de mentir? ¿O acaso no ha dejado de hacerlo? ¿Por qué deberíamos creer que no miente ahora? Y así sucesivamente. Pero ha sobrevivido a eso antes y lo maneja bien. Más de una vez dice: «Sí, señora, admito que he mentido antes, pero ahora no miento. Lo juro».

Nuestro siguiente testigo es Carrie Holland Pruitt. Nos costó un poco convencer a Carrie y a Buck para que hicieran el largo camino en coche hasta Orlando, pero la cuestión quedó zanjada cuando los Guardianes aportamos un paquete familiar de entradas para Disney World. Está claro que los Guardianes no podemos permitirnos esos paquetes familiares para Disney World, pero Vicki, como de costumbre, se las apañó para encontrar el dinero.

Con Bill Cannon al mando, Carrie recuerda su triste historia en el procesamiento de Quincy Miller. No vio a un hombre negro huir de la escena con un palo o algo parecido en la mano. De hecho, no vio nada. No oyó nada. El sheriff Pfitzner y Forrest Burkhead, el antiguo fiscal, la coaccionaron para que mintiera en el juicio. Ella contó sus mentiras y al día siguiente Pfitzner le dio mil dólares en metálico, le dijo que cogiera el próximo autobús y amenazó con encarcelarla por perjurio si alguna vez regresaba a Florida.

Después de las dos primeras frases de su testimonio se le empiezan a empañar los ojos. Al poco tiempo se le quiebra la voz. A medio testimonio es un mar de lágrimas mientras reconoce sus mentiras y dice que lo siente. Por entonces era una cría confusa que consumía drogas y salía con un mal novio, un policía, y necesitaba el dinero. Ahora lleva limpia y sobria quince años y no ha faltado un solo día al trabajo. Pero ha pensado en Quincy muchas veces. Solloza y esperamos a que recupere el control. Buck está en la primera fila, limpiándose también las mejillas.

El juez Kumar concede un receso y hacemos un descanso de una hora. Su secretario pide disculpas y dice que está atendiendo un asunto urgente en el despacho. Marvis Miller llega y se arrima a su hermano; un guardia vigila a lo lejos. Me siento con Mazy y con Vicki y analizamos el testimonio hasta el momento. Un reportero quiere unas palabras, pero rehúso.

A las cuatro y media nos convocan de nuevo y Bill Cannon llama a nuestro último testigo del día. Acabo de informar a Quincy para atenuar la sorpresa. Cuando Cannon dice el nombre: «June Walker», Quincy se vuelve y me mira. Yo sonrío y asiento de forma tranquilizadora.

Frankie no se cansa con facilidad, menos aún cuando sigue los pasos de gente de color que necesitamos que colabore con nosotros. A lo largo de los meses ha cultivado poco a poco una relación con Otis Walker, en Tallahassee, y acabó por conocer a June. Al principio eran reacios, y seguían molestos por la imagen tan poco favorecedora que los abogados de Quincy pintaron de su primera esposa. Pero con el tiempo Frankie consiguió convencer a June y a Otis de que las viejas mentiras deberían corregirse si tenías oportunidad. Quincy no mató a nadie, pero June había ayudado a los verdaderos asesinos, un puñado de hombres blancos.

Se levanta de la tercera fila y camina con paso decidido hasta el estrado, donde el secretario le toma juramento. He pasado tiempo con June y he intentado convencerla de que no le será nada fácil sentarse en la sala y admitir que cometió perjurio. También le he asegurado que no se la puede procesar por ello.

June saluda con la cabeza a Quincy y aprieta los dientes. Adelante. Dice su nombre y su dirección y que su primer marido fue Quincy Miller. Tuvieron tres hijos juntos antes de que el matrimonio terminara con un amargo divorcio. Está de nuestro lado y Bill Cannon la trata con respeto. Coge algunos papeles de su mesa y se dirige a ella:

—Bien, señora Walker, quiero que se remonte al juicio por asesinato de su exmarido, Quincy Miller, que tuvo lugar hace muchos años. En aquel juicio usted testificó para la acusación y realizó una serie de afirmaciones. Me gustaría repasarlas, ¿le parece bien?

Ella asiente.

—Sí, señor —dice en voz queda.

Cannon se coloca bien las gafas de lectura y mira la transcripción del juicio.

—El fiscal le hizo esta pregunta: «¿Poseía el acusado, Quincy Miller, una escopeta de calibre 12?». Y su respuesta fue: «Creo que sí. Tenía algunas pistolas. No sé cuántas armas, pero sí, Quincy tenía una escopeta grande». Bien, señora Walker, ¿dijo usted la verdad?

—No, señor, no dije la verdad. Jamás vi una escopeta en casa, sabía que Quincy no tenía una.

—De acuerdo. La segunda declaración. El fiscal le hizo esta pregunta: «¿Disfrutaba el acusado cazando y pescando?». Y su respuesta fue: «Sí, señor, no cazaba mucho, pero de vez en cuando iba al bosque con sus amigos, normalmente a disparar a pájaros y conejos». Bien, señora Walker, ¿dijo usted la verdad?

—No, no dije la verdad. Sabía que Quincy no iba de caza. Le gustaba un poco ir a pescar con su tío, pero no cazar.

—De acuerdo, tercera declaración. El fiscal le entregó una fotografía a color de una linterna y le preguntó si alguna vez vio a Quincy con una como esa. Su respuesta: «Sí, señor, se parece a una que tenía en su coche». Bien, señora Walker, ¿dijo usted la verdad?

—No, no dije la verdad. Jamás vi una linterna como esa, no que yo recuerde, en todo caso, y estoy segura de que jamás vi a Quincy con una igual.

—Gracias, señora Walker. Última pregunta. El fiscal le preguntó en el juicio si Quincy estaba cerca de Seabrook la noche en que Keith Russo fue asesinado. Su respuesta: «Creo que sí. Alguien me dijo que lo vio salir de Pounder's». Señora Walker, ¿dijo usted la verdad?

Ella se dispone a responder, pero se le quiebra la voz. Así que traga saliva, mira a su exmarido y aprieta los dientes.

—No, señor, no dije la verdad. Jamás oí a nadie decir que Quincy estaba por allí aquella noche.

—Gracias —dice Cannon, y lanza los papeles sobre la mesa.

Carmen Hidalgo se levanta despacio, como si no supiera muy bien cómo actuar. Duda mientras estudia a la testigo y se da cuenta de que no va a poder apuntarse un solo tanto con ella.

—El estado no tiene preguntas, señoría —dice, fingiendo frustración.

—Gracias, señora Walker —dice el juez Kumar—. Puede marcharse.

June abandona el estrado con mucho gusto. Delante de mí, de repente, Quincy retira su silla y se pone en pie. Pasa por detrás de Bill Cannon sin ayuda del bastón, y va cojeando hacia June. Ella aminora el paso, como asustada, y los demás nos quedamos paralizados un segundo temiendo el desastre. Entonces Quincy abre los brazos y June va hacia él. La abraza y los dos rompen a llorar. Dos personas que en el pasado tuvieron tres hijos, pero que acabaron odiándose, se abrazan delante de desconocidos.

—Lo siento tanto... —susurra June una y otra vez.

—Ya pasó —responde Quincy en voz queda—. Ya pasó.

47

Vicki y Mazy están deseando conocer a Quincy. Han convivido con este caso mucho tiempo y saben mucho de su vida, pero no han tenido ocasión de saludarse. Abandonamos el juzgado y vamos al hospital Mercy, donde sigue siendo paciente y prisionero. Su habitación está ahora en un nuevo anexo donde se encuentran las instalaciones de rehabilitación, pero nos reunimos con él en la cafetería. Su guardia es un policía de Orlando que se sienta a distancia, aburrido.

Después de veintitrés años comiendo en la cárcel no se queja de la mala comida que sirven en la cafetería. Quiere un sándwich y patatas fritas, y yo me ocupo de traérselo mientras Vicki, Mazy y él comentan las peripecias del día en el juzgado. Frankie se sienta a su lado, siempre dispuesto a ayudar. Luther Hodges está cerca, compartiendo el momento y contento de estar incluido. Quincy quiere que cenemos con él, pero nos hemos comprometido con otros planes más tarde por la noche.

Sigue conmovido por su encuentro con June. La ha odiado tanto y durante tanto tiempo que está aturdido por la rapidez con la que la ha perdonado. Mientras estaba ahí sentado, oyéndola confesar sus mentiras, algo le sobrevino, tal vez el Espíritu Santo, y de repente ya no era capaz de seguir odiando. Cerró los ojos, le pidió a Dios que lo librara de todo su odio, y la enorme carga que llevaba sobre sus hombros desapareció al instante. Pudo sentir de verdad la liberación mientras exhalaba. Perdonó a Zeke Huffey, perdonó a Carrie Holland, y se siente milagrosa y maravillosamente aliviado.

Luther Hodges sonríe y asiente. Es el tipo de mensaje que le gusta.

Quincy hinca el diente a su sándwich, come algunas patatas y dice que aún no ha recuperado el apetito. Ayer pesaba sesenta y cinco kilos, muy por debajo de su peso ideal, que es de ochenta y un kilos. Quiere saber qué pasará mañana, pero yo prefiero no especular. Supongo que el juez Kumar terminará con los testigos, considerará el caso y emitirá un fallo en cuestión de semanas o meses. Da toda la impresión de ser comprensivo, pero hace años aprendí a esperar siempre lo peor. Y a no esperar jamás que la justicia sea rápida.

Después de una hora sin parar de hablar, el guardia dice que se nos ha acabado el tiempo. Todos le damos un abrazo a Quincy y prometemos que lo veremos por la mañana.

El bufete de Bill Cannon tiene sucursales en las seis ciudades más grandes de Florida. El socio que dirige la oficina de Orlando es un verdugo especialista en mala praxis médica cuyo nombre, Cordell Jollie, siembra el terror entre los médicos incompetentes. Ha llevado a la ruina económica a muchos de ellos, y está lejos de haber acabado. Sus veredictos y acuerdos le han proporcionado los medios para comprar una mansión en una zona elegante de Orlando, un barrio exclusivo con vallas y calles arboladas flanqueadas por extravagantes casas. Enfilamos un camino de entrada circular y nos fijamos en que a un lado hay estacionados un Bentley, un Porsche y un Mercedes descapotable. El valor de la flotilla de Jollie es superior al presupuesto anual de los Guardianes.

Y enfrente hay aparcado un viejo escarabajo, propiedad sin duda de Susan Ashley Gross, que ya ha llegado.

Por lo general, en los Guardianes habríamos declinado una invitación para cenar en un lugar así, pero es casi imposible decirle no a Bill Cannon. Además, somos lo bastante curiosos como para querer ver una casa que de otra forma solo veríamos en una revista. Un hombre vestido con esmoquin nos recibe en la puerta principal; el primer encuentro de mi vida con un auténtico mayordomo. Lo seguimos por un salón enorme de techos abovedados, una estancia mayor que una casa de tamaño razonable, y de repente tomamos conciencia de nuestra ropa.

Frankie tuvo la sensatez de pasar de la invitación. Quincy, Luther Hodges y él verán un partido de béisbol por televisión.

Nos olvidamos de nuestra vestimenta cuando Cordell entra deprisa desde otra habitación ataviado con camiseta, pantalones cortos de golf sucios y chanclas. En la mano lleva un botellín verde de cerveza y nos estrecha la mano con vigor al tiempo que se presenta. Entonces aparece Bill Cannon, también en pantalón corto, y los seguimos por la enorme vivienda hasta una terraza trasera con vistas a una piscina lo bastante grande para hacer carreras con skiffs. Al fondo hay una caseta en la que se podrían guardar quince con facilidad. Un caballero vestido de blanco toma nota de lo que queremos beber y nos conducen hasta una sombreada zona con sillones bajo ventiladores en funcionamiento. Susan Ashley nos espera bebiendo vino blanco.

—Les presentaría a mi esposa, pero se marchó el mes pasado —dice Cordell en voz alta al tiempo que se deja caer en una mecedora de mimbre—. Tercer divorcio.

—Creía que era el cuarto —dice Cannon muy serio.

—Es posible. Creo que me planto. —Resulta fácil tener la impresión de que Cordell juega duro, trabaja duro, se divierte a lo grande y no esconde nada—. Ella quiere esta casa, pero está ese pequeño acuerdo prenupcial que firmó justo antes de la boda.

—¿Podemos hablar de otra cosa? —dice Cannon—. Nuestro bufete vive aterrorizado por el siguiente divorcio de Cordell.

¿De qué se supone que tenemos que hablar nosotros en este punto?

—Hemos tenido un buen día en el juzgado —digo—. Gracias a Bill.

Vicki, Mazy y Susan Ashley tienen los ojos como platos y parece que les dé miedo hablar.

—Siempre ayuda que los hechos estén de tu lado —aduce Cannon.

—Qué razón tienes —añade Cordell—. Me encanta este caso. Formo parte del comité de litigios del bufete y desde el mismo instante en que Bill presentó este caso, yo dije: «Joder, sí».

—¿Qué es un comité de litigios? —pregunto. Cordell está de nuestro lado y tiene la lengua muy suelta, así que cabe la posibilidad de que aprendamos mucho.

—Cada demanda que presentamos la ha de examinar un comité compuesto por los socios gerentes de las seis oficinas. Vemos mucha mierda, y también vemos un montón de buenos casos que son difíciles de ganar o demasiado caros. Para que aceptemos un caso es necesario que las probabilidades de que recuperemos al menos diez millones de dólares sean altas. Así de simple. Si no vemos posibilidad de conseguir diez millones, pasamos. Quincy busca más que eso. Tenéis a favor la complicidad del estado de Florida, sin tope en la indemnización por daños y perjuicios. Contáis ya con cuatro millones congelados en las cuentas bancarias del sheriff y más almacenados en paraísos fiscales. Y tenéis al cártel.

—¿El cártel? —pregunto.

El señor Blanco Impoluto regresa con una bandeja de plata y reparte las bebidas. Cerveza para mí. Vino blanco para Mazy. Y vino blanco también para Vicki, que seguramente es la segunda vez que no lo rechaza desde que la conozco.

—No es un enfoque nuevo, pero sí algo que no hemos intentado antes —dice Bill—. Nos hemos asociado con un bufete de Ciudad de México que persigue los activos de los narcotraficantes. Es un trabajo arriesgado, como cabe suponer, pero han tenido cierto éxito congelando cuentas bancarias e inmovilizando bienes. El cártel de Saltillo tiene algunos rostros nuevos, sobre todo porque a los antiguos los han ido liquidando, pero todavía quedan algunos jefes conocidos. Nuestro plan es incoar un gran juicio aquí y solicitar la ejecución de la sentencia correspondiente en cualquier lugar donde podamos encontrar los activos.

—Me parece que demandar a un cártel sería bastante peligroso —digo.

Cordell se echa a reír.

—Seguro que no es tan malo como demandar a compañías tabacaleras, fabricantes de armas o grandes farmacéuticas —replica—. Sin mencionar a los médicos corruptos y sus compañías aseguradoras.

—¿Está diciendo que Quincy Miller conseguirá al menos diez millones de dólares? —pregunta Mazy despacio, como si no diera crédito.

Ahora es Cannon quien ríe.

—No, nunca hacemos promesas. Muchas son las cosas que pueden torcerse. Estamos hablando de demandar, y eso es siempre arriesgado. El estado querrá hacer un trato, pero Pfitzner no. Caerá luchando y tratando de proteger su dinero con uñas y dientes. Tiene buenos abogados, pero luchará desde la cárcel. Lo que digo es que el caso de Quincy tiene ese potencial, menos nuestros honorarios, claro está.

—¡Así se habla! —exclama Cordell, y apura su botellín.

—¿Cuánto tiempo llevará? —pregunta Vicki.

Bill y Cordell se miran y se encogen de hombros.

—Dos años, tal vez tres —responde Bill—. El bufete de Nash Cooley es bueno, así que será una pelea justa.

Miro a Susan Ashley, que sigue todo con atención. Al igual que ocurre con los Guardianes, su organización sin ánimo de lucro no puede repartir los honorarios de representación con bufetes de abogados, pero en confianza me contó que Bill Cannon prometió donar el diez por ciento de los honorarios legales al Proyecto Inocencia del Centro de Florida. Ella me prometió a su vez la mitad de lo que consigan. Por un segundo pierdo la cabeza pensando en nuestros abogados mexicanos embargando cuentas bancarias caribeñas con enormes sumas de dinero que se reparten con cuentagotas, pero al final de todo está el pequeño Ministerio de los Guardianes, que espera con la mano extendida unos pocos miles de dólares.

Existe una relación directa entre la cantidad de dinero que recaudamos y el número de personas inocentes a las que exoneramos. Si tuviéramos ganancias inesperadas, seguramente nos reestructuraríamos e incorporaríamos personal. Quizá pueda comprar neumáticos nuevos, cambiar mi coche por un vehículo de segunda mano mejor.

El alcohol ayuda y conseguimos relajarnos y olvidarnos de nuestra pobreza mientras nos traen más bebidas y nos preparan la cena. Los abogados que beben alcohol narran historias fascinantes, y Cordell nos entretiene con una sobre un exespía de la CIA al que contrató e infiltró en una aseguradora dedicada a la mala praxis médica. El tipo fue responsable de tres veredictos exorbitantes y se retiró sin que lo pillaran.

Cannon nos habla de cuando consiguió su primer veredicto de un millón de dólares con veintiocho años, que sigue siendo un récord en Florida.

Y otra vez Cordell, que recuerda su primer accidente de avión.

Es un alivio cuando el señor Blanco Impoluto nos informa de que la cena está servida. Pasamos a uno de los comedores dentro de la mansión, donde la temperatura es mucho más fresca.

48

El Honorable Ansh Kumar ocupa el estrado con otra sonrisa y da los buenos días. Todos estamos en nuestros asientos correspondientes, impacientes por que dé comienzo la jornada y nerviosos por lo que pueda pasar.

—Después de que ayer se levantara la sesión —dice mirando a Bill Cannon—, me puse en contacto con el laboratorio de criminalística de Tallahassee y hablé con el director. Me dijo que el criminólogo, el señor Tasca, estaría aquí a las diez de la mañana. Señor Cannon, ¿tiene otro testigo?

Bill se levanta para responder.

—Tal vez, señoría. Agnes Nolton es una agente especial del departamento del FBI en Orlando y lleva la investigación de la brutal agresión a Quincy Miller que tuvo lugar hace casi cinco meses. Está preparada para testificar sobre esa investigación y su relevancia en este caso.

He desayunado temprano con Agnes y está dispuesta a ayudar de alguna manera. Sin embargo, dudamos de que el juez Kumar considere necesario su testimonio, dado que sería restringido.

Sabe que esto iba a plantearse porque lo mencioné durante el receso de ayer. Reflexiona durante un prolongado momento. Carmen Hidalgo se levanta despacio.

—Señoría, con la venia del tribunal, me cuesta entender

por qué este testimonio puede ser de utilidad en el tema que nos ocupa. El FBI no tuvo nada que ver con la investigación del asesinato de Keith Russo ni con la acusación de Quincy Miller. Parece una pérdida de tiempo.

—Estoy de acuerdo. He leído las acusaciones, la demanda, la cobertura mediática, así que algo sé de la conspiración para asesinar al señor Miller. Agente Nolton, le doy las gracias por su disposición a testificar, pero no será necesario.

Vuelvo la mirada hacia Agnes y está sonriendo.

Su Señoría golpea con el mazo y concede un receso hasta las diez.

El señor Tasca lleva treinta y un años analizando sangre para el estado de Florida. Ambas partes aceptan sus credenciales. Carmen, porque es el experto del estado. Nosotros, porque queremos su testimonio. Carmen rehúsa someterlo a interrogatorio. Dice que el recurso lo hemos solicitado nosotros, no ella. No hay problema, dice Bill Cannon mientras se mete de lleno en el testimonio.

Termina en cuestión de minutos.

—Señor Tasca, usted ha analizado la sangre tomada de la camisa y ha analizado la muestra de sangre de la lente de la linterna, ¿es correcto?

—Es correcto.

—¿Y ha leído el informe preparado por el doctor Kyle Benderschmidt?

—Sí, lo he leído.

—¿Conoce al doctor Benderschmidt?

—Sí. Es muy conocido en nuestro campo.

—¿Coincide usted con su conclusión de que la sangre de la camisa era de procedencia humana y la sangre de la linterna procedía de un animal?

—Sí, no hay duda de ello.

Cannon entonces hace algo que no recuerdo haber visto antes en un tribunal. Empieza a reírse. Se ríe de lo absurdo de continuar con el testimonio. Se ríe de la escasez de pruebas contra nuestro cliente. Se ríe del estado de Florida y de sus patéticos esfuerzos por mantener un mal veredicto.

—¿Qué estamos haciendo aquí, señoría? —pregunta agitando los brazos—. La única evidencia física que relaciona a nuestro cliente con la escena del crimen es esa linterna. Ahora sabemos que no estuvo allí. No pertenecía a nuestro cliente. No se recuperó de la escena del crimen.

—¿Algún testigo más, señor Cannon?

Bill niega con la cabeza, todavía divertido, y se aleja del estrado.

—Señorita Hidalgo, ¿algún testigo? —pregunta el juez.

Ella dice que no con la mano y parece dispuesta a echar a correr hacia la puerta más cercana.

—¿Observaciones finales de los abogados? —continúa el juez.

Bill se detiene en nuestra mesa y dice:

—No, señoría, creemos que se ha dicho suficiente e instamos al tribunal a que emita un fallo con celeridad. Los médicos han dado el alta hospitalaria a Quincy Miller y está previsto que regrese a prisión mañana. Es una burla. No se le ha perdido nada en la cárcel, ni ahora ni hace veinte años. El estado de Florida lo condenó injustamente y debe ser puesto en libertad. No se hace justicia cuando esta se demora.

¿Cuántas veces he oído eso? Esperar es uno de los riesgos de este oficio. He visto a docenas de tribunales relajarse en casos relacionados con hombres inocentes como si el tiempo no importara, y un centenar de veces he deseado que fuera posible obligar a cualquier juez pomposo a pasar un fin de semana entre rejas. Tres noches obrarían milagros con su ética laboral.

—Se levanta la sesión hasta la una de la tarde —dice Su Señoría con una sonrisa.

Cannon entra en una limusina y se marcha a toda prisa al aeropuerto, donde lo aguarda su jet privado, que lo llevará a una reunión para un acuerdo en Houston. Allí su equipo y él se repartirán una empresa farmacéutica a la que pillaron falseando su I+D. Se emociona solo de pensarlo.

El resto de nuestro equipo nos reunimos en una cafetería en las entrañas del edificio de justicia. Luther Hodges nos acompaña durante la primera ronda de cafés. Un reloj grande en una pared indica que son las diez y veinte y da la impresión de que la manecilla de los minutos se haya parado. Una periodista se entromete y pregunta si Quincy responderá algunas preguntas. Le digo que no y después voy al pasillo y charlo con ella.

—Bueno, ¿qué puede salir mal? —pregunta Mazy durante la segunda ronda de cafés.

Muchas cosas. Estamos convencidos de que el juez Kumar está a punto de revocar la condena y la pena. No hay otra razón para que reanude la sesión a la una de la tarde. Si tuviera intención de fallar en contra de Quincy, esperaría unos días y lo comunicaría por correo. Es evidente que la vista ha ido como queríamos. La suerte está de nuestro lado. El juez es amable, o lo ha sido hasta ahora. El estado prácticamente se ha rendido. Sospecho que Kumar quiere parte de la gloria.

Sin embargo, podría devolver a Quincy a prisión para procesarlo. O remitir el caso al condado de Ruiz y decretar que retengan a Quincy allí hasta que los locales metan la pata de nuevo. Podría decretar que Quincy vuelva a la cárcel en Orlando hasta que el estado apelara su orden. No espero sacarlo por la puerta principal mientras las cámaras lo graban.

El reloj apenas se mueve; procuro evitar mirarlo. A mediodía comemos un sándwich, solo para pasar el rato. A la una menos cuarto regresamos a la sala y esperamos un poco más.

A la una y cuarto el juez Kumar ocupa su lugar y llama al orden. Hace un gesto con la cabeza al taquígrafo.

—¿Desean decir algo los abogados? —pregunta.

Susan Ashley responde negando con la cabeza y Carmen hace lo mismo.

—Estamos aquí por un recurso de revisión penal presentado con arreglo al artículo 3.850 por el acusado Quincy Miller solicitando a este tribunal que revoque su condena por asesinato de hace muchos años en el Distrito Judicial 22. La ley de Florida es clara en cuanto a que la revisión penal solo puede concederse si se presentan nuevas pruebas ante un tribunal, pruebas que no podrían haberse obtenido con la debida diligencia en el procedimiento original. Y no basta con alegar que hay nuevas pruebas, sino que además se debe demostrar que estas habrían alterado el resultado. Ejemplos de nuevas pruebas pueden ser la retractación de testigos, el hallazgo de pruebas exculpatorias o el descubrimiento de nuevos testigos que se desconocían en el momento del juicio.

»En este caso, la retractación de tres testigos, Zeke Huffey, Carrie Holland Pruitt y June Walker, proporciona pruebas claras de que sus testimonios en el juicio estaban comprometidos y fueron inexactos. El tribunal los considera ahora testigos sólidos y creíbles. La única prueba física que relacionaba a Quincy Miller con la escena del crimen era supuestamente la linterna, y no estaba disponible en el juicio. Su descubrimiento por parte del equipo de la defensa fue extraordinario. El análisis de las salpicaduras de sangre por expertos de ambas partes demuestra que no se hallaba en la escena del crimen, sino que con toda probabilidad fue colocada en el maletero del coche del acusado. La linterna es una prueba exculpatoria de primer orden.

»Por tanto, se revoca la condena por asesinato y se conmuta la pena con efecto inmediato. Supongo que cabe la posibilidad de que el señor Miller sea acusado y juzgado de nuevo por el condado de Ruiz, aunque lo dudo. De ser así, ese proceso tendrá lugar otro día. Señor Miller, por favor, ¿podría ponerse en pie junto con sus abogados?

Quincy se olvida de su bastón y se levanta de golpe. Yo lo agarro del codo y Susan Ashley le coge la mano derecha.

—Señor Miller —prosigue Su Señoría—, las personas responsables de su injusta condena hace más de veinte años no están hoy en esta sala. Me han dicho que algunos han muerto. Otros se han dispersado. Dudo que jamás se los inculpe de este error judicial. No tengo potestad para perseguirlos. Pero antes de que se vaya me siento en la obligación de reconocer que ha sido gravemente perjudicado por nuestro sistema legal, y dado que formo parte de él, le pido disculpas por lo que le ha ocurrido. Le ayudaré en sus esfuerzos para conseguir la exoneración formal de cualquier forma posible, incluida la cuestión de la indemnización. Le deseo buena suerte, señor. Es libre de irse.

Quincy asiente.

—Gracias —murmura.

Las rodillas no lo sostienen, se sienta y sepulta el rostro en las manos. Susan Ashley, Marvis, Mazy, Vicki, Frankie y yo lo rodeamos, y durante largo rato nadie dice apenas nada, todos lloramos. Todos menos Frankie, un hombre que no derramó una sola lágrima cuando salió de prisión después de catorce años.

El juez Kumar se acerca sin la toga y le expresamos nuestro más sincero agradecimiento. Podría haber esperado un mes o seis o un par de años, y podría haber fallado en contra de Quincy y habernos enviado al circuito de apelaciones, donde nada es seguro y el tiempo no significa demasiado. Es poco probable que tenga otra ocasión de liberar a un hombre inocente después de haber pasado décadas en prisión, así que está saboreando el momento. Quincy se pone de pie para un abrazo. Y una vez que empiezan los abrazos, es contagioso.

Esta es nuestra décima exoneración, la segunda del último año, y cada vez que miro a las cámaras y a los periodistas me cuesta saber qué decir. Quincy va primero, y habla de lo agradecido que está, etcétera. Dice que no tiene planes, que no ha tenido tiempo de hacerlos, y que solo quiere unas costillas y una cerveza. Decido tomar el camino difícil y no culpar a los culpables. Doy las gracias al juez Kumar por su valentía al hacer lo que era correcto y justo. He aprendido que cuantas más preguntas respondes, más riesgo hay de que metas la pata, así que después de diez minutos les doy las gracias y nos vamos de allí.

Frankie ha aparcado la ranchera en la acera de una calle aledaña. Les digo a Vicki y a Mazy que nos veremos en Savannah dentro de unas horas y me instalo en el asiento del copiloto. Quincy sube al asiento de atrás.

—¿Qué coño es esto? —pregunta.

—Se llama «ranchera» —responde Frankie, poniéndose en marcha.

—Causa furor, al menos entre los blancos —digo.

—Conozco a tíos que conducen una de estas —alega Frankie a la defensiva.

—Limítate a conducir, tío —dice Quincy, empapándose de libertad.

—¿Quieres pasar por Garvin a recoger tus cosas? —pregunto.

Ambos se ríen.

—Podría necesitar un nuevo abogado, Post —dice Quincy.

—Adelante. No trabajará más barato que yo.

Quincy se inclina hacia el salpicadero.

—Post, todavía no hemos hablado de esto, pero ¿cuánto me da el estado por..., ya sabes..., la exoneración?

—Cincuenta mil al año por cada uno que hayas estado en prisión. Más de un millón de pavos.

—¿Cuándo me lo dan?

—Llevará algunos meses.

—Pero es cosa segura, ¿verdad?

—Prácticamente.

—¿Cuál es tu parte?

—Cero.

—Venga ya.

—No, es verdad —dice Frankie—. Georgia me pagó un montón de pasta y Post no quiso nada.

Me doy cuenta de que estoy en presencia de dos negros millonarios que hicieron su fortuna de formas indescriptibles.

Quincy se echa hacia atrás, exhala y ríe.

—No me lo puedo creer. Al despertar esta mañana no tenía ni idea, imaginaba que me llevarían de vuelta a la cárcel. ¿Adónde vamos, Post?

—Nos largamos de Florida antes de que alguien cambie de opinión. No preguntes quién. No sé quién, ni dónde, ni cómo ni por qué, pero nos esconderemos en Savannah unos cuantos días.

—¿Quieres decir que alguien podría venir a por mí?

—No lo creo, pero más vale prevenir.

—¿Qué hay de Marvis?

—Le dije que se reuniera con nosotros en Savannah. Esta noche cenaremos costillas y conozco el sitio perfecto.

—Quiero unas costillas, una cerveza y una mujer.

—Bueno, yo puedo darte las dos primeras cosas —digo.

Frankie me mira de reojo, como si se le ocurrieran algunas ideas acerca de lo tercero.

Tras media hora de libertad, Quincy quiere parar en una hamburguesería en la transitada carretera. Entramos y yo invito a los refrescos y las patatas fritas. Él elige una mesa cerca de la ventana delantera, donde intenta explicar lo que es sentarse a comer como una persona normal. Libre de entrar y de marcharse. Libre para pedir cualquier cosa de la carta. Libre para ir al servicio sin pedir permiso y sin preocuparse porque allí pueda ocurrir nada malo. El pobre tiene las emociones a flor de piel y llora con facilidad.

De nuevo en la ranchera, nos incorporamos a la aglomeración de la interestatal 95 y avanzamos a ritmo lento por la costa Este. Dejamos que Quincy elija la música, le gusta la de los comienzos de Motown. Me parece bien. Le fascina la vida de Frankie y quiere saber cómo sobrevivió a los primeros meses fuera de la cárcel. Frankie le advierte sobre el dinero y todos los nuevos amigos que es probable que atraiga. Luego Quincy se queda dormido y solo se oye la música. Bordeamos Jacksonville, estamos a treinta y dos kilómetros de la frontera de Georgia cuando Frankie farfulla:

—Mierda.

Me giro y veo luces azules. Se me cae el alma a los pies cuando Quincy se despierta y ve las luces.

—¿Ibas deprisa? —pregunto.

—Supongo que sí. No estaba muy pendiente.

Un segundo coche con las luces puestas se une al primero, pero los policías permanecen en sus coches, lo que es extraño. Esto no pinta bien. Cojo mi maletín, saco el alzacuello y me lo pongo.

—Oh, conque ahora eres sacerdote —dice Quincy—. Más vale empezar a rezar.

—¿Tienes otro de esos? —pregunta Frankie.

—Claro. —Le doy un alzacuello y, dado que nunca se ha puesto uno, lo ayudo a colocárselo.

Por fin el policía del primer vehículo sale y se aproxima

por el lado del conductor. Es negro, lleva gafas modelo aviador y sombrero de fieltro de ala ancha; todos los clichés. Delgado, en buena forma y serio; un auténtico tipo duro. Frankie baja el cristal de la ventanilla y el policía lo mira un tanto sorprendido.

—¿Por qué conduce usted esto? —pregunta.

Frankie se encoge de hombros y no dice nada.

—Esperaba a algún blanquito de Georgia. Y tengo aquí a un reverendo negro. —Dirige la mirada hacia mí, se fija en mi alzacuello—. Y también a uno blanco. —Echa un vistazo al asiento trasero y ve a Quincy, que está rezando con los ojos cerrados—. La documentación del vehículo y el carnet de conducir, por favor.

Frankie se lo entrega y el policía vuelve a su coche patrulla. Pasan los minutos sin que digamos nada. Cuando regresa, Frankie baja de nuevo el cristal de la ventanilla y el agente le devuelve la documentación y el carnet de conducir.

—Dios me ha dicho que los deje marchar.

—Alabado sea el Señor —suelta Quincy desde el asiento de atrás.

—Un sacerdote negro con un sacerdote blanco conduciendo una ranchera a toda pastilla por la interestatal. Seguro que detrás hay toda una historia.

Le entrego una de mis tarjetas de visita y señalo a Quincy.

—Ese hombre acaba de salir de prisión después de veintitrés años. Hemos demostrado que era inocente en Orlando y el juez lo ha dejado marchar. Lo llevamos a pasar unos días en Savannah.

—Veintitrés años.

—Y yo pasé catorce años encerrado en Georgia por un delito que no cometí —dice Frankie.

Él policía me mira.

—¿Y usted? —pregunta.

—Aún no me han condenado.

Me devuelve la tarjeta.

—Síganme —dice.

Se monta en su coche, deja las luces azules encendidas, arranca el motor, nos adelanta y en cuestión de segundos nos ponemos a casi ciento treinta kilómetros por hora con una escolta completa a nuestra disposición.

Nota del autor

La inspiración surge de dos fuentes: una, un personaje; la otra, una trama.

Primero el personaje. Hace unos quince años estaba investigando un caso en Oklahoma cuando me topé con una caja de documentación etiquetada como Centurion Ministries. Por entonces sabía muy poco sobre el trabajo que se realiza para demostrar la inocencia de personas condenadas de forma injusta y no había oído hablar de Centurion. Pregunté por ahí y al final acabé yendo a su oficina en Princeton, New Jersey.

James McCloskey fundó Centurion Ministries en 1980 siendo estudiante de teología. En su trabajo como capellán en una prisión conoció a un preso que insistía en que era inocente. Jim terminó creyéndolo y se puso manos a la obra para demostrar su inocencia. Su exoneración animó a Jim a aceptar otro caso, y luego otro más. Durante casi cuarenta años Jim ha recorrido el país, normalmente solo, en busca de pistas perdidas y escurridizos testigos para descubrir la verdad.

Hasta la fecha, sesenta y tres hombres y mujeres deben su libertad a Jim y al comprometido equipo de Centurion Ministries. Su página web cuenta una historia mucho más detallada. Echa un vistazo, y si te sobran unos cuantos pavos, envíales un cheque. Más dinero equivale a más gente inocente exonerada.

Es triste decirlo, pero la trama de *Los guardianes* se basa en una historia real y tiene que ver con un preso de Texas llamado Joe Bryan. Hace treinta años, Joe fue condenado injustamente por asesinar a su mujer, un crimen espantoso que ocurrió una noche mientras Joe estaba durmiendo en la habitación de un hotel a dos horas de allí. La investigación fue una chapuza desde el principio. Jamás se identificó al verdadero asesino, pero hay pruebas contundentes que apuntan a un expolicía que se suicidó en 1996.

La fiscalía no pudo establecer un móvil para que Joe matara a su mujer porque no lo había. No había ninguna fisura en el matrimonio. La única evidencia física que supuestamente lo relacionaba con el crimen era una misteriosa linterna hallada en el maletero de su coche. Un experto dijo al jurado que las minúsculas manchas encontradas en la lente eran «salpicaduras de retorno» y pertenecían a la víctima. El experto declaró que, por consiguiente, la linterna estuvo presente en la escena del crimen, aunque no la hallaron en la escena del crimen.

El experto se extralimitó con su testimonio, especulativo y sin ninguna base científica. Además, se le permitió teorizar con que era probable que Joe se diera una ducha después del asesinato para eliminar las manchas de sangre, aunque no aportó ninguna prueba de eso. Desde entonces, el experto se ha retractado de aquellas opiniones.

Joe tendría que haber sido exonerado y puesto en libertad hace años, pero eso no ocurrió. Su caso languidece en el Tribunal Penal de Apelación de Texas. Tiene setenta y nueve años y la salud le está fallando. El 4 de abril de 2019 se le denegó la libertad condicional por séptima vez.

En mayo de 2018, *The New York Times Magazine* y ProPublica copublicaron una serie en dos partes sobre el caso de Joe. Periodismo de investigación en su máxima expresión. La periodista Pamela Colloff realizó un trabajo magistral indagando en todos los aspectos del crimen, del procesamiento y del análisis del sistema judicial.

Así que doy las gracias a Jim McCloskey y a Joe Bryan por sus historias. Es una verdadera pena que Jim no tuviera la oportunidad de descubrir el caso de Joe hace treinta años. Gracias a Pamela Colloff por su excelente trabajo y por trasladar la historia a una audiencia mucho más numerosa.

Gracias también a Paul Casteleiro, Kate Germond, Bryan Stephenson, Mark Mesler, Maddy deLone y Deirdre Enright.